Eine Art zu lesen
Eine Art zu fliegen

GOYA

Das Buch

Irland, 1968. Patrick »Paddy« Clarke ist zehn Jahre alt. Tagsüber langweilt er sich in der Schule oder vertreibt sich die Zeit mit seinen Freunden, zieht durch die Straßen, treibt Unfug. Lesen tut er am liebsten mit Taschenlampe unter der Bettdecke – so macht es einfach mehr Spaß. Seinen kleinen Bruder Francis, genannt Sinbad, ärgert er unablässig, oft gemeinsam mit Kevin, seinem besten Freund, mit dem er Fußball und Verbrechen spielt. Doch Paddys Welt ist alles andere als heil: Sein Vater trinkt zu viel und streitet immer häufiger mit seiner Mutter, wird sogar handgreiflich. Paddy versucht mehr und mehr, den Frieden zu Hause zu wahren, die Eskalation abzuwenden.

Ohne Psychologisierungen und nüchtern, in typischer Doyle-Manier, wird aus dem Leben eines Jungen erzählt, der aus dem Paradies der Kindheit vertrieben wird. Ein einfühlsames, stilsicheres Porträt eines Zehnjährigen und seiner Welt. *Paddy Clarke Ha Ha Ha* ist die Wiederentdeckung eines großartigen Romans und heute aktueller denn je.

Der Autor

Roddy Doyle, 1958 in Dublin geboren, ist Schriftsteller, Drehbuchautor und Gewinner des Booker Prize. Er studierte Anglistik und Geografie und arbeitete viele Jahre trotz großer literarischer Erfolge weiterhin als Lehrer, bevor er sich ab 1993 ganz dem Schreiben widmete. Doyle konnte sich unter anderem mit den verfilmten Romanen *The Commitments*, *The Snapper* und *The Van*, die zu Kinohits wurden, auch im deutschsprachigen Raum eine treue Fangemeinde erobern.

Paddy Clarke Ha Ha Ha ist nach *Love* und *Lächeln* der dritte Roman von Doyle, der bei GOYA erscheint.

Die Übersetzerin

Alexandra Rak, geboren 1968, studierte in Frankfurt am Main Germanistik Nach zehn Jahren als Lektorin bei einem großen Hamburger Verlagshaus arbeitet sie heute als freie Übersetzerin, Lektorin und Referentin. Sie übersetzte u. a. Claire Legrand, Stephenie Meyer und Sylvia V. Linsteadt. Sie lebt mit ihrer Familie in Hofheim am Taunus.

RODDY DOYLE

Paddy Clarke Ha Ha Ha

ROMAN

Aus dem Englischen von
ALEXANDRA RAK

GOYA

Die englische Originalausgabe erschien 1993 unter dem Titel
Paddy Clarke Ha Ha Ha
im Verlag Secker & Warburg, London.

Dieses Buch ist auch als E-Book erhältlich.
Das Hörbuch *Paddy Clarke Ha Ha Ha* erscheint bei GOYALiT.

Besuchen Sie uns im Internet: www.goyaverlag.de

Dieses Buch wurde veröffentlicht mit der Unterstützung von Literature Ireland.

Aus Verantwortung für die Umwelt hat sich der GOYA Verlag
dazu entschlossen, auf Schutzumschläge sowie Plastikfolie
zum Einschweißen der Bücher zu verzichten.

Manche der im Text verwendeten Begriffe sind mit Blick auf den Handlungs-
zeitraum der Geschichte und dessen möglichst authentische Darstellung
einzuordnen und spiegeln nicht das Weltbild des Verlags wider.

1. Auflage 2024
GOYA Verlag © 2024 JUMBO Neue Medien & Verlag GmbH, Hamburg
Copyright der Originalausgabe © 1993 by Roddy Doyle

Alle Rechte vorbehalten
Umschlaggestaltung: Marcelo Marques
Umschlagabbildung: Homer Sykes / Alamy Stock Photo
Satz: Pinkuin Satz und Datentechnik, Berlin
Gesetzt aus der Garamond Premiere
Printed in Germany
ISBN 978-3-8337-4843-1

Dieses Buch ist Rory gewidmet.

GLOSSAR DER IRISCHEN BEGRIFFE
In der Reihenfolge ihrer Verwendung

Nach bhfuil sé go h'álainn – Ist das nicht schön?
Tá – Ja
bata – Stock
Seasaígí suas – Steht auf
Clé – deas – clé deas – clé – Links – rechts – links rechts – links
Suígí síos – Setzt euch
Sea – Ja
Dia duit – Hallo/Gott sei mit dir
leithreas – Toilette
Anois – Jetzt
Ciúnas – Ruhe
An bhfuil cead agam dul go dtí an leithreas? – Habe ich die Erlaubnis, auf die Toilette zu gehen?
Níl – Nein
gach maidin – Jeden Morgen
Leabhair Gaeilge – Irischbücher
A-h-aon – Eins
Sambo san Afraic – Sambo in Afrika
Maith thú – Dann ist gut
amadán – Idiot
Go maith – Gut
málas – Schultasche

Wir kamen unsere Straße entlang. Kevin blieb an einem Gartentor stehen und schlug mit seinem Stock dagegen. Es war das Tor von Missis Quigley, sie schaute immer aus dem Fenster, aber sie unternahm nie etwas.

– Quigley!

– Quigley!

– Quigley Quigley Quigley!

Liam und Aidan bogen zu sich in die Sackgasse. Wir sagten nichts, sie sagten nichts. Liam und Aidan hatten eine tote Mutter. Missis O'Connell.

– Das wäre großartig, oder?, sagte ich.

– Ja, sagte Kevin. – Cool.

Wir sprachen davon, eine tote Mutter zu haben. Sinbad, mein kleiner Bruder, fing an zu weinen. Liam ging in meine Klasse. Einmal hatte er sich in die Hosen gemacht – der Geruch schwappte über uns wie ein Hitzeschwall, wenn jemand plötzlich die Ofentür öffnete – aber der Lehrer machte nichts. Er schimpfte nicht und schlug auch nicht mit seinem Leder aufs Pult oder sonst irgendwas. Er befahl uns, die Arme zu verschränken und zu schlafen, und als wir das taten, trug er Liam aus der Klasse. Er kam ewig nicht zurück, Liam gar nicht mehr.

– Hätte ich mir in die Hose gemacht, hätte er mich umgebracht!, flüsterte James O'Keefe.

– Ja.

– Das ist ungerecht, sagte James O'Keefe. – Total ungerecht.

Der Lehrer, Mister Hennessey, hasste James O'Keefe. Es konnte zum Beispiel passieren, dass er mit dem Rücken zu uns stand, etwas an die Tafel schrieb und sagte: – O'Keefe, ich weiß, dass du da hinten etwas im Schilde führst. Lass dich besser nicht von mir erwischen. Einmal war James O'Keefe nicht mal da. Er lag zu Hause und hatte Mumps.

Henno brachte Liam auf die Lehrertoilette und machte ihn sauber, dann brachte er ihn ins Büro des Schulleiters, und der Schulleiter brachte ihn in seinem Auto zu seiner Tante, weil bei ihm zu Hause niemand war. Liams Tante wohnte in Raheny.

– Er hat zwei Rollen Klopapier verbraucht, erzählte uns Liam.
– Und er hat mir einen Schilling geschenkt.

– Hat er nicht, zeig mal.

– Hier.

– Das ist nur ein Threepence.

– Den Rest habe ich ausgegeben, sagte Liam.

Er holte die Überreste einer Rolle Toffo aus seiner Tasche und zeigte sie uns.

– Hier.

– Wir wollen auch was.

– Es sind nur noch vier übrig, sagte Liam. Er steckte die Rolle zurück in seine Tasche.

– Aha, sagte Kevin.

Er schubste Liam. Liam ging nach Hause.

Heute kamen wir von der Baustelle. Wir hatten uns eine Ladung fünfzehn Zentimeter langer Nägel und ein paar Holzbretter besorgt, um Boote zu bauen, und wir hatten gerade Ziegelsteine in einen Graben mit nassem Zement geschoben, als Aidan auf einmal davonrannte. Wir hörten sein Asthma und rannten auch alle los. Wir wurden verfolgt. Ich musste auf Sinbad warten. Ich schaute nach hinten, es war niemand hinter uns her, aber ich sagte nichts. Ich packte Sinbads Hand und rannte und holte die anderen ein. Als wir die Straße erreichten, blieben wir stehen. Wir lachten. Wir stürmten durch die Lücke in der Hecke. Dann schauten wir durch die Lücke, ob uns jemand verfolgte. Sinbads Ärmel blieb an den Dornen hängen.

– Da kommt ein Mann!, rief Kevin und schlüpfte zurück.

Wir ließen Sinbad in der Hecke und taten so, als liefen wir davon. Wir hörten ihn schniefen. Wir kauerten uns hinter die Torpfosten des letzten Hauses, bevor die Straße an der Hecke endete, das von den O'Driscolls.

– Patrick, jammerte Sinbad.

– Sinn-baaaahd, sagte Kevin.

Aidan biss sich in die Faust. Liam warf einen Stein auf die Hecke.

– Das erzähle ich Mammy, sagte Sinbad.

Ich gab auf. Ich befreite Sinbad aus der Hecke und ließ ihn seine Nase an meinem Ärmel abwischen. Wir gingen zum Abendessen nach Hause; dienstags gab es Shepherd's Pie.

Liams und Aidans Da heulte den Mond an. Spätnachts, in seinem Garten. Nicht jede Nacht, nur manchmal. Ich hatte ihn noch nie gehört, aber Kevin schon, behauptete er. Meine Ma sagte, dass er das mache, weil er seine Frau vermisse.

– Missis O'Connell?

– Genau.

Mein Da stimmte ihr zu.

– Er trauert, sagte meine Mutter. – Der arme Mann.

Kevins Vater glaubte, dass Mister O'Connell heulte, weil er betrunken war. Er nannte ihn den Kesselflicker.

– Das sagt der Richtige, meinte meine Mutter, als ich ihr das erzählte. Und dann sagte sie: – Hör nicht auf ihn, Patrick, er veräppelt dich. Wo sollte er sich auch betrinken? In Barrytown gibt es keine Pubs.

– In Raheny gibt es drei, sagte ich.

– Das ist kilometerweit weg. Armer Mister O'Connell. Und jetzt Schluss damit.

Kevin erzählte Liam, dass er gesehen hatte, wie dessen Vater zum Mond hochschaute und wie ein Werwolf heulte.

Liam sagte, dass er ein Lügner war.

Kevin forderte ihn auf, das noch einmal zu sagen, aber er machte es nicht.

Unser Abendessen war noch nicht fertig, und Sinbad hatte einen seiner Schuhe auf der Baustelle vergessen. Uns war verboten worden, jemals dort zu spielen, daher erzählte er unserer Ma, dass er nicht wüsste, wo sein Schuh steckte. Sie schlug ihn auf die Rückseite seiner Beine. Sie hielt seinen Arm fest, aber er versuchte zu entkommen, sodass sie ihn nicht richtig erwischte. Er weinte trotzdem, und sie hörte auf.

Sinbad weinte viel.

– Du kostest mich ein verdammtes Vermögen, sagte sie zu Sinbad.

Sie weinte auch fast.

Nach dem Abendessen sollten wir noch einmal raus und den Schuh suchen, und zwar wir beide, weil ich schließlich auf ihn aufpassen sollte.

Wir würden im Dunkeln rausmüssen, durch die Lücke, über die Felder, durch den Dreck und die Gräben und an den Wachleuten vorbei. Sie wollte, dass wir uns die Hände wuschen. Ich schloss die Badezimmertür und zahlte es Sinbad heim, ich verpasste ihm einen Pferdekuss.

Ich musste auf Deirdre im Kinderwagen aufpassen, während unsere Ma Sinbad saubere Socken anzog. Sie putzte ihm die Nase, schaute ihm ewig lange in die Augen und wischte mit dem Fingerknöchel die Tränen weg.

– Na, na, ist schon gut.

Ich hatte Angst, dass sie ihn fragen würde, was mit ihm los war, und er es ihr verraten würde. Ich schaukelte den Kinderwagen so, wie sie das immer machte.

Wir machten ein Feuer. Wir machten immer irgendwelche Feuer.

Ich zog meinen Pullover aus, damit er nicht nach Rauch stank. Es war kalt, aber der Rauchgeruch war schlimmer. Ich schaute, wo ich meinen Pullover hinlegen konnte, nach einem sauberen Fleck. Wir waren bei der Baustelle. Die Baustelle änderte sich ständig. Im eingezäunten Bereich bewachten sie die Bagger und die Ziegelsteine und den Schuppen, in dem die Bauarbeiter saßen und Tee tranken. Vor der Tür lag immer ein Haufen Brotkrusten, riesige Stapel voller Krusten mit Marmeladespuren an den Rändern. Wir beobachteten durch den Maschendrahtzaun, wie eine Möwe versuchte, eine dieser Krusten aufzupicken – sie war für den Möwenschnabel zu lang, sie hätte die Kruste in der Mitte schnappen sollen –, als eine weitere Kruste aus der Schuppentür flog und die Möwe seitlich am Kopf traf. Die Männer im Schuppen lachten schallend.

Manchmal gingen wir zu einer Baustelle, und sie war nicht mehr da, nur noch ein quadratischer, matschiger Platz und zerbrochene Ziegelsteine und Reifenspuren. Dort, wo das letzte Mal noch der nasse Beton war, begann jetzt eine neue Straße, und die neue Baustelle lag am Ende der Straße. Wir gingen zu der Stelle, an der wir mit Stöcken unsere Namen in den Beton geschrieben hatten, aber sie wurden von einer neuen Schicht verdeckt, sie waren verschwunden.

– Ach Mist, sagte Kevin.

Unsere Namen fanden sich in ganz Barrytown auf Straßen und Wegen. Am besten machte man das abends, wenn alle außer dem Wachmann nach Hause gegangen waren. Wenn sie dann am Morgen die Namen entdeckten, war es zu spät, der Beton war ausgehärtet. Wir nahmen nur unsere Vornamen, falls die Bauarbeiter jemals in der

Barrytown Road von Tür zu Tür gingen und nach den Jungen suchten, die ihren Namen in den feuchten Beton schrieben.

Es gab nicht nur eine Baustelle, sondern eine ganze Menge davon, mit verschiedenen Häusern.

Wir schrieben Liams Namen und Adresse mit schwarzem Filzstift auf eine frisch verputzte Wand in einem der Häuser. Nichts passierte.

Einmal roch meine Ma den Rauch an mir. Zuerst fielen ihr meine Hände auf. Sie packte eine.

– Schau dir deine Hände an, sagte sie. – Deine Fingernägel! Mein Gott, Patrick, das sind ja richtige Trauerränder.

Dann roch sie an mir.

– Was hast du angestellt?

– Ein Feuer gelöscht.

Sie drehte mir den Hals um. Am schlimmsten war das Abwarten, ob sie meinem Da davon erzählen würde, wenn er nach Hause kam.

Kevin hatte Streichhölzer, eine Schachtel Swan. Ich liebte diese Schachteln. Wir hatten aus Brettern und Stöcken einen kleinen Wigwam gebaut und von der Rückseite der Läden zwei Pappkartons mitgebracht. Die Kartons lagen zerrissen unter dem Holz. Holz allein brauchte zu lange, um in Gang zu kommen. Es war noch immer hell. Kevin zündete ein Streichholz an. Liam und ich schauten uns um, ob irgendjemand kam. Sonst war keiner bei uns. Aidan übernachtete bei seiner Tante. Sinbad war im Krankenhaus, weil er seine Mandeln rausbekommen sollte. Kevin hielt das Streichholz unter die Pappe, wartete, bis sie Feuer fing, und ließ das Streichholz dann los. Wir beobachteten, wie die Flammen die Pappe fraßen. Dann rannten wir in Deckung.

Ich kam mit Streichhölzern nicht gut zurecht. Die Streichhölzer brachen ab oder wollten nicht brennen, oder ich zog sie mit der falschen Seite über die Schachtel, oder aber sie brannten und ich ließ sie zu schnell los.

Wir warteten hinter einem der Häuser. Falls der Wachmann kam, würden wir fliehen. Wir waren bei der Hecke, unserem Fluchtweg. Kevin sagte, dass sie einem nichts machen durften, solange sie einen nicht auf der Baustelle erwischten. Und falls sie uns draußen auf der Straße schnappten und schlugen, könnten wir sie vor Gericht bringen. Wir konnten das Feuer nicht richtig sehen. Wir warteten. Das war noch kein Haus, nur ein paar Wände. Hier entstand eine Reihe von sechs aneinandergrenzenden Häusern. Die Stadtverwaltung baute die Häuser. Wir warteten eine Weile. Ich hatte meinen Pullover vergessen.

– Oh, oh.

– Was?

– Oje.

– Was?

– Notfall, Notfall.

Wir krochen am Haus entlang, aber nicht die ganze Strecke, weil das zu lange dauerte. Da war ein Fass in der Nähe, wo ich meinen Pullover hingelegt hatte. Ich rannte in Deckung. Ich kauerte mich hinters Fass und atmete richtig tief ein und aus, damit ich gleich lossprinten konnte. Ich schaute nach hinten, Kevin hatte sich aufgerichtet, sah sich um und kniete sich wieder hin.

– Okay, zischte er.

Ich atmete ein letztes Mal ein, kam hinterm Fass hervor und stürzte mich auf den Pullover. Niemand schrie. Als ich den Pullover von den Ziegelsteinen an mich riss, machte ich ein Geräusch, als würden Bomben explodieren. Ich schlitterte hinters Fass.

Das Feuer brannte gut, jede Menge Rauch. Ich nahm einen Stein und warf ihn ins Feuer. Kevin richtete sich wieder auf und hielt nach dem Wachmann Ausschau. Die Luft war rein, er winkte mich rüber. Ich spurtete gebückt los und schaffte es zur Hausseite. Kevin klopfte mir auf den Rücken. Liam auch.

Ich band mir den Pullover um die Hüfte. Machte einen Doppelknoten mit den Ärmeln.

– Kommt schon, Männer.

Kevin rannte aus unserer Deckung, wir folgten ihm und tanzten ums Feuer.

– Wuh wuh wuh wuh wuh

Wir legten die Hände an den Mund und machten es wie die Indianer.

– Hii-jaa-jaa-jaa-jaa-jaa-jaa

Kevin trat das Feuer in meine Richtung, aber der Stapel fiel nur um. Vom Feuer war nicht mehr viel übrig. Ich tanzte nicht weiter. Kevin und Liam auch nicht. Kevin zerrte Liam zum Feuer.

– Hör auf!

Ich half Kevin. Liam wurde ernst, also hörten wir auf. Wir schwitzten. Ich hatte eine Idee.

– Der Wachmann ist ein Bas-tard!

Wir rannten zurück hinters Haus und lachten. Und dann riefen wir im Chor.

– Der Wachmann ist ein Bas-tard! Der Wachmann ist ein Bas-tard!

Wir hörten etwas, also Kevin zumindest.

Wir flüchteten, rasten über die Reste des Feldes. Ich lief im Zickzack, mit eingezogenem Kopf, damit mich keine Kugel erwischte. Ich stürzte durch die Lücke in den Graben. Wir kämpften, schubsten aber nur. Liam verfehlte meine Schulter und erwischte mich am Ohr, und das brannte, also durfte ich ihn auch aufs Ohr hauen. Er steckte seine Hände in die Hosentaschen, damit er nicht versuchte, mich aufzuhalten.

Wir kletterten aus dem Graben, weil Mücken auf unseren Gesichtern landeten.

Sinbad wollte das Feuerzeugbenzin nicht in den Mund nehmen.

– Es ist Heilbuttöl, erklärte ich ihm.

– Ist es nicht, sagte er.

Er wand sich, aber ich hielt ihn fest. Wir waren auf dem Schulhof, im Schuppen.

Ich mochte Heilbuttöl. Wenn man mit den Zähnen die Kapsel durchbiss, verteilte sich das Öl wie Tinte durch Löschpapier im Mund. Es war warm, ich mochte das. Die Hülle war auch gut.

Es war Montag, Henno hatte Hofaufsicht, aber er blieb immer auf der anderen Seite und beobachtete die anderen beim Handballspielen. Er war verrückt. Wenn er auf unserer Seite gekommen wäre, zum Schuppen, hätte er viele von uns auf frischer Tat ertappt. Wenn ein Lehrer fünf Jungen beim Rauchen erwischte oder bei anderem üblen Kram, bekam er einen Bonus , das behauptete zumindest Fluke Cassidy, und dessen Onkel war Lehrer. Henno hatte aber nur die Handballer im Blick, manchmal zog er sogar seine Jacke und seinen Pullover aus und spielte mit. Er war großartig. Wenn er den Ball warf, dann sah man den erst, wenn er so schnell wie eine Pistolenkugel gegen die Wand prallte. Henno hatte einen Aufkleber auf seinem Auto: Wer Handball spielt, lebt länger.

Sinbad presste die Lippen so fest aufeinander, dass sie verschwanden. Wir bekamen seinen Mund nicht auf. Kevin drückte die Benzinkapsel dagegen, aber sie ging nicht hinein. Ich kniff Sinbad in den Arm, keine Wirkung. Das war schrecklich, vor den anderen, ich bekam meinen kleinen Bruder nicht unter Kontrolle. Ich ergriff seine Haare, direkt über den Ohren, und zog sie hoch, ich hob ihn hoch: Ich wollte ihm einfach nur wehtun. Seine Augen hatte er jetzt auch geschlossen, aber Tränen quollen hervor. Ich hielt seine Nase zu. Er schnappte nach Luft, und Kevin schob die Kapsel zur Hälfte in seinen Mund. Dann zündete Liam sie mit einem Streichholz an.

Wir hatten gesagt, dass Liam sie anzünden sollte, Kevin und ich, für den Fall, dass wir erwischt wurden.

Er sah aus wie ein Drache.

Mir waren Lupen lieber als Streichhölzer. Wir verbrachten ganze Nachmittage damit, kleine Haufen aus gemähtem Gras zu verbrennen. Ich mochte es, wie das Gras seine Farbe veränderte. Ich mochte, wenn die Flamme auf einmal durch das Gras raste. Mit einer Lupe hatte man eine bessere Kontrolle. Es war einfacher, brauchte aber trotzdem mehr Übung. Wenn die Sonne lange genug schien, konnte man durch ein Blatt Papier sengen und musste es nicht einmal anfassen, sondern nur Steine auf die Ecken legen, damit es nicht wegwehte. Wir machten einen Wettkampf. Brennen, ausblasen, brennen, ausblasen. Der Letzte, der sein Papier ganz durchtrennte, musste sich vom anderen Jungen die Hand verbrennen lassen. Wir malten einen Mann auf das Blatt und brannten Löcher in ihn, in seine Hände und seine Füße, wie Jesus. Wir malten ihm lange Haare. Seinen Pimmel hoben wir bis zum Schluss auf.

Wir schlugen Wege durch die Brennnesseln. Meine Ma wollte wissen, warum ich an einem schönen, warmen Tag meinen Dufflecoat und meine Handschuhe anzog.

– Wir kümmern uns um die Brennnesseln, erklärte ich ihr.

Die Brennnesseln waren riesig, gigantisch. Die Quaddeln wurden gewaltig und juckten noch ewig, auch wenn sie nicht mehr brannten. Die Brennnesseln bedeckten einen großen Teil des Feldes hinter den Läden. Nichts anderes wuchs dort, nur die Brennnesseln. Nachdem wir sie mit unseren Stöcken und Hurlingschlägern umgehackt hatten, zertrampelten wir sie. Der Saft der Brennnesseln spritzte. Wir bauten mitten durch die Brennnesseln Straßen, jeder eine, wegen der Äste und Hurlingschläger, damit wir Platz hatten. Wenn wir nach Hause gingen, trafen die Straßen aufeinander, und es gab keine Brennnesseln mehr. Die Hurlingschläger glänzten grün, und ich hatte zwei Quaddeln auf dem Gesicht. Meine Sturmhaube hatte ich ausgezogen, weil sie an meinem Kopf kratzte.

Ich betrachtete Krümel. Mein Da streckte seine Hand nach der Lupe aus, und ich gab sie ihm. Er begutachtete die Haare auf seiner Hand.

– Von wem hast du die?, wollte er wissen.

– Von dir.

– Oh, stimmt, ich habe sie dir geschenkt.

Er gab sie mir zurück.

– Guter Junge.

Er drückte seinen Daumen fest auf den Küchentisch.

– Schau nach, ob du einen Abdruck siehst, sagte er.

Ich war unsicher.

– Den Fingerabdruck, sagte er. – Vom Daumen.

Ich schob meinen Stuhl näher zu ihm und hielt die Lupe über die Stelle, wo der Daumen gewesen war. Wir schauten beide durchs Glas. Ich sah bloß die gelben und roten Punkte der Tischplatte, nur größer.

– Siehst du was?, fragte er.

– Nein.

– Komm mit.

Ich folgte ihm ins Wohnzimmer.

– Wo wollt ihr zwei so kurz vor dem Abendessen hin?, fragte meine Ma.

– Sind gleich wieder da, sagte mein Da.

Er legte seine Hand auf meine Schulter. Wir gingen ans Fenster.

– Rauf mit dir, bis wir etwas finden.

Er schleppte mir den Sessel rüber.

– So.

Er zog die Jalousien hoch. Er sprach mit ihnen.

– Aus dem Weg, damit ich sehe, was wir machen.

Er sicherte die Kordel und hielt sie eine Weile, damit beide Seiten der Jalousien auch bestimmt oben blieben.

Er drückte seinen Daumen auf die Scheibe.

– Jetzt aber, guck.

Aus dem Fleck wurden Linien und gekrümmte Spuren.

– Und jetzt du, sagte er.

Ich drückte meinen Daumen fest auf die Scheibe. Er hielt mich, damit ich nicht vom Sessel fiel.

Ich schaute.

– Sind sie gleich?, fragte er.

– Deiner ist größer.

– Davon abgesehen.

Ich sagte nichts, ich war mir nicht sicher.

– Sie sind alle unterschiedlich, sagte er. – Kein Fingerabdruck gleicht dem eines anderen. Wusstest du das?

– Nein.

– Na, jetzt weißt du es.

Ein paar Tage später fand Napoleon Solo in der Fernsehserie Fingerabdrücke auf seiner Aktentasche.

Ich schaute zu meinem Vater.

– Habe ich dir doch gesagt, meinte er.

Wir waren nicht schuld an der Scheune. Wir hatten sie nicht in Brand gesteckt.

Die Scheune wurde zurückgelassen. Als die Stadtverwaltung Donnellys Bauernhof kaufte, kaufte er sich in der Nähe von Swords einen neuen. Er brachte alles dorthin, außer seinem Haus und seiner Scheune und dem Gestank. An nassen Tagen war der Gestank richtig übel. Der Regen frischte die Schweinescheiße auf, die dort seit Jahren lag. Die Scheune war riesig und grün und, wenn sie voller Heu war, großartig. Bevor die neuen Häuser gebaut wurden, schlichen wir uns von hinten hinein. Es war gefährlich. Donnelly hatte ein Gewehr und einen einäugigen Hund. Cecil, so hieß der Hund. Außerdem hatte Donnelly einen verrückten Bruder, Onkel Eddie. Er kümmerte sich um die Hühner und die Schweine. Er harkte die Steine und Kiesel in der Einfahrt vor dem Haus, sobald ein Auto oder Traktor darüberfuhr und sie durcheinanderbrachte. Einmal lief Onkel Eddie an unserem Haus vorbei, als meine Ma das Tor strich.

– Gott behüte ihn, murmelte sie vor sich hin, aber laut genug, damit ich sie hörte.

Eines Tages erwähnte meine Mutter Onkel Eddie beim Essen.

– Gott behüte ihn, sagte ich und mein Vater schlug mir auf die Schulter.

Onkel Eddie hatte zwei Augen, aber er sah ein bisschen aus wie Cecil, weil eins davon zu war. Mein Vater sagte, dass das passiert war, als Onkel Eddie durchs Schlüsselloch geguckt und Zugluft abbekommen hatte.

Wenn man Grimassen zog oder so tat, als würde man stottern, und der Wind änderte sich oder jemand schlug einem in dem Moment auf den Rücken, blieb man für immer und ewig so. Declan Fanning – er war vierzehn, und seine Eltern überlegten, ob sie ihn auf ein Internat schicken sollten, weil er rauchte – stotterte, und zwar seit dem Moment, als er sich über jemanden mit einem Stottern lustig machte und jemand anders ihn auf den Rücken schlug.

Onkel Eddie stotterte nicht, aber er konnte bloß zwei Wörter sagen: Gut, gut.

Wir gingen zum Gottesdienst, und die Donnellys waren hinter uns, und Pater Moloney sagte: – Nehmen Sie bitte Platz.

Wir standen vom Knien auf, und von Onkel Eddie kam ein: – Gut, gut.

Sinbad prustete los. Ich schaute zu meinem Da, um sicherzugehen, dass er nicht dachte, ich wäre das gewesen.

Man konnte auf den Heuballen bis ganz nach oben in die Scheune klettern. Wir hechteten von einer Lage Heuballen zur nächsten. Wir taten uns nie weh, es war großartig. Liam und Aidan sagten, dass ihr Onkel Mick, der Bruder ihrer Mutter, so eine Scheune wie die Scheune der Donnellys hatte.

– Wo?, fragte ich.

Das wussten sie nicht.

– Wo steht die?

– Auf dem Land.

Es gab dort Mäuse. Ich habe nie welche gesehen, aber sie gehört. Trotzdem sagte ich, dass ich welche gesehen hätte. Kevin hatte Dutzende gesehen. Ich hab mal eine zerquetschte Ratte gefunden. Mit Reifenabdruck. Wir versuchten, sie anzuzünden, aber das klappte nicht.

Wir waren ganz oben in der Scheune. Onkel Eddie kam herein. Er wusste nicht, dass wir hier waren. Wir hielten die Luft an. Onkel Eddie drehte zwei Runden und ging wieder raus. Durch die Tür fiel ein Rechteck aus Sonnenlicht. Es war eine von diesen großen Wellblechschiebetüren. Die ganze Scheune bestand aus Wellblech. Wir waren so hoch oben, dass wir das Dach berühren konnten.

Um die Scheune entstanden Rohbauten. Die Straße war verbreitert worden, und jetzt lagen am Ende der Straße, hinten beim Strand, Pyramidenstapel aus Riesenrohren. Die Straße sollte die Zufahrtsstraße zum Flughafen werden. Kevins Schwester, Philomena, fand, dass die Scheune wie eine Mutter aussah, die über die Häuser wachte. Wir sagten, sie sei ein Spast, aber sie hatte recht, die Scheune sah aus wie ein Mutterhaus.

Aus der Stadt kamen drei Feuerwehrautos, um das Feuer zu löschen, aber es gelang ihnen nicht. Die ganze Straße stand unter Wasser. Es passierte nachts. Als wir am nächsten Morgen aufstanden, brannte es nicht mehr, und unsere Ma verbot uns, in die Nähe der

Scheune zu gehen, und behielt uns im Auge, damit wir uns daran hielten. Ich kletterte in den Apfelbaum, doch ich konnte nichts erkennen. Er war nicht besonders groß und voller Blätter. Es wuchsen immer nur mickrige Äpfel.

Neben der Scheune fanden sie eine Streichholzschachtel, so hörten wir es zumindest. Das erzählte Missis Parker aus einem der Cottages unserer Ma. Mister Parker arbeitete für Donnelly, er fuhr den Traktor und ging jeden Samstagnachmittag mit Onkel Eddie ins Kino.

– Sie werden sie auf Fingerabdrücke untersuchen, sagte ich meiner Ma.

– Ja. Bestimmt.

– Sie werden sie auf Fingerabdrücke untersuchen, erzählte ich Sinbad. – Und wenn sie deine Fingerabdrücke auf den Streichhölzern finden, kommen sie und nehmen dich fest und stecken dich in die Artane Boys Band.

Sinbad glaubte mir nicht, aber dann wieder doch.

– Dann musst du wegen deiner Lippen die Triangel spielen, sagte ich ihm.

Er bekam ganz feuchte Augen, ich hasste ihn.

Außerdem hörten wir, dass Onkel Eddie im Feuer umgekommen war. Das erzählte Missis Byrne, die zwei Häuser weiter wohnte, meiner Mutter. Sie flüsterte, und beide bekreuzigten sich.

– Vielleicht ist es besser so, sagte Missis Byrne.

– Ja, sagte meine Ma.

Ich wollte unbedingt zur Scheune, um Onkel Eddie zu sehen, falls sie ihn noch nicht weggebracht hatten. Meine Ma machte für uns ein Picknick im Garten. Mein Da kam von der Arbeit. Er fuhr mit dem Zug dorthin. Meine Ma stand vom Picknick auf und ging rein, damit sie ungestört mit ihm reden konnte. Ich wusste, was sie ihm erzählte, das von Onkel Eddie.

– Wirklich?, fragte mein Da.

Meine Ma nickte.

– Das hat er mir gar nicht erzählt, als er gerade mit mir die Straße hochgelaufen ist. Er sagte nur: Gut, gut.

Es entstand eine Pause, und dann prusteten die beiden los.

Er war überhaupt nicht tot. Er war nicht einmal verletzt.

Die Scheune wurde nie wieder grün. Sie war verbeult und verbogen. Das Dach hing so schief wie der Deckel einer Dose. Es schaukelte und quietschte. Die große Tür war gegen die Hofwand gelehnt worden. Sie war ganz schwarz. Eine Wand war komplett verschwunden. Die Schwärze an den Wänden blätterte ab, und das ganze Teil wurde rostig und braun.

Alle sagten, das hätte einer aus den neuen Sozialbauten gemacht. Etwa ein Jahr später behauptete Kevin, er sei das gewesen. Aber das stimmte nicht. Er war in einem Wohnwagen in Courtown im Urlaub, als es brannte. Ich sagte nichts.

An einem schönen Tag konnten wir unterm Dach die Staubpartikel in der Luft sehen. Manchmal hingen sie noch in meinen Haaren, wenn ich nach Hause kam. An windigen Tagen fielen große, kaputte Stücke runter. Der Boden unterm Dach war rot.

Die Scheune löste sich auf.

Sinbad versprach es.

Meine Ma schob ihm das Haar aus der Stirn und kämmte es mit ihren Fingern durch, damit es oben blieb. Sie weinte auch fast.

– Ich habe alles probiert, erklärte sie ihm. – Also versprich es noch einmal.

– Ich verspreche es, sagte Sinbad.

Meine Ma band seine Hände los. Ich weinte auch.

Sie hatte seine Hände an den Stuhl festgebunden, damit er nicht an seinen Lippen pulte. Er hatte geschrien. Sein Gesicht war rot geworden, dann violett, und einer seiner Schreie hörte gar nicht mehr auf, er atmete nicht ein. Sinbads Lippen waren wegen des Feuerzeugbenzins voller Schorf. Zwei Wochen lang sah er aus, als hätte er überhaupt keine Lippen.

Sie hielt seine Hände an den Seiten fest, aber er durfte aufstehen.

– Zeig mir deine Zunge, sagte sie.

Sie überprüfte, ob er auch nicht log.

– Na gut, Francis, sagte sie. – Keine Punkte.

Francis war Sinbad. Er schloss den Mund wieder.

Sie ließ seine Hände los, doch er blieb stehen. Ich ging zu ihnen rüber.

Man musste die Mole entlangrennen und springen und Reise zum tiefsten Punkt des Meeres rufen, wer die meisten Wörter herausbrachte, bevor er das Wasser berührte, hatte gewonnen. Ganz schaffte das nie jemand. Einmal hatte ich es bis zu dem *Des* geschafft, aber Kevin, unser Schiri, behauptete, dass mein Hintern schon das Wasser berührt hätte, bevor ich bei *Punkt* angekommen war. Wir bewarfen uns gegenseitig mit Steinen, aber daneben.

Als die Seaview in der Fernsehserie von einer riesigen Qualle verschluckt wurde, versteckte ich mich hinter der Kommode, es war schrecklich. Zuerst machte es mir nichts aus, und als mein Vater meiner Mutter erzählte, wie lächerlich das war, hielt ich mir die Ohren zu. Aber als die Qualle das U-Boot quasi verschlang, kroch ich zur Kommode. Ich hatte auf dem Bauch vor dem Fernseher gelegen. Ich weinte nicht. Meine Ma sagte, dass die Qualle weg war, aber ich kam erst wieder raus, als ich die Werbung hörte. Danach brachte sie mich ins Bett und blieb noch eine Weile bei mir. Sinbad schlief. Ich stand auf, um etwas Wasser zu trinken. Sie sagte, dass ich das nächste Woche nicht mehr schauen durfte, aber sie vergaß es. In der nächsten Woche war es ohnehin wieder so wie immer, es ging um einen verrückten

Wissenschaftler, der einen neuen Torpedo erfunden hatte. Admiral Nelson verpasste ihm einen Schlag, dass er gegen das Periskop knallte.

– Richtig so, sagte mein Da.

Er hatte nicht hingeschaut, er hörte bloß zu. Er sah nicht von seinem Buch auf. Ich mochte das nicht, er machte sich über mich lustig. Meine Ma strickte. Ich durfte als Einziger aufbleiben, um die Serie anzuschauen. Ich erzählte Sinbad, wie großartig sie war, verriet ihm aber nicht, warum.

Ich war mit Edward Swanwick unten an dem Strand im Wasser. Er ging nicht auf dieselbe Schule wie die meisten anderen. Er ging aufs Belvedere in der Stadt.

– Nur das Beste für die Swanwicks, sagte mein Da, als meine Ma ihm erzählte, dass sie gesehen hatte, wie Missis Swanwick Margarine statt Butter kaufte.

Sie lachte.

Edward Swanwick musste einen Blazer und eine Krawatte anziehen und Rugby spielen. Er sagte, er hasse das, aber er fuhr jeden Tag allein mit dem Zug nach Hause, daher war es nicht ganz so schlimm.

Wir spritzten uns gegenseitig nass. Mit dem Lachen hatten wir aufgehört, weil wir uns schon ewig nass spritzten. Das Wasser zog sich zurück, also würden wir gleich rausgehen. Edward Swanwick stieß seine Hände nach vorn und schob eine Welle zu mir, und darin schwamm eine Qualle. Ein riesiges durchsichtiges Teil mit rosafarbenen Adern und einem violetten Inneren. Ich streckte meine Arme weit nach oben und ging aus dem Weg, aber sie erwischte mich trotzdem noch an der Seite. Ich schrie. Ich kämpfte mich durchs Wasser zur Treppe. Ich spürte, wie die Qualle mich am Rücken erwischte, zumindest dachte ich das. Ich schrie wieder, obwohl ich das gar nicht wollte. An unserem Strand war es felsig und uneben, ganz anders als an einem richtigen Strand. Ich erreichte die Treppe und umklammerte das Geländer.

– Das war eine Portugiesische Galeere, sagte Edward Swanwick.

Er lief in einem großen Bogen zur Treppe, weit um die Qualle herum.

Ich trat auf die zweite Stufe. Und schaute nach Spuren. Quallenstiche taten nicht weh, bis man aus dem Wasser kam. An der Seite von meinem Bauch war ein rosafarbener Striemen, ich sah ihn genau. Ich war aus dem Wasser raus.

– Das zahle ich dir heim, sagte ich zu Edward Swanwick.

– Das war eine Portugiesische Galeere, wiederholte Edward Swanwick.

– Schau dir das an.

Ich zeigte ihm meine Wunde.

Er stand jetzt auf dem Treppenabsatz und sah über die Brüstung zur Qualle.

Ich zog meine Badehose aus, ohne mich mit einem Handtuch abzumühen. Außer uns war niemand da. Die Qualle trieb noch immer im Meer, wie ein wässriger Regenschirm. Edward Swanwick sammelte Steine. Er ging ein paar Stufen runter, um an welche ranzukommen, aber ins Wasser wollte er nicht mehr. Ich bekam mein T-Shirt nicht über Brust und Rücken, weil meine Haut ganz nass war. Es klebte an meinen Schultern.

– Ihre Nesseln sind giftig, sagte Edward Swanwick.

Inzwischen hatte ich mein T-Shirt angezogen. Ich hob es hoch und vergewisserte mich, dass der Fleck noch da war. Ich fand, er tat langsam weh. Ich wrang meine Badehose über der Brüstung aus. Edward Swanwick warf Steine in Richtung Qualle.

– Auf sie drauf.

Daneben.

– Du bist so ein Spast!, sagte ich.

Ich wickelte meine Badehose ins Handtuch. Es war eins von den großen, weichen Badetüchern. Das hätte ich gar nicht nehmen dürfen.

Ich rannte den ganzen Weg. Den ganzen Weg die Barrytown Road entlang und an den Cottages vorbei, wo ein Geist lebte und eine alte Frau, die müffelte und keine Zähne hatte, und schließlich auch vorbei an den Läden. Drei Tore vor unserem Haus fing ich an zu weinen, dann schnell nach hinten und zur Küchentür hinein.

Ma fütterte das Baby.

– Was ist denn mit dir los, Patrick?

Sie schaute runter, suchte an meinen Beinen nach einer Wunde. Ich zog mein T-Shirt hoch, um ihr die Verletzung zu zeigen. Jetzt weinte ich richtig. Ich wollte eine Umarmung und eine Salbe und einen Verband.

– Eine Qualle – mich hat eine Portugiesische Galeere erwischt, sagte ich ihr.

Sie berührte meine Taille.

– Hier?

– Aua! Nein, da, der lange Streifen. Die sind hochgiftig.

– Ich sehe nichts – Oh, jetzt schon.

Ich zog mein T-Shirt runter und steckte es in meine Hose.

– Was machen wir jetzt am besten?, fragte sie mich. – Soll ich nach nebenan gehen und einen Krankenwagen rufen?

– Nein, Salbe ...

– Einverstanden. Das wird helfen. Kann ich erst noch Deirdre und Cathy zu Ende füttern?

– Ja.

– Prima.

Ich drückte meine Hand fest in die Seite, damit der Fleck nicht wegging.

Der Strand war eigentlich nur ein Pumpwerk. Dahinter stand eine Plattform, zu der man viele Stufen gehen musste. Bei einer Springflut schwappte das Wasser über die Plattform. Weitere Stufen führten direkt zum Wasser. Auf der anderen Seite der Pumpstation gab es auch Stufen, aber dort war es immer kalt und die Felsen waren größer und scharfkantiger. Es war schwierig, von da ins Wasser zu gelangen. Die Mole war gar keine richtige Mole. Es war ein zementverkleidetes Rohr. Der Zement war nicht glatt. Stein- und Felsstückchen stachen heraus. Man konnte nicht einfach bis zum Ende durchrennen. Man musste aufpassen, wo und wie fest man auftrat. Man konnte nicht gut am Meer spielen. Es gab zu viel Seegras, Schlamm und Felsen, man musste immer nach unten schauen und das Wasser absuchen. Eigentlich konnte man nur schwimmen.

Ich war ein guter Schwimmer.

Sinbad ging bloß ins Wasser, wenn unsere Ma dabei war.

Kevin hat sich beim Sprung von der Mole einmal den Kopf aufgeschlagen. Er musste zum Nähen ins Jervis-Street-Krankenhaus. Er fuhr mit seiner Ma und seiner Schwester in einem Taxi.

Ein paar von uns durften dort unten am Strand nicht schwimmen. Wenn man sich den Zeh an einem Felsen aufschnitt, bekam man Kinderlähmung. Ein Junge aus dem Barrytown Drive, Seán Rickard, starb, und zwar angeblich, weil er eine Ladung Wasser von dort geschluckt hatte. Jemand anders erzählte, dass er einen Wunderball verschluckt hatte, der in seiner Luftröhre stecken geblieben war.

– Er war ganz allein in seinem Zimmer, sagte Aidan. – Und er konnte sich nicht selbst auf den Rücken klopfen, um ihn rauszukriegen.

– Warum ist er nicht in die Küche gegangen?

– Er hat keine Luft bekommen.

– Ich kann mir auf den Rücken klopfen, guckt mal.

Wir schauten, wie Kevin sich auf den Rücken klopfte.

– Nicht fest genug, sagte Aidan.

Wir versuchten es auch.

– Das ist völliger Quatsch, sagte meine Ma. – Hör nicht auf die.

Sie sprach leiser.

– Der arme kleine Kerl hatte Leukämie.

– Was ist Leukämie?

– Eine Krankheit.

– Kann man die bekommen, wenn man Wasser schluckt?

– Nein.

– Wie dann?

– Nicht vom Wasser.

– Von Meerwasser?

– Von gar keinem Wasser.

Das Wasser am Strand war ausgezeichnet, sagte mein Da. Fachleute der Stadtverwaltung hatten es getestet, und es war einwandfrei.

– Da hast du's, sagte meine Ma.

Mein Opa Finnegan, ihr Vater, arbeitete für die Stadtverwaltung.

Vor Henno hatten wir Miss Watkins als Lehrerin, und die brachte ein Geschirrhandtuch mit der Unabhängigkeitserklärung mit, denn seit 1916 waren fünfzig Jahre vergangen. Der Text stand in der Mitte, und sieben Männer hatten darum herum unterschrieben. Sie hängte es über die Tafel, und wir durften es einer nach dem anderen anschauen. Einige Jungen bekreuzigten sich davor.

– *Nach bhfuil sé go h'álainn*, Jungs?, sagte sie ein ums andere Mal, wenn zwei Jungen daran vorbeigingen.

– *Tá*, antworteten wir.

Ich betrachtete die Namen am unteren Ende. Thomas J. Clarke war der erste. Clarke, wie mein Name.

Miss Watkins nahm ihren *bata,* las uns die Erklärung vor und zeigte auf jedes Wort.

– In dieser großen Stunde muss sich die Irische Nation durch ihre Tapferkeit und Disziplin und durch die Bereitschaft ihrer Kinder, sich für das Gemeinwohl zu opfern, der hehren Bestimmung als würdig erweisen, zu der sie berufen ist. Unterzeichnet im Namen der

Provisorischen Regierung, Thomas J. Clarke, Seán MacDiarmada, Thomas MacDonagh, P. H. Pearse, Eamonn Ceannt, James Connolly, Joseph Plunkett

Miss Watkins klatschte, also machten wir das auch. Wir fingen an zu lachen. Sie schaute uns streng an, und wir hörten auf, klatschten aber weiter.

Ich drehte mich zu James O'Keefe.

– Thomas Clarke ist mein Opa. Sag das weiter.

Miss Watkins schlug mit dem *bata* auf die Tafel.

– *Seasaígí suas.*

Sie ließ uns im Gleichschritt neben unseren Tischen marschieren.

– *Clé – deas – clé deas – clé –*

Die Wände des Fertigbaus wackelten. Die Fertighäuser standen hinter der Schule. Man konnte unter sie kriechen. Der Anstrich nach vorne raus war durch die Sonne ganz rissig geworden, er ließ sich abziehen. In der richtigen Schule, der aus Beton, bekamen wir erst ein Jahr später einen Raum, als wir zu Henno wechselten. Wir gingen gerne im Gleichschritt. Dann spürten wir, wie unter uns die Dielen wackelten. Wir stampften so stark auf, dass wir nicht im Takt blieben. Sie ließ uns ein paarmal am Tag marschieren, wenn sie fand, dass wir faul aussahen.

Dieses Mal las Miss Watkins uns die Unabhängigkeitserklärung dabei vor.

– Männer und Frauen aus Irland: Im Namen Gottes und vorangegangener Generationen, von denen unser Land seine alte Tradition nationaler Identität erhält, ruft Irland durch uns seine Kinder zu den Fahnen und strebt nach seiner Freiheit.

Sie musste unterbrechen. Wir marschierten nicht mehr ordentlich im Gleichschritt. Sie schlug auf die Tafel.

– *Suígí síos.*

Sie wirkte verärgert und enttäuscht.

31

Kevin meldete sich.

– Miss?

– *Sea?*

– Paddy Clarke hat gesagt, dass sein Großvater der Thomas Clarke auf dem Geschirrtuch ist, Miss.

– Hat er das?

– Ja, Miss.

– Patrick Clarke.

– Ja, Miss.

– Steh auf, damit wir dich sehen.

Ich brauchte ewig, um neben meinen Tisch zu treten.

– Dein Großvater ist Thomas Clarke?

Ich lächelte.

– Stimmt das?

– Ja, Miss.

– Dieser Mann hier?

Sie zeigte auf den Thomas Clarke in einer der Ecken des Geschirrtuchs. Er sah aus wie ein Großvater.

– Ja, Miss.

– Dann erzähl uns mal, wo er wohnt.

– Clontarf, Miss.

– Wo?

– Clontarf, Miss.

– Komm nach vorne, Patrick Clarke.

Außer meinen Schritten auf den Dielen war es mucksmäuschenstill.

Sie zeigte auf den Schriftzug unter Thomas Clarkes Kopf.

– Lies das vor, Patrick Clarke.

– Ex... äh ... exekutiert am 3. Mai 1916 von den Briten.

– Was bedeutet exekutiert, Dermot Grimes, der in der Nase bohrt und glaubt, ich würde ihn nicht sehen?

– Umgebracht, Miss.

– Richtig. Und das ist dein Großvater, der in Clontarf lebt, Patrick Clarke?

– Ja, Miss.

Ich tat so, als würde ich erneut das Bild anschauen.

– Ich frage dich noch einmal, Patrick Clarke. Ist dieser Mann dein Großvater?

– Nein, Miss.

Sie schlug mir dreimal auf jede Hand.

Als ich zurück an meinen Platz ging, konnte ich den Sitz nicht herunterklappen, meine Hände waren zu nichts mehr zu gebrauchen. James O'Keefe klappte den Sitz mit seinem Fuß für mich herunter. Es knallte. Ich dachte, ich würde noch einmal geschlagen. Ich schob meine Hände unter die Beine. Ich krümmte mich nicht: Das ließ sie nicht zu. Es fühlte sich an, als wären meine Hände abgefallen, schon bald würde der Schmerz eher zu einem leichten Brennen werden. Meine Handflächen fingen wie verrückt an zu schwitzen. Es war immer noch still. Ich schaute zu Kevin. Ich grinste, aber meine Zähne klapperten. Ich sah, wie Liam sich am Anfang der Reihe umdrehte und darauf wartete, dass Kevin zu ihm schaute, wartete, dass er grinste.

Ich mochte meinen Opa Clarke viel lieber als Opa Finnegan. Opa Clarkes Frau, meine Oma, lebte nicht mehr.

– Sie ist im Himmel, sagte er, – und hat eine tolle Zeit.

Wenn wir ihn besuchten oder wenn er uns besuchte, schenkte er mir eine Halfcrown. Einmal kam er mit dem Fahrrad.

Eines Abends, es lief gerade Mart und Market im Fernsehen, wühlte ich mich durch die Schubladen der Kommode. In der untersten Schublade lagen so viele Fotografien, dass beim Zuschieben ein paar vom Stapel nach hinten und unter die Kommode rutschten. Auf einem waren Oma und Opa Clarke. Wir hatten ihn schon ewig nicht mehr besucht.

– Dad?

– Ja, Junge?

– Wann besuchen wir Opa Clarke mal wieder?

Mein Da sah aus, als hätte er etwas verloren und wiedergefunden, aber nicht das, was er wollte.

Er richtete sich auf und schaute mich eine Weile an.

– Opa Clarke ist tot, sagte er. – Erinnerst du dich nicht?

– Nein.

Tat ich nicht.

Er hob mich hoch.

Mein Da hatte große Hände. Seine Finger waren lang. Aber nicht dick. Ich konnte die Knochen unter der Haut und dem Fleisch ausmachen. Eine seiner Hände baumelte über den Sessel. Mit der anderen hielt er sein Buch. Seine Nägel waren sauber – außer einem –, und die weißen Stücke am Ende waren länger als bei mir. Die Falten um die Knöchel ähnelten ein bisschen dem Muster einer Wand, dem Mörtel zwischen den Ziegelsteinen. Sonst hatte er kaum Falten, aber die Poren waren wie Löcher, mit einem Haar in jede Pore. Dunkle Haare. Unter seinem Ärmel schauten Haare hervor.

Die Nackten und die Toten. So hieß das Buch. Auf dem Buchdeckel war ein Soldat in Uniform. Sein Gesicht war schmutzig. Er war Amerikaner.

– Worum geht es?

Er schaute auf den Buchdeckel.

– Krieg, sagte er.

– Taugt das was?, fragte ich.

– Ja, tut es, sagte er. – Es ist sehr gut.

Ich nickte Richtung Buch.

– Spielt er auch mit?

– Ja.

– Wie ist er?

– Bei ihm bin ich noch nicht. Ich gebe dir Bescheid.

*

Der Dritte Weltkrieg bahnt sich an.

Ich holte meinem Da jeden Tag die Zeitung, wenn er von der Arbeit nach Hause kam, und samstags auch, zur gleichen Zeit. Die *Evening Press*, Ma gab mir das Geld.

Der Dritte Weltkrieg bahnt sich an.

– Heißt anbahnen kommen?, fragte ich meine Ma.

– Ich glaube schon, sagte sie. – Warum?

– Der Dritte Weltkrieg bahnt sich an, sagte ich zu ihr. – Schau mal.

Sie sah auf die Überschrift.

– Oje, sagte sie. – Das ist bloß die Zeitung. Die übertreiben gern.

– Werden wir in dem Krieg kämpfen?, fragte ich sie.

– Nein, sagte sie.

– Warum nicht?

– Weil es keinen geben wird, sagte sie.

– Hast du im Zweiten Weltkrieg schon gelebt?, fragte ich sie.

– Ja, sagte sie. – Allerdings!

Sie kochte gerade unser Abendessen und setzte ihre beschäftigte Miene auf.

– Wie war das?

– Gar nicht so schlimm, sagte sie. – Du wärst enttäuscht gewesen, Patrick. Irland war nicht richtig im Krieg.

– Warum nicht?

– Oh, das ist kompliziert, wir waren es einfach nicht. Das kann dir dein Daddy erklären.

Ich wartete auf ihn. Er kam zur Hintertür herein.

– Schau mal.

35

Der Dritte Weltkrieg bahnt sich an.

Er las es.

– Der Dritte Weltkrieg bahnt sich an, sagte er. – Anbahnen, mehr nicht.

Ihn schien das nicht zu beunruhigen.

– Hast du dein Gewehr griffbereit, Patrick?, fragte er.

– Ma sagt, es wird keinen Krieg geben, meinte ich.

– Sie hat recht.

– Warum?

Manchmal mochte er solche Fragen, manchmal aber auch nicht. Wenn er sie mochte, schlug er die Beine übereinander, als wollte er es sich gemütlich machen, und lehnte sich ein wenig in seinem Sessel zur Seite. Das tat er jetzt auch, er lehnte sich näher zu mir. Den Anfang bekam ich nicht mit, weil ich gehofft hatte, dass er das machte – seine Beine übereinanderschlagen und sich zu mir lehnen –, und es genauso passiert war, wie ich es mir gewünscht hatte.

– ... zwischen den Israelis und den Arabern, hörte ich.

– Warum?

– Sie mögen sich nicht, erklärte er, – verkürzt gesagt. Leider dieselbe alte Geschichte.

– Warum schreibt die Zeitung das über den Dritten Weltkrieg?, fragte ich ihn.

– In erster Linie, um Zeitungen zu verkaufen, sagte er. – Mit so einer Überschrift verkauft man Zeitungen. Aber auch, weil die Amerikaner die Juden unterstützen und die Russen die Araber.

– Die Juden sind die Israelis.

– Ja, genau.

– Wer sind die Araber?

– Alle anderen. Ihre ganzen Nachbarn. Jordanien, Syrien –

– Ägypten.

– Guter Junge, du kennst dich aus.

– Die heilige Familie ging nach Ägypten, als Herodes sie verfolgte.

– Richtig. Für einen Zimmermann gibt es immer Arbeit.

Ich verstand nicht ganz, was er damit meinte, aber das war die Art von Dingen, die meine Mutter nicht von ihm hören wollte. Allerdings war sie nicht da, also lachte ich.

– Und die Juden gewinnen, sagte mein Da. – Allen Widrigkeiten zum Trotz. Viel Glück.

– Juden gehen samstags zum Gottesdienst, sagte ich meinem Da.

– Stimmt, sagte er. – In Synagogen.

– Sie glauben nicht an Jesus.

– Stimmt.

– Warum nicht?

– Nun ja.

Ich wartete.

– Menschen glauben unterschiedliche Dinge.

Das reichte mir nicht.

– Manche glauben an Gott, andere nicht.

– Kommunisten nicht, sagte ich.

– Stimmt, sagte er. – Von wem weißt du das?

– Mister Hennessey.

– Guter Mann, Mister Hennessey, sagte er.

Die Art und Weise, wie er das Nächste sagte, verriet mir, dass es aus einem Gedicht stammte, manchmal machte er das.

– Und sie starrten und sie staunten gar noch mehr, so ein kleiner Kopf und er wurde vom Wissen nicht schwer. Einige glauben, dass Jesus der Sohn Gottes war, und andere nicht.

– Du schon, oder?

– Ja, sagte er. – Das tue ich. Warum? Hat Mister Hennessey euch gefragt?

– Nein, sagte ich.

Seine Miene veränderte sich.

– Die Israelis sind ein großartiges Volk, sagte er. – Hitler wollte sie auslöschen, viel hat nicht mehr gefehlt, und sieh sie dir jetzt an. Zahlenmäßig unterlegen, waffenmäßig unterlegen, in so ziemlich allem unterlegen, und trotzdem gewinnen sie. Manchmal denke ich, wir sollten dorthin ziehen, nach Israel. Würde dir das gefallen, Patrick?

– Ich weiß nicht. Ja, vielleicht.

Ich wusste, wo Israel lag. Es sah aus wie ein Pfeil.

– Es ist heiß dort, sagte ich.

– Hmmm.

– Aber im Winter schneit es trotzdem.

– Jep. Eine schöne Mischung. Nicht wie hier, nur Regen.

– Sie ziehen keine Schuhe an, sagte ich.

– Machen sie nicht?

– Sandalen.

– So wie ... wie heißt er noch gleich?

– Terence Long.

– Stimmt. Terence Long.

Wir lachten beide.

– TERENCE LONG

TERENCE LONG

WENN ER OHNE SOCKEN LIEF

UMWEHTE IHN EIN ÜBLER MIEF.

– Armer alter Terence, sagte mein Da. – Aber die Israelis sind klasse.

– Wie war der Zweite Weltkrieg?, fragte ich ihn.

– Lang, sagte er.

Ich kannte die Daten.

– Ich war noch ein Kind, als er losging, sagte er. – Und als er vorbei war, war ich fast mit der Schule fertig.

– Sechs Jahre.

– Jep. Sechs lange Jahre.

– Mister Hennessey sagte, dass er erst mit achtzehn seine erste Banane gesehen hat.

– Das ist durchaus möglich.

– Luke Cassidy hat Ärger bekommen. Er wollte wissen, was die Affen während des Krieges gegessen haben.

– Was ist passiert?, fragte Da, nachdem er mit Lachen fertig war.

– Er hat ihn geschlagen.

Er sagte nichts.

– Sechsmal.

– Uff.

– Dabei hat Luke sich das nicht einmal selbst ausgedacht. Kevin Conroy hat gesagt, dass er das fragen soll.

– Dann geschieht es ihm recht.

– Er hat geweint.

– Und das nur wegen Bananen.

– Kevins Bruder geht in die F.C.A, zu den Reservisten, sagte ich.

– Ach ja? Da werden sie ihn ordentlich Mores lehren.

Das verstand ich nicht. Wer war dieser Mores?

– Warst du da?

– In der F.C.A.?

– Ja.

– Nein.

– Während des ...

– Mein Vater war in der L.D.F.

– Was ist das?

– Local Defence Force, die örtlichen Schutztruppen.

– Hatte er ein Gewehr?

– Davon gehe ich aus. Aber nicht zu Hause, glaube ich zumindest.

– Wenn ich alt genug bin, werde ich mich denen auch anschließen. Darf ich?

– Der F.C.A.?

– Ja, darf ich?

– Sicher.

– War Irland jemals in einem Krieg?

– Nein.

– Was ist mit der Schlacht von Clontarf?

Er lachte, ich wartete.

– Das war kein richtiger Krieg, sagte er.

– Was war's dann?

– Eine Schlacht.

– Was ist der Unterschied?

– Na ja, sagen wir es ... Kriege sind lang –

– Und Schlachten sind kurz.

– Ja.

– Warum war Brian Boru in einem Zelt?

– Er hat gebetet.

– Aber in einem Zelt? In Zelten betet man nicht.

– Ich habe Hunger, sagte er. – Wie steht's mit dir?

– Schon.

– Was gibt es wohl, irgendeine Idee?

– Hackbraten.

– Richtig.

– Wie kann Gas einen umbringen?

– Es vergiftet dich.

– Wie?

– Man sollte es nicht einatmen. Deine Lunge verkraftet das nicht.
Warum?

– Die Juden, sagte ich.

– Oh, sagte er. – Ja.

– Wenn Irland im Krieg wäre, würdest du zur Armee gehen?

– Wird nicht passieren.

– Vielleicht schon, sagte ich.

– Nein, sagte er. – Das glaube ich nicht.

– Der Dritte Weltkrieg bahnt sich an, sagte ich.

– Vergiss das, sagte er.

– Würdest du?

– Ja, sagte er.

– Ich auch.

– Gut. Und Francis.

– Er ist zu jung, sagte ich. – Sie würden ihn nicht lassen.

– Es wird keinen Krieg geben, sagte er. – Mach dir keine Sorgen.

– Mache ich nicht, sagte ich.

– Gut.

– Wir waren gegen die Engländer im Krieg, oder?

– Ja.

– Das war ein Krieg, sagte ich.

– Also, das war nicht wirklich – vermutlich schon.

– Wir haben gewonnen.

– Ja. Wir haben sie umgebracht. Wir haben ihnen eine Abreibung verpasst, die sie nie vergessen werden.

Wir lachten.

Wir aßen zu Abend. Es war köstlich. Der Braten war nicht zu bröselig. Ich saß auf dem Stuhl neben Da, auf Sinbads Platz. Sinbad sagte nichts.

– Das heißt nicht Ädeidas. Das heißt Adiiidas.

– Stimmt gar nicht. Es heißt Ädeidas.

– Stimmt doch. In der Mitte heißt es iii.

– Ei.

– Iii.

– Ei.

– Spast, es heißt iiiiiiiii.

– Eiiiiii.

Keiner von uns hatte Adidasfußballschuhe. Wir bekamen sie alle zu Weihnachten. Ich wollte die mit den Schraubstollen. Das schrieb ich auch in meinen Brief an den Weihnachtsmann, obwohl ich nicht an ihn glaubte. Ich schrieb nur an ihn, weil meine Ma es mir gesagt hatte, weil Sinbad an ihn schrieb. Sinbad wünschte sich einen Schlitten. Ma half ihm beim Schreiben. Ich war schon fertig. Mein Brief steckte im Umschlag, aber ich durfte nicht die Klappe anlecken, weil Sinbads Brief auch noch dazusollte. Das war ungerecht. Ich wollte einen eigenen Umschlag.

– Jetzt jammere nicht so, sagte sie.

– Ich jammere nicht.

– Doch, tust du, hör auf.

Tat ich nicht. Zwei Briefe in einem Umschlag war bescheuert. Santy würde denken, dass es bloß ein Brief wäre, und dann nur Sinbads Geschenk bringen und meins nicht. Aber ich glaubte sowieso nicht an ihn. Nur kleine Kinder glaubten an ihn. Wenn sie noch einmal sagte, dass ich jammerte, würde ich das sagen, und dann bräuchte sie den ganzen Tag, damit Sinbad wieder an ihn glaubte.

– Ich weiß nicht, ob Santy Schlitten nach Irland bringt, sagte sie zu Sinbad.

– Warum nicht?

– Weil es hier kaum schneit. Du könntest ihn gar nicht benutzen.

– Im Winter gibt es Schnee, sagte Sinbad.

– Nur manchmal.

– Oben in den Bergen.

– Das ist meilenweit entfernt, sagte sie. – Meilenweit.

– Mit dem Auto.

Sie blieb geduldig. Ich wartete nicht länger. Ich ging in die Küche. Wenn man einen Umschlag über den Dampf eines Wasserkochers hielt, konnte man ihn heimlich öffnen und wieder verschließen. Ich brauchte einen Stuhl, um den Wasserkocher einzustecken. Ich überprüfte, ob genug Wasser über der Heizspirale war. Ich hob ihn nicht einfach nur hoch und schätzte sein Gewicht, ich nahm den Deckel ab und schaute hinein. Ich stieg vom Stuhl und stellte ihn zurück. Den Stuhl brauchte ich nicht mehr.

Ich ging zurück ins Wohnzimmer. Sinbad wollte noch immer den Schlitten.

– Er sollte einem bringen, was man sich wünscht, sagte er.

– Das tut er, Schatz.

– Dann ...

– Aber er möchte nicht, dass du enttäuscht bist, sagte sie. – Er möchte Kindern Geschenke bringen, mit denen sie die ganze Zeit spielen können.

Ihre Stimme klang unverändert, sie würde ihn nicht zwingen.

Ich ging zurück in die Küche. Ich nahm meinen Brief aus dem Umschlag und legte ihn weit weg von dem nassen, runden Milchflaschenabdruck auf den Tisch. Ich leckte an der Gummierung der Klappe und klebte sie fest. Ich drückte ordentlich. Jetzt stieg der Dampf aus dem Ausguss des Wasserkochers. Ich wartete. Die Gummierung sollte erst trocknen. Noch mehr Dampf, der Wasserkocher pfiff inzwischen. Ich hielt den Umschlag so weit in den Dampf, dass ich mir nicht die Finger verbrühte. Es war zu nah, der Umschlag wurde nass. Ich hob die Hand und bewegte den Umschlag über dem Dampf hin und her. Nicht zu lange, der Umschlag wurde trotzdem schlaff, als würde er gleich einschlafen. Ich holte den Stuhl und zog den Stecker raus und stellte den Wasserkocher wieder genau so neben die Teedose wie vorher, bevor ich ihn eingesteckt hatte. Auf der Dose waren japanische Vögel, die ihre langen Schwänze verknotet oder gegenseitig in den Schnäbeln hatten. Der Umschlag war ein bisschen feucht. Ich brachte ihn raus in den Garten. Ich schob meinen Daumennagel unter die Klappe. Sie ließ sich ein Stück anheben. Ich hielt den Umschlag hoch. Es hatte funktioniert. Ich drückte auf die Gummierung. Sie klebte noch immer. Es funktionierte. Ich ging wieder nach drinnen, es war kalt und windig und wurde langsam dunkel. Ich fürchtete mich nicht vor der Dunkelheit, nur wenn auch der Wind pfiff. Ich schob meinen Brief zurück in den Umschlag.

Sinbad schrieb seinen Brief zu Ende.

– L-e-g-o, buchstabierte meine Ma für ihn.

Er konnte Buchstaben noch nicht gut verbinden. Ich durfte seinen Brief in den Umschlag stecken. Ich faltete ihn separat und schob ihn neben meinen.

Als mein Da von der Arbeit nach Hause kam, schob er den Brief den Kamin hinauf. Er hatte sich hingekniet und sorgte dafür, dass wir ihn nicht richtig sahen.

– Hast du den Brief bekommen, Santa?

Er brüllte den Kamin hoch.

– Ja, das habe ich, sagte er in einer tiefen Stimme, die angeblich Santy gehörte.

Ich schaute zu Sinbad. Er glaubte, dass gerade Santy sprach. Er schaute zu meiner Ma. Ich nicht.

– Kannst du all diese Geschenke besorgen?, brüllte mein Da den Kamin hinauf.

– Mal schauen, antwortete er. – Die meisten. Und jetzt auf Wiedersehen. Ich muss noch andere Familien besuchen. Auf Wiedersehen.

– Verabschiedet euch von Santa, Jungs, sagte meine Ma.

Sinbad sagte Auf Wiedersehen, und ich musste das auch. Mein Da trat vom Kamin zurück, damit wir uns ordentlich verabschieden konnten.

*

Meine Wärmflasche war rot, die Farbe von Manchester United. Die von Sinbad war grün. Ich mochte den Geruch der Flasche. Ich schüttete heißes Wasser hinein und leerte sie aus und roch daran. Ich hielt meine Nase ans Loch, steckte sie fast hinein. Großartig. Man füllte sie nicht einfach von oben mit Wasser – meine Mutter hat es mir gezeigt. Man musste die Flasche auf die Seite legen und langsam das Wasser einfüllen, weil sonst Luft eingeschlossen wurde und der Gummi porös wurde und platzte. Ich sprang auf Sinbads Flasche. Nichts passierte. Noch einmal machte ich das nicht. Wenn nichts passierte, bahnte es sich manchmal in Wirklichkeit an.

Bei Liam und Aidan zu Hause war es dunkler als bei uns. Das lag an der Sonne und nicht am verwahrlosten Zustand. Es war nicht auf die Art schmutzig, wie einige Leute behaupteten. Die Sessel und anderen Sachen fielen einfach nur auseinander oder platzten auf. Auf dem Sofa konnte man toll herumturnen, weil es voller Löcher war und nie jemand sagte, dass wir runtersollten. Wir kletterten von der Armlehne auf die Rückenlehne und sprangen. Oder zwei von uns kletterten auf die Rückenlehne und bekämpften sich.

Ich mochte ihr Haus. Darin konnte man besser spielen. Alle Türen standen offen, wir durften überallhin. Einmal spielten wir Verstecken, und Mister O'Connell kam in die Küche und öffnete den Schrank neben dem Herd, in dem ich saß. Er nahm eine Tüte Kekse heraus und schloss die Tür ganz leise, ohne etwas zu sagen. Dann öffnete er die Tür wieder und fragte mich flüsternd, ob ich einen Keks wolle.

Es waren zerbrochene Kekse, eine braune Tüte voll, an denen gab es nichts auszusetzen, außer dass sie zerbrochen waren. Meine Ma kaufte sie nie.

Ein paar Jungen in der Schule hatten Mütter, die bei Cadbury arbeiteten. Meine und die von Kevin nicht, und Aidan und Liams Ma war gestorben. Ian McEvoys Mutter arbeitete dort, nicht das ganze Jahr, nur vor Ostern und Weihnachten. Manchmal hatte Ian McEvoy Ostereier zum Mittagessen dabei, die Schokolade war einwandfrei, das Ei hatte bloß die falsche Form. Meine Mutter sagte, Missis McEvoy arbeitete bei Cadbury, weil sie das musste.

Das verstand ich nicht.

– Dein Daddy hat eine bessere Arbeit als Ians Daddy, sagte sie. Und dann: – Aber erzähl das nicht Ian, auf keinen Fall.

Die McEvoys wohnten in unserer Straße.

– Mein Da hat eine bessere Arbeit als deiner!

– Hat er nicht!

– Hat er doch.

– Hat er nicht.

– Doch.

– Beweis es.

– Deine Ma arbeitet nur bei Cadbury, weil sie das muss!

Er wusste nicht, was ich meinte. Und ich auch nicht wirklich.

– Weil sie muss! Weil sie muss!

Ich schubste ihn. Er schubste mich zurück. Ich griff mit einer Hand nach dem Vorhang und stieß ihn fest mit der anderen. Er rutschte mit einem Bein von der Sofarückenlehne und fiel. Ich hatte gewonnen. Ich ließ mich aufs Sofa rutschen.

– Ge-won-nen! Ge-won-nen! Ge-won-nen!

Ich saß gerne in der Mulde, allerdings ein bisschen weiter hinter der Sprungfeder. Der Stoff war toll, er sah so aus, als wäre nur das Muster übrig geblieben und der Rest des Stoffes mit kleinen Rasenmähern geschoren worden. Das Muster, die Blumen, fühlte sich wie hartes Gras an oder wie mein Hinterkopf, wenn die Haare frisch geschnitten waren. Der Stoff war farblos, aber wenn das Licht brannte, erkannte man, dass die Blumen einmal bunt gewesen waren. Beim Fernsehschauen saßen wir alle auf dem Sofa, wir hatten jede Menge Platz und wunderbare Kämpfe. Mister O'Connell wollte nie, dass wir rausgingen oder leise waren.

Sie hatten den gleichen Küchentisch wie wir, aber das war's auch schon. Sie hatten ganz unterschiedliche Stühle, unsere waren alle gleich, aus Holz mit einem roten Sitz. Als ich einmal Liam abholen wollte und an die Küchentür klopfte, aßen sie gerade zu Abend. Mister O'Connell rief mir zu, dass ich hereinkommen solle. Er saß an der Seite vom Tisch, wo ich und Sinbad sonst saßen, und nicht am Kopfende wie mein Da. Dort hockte Aidan. Er stand auf und stellte den Wasserkocher an und setzte sich dann wieder hin, wo meine Ma immer saß.

Das gefiel mir nicht.

Er machte Frühstück und Abendessen und alles, Mister O'Connell meine ich. Zum Mittagessen gab es bei ihnen jeden Tag Chips, ich bekam immer nur Sandwiches. Ich aß sie fast nie. Ich legte sie in das Fach unter meinem Schultisch, Banane, Schinken, Käse, Marmelade. Manchmal aß ich eins, aber den Rest schob ich unter meinen Tisch. Wenn mein Tintenfass wackelte, weil es von dem Sandwichstapel angehoben wurde, wusste ich, dass es zu voll wurde. Ich wartete, bis Henno nach draußen gegangen war – er ging ständig nach draußen und sagte, er wüsste, was wir im Schilde führten, auch wenn er uns den Rücken zudrehte, daher sollten wir es besser bleiben lassen, und wir glaubten ihm irgendwie –, und ich holte den Abfalleimer neben seinem Pult und brachte ihn zu meinem Tisch. Ich schaufelte die Unmengen an Sandwiches hinein. Alle sahen zu. Einige waren in Alufolien eingepackt, aber die anderen, die nur in Plastiktüten oder einer Brottüte steckten, waren genial, besonders die ganz hinten. Auf ihnen wuchs alles Mögliche, in Grün und Blau und Gelb. Kevin forderte James O'Keefe heraus, eins zu essen, was er aber nicht tat.

– Feigling.

– Iss du doch eins.

– Ich habe dich zuerst gefragt.

– Ich esse eins, wenn du eins isst.

– Feigling.

Ich drückte auf ein Alupäckchen, der Inhalt verschob sich zu einer Seite und quoll durch die Folie. Es war wie in einem Film. Jeder wollte es sehen. Dermot Kelly fiel von seinem Tisch und schlug mit dem Kopf gegen den Sitz. Ich brachte den Abfalleimer zurück zu Hennos Pult, bevor er herumheulte.

Der Abfalleimer war so ein geflochtener und war jetzt bis zum Rand mit alten Sandwiches gefüllt. Der Geruch kroch durch den Raum und wurde immer stärker und stärker, dabei war es erst elf Uhr, wir mussten noch drei Stunden durchhalten.

Mister O'Connell machte großartige Abendessen. Pommes frites und Burger, er machte sie nicht, er brachte sie nach Hause. Den ganzen Weg mit dem Zug aus der Stadt, weil es damals noch keine Läden mit Fisch und Chips in Barrytown gab.

– Gott behüte sie, sagte meine Ma, als mein Da von dem penetranten Geruch von Pommes frites und Essig erzählte, den Mister O'Connell mit in den Zug brachte.

Er machte ihnen Kartoffelbrei. Er löffelte die Mitte aus dem Berg, bis er wie ein Vulkan aussah, kleckste einen Batzen Butter hinein und deckte ihn wieder zu. So richtete er jeden Teller her. Er machte ihnen Specksandwiches. Er gab ihnen eine Dose Ambrosia-Milchreis, und sie durften direkt aus der Dose essen. Salat gab es nie.

Sinbad aß nichts. Nur Brot und Marmelade. Meine Ma versuchte, ihn zu überreden, sein Abendessen zu essen. Sie sagte, sie würde ihn nicht vom Tisch aufstehen lassen, bis er fertig war. Mein Vater verlor die Geduld und brüllte ihn an.

– Schrei ihn nicht an, Paddy, sagte meine Ma zu meinem Da, nicht zu uns, wir sollten das gar nicht hören.

– Er provoziert mich, sagte mein Da.

– Du machst es nur schlimmer, sagte sie inzwischen ein wenig lauter.

– Du hast ihn verwöhnt, das ist das Problem.

Er stand auf.

– Ich gehe ins Wohnzimmer und lese meine Zeitung. Und wenn der Teller danach nicht leer ist, kannst du was erleben.

Sinbad saß zusammengekauert auf seinem Stuhl und starrte den Teller an, als würde das Essen dadurch verschwinden.

Meine Ma ging meinem Da nach, um weiter mit ihm zu reden. Ich half Sinbad mit seinem Abendessen. Er ließ das Essen immer wieder aus dem Mund auf den Teller und den Tisch fallen.

Da ließ Sinbad eine Stunde lang dort sitzen, bis er endlich den Teller kontrollierte. Alles weg, in mir und im Abfalleimer.

– Schon besser, sagte mein Da.

Sinbad ging ins Bett.

So war er, unser Da. Hin und wieder war er gemein, richtig gemein, einfach so. Er ließ uns zum Beispiel nicht fernsehen, und im nächsten Moment saß er neben uns auf dem Boden, und wir schauten zusammen, allerdings nie lange. Er hatte immer zu tun. Sagte er. Aber meistens saß er in seinem Sessel.

Bevor wir sonntagmorgens zum Gottesdienst gingen, polierte ich bei uns im Haus alles auf Hochglanz. Meine Ma gab mir ein Tuch, normalerweise ein Stück einer alten Schlafanzughose. Ich fing oben in ihrem Schlafzimmer an. Ich polierte die Frisierkommode und richtete ihre Bürsten. Ich wischte übers Kopfende. Dort lag immer eine Menge Staub. Auf dem Tuch entstand jedes Mal ein Fleck. Ich wischte so weit über das Bild von Jesus mit seinem sichtbaren Herzen, wie ich herankam. Jesus neigte den Kopf zur Seite, ein bisschen wie ein Kätzchen. Auf dem Bild standen die Namen meiner Eltern und ihr Hochzeitsdatum – der 25. Juli 1957 – und die Daten unserer Geburtstage, außer dem meiner jüngsten Schwester, die meine Mutter erst danach bekommen hatte. Die Namen waren von Pater Moloney eingetragen worden. Mein Name kam zuerst, Patrick Joseph. Dann meine Schwester, die gestorben war, Angela Mary. Sie war schon tot, bevor sie aus meiner Mutter kam. Dann Sinbad, Francis David. Dann meine andere Schwester, Catherine Angela. Für meine neue Schwester war noch Platz. Sie hieß Deirdre. Ich war der Älteste und hatte denselben Namen wie mein Da. Es passten noch sechs weitere Namen darauf. Ich wischte die Stufen bis nach unten inklusive Handlauf. Ich staubte alle Dekofiguren im Gesellschaftszimmer ab. Ich machte nie etwas kaputt. Dort stand eine alte Spieldose, wenn man auf der Rückseite den Schlüssel drehte, spielte sie ein Lied. Vorne war ein Matrose abgebildet. Der Filz auf der Rückseite war abgenutzt. Sie gehörte meiner Mutter. Die Küche machte ich nicht.

*

Die Tante von Aidan und Liam, die aus Raheny, putzte bei ihnen das Haus. Manchmal blieben sie auch bei ihr. Sie hatte drei Kinder, aber die waren viel älter als Aidan und Liam. Ihr Mann mähte für die Stadtverwaltung das Gras. Den Randstreifen unserer Straße mähte er zweimal im Jahr. Er hatte eine riesige rote Nase, wie ein Schwamm mit kleinen Hubbeln. Liam sagte, dass die aus der Nähe sogar noch besser aussah.

– Erinnerst du dich an deine Mutter?, fragte ich ihn.
– Schon.
– An was?
Er sagte nichts. Sondern atmete nur.
Seine Tante war nett. Sie wankte beim Laufen. Sie sagte Gott, diese Kälte oder Gott, diese Hitze, je nachdem, wie das Wetter war. Wenn sie durch die Küche ging, murmelte sie Tee Tee Tee Tee Tee. Wenn sie um sechs Uhr das Angelusläuten hörte, lief sie zum Fernseher und sagte den ganzen Weg über: die Nachrichten die Nachrichten die Nachrichten die Nachrichten. Sie hatte dicke Venen, die sich

an ihren Beinen entlangwanden. Sie backte tellergroße Kekse, die waren die Wucht, selbst wenn sie schon alt waren.

Sie hatten noch eine andere Tante, die nicht wirklich ihre Tante war. Zumindest sagte uns das Kevin, er hatte gehört, wie sich seine Mutter und sein Vater darüber unterhielten. Sie war Mister O'Connells Mädchen, obwohl sie gar kein Mädchen mehr war, sie war schon lange eine Frau. Sie hieß Margaret, Aidan mochte sie, und Liam mochte sie nicht. Wenn sie zu Besuch kam, schenkte sie ihnen immer eine Packung Clarino Iced Caramels und passte auf, dass sie die weißen und rosafarbenen gerecht zwischen sich aufteilten, obwohl sie gleich schmeckten. Sie machte Eintopf und Apple Crumble. Liam sagte, dass sie einmal während *Auf der Flucht* gefurzt hatte, als sie neben ihm saß.

–Frauen können nicht furzen.

– Doch, können sie.

– Nein, können sie nicht. Beweis es.

– Meine Granny furzt immer, sagte Ian McEvoy.

– Alte können das, junge nicht. –

– Jedes Böhnchen gibt ein Tönchen.

Einmal ist sie bei ihnen zu Hause eingeschlafen. Liam dachte, sie würde gegen ihn fallen – sie sahen gerade fern –, aber sie lehnte sich nur an ihn. Und schnarchte. Mister O'Connell hielt ihr die Nase zu, und sie schnaubte und hörte auf.

Während der Ferien besuchten Liam und Aidan nach dem ersten Weihnachtsfeiertag ihre echte Tante in Raheny, und wir sahen sie ewig lange nicht. Und zwar, weil Margaret zu Mister O'Connell ins Haus zog. In ihrem Haus gab es ein freies Schlafzimmer. Ihr Haus war genauso aufgeteilt wie unseres. Liam und Aidan hatten das gleiche Schlafzimmer wie wir und keine Geschwister, also noch ein Zimmer übrig. In dem schlief sie jetzt.

– Nein, macht sie nicht, sagte Kevin.

Liam und Aidans Tante, die echte, hatte sie fortgeholt. Sie war mitten in der Nacht zu ihnen gekommen. Sie hatte einen Brief von der Polizei, in dem stand, dass sie die Kinder mitnehmen durfte, weil Margaret im Haus lebte, obwohl sie das eigentlich nicht sollte. Das war alles, was wir wussten. Ich erfand ein wenig dazu: Sie hatte Liam und Aidan hinten auf den Lastwagen des Onkels gesetzt, dem von der Stadtverwaltung. Es war großartig, das zu hören, nachdem ich es mir ausgedacht hatte. Den Rest glaubte ich aber.

Ihr Onkel hatte uns einmal hinten auf dem Lastwagen mitgenommen. Aber dann mussten wir wieder runter, weil wir immer wieder aufgestanden waren, und er sagte, dass das gefährlich und er nicht versichert war, falls einer von uns herunterfiel und sich den Kopf auf der Straße aufschlug.

Wir liefen nach Raheny. Es dauerte lange, weil niemand das Mastenlager der E.S.B Energy bewachte, wir dort hineinkletterten und unseren Spaß hatten. Da lagerten alle möglichen Masten für die Stromleitungen, und es roch nach Teer. Wir versuchten, das Schloss des Lagers zu knacken, aber wir schafften es nicht. Wir wollten es nicht wirklich knacken, Kevin und ich taten bloß so. Wir wollten zu Liam und Aidans Tante.

Schließlich waren wir da. Sie wohnte in einem der Cottages bei der Polizeiwache.

– Dürfen Liam und Aidan rauskommen?, fragte ich.

Sie hatte die Tür geöffnet.

– Sie sind schon draußen, sagte sie. – Ja, das sind sie. Unten am See. Sie brechen für die Enten das Eis auf.

Wir gingen zum St Anne's Park. Sie waren nicht beim See. Sie saßen in einem Baum. Liam war ganz weit oben, da, wo das Holz sich bog, er rüttelte wie verrückt daran. Aidan kam nicht so hoch wie er.

– He!, sagte Kevin.

Liam rüttelte weiter am Baum.

– He!

Liam hörte auf.

Sie kamen nicht runter. Wir kletterten nicht rauf.

– Warum wohnt ihr bei eurer Tante und nicht bei eurem Da?, fragte Kevin. Sie antworteten nicht.

– Warum, hä?

Wir gingen wieder, diesmal über den gälischen Sportplatz. Ich drehte mich um. Ich konnte sie kaum noch im Baum erkennen. Sie warteten, dass wir verschwanden. Ich suchte nach Steinen. Ich fand keine.

– Wir wissen warum!

Ich sagte das Gleiche.

– Wir wissen warum!

– BRENDAN, BRENDAN DREH DICH UM!

ICH HAB HAARE UNTENRUM!

MISTER O'CONNELL HIESS BRENDAN.

– BRENDAN, BRENDAN DREH DICH UM!

ICH HAB HAARE UNTENRUM!

– Überleg mal, habe ich meinen Da zu meiner Ma sagen hören, – wann hat er eigentlich das letzte Mal den Mond angeheult?

Margaret kam gerade vom Einkaufen nach Hause. Wir warteten hinter Kevins Hecke. Wir hörten ihre Schritte und sahen durchs Gebüsch kleine Stücke ihres Mantels, wir konnten die Farbe erkennen.

– BRENDAN, BRENDAN DREH DICH UM!

ICH HAB HAARE UNTENRUM!

BRENDAN, BRENDAN DREH DICH UM!

ICH HAB HAARE UNTENRUM!

Ich wollte einen Schluck Wasser trinken. Aber nicht aus dem Bad. Ich wollte das aus der Küche. Durch das Nachtlicht im Schlafzimmer war der Treppenabsatz dunkel. Ich tastete nach den Stufen.

Ich war schon drei Stufen gegangen, als ich sie hörte. Jemand sprach, eigentlich war es mehr ein Schreien. Ich blieb stehen. Es war kalt.

Aus der Küche, dort kam das her. Einbrecher. Ich würde meinen Da holen. Er war im Bett.

Aber der Fernseher lief.

Ich setzte mich eine Weile hin. Es war kalt.

Der Fernseher lief, das bedeutete, meine Ma und mein Da lagen nicht im Bett. Sie waren noch immer unten. Das in der Küche waren keine Einbrecher.

Die Küchentür stand offen, das Licht fiel auf die Stufen unter mir. Ich konnte nicht verstehen, was sie sagten.

– Hört auf.

Ich flüsterte es nur.

Eine Zeit lang glaubte ich, nur Da würde schreien, und zwar so, wie Leute es taten, wenn sie es gar nicht wollten, es aber manchmal vergaßen, ein bisschen wie geschrienes Flüstern.

Meine Zähne klapperten. Ich ließ sie. Ich mochte, wenn das passierte.

Aber Ma schrie auch. Ich konnte die Stimme von Da spüren, aber ich hörte nur ihre. Sie stritten wieder.

– Was ist mit dir!?

Das sagte sie, das Einzige, was ich richtig verstand.

Ich tat es wieder.

– Hört auf.

Eine Pause.

Es hatte funktioniert, ich hatte sie gezwungen aufzuhören. Mein Da kam heraus und ging zum Fernseher. Ich erkannte seine Schritte, wusste, wie schwer er auftrat und wie schnell er ging, dann sah ich ihn.

Sie knallten nicht die Türen: Es war vorbei.

Ich blieb ewig lange dort.

Ich hörte, wie Ma in der Küche herumhantierte.

Ein gesundes Pony hatte eine geschmeidige, bewegliche Haut, bei einem kranken wurde die Haut fest und hart. Das Fernsehen wurde 1926 von John Logie Baird erfunden. Er kam aus Schottland. Wolken, in denen sich Regen sammelte, nannte man normalerweise Nimbostratus. Die Hauptstadt von San Marino hieß San Marino. Jesse Owens gewann 1936 bei den Olympischen Spielen vier Goldmedaillen, und Hitler hasste schwarze Menschen, und die Olympischen Spiele fanden in diesem Jahr in Berlin statt, und Jesse Owens war ein Schwarzer und Berlin die Hauptstadt von Deutschland. Ich wusste lauter solche Sachen. Das hatte ich alles gelesen. Ich las mit Taschenlampe unter der Decke, aber nicht nur, wenn ich eigentlich schlafen sollte. So war es viel spannender, als wäre ich ein Spion und könnte geschnappt werden.

Ich machte meine Hausaufgaben in Braille. Es dauerte ewig, weil ich aufpassen musste, mit der Nadel nicht die Seite zu zerreißen. Als ich fertig war, waren auf dem Küchentisch lauter kleine Löcher. Ich zeigte meinem Da die Brailleschrift.

– Was ist das?

– Braille. Die Blindenschrift.

Er schloss die Augen und tastete über die Hubbel.

– Was steht da?, fragte er.

– Das ist meine Englischhausaufgabe, erklärte ich ihm. – Fünfzehn Zeilen über mein Lieblingshaustier.

– Ist der Lehrer blind?

– Nein. Ich habe es einfach so gemacht. Aber ich habe es auch noch ordentlich gemacht.

Henno hätte mich umgebracht, wenn ich die Aufgaben nur in Braille dabeihätte.

– Du hast kein Haustier, sagte mein Da.

– Wir durften uns eins ausdenken.

– Was hast du genommen?

– Hund.

Er hielt die Seite hoch und schaute auf die Lichtpunkte. Das hatte ich auch schon getan.

– Guter Mann, sagte er.

Er tastete wieder nach den Hubbeln. Er schloss die Augen.

– Ich spüre keinen Unterschied, sagte er. – Du?

– Nein.

– Wenn man nicht sehen kann, übernehmen die anderen Sinne, daran liegt es wahrscheinlich, oder?

– Ja. Die Brailleschrift wurde 1836 von Louis Braille erfunden.

– Ach ja?

– Ja. Er hat in seiner Kindheit bei einem Unfall das Augenlicht verloren, und er kam aus Frankreich.

– Und er benannte sie nach sich selbst.

– Ja.

Ich versuchte es. Ich versuchte, mit meinen Fingern zu lesen. Ich wusste ja schon, was auf der Seite stand. Ich kroch unter meine Decke und schaltete die Taschenlampe nicht an. Ganz leicht berührte ich die Seite: nur die Hubbel, die Pickel. Mein Lieblingshaustier ist ein Hund. So begannen meine fünfzehn Zeilen. Aber ich konnte die Brailleschrift nicht lesen. Ich konnte die einzelnen Punkte nicht auseinanderhalten, wusste nicht, wo ein Buchstabe anfing und aufhörte.

Ich versuchte, blind zu sein. Ich öffnete immer wieder die Augen. Ich band mir ein Tuch um den Kopf, aber ich konnte es nicht richtig verknoten und wollte niemandem erzählen, was ich machte. Ich sagte mir, dass ich für jedes Mal, wenn ich die Augen öffnete, meinen Finger an die glühenden Stäbe vom Heizstrahler legen musste, aber ich wusste, dass ich das nicht machen würde, und öffnete sie immer wieder. Ich hatte es einmal gemacht, weil Kevin es mir gesagt hatte, also den Finger an den Heizstrahler gelegt. Man sah noch wochenlang die Streifen, und ich hatte ständig den Geruch von verbranntem Finger in der Nase.

Die Lebenserwartung einer Maus beträgt achtzehn Monate.

Meine Ma schrie.

Ich konnte mich nicht rühren. Ich konnte nicht zu ihr und nachsehen.

Sie war auf die Toilette gegangen und hatte eine Maus entdeckt, die innen in der Toilettenschüssel immer im Kreis herumlief. Mein Da war zu Hause. Er spülte, und das Wasser rauschte nur über den Körper der Maus, weil sie in der Nähe des Rands saß. Er steckte den Fuß in die Schüssel und stieß die Maus ins Wasser. Jetzt wollte ich zuschauen, ich wusste, warum sie geschrien hatte. Es war zu eng. Die Maus schwamm und versuchte, an der Seite hochzuklettern, und mein Da musste warten, bis der Wasserkasten wieder voll war.

– O mein Gott, o mein Gott, sagte meine Mutter. – Wird sie sterben, Paddy?

Mein Da antwortete nicht. Er zählte die Sekunden, bis das Wasser nicht mehr in den Spülkasten rauschte. Ich konnte seine Lippen sehen.

– Die Lebensspanne einer Maus beträgt achtzehn Monate, erklärte ich ihnen.

Das hatte ich gerade gelesen.

– Nicht in diesem Haus, sagte mein Da.

Meine Ma lachte beinahe, sie tätschelte meinen Kopf.

– Darf ich gucken?

Sie trat beiseite, blieb dann aber stehen.

– Lass ihn, sagte mein Da.

Die Maus könnte eine gute Schwimmerin sein, aber sie versuchte es nicht richtig. Sie versuchte, aus dem Wasser zu rennen.

– Auf Wiedersehen, sagte Da und zog die Toilettenspülung.

– Darf ich sie behalten?, fragte ich.

Das war mir gerade eingefallen. Mein Lieblingshaustier.

Die Maus wirbelte im Kreis, ging unter und verschwand rückwärts aus der Schüssel im Rohr. Sinbad wollte auch zugucken.

– Sie wird am Strand rauskommen, sagte ich.

Sinbad schaute aufs Wasser.

– Dort wird sie es besser haben, sagte meine Ma. – Da gibt es mehr Natur.

– Darf ich eine Maus haben?, fragte ich.

– Nein, sagte Da.

– Zu meinem Geburtstag?

– Nein.

– Weihnachten?

– Nein.

– Sie erschrecken die Rentiere, sagte Ma. – Kommt jetzt.

Sie wollte, dass wir aus dem Badezimmer gingen. Wir wollten aber abwarten, ob die Maus wieder hochkam.

– Was?, fragte Da.

– Mäuse, sagte Ma. – Sie erschrecken die Rentiere.

Sie nickte Richtung Sinbad.

– Stimmt, sagte Da.

– Kommt jetzt, Jungs, sagte sie.

– Ich muss mal, sagte Sinbad.

– Die Maus wird dich erwischen, sagte ich zu ihm.

– Kleines Geschäft, sagte Sinbad. – Im Stehen, ätschibätschi.

– Sie wird dich in den Pimmel beißen, sagte ich.

Sinbad hielt so viel Abstand, dass er den Sitz und den Boden vollpinkelte.

– Francis hat den Sitz nicht hochgeklappt!, rief ich.

– Habe ich doch.

Er stieß den Sitz zum Spülkasten.

– Aber jetzt erst, sagte ich, – erst als ich es gesagt hab.

Sie kam nicht wieder hoch. Als Sinbad den Sitz mit seinem Ärmel abwischte, trat ich ihn.

– Wenn die Erde sich dreht, warum drehen wir uns dann nicht auch?, fragte Kevin. Wir lagen im hohen Gras auf einem platt gedrückten Karton und schauten zum Himmel. Das Gras war richtig nass. Ich kannte die Antwort, aber ich sagte sie nicht. Kevin kannte die Antwort auch, deshalb hatte er die Frage gestellt. Das wusste ich. Das verriet mir seine Stimme. Ich beantwortete Kevins Fragen nie. Ich antwortete nie zu schnell, auch nicht in der Schule oder sonst wo. Ich gab ihm immer die Möglichkeit, zuerst zu antworten.

Die beste Geschichte, die ich je gelesen habe, war die von Pater Damien und den Leprakranken. Bevor Pater Damien Priester wurde, hieß er Joseph de Veuster. Er kam 1840 in einem Ort namens Tremelo in Belgien zur Welt.

Ich brauchte ein paar Leprakranke.

Als kleiner Junge nannten sie ihn Jef, und er war pummelig. Alle Erwachsenen tranken dunkles flämisches Bier. Joseph wollte Priester werden, aber sein Vater ließ ihn nicht. Dann wurde er es doch.

– Wie viel verdienen Priester?, fragte ich.

– Zu viel, sagte mein Da.

– Schhh, Paddy, sagte meine Ma zu meinem Da. – Sie werden überhaupt nicht bezahlt, erklärte sie mir.

– Warum nicht?

– Das ist schwer zu ..., begann sie. – Das ist sehr kompliziert. Sie werden berufen.

– Was heißt das?

Joseph schloss sich ein paar Priestern an, die sich Kongregation von den Heiligsten Herzen Jesu und Mariens nannten. Der Gründungspriester entkam während der Französischen Revolution oft nur knapp, und sein Leben bestand aus aufregenden Abenteuern. Er lebte im Schatten der Guillotine. Joseph musste sich einen neuen Namen aussuchen, und er nannte sich nach einem anderen Mann, Damien, der in den frühen Tagen der Kirche zum Märtyrer wurde. Zuerst war er Bruder Damien und wurde dann zu Pater Damien. Er ging nach Hawaii. Auf dem Weg dahin spielte der Kapitän des Schiffes ihm einen Streich. Er nahm sein Fernrohr und legte ein Haar über die Linse, und dann gab er es Pater Damien zum Durchschauen und erklärte ihm, dass wäre der Äquator. Pater Damien glaubte ihm, aber deshalb war er kein Trottel, denn solche Sachen wussten sie damals noch nicht. Pater Damien musste auf dem Schiff die Hostien für die heilige Kommunion aus Mehl herstellen, weil die ihnen ausgegangen waren. Er wurde nicht seekrank, sondern war fast von Anfang an seefest.

Aus einem Kaiserbrötchen ließen sich am besten Hostien machen, zumindest wenn es frisch war. Dann brauchte man es nicht zu befeuchten. Sodabrot war auch nicht schlecht, aber ganz normale Brotscheiben konnte man vergessen. Die sprangen immer wieder zurück. Es war schwierig, Hostien in perfekte Kreise zu reißen. Ich benutzte einen Penny aus dem Geldbeutel meiner Mutter. Ich sagte meiner Mutter, dass ich ihn nahm, falls sie mich sah. Ich drückte den Penny richtig fest auf das flache Brot, und manchmal löste sich der ausgestanzte Kreis mit dem Penny. Meine Hostien schmeckten besser als die echten. Ich ließ sie zwei Tage auf der Fensterbank liegen, und sie wurden so hart wie die echten, aber jetzt schmeckten sie nicht mehr so gut. Ich fragte mich, ob es eine Sünde war, sie zu machen. Bestimmt nicht. Eine Hostie auf der Fensterbank verschimmelte. Dass ich das zugelassen hatte, war eine Sünde. Ich sagte ein Ave-Maria und vier

Vaterunser, das Vaterunser war mir lieber als das Ave-Maria, es war länger und besser. Ich betete für mich allein in der dunklen Scheune.

– Der Leib Christi.

– Amen, sagte Sinbad.

– Mach die Augen zu, sagte ich.

Das tat er.

– Der Leib Christi.

– Amen.

Er hob den Kopf und streckte die Zunge aus. Ich gab ihm die verschimmelte.

– Woraus machen Priester Hostien?, fragte ich meine Ma.

– Mehl, sagte meine Ma. – Bis sie gesegnet werden, sind sie einfach nur Brot.

– Kein richtiges Brot.

– Eine andere Art von Brot, sagte sie. – Ungesäuertes Brot.

– Was ist das?

– Ich weiß nicht.

Ich glaub ihr nicht.

Die Geschichte wurde richtig gut, als Pater Damien in die Leprakolonie ging. Sie hieß Molokai. Dort wurden alle Leprakranken untergebracht, damit sie niemanden ansteckten. Pater Damien wusste, worauf er sich einließ, er wusste, dass er für immer dableiben würde. Als Pater Damien dem Bischof sagte, dass er dorthin wolle, strahlte sein Gesicht eigenartig. Den Bischof erfreute und erbaute die Tapferkeit seines jungen Missionars. Die kleine Kirche auf Molokai war heruntergekommen und vernachlässigt, aber Pater Damien richtete sie wieder her. Er brach einen Ast von einem Baum und benutzte ihn als Besen und fegte den Boden der winzigen Kapelle. Er stellte Blumen hinein. Die Leprakranken, die dort herumlungerten, beobachteten ihn einfach nur. Er war ein großer, gesunder Mann, und sie waren bloß Leprakranke. Nach dem ersten Tag halfen die Leprakranken ihm noch immer nicht. Als er zu Bett ging, hörte er die Brandung gegen die karge Küste donnern und das Stöhnen der Leprakranken. Belgien schien ihm noch nie so weit entfernt wie jetzt. Nach einiger Zeit halfen die Leprakranken ihm allmählich. Er freundete sich mit ihnen an. Sie nannten in Kamiano.

– Gibt es in Irland Leprakranke?

– Nein.

– Keinen einzigen?

– Nein.

Pater Damien baute eine bessere Kirche und Häuser und machte noch eine Menge anderer Dinge – er brachte ihnen allen bei, wie man Gemüse zog –, und er wusste die ganze Zeit, dass er sich auch anstecken würde, aber das macht ihm nichts aus. Seine größte Freude hatte er an seinen Kindern, die Jungen und Mädchen, um die er sich kümmerte. Jeden Tag verbrachte er mehrere Stunden mit ihnen.

Bei Leprakranken fallen Teile vom Körper ab. Das war ihnen auch passiert. Habt ihr schon einmal von dem Lepra-Fußballer auf dem Spielfeld gehört? Der lässt sein Bein stehen. Oder von dem Lepra-Kartenspieler? Er spielt seine Hand aus.

Eines Abends im Dezember 1884 stellte Pater Damien seine schmerzenden Füße ins Wasser, um sich Linderung zu verschaffen. Er bekam lauter rote Blasen, das Wasser kochte, aber er spürte nichts. Er ahnte, dass er Lepra hatte. – Ich ertrage es kaum, Ihnen das mitzuteilen, aber es stimmt, sagte der Arzt traurig. Doch Pater Damien machte das nichts aus. – Ich habe Lepra, sagte er. – Gesegnet sei der gütige Gott!

– Gesegnet sei der gütige Gott, sagte ich.

Mein Da fing an zu lachen.

– Wo hast du das denn gehört?, fragte er.

– Das habe ich gelesen, erklärte ich ihm. – Pater Damien hat das gesagt.

– Welcher war das noch einmal?

– Pater Damien und die Leprakranken.

– Oh, stimmt. Der war ein guter Mann.

– Gab es in Irland jemals Leprakranke?

– Ich glaube nicht.

– Warum nicht?

– Ich glaube, die gibt es nur in heißen Gegenden.

– Hier ist es auch manchmal heiß, sagte ich.

– Nicht so heiß.

– Finde ich schon.

– Nicht heiß genug, sagte mein Da. – Es muss sehr, sehr heiß sein.

– Wie viel heißer als hier?

– Fünfzehn Grad, sagte mein Da.

Für Lepra gab es keine Heilung. Als er seiner Mutter schrieb, erzählte er nichts davon. Aber die Nachricht verbreitete sich. Menschen schickten Pater Damien Geld, und er baute damit eine andere Kirche. Eine aus Stein. Diese Kirche existiert noch immer und kann von Reisenden auch heutzutage noch auf Molokai besichtigt werden. Pater Damien erklärte seinen Kindern, dass er sterben würde und dass sich ab jetzt die Nonnen um sie kümmerten. Sie klammerten sich an seine Füße und sagten, – Nein, nein Kamiano! Wir wollen bleiben, solange du da bist. Die Nonnen gingen unverrichteter Dinge.

– Mach das noch einmal.

Sinbad klammerte sich an meine Beine.

– Nein, nein, Kam..., Kam...

– Kamiano!

– Ich kann mir das nicht merken.

– Kamiano.

– Kann ich nicht einfach Patrick sagen?

– Nein, sagte ich. – Mach das noch einmal und streng dich gefälligst an.

– Ich will aber nicht.

Ich machte ihm eine halbe Brennnessel. Er klammerte sich an meine Beine.

– Tiefer runter.

– Wie denn?

– Tiefer.

– Du willst mich nur treten.

– Will ich nicht. Werde ich aber, wenn du nicht mitmachst.

Sinbad umklammerte meine Fußknöchel. Er hielt mich so fest, dass meine Füße eingeklemmt waren.

– Nein, nein, Kamiano! Wir wollen bleiben, solange du da bist.

– Na gut, meine Kinder, sagte ich. – Ihr dürft bleiben.

– Vielen Dank, Kamiano, sagte Sinbad.

Er wollte meine Füße nicht loslassen.

Pater Damien starb an einem Palmsonntag. Die Leute saßen auf dem Boden und schlugen sich in alter Hawaiianischer Manier auf die Brust, sie schaukelten vor und zurück und wehklagten. Die Lepra war verschwunden, an ihm war kein Schorf mehr oder sonst irgendwas. Er war ein Heiliger. Ich las das zweimal.

Ich brauchte Leprakranke. Sinbad reichte nicht. Er rannte immer weg. Er sagte unserer Mutter, dass ich ihn zwang, ein Leprakranker zu sein, obwohl er keiner sein wollte. Also brauchte ich Leprakranke. Kevin konnte ich das nicht erzählen, weil er dann am Ende Pater Damien sein würde und ich ein Leprakranker. Das war meine Geschichte. Ich gewann die McCarthy-Zwillinge und Willy Hancock. Alle drei waren vier Jahre alt. Sie fanden es großartig, mit einem großen Jungen, also mit mir, zusammen zu spielen. Ich bestellte sie in unseren Garten. Ich erklärte ihnen, was Leprakranke waren. Sie wollten Leprakranke sein.

– Können Leprakranke schwimmen?, fragte Willy Hancock.

– Ja, sagte ich.

– Wir können nicht schwimmen, sagte einer der McCarthys.

– Leprakranke können schwimmen, sagte Willy Hancock.

– Das müssen sie aber nicht, sagte ich. – Ihr müsst nicht schwimmen. Er müsst nur so tun, als wärt ihr Leprakranke. Das ist einfach. Ihr müsst einfach nur ein bisschen krank sein und ein bisschen wackeln.

Sie wackelten.

– Können sie lachen?

– Schon, sagte ich. – Allerdings müssen sie sich manchmal hinlegen, damit ich ihnen die Stirn wischen und für sie beten kann.

– Ich bin ein Leprakranker!

– Ich auch! Wackel wackel wackel!

– Wackel wackel Leprakranker.

– Wackel wackel Leprakranker.

– Vater unser, der du bist im Himmel, geheiligt werde dein Name ...

– Wackel wackel wackel!

– Seid mal einen Moment ruhig ...

– Wackel wackel wackel.

Zum Abendessen mussten sie nach Hause. Ich hörte sie durch die Hecke auf dem Weg zu ihren Häusern.

– Ich bin ein Leprakranker! Wackel wackel wackel!

– Ich wurde berufen, erklärte ich meiner Ma, falls Missis McCarthy wegen der Zwillinge bei uns vorbeikam oder Missis Hancock.

Sie war noch beim Kochen und musste Catherine daran hindern, in den Schrank unter der Spüle zu klettern, wo die Schuhcreme und die Bürsten lagen.

– Was hast du gesagt, Patrick?

– Ich wurde berufen, sagte ich.

Sie hob Catherine hoch.

– Hat jemand mit dir gesprochen?, fragte sie.

Die Reaktion hatte ich nicht erwartet.

– Nein, sagte ich. – Ich will Missionar werden.

– Braver Junge, sagte sie, aber nicht so, wie ich es mir vorgestellt hatte. Ich hatte mir vorgestellt, dass sie weinte. Ich wollte, dass mein Da mir die Hand schüttelte. Als er von der Arbeit nach Hause kam, erzählte ich es ihm.

– Ich wurde berufen, sagte ich.

– Nein, wurdest du nicht, sagte er. – Du bist zu jung.

– Wurde ich doch, sagte ich. – Gott hat zu mir gesprochen.

Das lief vollkommen schief.

Er sprach mit meiner Mutter.

– Ich habe es dir gesagt, sagte er.

Er klang wütend.

– Diesen Unsinn auch noch zu ermutigen, sagte er.

– Ich habe ihn zu nichts ermutigt, sagte sie.

– Doch, verdammt noch mal, das hast du, sagte er.

Sie sah aus, als würde sie einen Entschluss fassen.

– Das hast du!

Er brüllte jetzt.

Sie ging aus der Küche und lief dann los. Sie versuchte, ihre Schürze aufzuknoten. Er ging ihr nach. Er sah anders aus, als wäre er bei etwas ertappt worden. Sie ließen mich allein. Ich wusste nicht, was da gerade passiert war. Ich wusste nicht, was ich getan hatte.

Sie kamen zurück. Sie sagten nichts.

Schnecken und Nacktschnecken gehören zu den Gastropoden, sie haben eine Kriechsohle. Ich streute Salz auf eine Nacktschnecke. Ich sah die Qualen und die Schmerzen. Ich hob sie mit der Kelle auf und beerdigte sie ordentlich. Soccer heißt eigentlich Fußball. Fußball spielte man mit einem runden Ball auf einem in zwei Hälften geteilten rechteckigen Platz mit elf Spielern pro Mannschaft. Ziel ist es, Tore zu schießen, also den Ball ins gegnerische Tor zu treiben, das aus zwei Pfosten und einem darauf montierten Querbalken besteht. Ich lernte das auswendig. Es gefiel mir. Das klang nicht nach Regeln, sondern spritzig. Das höchste Ergebnis aller Zeiten erzielte Arbroath gegen Bon Accord mit 36 zu 0. Joe Payne erzielte die meisten Tore, nämlich zehn, und zwar 1936 für Luton. Geronimo war der letzte der rebellischen Apachen.

Ich hielt den Ball hoch. Wir waren auf der Barrytown Grove. Die hatte schöne hohe Bordsteine, an denen der Ball abprallte. Der Ball war aufgeplatzt.

– Ziel ist es, sagte ich, – Tore zu schießen, also den Ball ins gegnerische Tor zu treiben, das ... das aus zwei Pfosten und einem darauf montierten Querbalken besteht.

Sie lachten lauthals.

– Sag das noch mal.

Das machte ich. Mit einem hochnäsigen Akzent. Sie lachten wieder.

– Ge-roni-MO!

Er war der letzte der rebellischen Apachen. Der letzte der Rebellen.

– Du bist rebellisch, Mister Clarke.

Hennessey nannte uns manchmal rebellisch, bevor er uns schlug.

– Was bist du?

– Rebellisch, Sir.

– Korrekt.

– Rebellisch!

– Rebellisch rebellisch rebellisch!

Ich hatte ein Foto von Geronimo. Er kniete auf einem Bein. Sein linker Ellbogen ruhte auf seinem linken Knie. Er hielt ein Gewehr. Er trug einen Schal um den Hals und ein gepunktetes Hemd, was mir lange nicht aufgefallen war, erst als ich das Foto an meine Wand hängte. Um sein rechtes Handgelenk hatte er ein Armband, das wie eine Uhr aussah. Vielleicht hatte er es geraubt. Vielleicht hatte er dafür jemandem den Arm abgeschnitten. Das Gewehr sah selbst gemacht aus. Das Beste an Geronimo war sein Gesicht, er schaute direkt in die Kamera, direkt durch sie hindurch. Er hatte keine Angst vor ihr, er dachte nicht, dass sie ihm die Seele rauben würde, so wie manch andere das taten. Seine Haare waren schwarz und glatt, er hatte einen Mittelscheitel, und sie reichten ihm bis zu den Schultern, keine Federn oder sonst was. Er sah sehr alt aus, also sein Gesicht, der Rest von ihm war jung.

– Da?

– Was denn?

– Wie alt bist du?

– Dreiunddreißig.

– Geronimo war vierundfünfzig, sagte ich ihm.

– Wie?, sagte er. – Die ganze Zeit?

Er war vierundfünfzig, als die Fotografie aufgenommen wurde. Er hätte gut älter sein können. Er sah grimmig und traurig aus. Seine Mundwinkel waren wie bei einem traurigen Zeichentrickfilmgesicht nach unten gezogen. Seine Augen waren wässerig und dunkel. Seine Nase groß. Ich fragte mich, warum er traurig war. Vielleicht wusste er, was mit ihm passieren würde. Sein Bein auf der Fotografie sah aus wie von einem Mädchen, keine Haare oder Hubbel. Er trug Stiefel. Um ihn herum waren Sträucher. Ich legte meine Finger auf seine Haare, um sie zu verdecken. Sein Gesicht sah aus wie von einer alten Frau. Einer traurigen alten Frau. Ich nahm meine Finger weg. Jetzt war er wieder Geronimo. Es war nur eine Schwarz-Weiß-Fotografie. Ich malte sein Hemd an, in Blau. Das dauerte ewig.

In dem Buch entdeckte ich noch ein anderes Bild. Von Geronimo mit seinen Kriegern. Sie waren auf einem großen Feld. Geronimo stand in der Mitte, mit Jacke und gestreiftem Schal. Er sah noch immer alt und jung aus. Seine Schultern sahen alt aus. Seine Beine jung.

Keins der Bilder im Buch ähnelte den Indianern in Filmen. Es gab eins von den Schoschonen und den Sioux auf den Kriegspfad. Der wichtigste Kerl auf dem Bild hatte einen Pferdeschwanz, aber der Rest seines Kopfes war kahl und glänzte wie ein Apfel. Er ritt zusammengekauert an der Seite seines Pferdes, damit die anderen ihn nicht mit ihren Pfeilen abschießen konnten. Die Augen des Pferdes waren nach unten auf ihn gerichtet, das Pferd sah verängstigt aus. Es war ein Gemälde. Ich mochte es. Es gab noch ein tolles Bild von einem Indianer, der einen Büffel tötete. Der Büffel hatte seinen Kopf unter das Pferd geschoben, und der Indianer musste ihn schnell töten, sonst würde der Büffel das Pferd umwerfen. Irgendetwas an der Art und Weise wie der Indianer aufgerichtet und mit ausgestrecktem Arm auf dem Pferd saß, damit er jederzeit mit dem Speer zustoßen konnte, verriet mir, dass er gewinnen würde. Jedenfalls hieß das Bild *Der letzte Büffel*. Am Rand des Bildes waren andere Indianer, die noch mehr Büffeln nachjagten. Das Grasland war von Büffelschädeln übersät, und überall lagen tote Büffel herum. Das Bild konnte ich nicht bei mir aufhängen, weil es aus einem Bibliotheksbuch stammte. Ich ging in Baldoyle in die Bibliothek. Mit meinem Da. Ein Raum war für die Erwachsenen, und dann gab es noch einen für Kinder.

Er mischte sich immer ein. Wenn er seine Bücher ausgetauscht hatte, kam er immer in unseren Teil der Bibliothek und suchte welche für mich heraus. Er stellte sie nie richtig zurück.

– Das habe ich gelesen, als ich so alt war wie du.

Ich wollte das nicht wissen.

Ich konnte mir zwei Bücher ausleihen. Er schaute auf die Umschläge.

– *Die Indianer Amerikas.*

Er nahm das Schildchen heraus und steckte es in meinen Bibliotheksausweis. Das macht er auch immer. Er schaute sich das andere an.

– Daniel Boone, Held. Guter Mann.

Ich las im Auto. Mir wurde nicht schlecht, solange ich nicht hochschaute. Daniel Boone war einer der wichtigsten amerikanischen Pioniere.

Aber wie so viele andere Pioniere konnte er nicht besonders gut schreiben. Nachdem er einen Bären getötet hatte, schnitzte er etwas in einen Baum.

– D. Boone hatt an dem Baum Ber getotet 1773.

Seine Rechtschreibung war viel schlechter als meine, sogar schlechter als die von Sinbad. Bär hatte ich noch nie falsch geschrieben. Aber warum schrieb ein Erwachsener überhaupt so ein Zeug auf Bäume?

– DANIEL BOONE WAR EIN MANN, WAR EIN GROSSER MA-HANN

ABER DER BÄR WAR RIESENGROSS

UND BOONE SCHISS SICH IN DIE HOS

OBEN AUF DEM BAUM –

Es gab ein Bild von ihm, und er sah aus wie ein Spast. Er hielt einen Indianer davon ab, seine Frau und seinen Sohn mit einem Beil zu töten. Der Indianer hatte stachelige Haare, und um die Mitte trug er einen rosafarbenen Vorhang und sonst nichts. Er schaute zu Daniel Boone hoch, als hätte er sich gerade fürchterlich erschrocken. Daniel Boone hielt ihn am Handgelenk, und den anderen Arm hatte er festgeklemmt. Der Indianer ging Daniel Boone nicht einmal bis zur Schulter. Daniel Boone trug eine grüne Jacke mit weißem Kragen, von deren Armen kurze Schnüre hingen. Er hatte eine Pelzmütze mit roter Kappe. Er sah aus wie eine der Frauen aus der Konditorei in Raheny. Sein Hund bellte. Seine Frau sah aus, als würde sie sich über den Krach ärgern, den sie alle machten. Ihr Kleid war ihr von den Schultern gerutscht, und ihre Haare waren schwarz und reichten ihr bis zum Popo. Der Hund hatte ein Halsband mit einem Namensan-

hänger. Mitten in der Wildnis. Der Daniel Boone im Fernsehen gefiel mir auch nicht. Er war zu nett.

– Fess Parker, sagte mein Da. – Was für ein Name ist das denn?

Die Indianer mochte ich. Mir gefielen ihre Waffen. Ich bastelte
mir eine Steinkugel-Kriegskeule der Apachen. Sie bestand aus einer
Murmel, einem größeren Schießer, in einer Socke, den ich an einen
Stock nagelte. Ich steckte eine Feder in die Socke. Als ich meine Keu-
le schwang, schwirrte sie, und die Feder fiel heraus. Ich schlug damit
gegen die Wand, und ein Stück platzte ab. Die andere Socke hätte ich
lieber wegschmeißen sollen. Meine Ma schimpfte, als sie die eine, die
übrig gebliebene, fand.

– Weit kann sie nicht sein, sagte sie. – Schau unterm Bett nach.

Ich ging nach oben und schaute unter das Bett, obwohl ich wusste,
dass die Socke nicht dort war und meine Mutter nicht mit hochkam.
Ich war allein und legte mich hin und schaute. Ich kroch darunter.
Ich fand einen Soldaten. Einen deutschen aus dem Ersten Weltkrieg
mit einer Pickelhaube.

Ich hatte die *William*-Bücher gelesen. Alle Bände. Es gab insgesamt vierunddreißig. Ich hatte acht. Die anderen waren aus der
Bücherei. *William der Pirat* war am besten. Ich muss schon sagen!,
keuchte William. So einen schlauen Hund habe ich noch nie gesehen. Ich muss schon sagen!, keuchte er, er ist famos. Hallo, Toby!
Toby! Komm hierher, alter Junge! Toby war nicht abgeneigt. Er war
ein vergnügter, freundlicher kleiner Hund. Er rannte zu William und
spielte mit ihm und knurrte ihn an und tat so, als wollte er ihn beißen,
und machte immer wieder eine Rolle.

– Darf ich einen Hund zum Geburtstag haben?

– Nein.

– Zu Weihnachten?

– Nein.

– Beides zusammen?

– Nein.

– Zu Weihnachten und zu meinem Geburtstag?

– Willst du dir eine einfangen, willst du das?

– Nein.

Ich fragte meine Ma. Sie sagte das Gleiche. Aber als ich zwei Weihnachten und Geburtstage sagte, meinte sie, – Mal schauen.

Das reichte.

Williams Bande nannte sich die Geächteten: er, Ginger, Douglas und Henry. Ginger war an der Reihe, den Kinderwagen zu schieben, und packte ihn mit neuem Elan.

– Elan, sagte ich.

– Elan!

– Elan Elan Elan!

Einen Tag lang waren wir der Elan-Stamm. Wir nahmen einen von Sinbads Filzstiften und malten uns jeder ein großes E für Elan auf die Brust. Es war kalt. Der Filzstift kitzelte. Große schwarze Es. Von unseren Nippeln bis zu unseren Bauchnabel.

– Elan!

Kevin warf die Kappe von Sinbads Filzstift in den Graben, einem alten bei der Barrytown Road mit Modder am Grund. Wir gingen zu Tootsie in den Laden und präsentierten ihr unsere Brüste.

– Eins, zwei, drei …

– Elan!

Sie bemerkte und sagte nichts. Wir rannten aus dem Laden. Kevin malte einen großen Pimmel auf den Pfosten der Kiernans. Wir rannten davon. Dann kamen wir zurück, damit Kevin die Tropfen malte, die aus dem Pimmel kamen. Wir rannten wieder.

– Elan!

Die Kiernans bestanden nur aus Mister und Missis Kiernan.

– Sind ihre Kinder gestorben?, fragte ich meine Ma.

– Nein, sagte sie. – Nein. Sie haben keine Kinder.

– Warum nicht?

– Oh, das weiß allein der Himmel, Patrick.

– Das ist dumm, sagte ich.

Sie waren nicht alt. Sie fuhren beide zur Arbeit, in seinem Auto. Sie fuhr ebenfalls. Wenn sie auf der Arbeit waren, gingen wir in ihren Garten. Sie hatten ein Eckhaus, es war einfach. Wegen der Ecke war die Mauer höher, und wir konnten ewig dort bleiben, ohne dass uns jemand entdeckte. Die größte Gefahr bestand beim Herausklettern, das war großartig. Es war toll, Zweiter zu sein, Erster war zu gefährlich. Vielleicht spazierte gerade deine Ma mit dem Kinderwagen vorbei. Zuerst nachzuschauen war verboten, so lautete die Regel. Man musste direkt über die Mauer klettern, ohne vorher zu gucken, ob irgendjemand kam. Wir wurden nie erwischt. Einmal hingen Missis Kiernans Unterhosen an der Wäscheleine. Ich zog die Stange weg, und die Leine sackte näher zu uns. Wir packten Aidan. Wir hatten uns nicht abgesprochen, aber wir wussten Bescheid. Wir drückten sein Gesicht in die Unterhosen. Er klang, als müsste er sich übergeben.

– Zum Glück waren sie nicht schmutzig.

Ich stellte die Stange wieder zurück. Wir wechselten uns ab. Wir rannten, sprangen und kämpften gegen die Unterhosen. Es war großartig. Das machten wir ewig. Wir ließen sie an der Leine.

Als wir am Samstag nach dem Abendessen badeten, sah meine Ma das E. Sinbad und ich saßen gemeinsam in der Wanne. Wir durften immer erst einmal fünf Minuten planschen. Sie sah mein E. Es war fast verblasst. Sinbad hatte auch eins.

– Was ist das?, fragte sie.

– Ein E, sagte ich.

– Was soll das da?, fragte sie.

– Wir haben sie einfach draufgemalt, sagte ich.

Sie seifte den Gesichtswaschlappen ordentlich ein. Während sie das E wegschrubbte, hielt sie meine Schulter fest. Das tat weh.

Ich war bei Mister Fitz im Laden, um eine halbe Packung Speiseeis zu holen. Es war Sonntag. Marmoriertes Eis. Mister Fitz sollte es anschreiben. Das bedeutete, meine Ma würde ihn am Freitag bezahlen. Er wickelte das Eis in das Papier, in das er auch die Kaiserbrötchen verpackte. Er faltete es zusammen. Es war jetzt schon nass.

– Bitte schön, sagte er.

– Vielen Dank, sagte ich.

Am Eingang stand Missis Kiernan, sie kam gerade herein, ihre Umrisse zeichneten sich in der Tür ab. Mein Gesicht wurde heiß. Sobald sie mein Gesicht sah, wäre ihr alles klar. Dann wüsste sie Bescheid.

Ich ging an ihr vorbei. Sie würde mich aufhalten, mich an meiner Schulter packen. Da waren Leute auf dem Weg, sie unterhielten sich. Sie hatten Zeitungen und Eispackungen. Sie würden mich sehen. Kevins Ma und Da waren dort. Und Mädchen. Sie würde mich schnappen und anschreien.

Ich lief über die Straße und ging auf der falschen Seite nach Hause. Sie wusste Bescheid. Irgendjemand hatte es ihr gesagt. Sie wusste eindeutig Bescheid. Sie wartete ab. Sie war mir in den Laden gefolgt, um zu schauen, ob ich rot würde. Sie hatte es gesehen. Mein Gesicht war noch immer heiß. Ihre Haare waren länger als die von meiner Ma. Und dicker auch, dichter. Braun. Sie grüßte nie. Und sie ging nie zu Fuß einkaufen. Sie fuhren immer, obwohl ihr Haus nur ein Stück weit die Straße runter lag. Er war der einzige erwachsene Mann in Barrytown mit Locken, und er hatte auch einen Schnurrbart.

Ich schaute zurück. Gefahr gebannt, sie folgte mir nicht. Ich wechselte wieder auf unsere Straßenseite. Sie war schön. Sie war hinreißend. Sie trug an einem Sonntag Jeans. Vielleicht wartete sie auf den richtigen Augenblick, um mich zu schnappen.

Ich verrührte das Eis mit dem Löffel, bis es weich war. Ich machte Berge daraus. Die Marmorierung war verschwunden. Das gesamte Eis war jetzt rosa. Ich benutzte immer einen kleinen Löffel, so reichte es länger. Als ich nachdachte, schoss mir wieder das Blut ins Gesicht, aber nicht so schlimm wie vorhin. Ich konnte das Blut hören. Ich stellte mir vor, wie ich zur Tür ging und Missis Kiernan dort stünde, sie würde meine Ma sprechen wollen und erzählen, was ich mit ihren Unterhosen angestellt hatte, und meinem Da auch. Ich hörte Schritte. Ich wartete aufs Klingeln.

Wenn es nicht klingelte, bis ich mein ganzes Eis aufgegessen hatte, würde sie nicht kommen. Aber ich konnte das nicht beschleunigen. Ich musste es so langsam essen wie immer, ich war immer der Letzte. Ich durfte die Schüssel auslecken. Es klingelte nicht. Wahrscheinlich hatte ich das erreicht, Mission erfüllt. Ich wartete, bis mein Gesicht nicht mehr rot war. Es war sehr ruhig. Ich saß als Einziger mit ihnen am Tisch. Ohne sie anzuschauen, stellte ich meine Frage.

– Darf man an einem Sonntag Jeans anziehen?

– Nein, sagte mein Da.

– Es kommt darauf an, sagte meine Mutter. – Auf jeden Fall erst nach dem Gottesdienst.

– Nein, sagte mein Da.

Meine Ma sah ihn so an, wie wenn sie uns bei etwas erwischte, nur trauriger.

– Er hat gar keine Jeans, sagte sie. – Er fragt bloß.

Mein Da schwieg. Meine Ma auch.

*

Meine Ma las Bücher. Meistens abends. Wenn sie das Ende einer Seite erreichte, leckte sie an ihrem Finger und blätterte um, mit dem nassen Finger hob sie die Ecke der Seite hoch. Morgens suchte ich in dem Buch nach dem Lesezeichen, einem Stück Zeitungspapier, und zählte die Seiten zurück, die sie am Abend vorher gelesen hatte. Der Rekord lag bei zweiundvierzig.

Unsere Tische in der Schule rochen ein wenig nach Kirche. Wenn ich meine Arme verschränkte und den Kopf in die Lücke legte, weil Henno uns sagte, wir sollten schlafen, roch das genauso wie die Sitze in der Kirche. Ich mochte das. Es roch würzig, wie die Erde unter einem Baum. Ich leckte am Tisch, aber er schmeckte schrecklich.

Eines Tages, als Henno uns mal wieder zum Schlafen aufforderte, schlief Ian McEvoy tatsächlich ein. Henno unterhielt sich an der Tür mit Mister Arnold, und er sagte uns, dass wir die Arme verschränken und schlafen sollten. So lief das immer ab, sobald Henno sich mit irgendjemandem unterhielt oder die Zeitung las.

Mister Arnold hatte große Locken, die unter seinem Kinn fast zusammenstießen. Einmal hat er mit einem anderen Mann und zwei Frauen in der *Late Late Show* ein Lied gesungen und Gitarre gespielt. Ich durfte so lange aufbleiben und zuschauen. Eine der Frauen spielte auch Gitarre. Sie und Mister Arnold standen außen und die anderen beiden in der Mitte. Sie trugen alle ein ähnliches Hemd, aber die Männer hatten Krawatten und die Frauen nicht.

– Er sollte bei seiner normalen Arbeit bleiben, sagte mein Da.

Meine Ma sagte, Da solle still sein.

James O'Keefe tippte mit dem Fuß an den Sitz meiner Schulbank. Ich verschob meine Arme, damit ich den Kopf anheben und kurz zu ihm nach hinten schauen konnte.

– Möse, sagte er. – Weitergeben.

Er legte den Kopf wieder auf die Arme.

Ich rutschte auf meinem Sitz nach unten, damit ich den von Ian McEvoys Schulbank erreichte. Ich tippte dagegen. Er rührte sich nicht. Ich tippte noch einmal. Ich rutschte weiter vor und kam mit dem Fuß bis unter seinen Sitz und traf sein Bein. Er drehte sich nicht um. Ich setzte mich wieder richtig hin und wartete, dann drehte ich mich zu James O'Keefe.

– McEvoy ist eingeschlafen.

James O'Keefe biss sich in den Pullover, damit er nicht lachte. Jemand aus der Klasse steckte bald in großen Schwierigkeiten, und er war es nicht.

Wir warteten gespannt. Und wir achteten darauf, leise zu sein, damit wir Ian McEcoy nicht aufweckten, obwohl wir ohnehin keinen Lärm machten.

Henno schloss die Tür.

– Und jetzt setzt euch hin.

Das machten wir, möglichst schnell und aufrecht. Wir schauten zu Hennessey, um zu sehen, wann er Ian entdeckte.

Wir übten Rechtschreibung, die englische. Henno hatte sein Buch auf dem Pult liegen. Er trug all unsere Punkte und Noten in das Buch ein und zählte sie freitags immer zusammen und ließ uns dann Plätze tauschen. Die mit den besten Noten saßen an den Tischen bei den Fenstern und die mit den schlechtesten hinten neben den Jacken. Ich war normalerweise irgendwo in der Mitte, manchmal recht weit vorne. Die hinten bekamen die schwierigsten Aufgaben, anstatt sie zum Beispiel zu fragen, wie viel drei mal elf ergibt, fragte er, wie viel elf mal elf oder elf mal zwölf ist. Wenn man nach dem Punktezusammenzählen also in die letzte Reihe musste, kam man nur sehr schwer wieder von dort weg, außerdem wurde man nie für Erledigungen losgeschickt.

– Portemonnaie.

– P-o- ...

– Das war noch einfach, weiter.

– r-

– Und weiter.

Er würde es falsch sagen. Liam war dran. Normalerweise saß er hinter mir oder in meiner Reihe, bloß näher bei den Jacken, aber am Donnerstag hatte er in Rechnen zehn von zehn Punkten bekommen und saß deshalb vor mir und vor Ian McEvoy. Ich hatte im Rechentest bloß sechs von zehn, weil ich nicht bei Richard Shiels abgucken durfte, dafür habe ich ihm später einen Pferdekuss verpasst.

– t- ... m- ...

– Falsch. Du bist ein Wurm. Was bist du?

– Ein Wurm, Sir.

– Korrekt, sagte Henno. – Dasss warrr falsch!, sagte er, als er Liams Fehler in sein Buch eintrug.

Freitags mussten wir nicht nur unsere Plätze tauschen, er schlug uns auch. Das machte ihm Appetit auf sein Abendessen, erklärte er uns. Es regte seinen Appetit an, und das war nötig, weil er Fisch grundsätzlich nicht mochte. Für jeden Fehler einen Schlag. Mit dem Leder, dass er über die Sommerferien in Essig einweichte.

Kevin war als Nächster dran, dann Ian McEvoy.

– P-o-r-, sagte Kevin, – t-e-m-o-n ...

– Ja?

– n-e-e.

– Dasss warr falsch! Mister McEvoy.

Ian McEvoy schlief noch immer. Kevin saß am selben Tisch und erzählte uns später, dass Ian McEvoy im Schlaf gelächelt hatte.

– Er träumt wohl von einer Braut, sagte James O'Keefe.

Henno stand auf und starrte über Liam zu Ian McEvoy.

– Er ist eingeschlafen, Sir, sagte Kevin. – Soll ich ihn aufwecken?

– Nein, sagte Henno.

Henno legte seinen Zeigefinger auf die Lippen, wir sollten leise sein.

Wir kicherten und verstummten. Henno lief vorsichtig neben Ian McEvoys Tisch, wir beobachteten ihn. Er sah nicht so aus, als wäre er zum Scherzen aufgelegt.

– Mis-ter McEvoy!

Das war nicht lustig, wir konnten nicht lachen. Als Hennos Hand heruntersauste und Ian McEvoy auf den Nacken schlug, spürte ich den Luftzug. Ian McEvoy schoss keuchend auf. Er stöhnte. Ich konnte ihn nicht sehen. Ich sah bloß Kevins Gesicht von der Seite. Er war weiß, seine Unterlippe stand weiter vor als die obere.

Henno warnte uns davor, freitags krank zu sein. Wenn wir am Freitag nicht für unsere Bestrafung in der Schule waren, mussten wir ausnahmslos montags antreten.

Die Schulbänke rochen alle gleich, in allen Räumen. Manchmal war das Holz heller, weil die Schulbänke näher am Fenster standen und die Sonne darauf schien. Wir hatten keine altmodischen Schulbänke, an denen man die Tischplatte zurückklappte und seine Bücher darunter verstaute. Die Tischplatte war verschraubt, und darunter gab es ein Fach für Bücher und Ranzen. Es gab eine Mulde für die Stifte und eine fürs Tintenfass. Man konnte den Stift die Tischplatte herunterrollen lassen. Manchmal machten wir das als Mutprobe, weil Henno das Geräusch hasste.

James O'Keefe trank Tinte.

Wenn uns befohlen wurde, aufzustehen, mussten wir den Sitz nach hinten klappen und durften kein Geräusch machen. Wenn es an der Tür klopfte und ein Lehrer hereinkam oder Mister Finnucane, der Schulleiter, oder Pater Moloney, mussten wir aufstehen.

– *Dia duit*, sagten wir.

Henno hob einfach seine Hand, als würde etwas darauf liegen, und wir sagten es alle im Chor.

An jedem Tisch saßen zwei Jungen. Wenn der Junge vor einem aufstand, um zur Tafel zu gehen oder zur *leithreas*, sah man die roten Abdrücke des Sitzes auf den Beinen.

*

Ich musste zu meinen Eltern nach unten. Sinbad weinte pausenlos, er heulte wie eine Sirene. Und hörte einfach nicht auf.

– Wenn du nicht still bist, klatsch ich dir eine.

Ich verstand nicht, wie sie das überhören konnten. Das Licht im Flur war aus. Eigentlich sollten sie es anlassen. Ich tastete mich die Stufen runter. Das Linoleum an der Tür zum Flur war eiskalt. Ich horchte: Sinbad jammerte noch immer.

Ich brachte ihn gern in Schwierigkeiten. Auf diese Weise war es am besten. Ich konnte so tun, als würde ich helfen.

Sie schauten einen Cowboyfilm. Mein Da tat nicht so, als würde er die Zeitung lesen.

– Francis weint.

Ma schaute zu Da.

– Er hört nicht auf.

Sie schauten zu mir, und Ma stand auf. Sie brauchte ewig.

– Er weint schon die ganze Nacht.

– Geh wieder hoch, Patrick, husch, husch.

Ich lief vor ihr nach oben. Bevor es richtig dunkel wurde, wartete ich, um sicherzugehen, dass sie kam. Ich stand neben Sinbads Bett.

– Ma kommt, sagte ich zu ihm.

Unser Da wäre besser gewesen. Sie würde ihm nichts tun. Sie würde nur mit ihm reden, ihn vielleicht noch in den Arm nehmen. Ich war trotzdem nicht enttäuscht. Ich wollte nicht mehr, dass er Ärger bekam. Mir war kalt.

– Sie kommt, sagte ich noch einmal.

Ich hatte ihn gerettet.

Er jammerte ein bisschen lauter, und Ma schob die Tür auf. Ich ging ins Bett. Es war noch ein bisschen warm.

Mein Da hätte auch nichts gemacht, er hätte dasselbe wie Ma gemacht.

– Na, was ist los, Francis?

Sie sagte es nicht wie Was ist denn *diesmal* los.

– Meine Beine tun weh, sagte Sinbad ihr.

Sein durchgehendes Jammern ließ nach: Sie war gekommen.

– Wie sehr tun sie weh?

– Ganz schlimm.

– Beide Beine?

– Jaaa.

– Doppelter Schmerz.

– Jaaa.

Sie rieb sein Gesicht, nicht seine Beine.

– Wie beim letzten Mal.

– Jaaa.

– Das ist schrecklich, du Armer.

Sinbad stöhnte auf.

– Das liegt daran, dass du wächst, weißt du?, erklärte sie ihm. – Du wirst sehr groß werden.

Mir haben nie die Beine wehgetan.

– Sehr groß. Das wäre doch toll, oder? Toll, um Äpfel zu stehlen.

Das war großartig. Wir lachten.

– Wird es besser?, fragte sie ihn.

– Ich glaube schon.

– Gut. – Groß und gut aussehend. Sehr gut aussehend. Schwerenöter. Alle beide.

Als ich wieder die Augen aufschlug, war sie immer noch da. Sinbad schlief, das hörte ich.

Wir strömten alle zur Aula, jeder gab Mister Arnold ein Threepence-stück, und wir waren drinnen. Die vorderen Sitze waren bereits von den jüngeren Kindern besetzt, all die kleinen und großen Babys und anderen Klassen unter uns. Das war egal, denn wenn die Lichter ausgeschaltet wurden, kletterten wir auf unsere Sitze, und das ging hinten besser. Sinbad war auch mit seiner Klasse da, er trug seine neue

Brille. Eins der Gläser war wie bei Missis Byrne aus unserer Straße geschwärzt. Das war so, damit das andere Auge aufholen konnte, weil es faul war, erklärte Da. Auf dem Rückweg von dem Haus in der Stadt, wo Sinbad seine Brille bekommen hatte, bekamen wir ein Eis. Sinbad erzählte Ma, dass er als Erwachsener seine allerersten selbst verdienten fünf Pfund mit in den Zug nehmen würde und die Notbremse ziehen und dann die Strafe zahlen.

– Was willst du einmal werden, Francis?

– Bauer, sagte er ihr.

– Bauern fahren nicht mit dem Zug, sagte ich.

– Warum das nicht?, sagte Ma. – Natürlich tun sie das.

Sinbads Brille hatte Drahtteile, die hinten um seine Ohren lagen, wodurch sie abstanden. Sie sollten verhindern, dass er sie verlor, aber er verlor sie trotzdem.

Manchmal hatten wir freitags nach der kleinen Pause keinen ordentlichen Unterricht mehr, sondern gingen stattdessen ins Kino, also in die Aula. Donnerstags wurden wir ermahnt, nicht unser Eintrittsgeld zu vergessen, aber einmal vergaßen Aidan und Liam ihre Threepencestücke und durften trotzdem rein, sie mussten einfach nur abwarten, bis alle anderen drin waren. Wir behaupteten, Mister O'Connell könne ihnen kein Sixpencestück geben – das hatte ich mir ausgedacht –, aber am Montag brachten sie das Geld mit. Als wir das weiter behaupteten, weinte Aidan.

Henno war für den Projektor zuständig. Er fand sich toll. Er stand daneben, als wäre das Gerät eine Spitfire oder so. Der Projektor war hinten in der Aula mitten zwischen den Sitzreihen auf einem Tisch aufgebaut. Wenn die Lichter ausgeschaltet wurden, krochen wir als Mutprobe in den Gang, richteten uns ein Stückchen auf und formten mit unseren Händen vor dem Lichtkegel des Projektors Figuren. Der Schatten – meistens ein bellender Hund – landete auf der Leinwand auf der Bühne am anderen Ende der Aula. Das war der einfache Teil.

Der schwierige bestand darin, zu seinem Sitz zu gelangen, bevor die Lichter angingen. Alle versuchten, einen aufzuhalten, damit man im Gang festsaß. Sie traten einen oder stellten sich auf die Hände, wenn man unter ihren Sitzen hindurchkrabbelte. Das war großartig.

– Holt eure Englischbücher heraus, sagte Henno.

Wir warteten.

– *Anois.*

Wir holten sie heraus. Meine Bücher waren alle mit der Tapete eingeschlagen, die noch von Tante Muriels Badrenovierung übrig war. Sie gab meinem Da ungefähr zehn Rollen davon.

– Wahrscheinlich hat sie gedacht, dass sie den Taj Mahal tapeziert, sagte er.

– Sch, sagte Ma.

Für Beschriftungen benutzte ich eine Plastikschablone. Patrick Clarke. Mister Hennessey. Englisch. Hände weg.

– Diese Reihen hier und hier, sagte Henno. – Nehmt eure Bücher mit. *Seasaígí suas.*

Wenn wir die Aula erreichten, gaben wir Henno unsere Bücher, und er legte sie unter die Vorderbeine des Projektors, damit das Bild exakt auf die Leinwand fiel.

Die Lehrer standen auf der Seite und ermahnten uns während des gesamten Films, leise zu sein. Sie lehnten in Zweier- und Dreiergruppen an der Wand und rauchten, zumindest ein paar. Nur Miss Watkins patrouillierte die Aula, aber sie erwischte nie jemanden, weil wir ihren Kopf auf der Leinwand sahen, wenn sie den Gang heraufkam.

– Aus dem Weg!

– Aus dem Weg!

Sobald draußen die Sonne schien, konnten wir auf der Leinwand kaum etwas erkennen, weil die Vorhänge nicht dick genug waren. Wir jubelten, wenn sich eine Wolke vor die Sonne schob, und wir jubelten, wenn die Sonne wieder herauskam. Manchmal hörten wir den Film bloß. Aber wir konnten uns gut vorstellen, was passierte.

Am Anfang gab es immer zwei oder drei Folgen *Woody Woodpecker*. Ich konnte seine Stimme nachmachen.

– Hört auf damit!, rief dann ein Lehrer.

– Schhh!

Aber sie gaben bald auf. Wenn Woody Woodpecker fertig war und *Die drei Stooges* anfing, waren die meisten Lehrer nicht mal mehr in der Aula, bloß noch Henno und Mister Arnold und Miss Wakins. Mein Woody Woodpecker tat mir hinten im Hals weh, aber das war es mir wert.

– Ich weiß, dass du das bist, Patrick Clarke.

Wir sahen, wie Miss Watkins zu uns spähte, aber sie konnte nichts erkennen.

– Mach es noch mal.

Ich wartete, bis sie direkt zu uns schaute, dann legte ich los.

– HE-HE-HE-HÄÄ-HE, HE-HE-HE-HÄÄ-HE –

– Patrick Clarke!

– Ich war das nicht, Miss.

– Das war der Vogel im Film, Miss.

– Ihr Kopf ist im Weg, Miss.

– Hey, man kann in dem Licht Misses Nissen sehen!

Sie ging zu Henno, aber er würde den Film nicht für sie anhalten.

– HE-HE-HE-HÄÄ-HE, HE-HE-HE-HÄÄ-HE –

Die drei Stooges gefiel mir auch. Manchmal lief *Dick und Doof*, aber *Die drei Stooges* mochte ich lieber. Manche Jungs nannten sie Die drei Stoogies, aber ich wusste, dass es Stooges hieß, weil mein Da mir das gesagt hatte. Wir wussten nie, worum es in den Geschichten ging, es war zu laut, aber egal, sie verprügelten sich ohnehin nur. Larry und Moe und Curly, so hießen sie. Kevin stach mir in die Augen, so wie die Stooges es machten – wir waren in den Feldern hinter den Läden, alle gemeinsam –, und ich konnte ewig nicht sehen. Zuerst wusste ich das gar nicht, weil es so wehtat, dass ich meine Augen nicht öffnete. Es war wie die Kopfschmerzen, die ich früher öfter bekam, es war wie die Kopfschmerzen, die man bekam, wenn man sein Eis zu schnell aß, es war, als hätte mir jemand mit einem weichen Zweig über die Augen gepeitscht. Ich hielt mir mit den Händen die Augen zu und wollte sie nicht wegnehmen. Ich zitterte so sehr wie meine Schwester Catherine, wenn sie Ewigkeiten weinte und heulte. Dabei wollte ich das gar nicht.

Ich merkte nicht, dass ich schrie. Das erzählten sie mir später. Es hatte ihnen Angst gemacht, das sah ich ihnen an. Als ich mich das nächste Mal verletzte und mir an einem Nagel am Torpfosten die Schulter aufriss, schrie ich auch. Diesmal mit Absicht, aber ich fand, es klang bescheuert. Ich hörte auf und wälzte mich auf dem nassen Boden. Als mein Da von der Arbeit nach Hause kam und Ma ihm erzählte, was passiert war, ging er zu Kevin nach Hause. Ich beobachtete ihn aus dem Schlafzimmerfenster. Als er zurückkam, sagte er nichts. Kevin wusste nicht, was sich zwischen meinem Da und seinem zugetragen hatte. Er rechnete damit, dass sein Da ihm den Hals umdrehte, besonders als er die Umrisse meines Das durch das Glas der Flurtür sah. Aber nichts passierte. Sein Da machte nichts, er sagte nicht einmal etwas zu ihm. Das erzählte ich meinem Da am Tag darauf beim Abendessen, er wirkte nicht sonderlich überrascht.

Ich hatte zwei blutunterlaufene Augen und ein Veilchen.

Das Beste an *Die drei Stooges* war, dass es keine Pausen gab. Für den Hauptfilm musste Hennessey die Rolle austauschen und die alte zurückspulen. Das Bild wurde weiß mit kleinen Farbexplosionen, und der Ton verstummte, wir hörten, wie der Film klapperte und gegen die leere Spule schlug. Es dauerte ewig, bis es wieder weiterging

Sie schalteten das Licht ein, damit Henno sah, was er machte. Wir setzen uns rechtzeitig wieder hin. Wir machten eine Mutprobe daraus, der Erste, der saß, war ein Spast.

Einmal bekam Fluke Cassidy während des Hauptfilms einen seiner epileptischen Anfälle, und niemand bemerkte es. Es lief *Die Wikinger*. Die Sonne wurde draußen von Wolken verdeckt, sodass wir den ganzen Film sahen. Fluke fiel von seinem Stuhl, doch das passierte ständig. Es war ein toller Film, mit Abstand der beste, den ich je gesehen hatte. Als die erste Rolle fertig war, trampelten wir auf den Boden, damit Henno sich beeilte. Da entdeckten wir Fluke.

– Sir! Luke Cassidy hat einen Anfall.

Wir gingen alle auf Abstand, um nicht die Schuld dafür zu bekommen.

Fluke zuckte nicht mehr – er hatte drei Stühle umgeworfen, und Mister Arnold hatte seine Jacke über ihn gelegt.

– Vielleicht zeigen sie uns den Film nicht zu Ende, sagte Liam.

– Warum das denn?

– Wegen Fluke.

Mister Arnold verlangte nach weiteren Mänteln.

– Mäntel, Jungs, macht schon.

– Lasst mal schauen, sagte Kevin.

Wir liefen in zwei Reihen nach vorne, damit wir einen ordentlichen Blick auf Fluke werfen konnten. Er sah aus, als würde er schlafen. Allerdings blasser als sonst.

– Lasst ihm etwas Platz, Jungs.

Henno stand jetzt bei Mister Arnold. Sie hatten vier Mäntel über ihn gelegt. Wenn sie einen über seinen Kopf legen würden, bedeutete das, er wäre tot.

– Jemand sollte zu Mister Finnucane.

Mister Finnucane war der Schulleiter.

– Sir!

– Sir!

– Ich, Sir!

– Du. Henno wählte Ian McEvoy. – Berichte Mister Finnucane was passiert ist. Was ist passiert?

– Luke Cassidy hatte einen Anfall, Sir.

– Korrekt.

– Möchten Sie, dass wir ihn tragen, Sir?

– OH, IHR DA HINTEN SEID JETZT ALLE SCHÖN RU-HIG – SCHÖN RUHIG ALLE MITEINANDER –

– Ru-he! – Setzt – euch.

– Hier sitze ich –!

– Ru-he!

Wir setzen uns alle hin. Ich drehte mich zu Kevin.

– Keinen Mucks, Mister Clarke, sagte Henno. – Augen auf die Leinwand. Und zwar alle.

Kevins kleiner Bruder, Simon, meldete sich. Er saß ganz vorne.

– Ja, du mit der erhobenen Hand.

– Malachy O'Leary ist noch auf der Toilette.

– Setz dich.

– Er musste groß.

– Setz! Dich!

Die Musik war das Beste an *Die Wikinger*, sie war grandios. Jedes Mal, wenn ein Wikingerboot nach Hause kam und ein Kerl auf der Klippe das sah, blies er die Melodie durch ein riesiges Horn, und alle kamen aus ihren Hütten und rannten runter zum Boot. Und wenn es eine Schlacht gab, spielten sie dieselbe Melodie. Sie war großartig, sie blieb einem im Kopf. Am Ende wurde eine der Hauptfiguren umgebracht – ich war mir nicht sicher, welche –, sie legten ihn in sein Boot und bedeckten ihn mit Holz, anschließend zündeten sie es an und schoben das Boot aufs Meer. Ich summte die Melodie, aber langsamer, weil ich wusste, dass das im Film passieren würde. Und so war es auch.

Ich tötete mit einem Hurlingschläger eine Ratte. Nicht mit Absicht. Ich schwang einfach den Schläger. Ich wusste nicht genau, ob die Ratte in meine Richtung laufen würde. Ich hoffte nicht. Trotzdem war es toll. Dieses Hochgefühl, als der Schläger gegen die Ratte klatschte und sie weit nach oben flog. Perfekt.

Ich jubelte.

– Habt ihr das gesehen?

Es war perfekt.

Die Ratte lag dort im Siff und zuckte, aus ihrem Maul lief irgendein Zeug.

– Ge-won-nen! Ge-won-nen! Ge-won-nen!

Wir pirschten uns heran, aber ich wollte vor den anderen da sein, also pirschte ich schneller. Sie zuckte noch.

– Sie zuckt noch.

– Tut sie nicht. Das sind ihre Nerven.

– Die Nerven sterben als Letztes.

– Habt ihr gesehen, wie ich sie erwischt habe?

– Ich habe auf sie gewartet, sagte Kevin. – Dann hätte ich sie erwischt.

– Habe ich aber.

– Was machen wir mit ihr?, fragte Edward Swanwick.

– Sie beerdigen.

– Jaaa!

Edward Swanwick kannte *Die Wikinger* nicht, er ging nicht auf unsere Schule.

Wir waren im Hof der Donnellys, hinter der Scheune. Wir mussten die Ratte herausschmuggeln.

– Warum?

– Das ist ihre Ratte.

Solche Fragen verdarben alles.

Onkel Eddie war vorm Haus und rechte den Kies. Missis Donnelly war in der Küche. Kevin ging an die Seite der Scheune, warf einen Stein in die Hecke – einen Köder – und schaute.

– Sie wäscht Hosen.

– Onkel Eddie hat sich in die Hosen gemacht.

– Onkel Eddie hat gekackt, und Mister Donnelly düngt damit seine Kohlköpfe.

Zwei Routen waren blockiert. Wir mussten über die hintere Mauer fliehen, den Weg, den wir gekommen waren.

Bis jetzt hatte noch niemand die Ratte aufgehoben.

Sinbad pikste mit seinem Speer in das Zeug, das Zeug, das der Ratte aus dem Maul gelaufen war.

– Heb sie auf, sagte ich, aber das würde er bestimmt nicht machen.

Er tat es doch. Am Schwanz. Er hielt sie hoch und ließ sie langsam rotieren.

– Gib sie uns, sagte Liam, aber er streckte weder seine Hand aus, noch versuchte er, Sinbad die Ratte wegzunehmen.

Die Ratte war nicht besonders groß, durch den Schwanz hatte sie dort auf dem Boden größer ausgesehen als jetzt, wenn Sinbad sie hielt. Ich stellte mich dicht zu Sinbad, er war mein Bruder, und er hielt eine tote Ratte fest.

Die Ebbe setzte ein. Das war gut, so würde das Brett nicht ständig zurückgespült werden. Sinbad hatte die Ratte sauber gemacht. Er hatte sie bei den Cottages unter die Pumpe gelegt und vier Wasserschwalle auf sie draufgepumpt. Dann hatte er die Ratte in seinen Pullover gewickelt, sodass nur der Kopf herausschaute.

Kevin hielt das Ende des Brettes, damit es nicht wackelte.

Ich fing an.

– Gegrüßet seist du, Maria, voll der Gnade, der Herr ist mit dir.

Das hörte sich toll an, fünf Stimmen im Chor und der Wind. Kevin hob das Brett aus dem Wasser, weil eine Welle kam.

– jetzt und in der Stunde unseres Todes. Amen.

Ich war der Priester, weil ich bei Streichhölzern ein hoffnungsloser Fall war. Ich hatte meine Aufgabe erledigt. Edward saß auf den nassen Stufen und hielt für Kevin das Brett. Kevin stand mit dem Rücken zum Meer und zum Wind und zündete das Streichholz an. Er drehte sich und legte schützend die Hand um die Flamme. Ich fand es toll, wie er das hinbekam.

Die Flamme brannte lange genug. Eine Weile ähnelte es einem Plumpudding, ich sah das Feuer, aber die Flammen machten der Ratte nichts. Ich roch das Paraffin. Sie schoben das Brett nach draußen, aber nicht so fest wie ein Schlachtschiff, weil wir nicht wollten, dass das Feuer erlosch. Die Ratte blieb auf dem Brett. Das Feuer brannte noch immer, aber die Ratte veränderte sich nicht.

Wir formten mit unseren Händen Trompeten. Edward Swanwick auch, obwohl er nicht wusste, was das sollte.

– Jetzt.

Wir sangen alle die *Die Wikinger*-Musik.

– DUH DIIH DUH –

DUH DIIH DUH –

DUH DIIIH DUH DUH – DUH DUH –

DUH DUH DUHHH –

Die Flamme brannte lange genug, um es zu wiederholen.

Auf meinem Kopf lag ein Buch. Ich musste die Treppen hinaufgehen, ohne dass es herunterfiel. Wenn es herunterfiel, würde ich sterben. Es war ein schweres gebundenes Buch, das waren die besten, um sie auf dem Kopf zu balancieren. Ich wusste nicht mehr, welches ich hatte. Ich kannte alle Bücher bei uns. Ich wusste, wie sie aussahen und wonach sie rochen. Ich wusste, auf welcher Seite sie aufklappten, wenn ich den Buchrücken auf den Boden setzte und die Buchdeckel fallen ließ. Ich kannte alle Bücher, aber an den Titel von dem auf meinem Kopf erinnerte ich mich nicht. Das würde ich herausfinden, sobald ich oben war, meine Schlafzimmertür berührt hatte und wieder unten ankam. Dann durfte ich es herunternehmen – ich würde langsam meinen Kopf neigen, es herunterrutschen lassen und auffangen – und dann wissen, welches ich genommen hatte. Wenn ich ganz vorsichtig nach oben schauen würde, könnte ich eine Ecke vom Einband sehen, und die Farbe würde mir den Titel verraten. Aber das war zu gefährlich. Ich musste einen Auftrag ausführen. Gleichmäßig war besser als zu langsam. Wenn ich zu langsam ging, wurde ich zu wackelig und würde es nie schaffen und das Buch herunterfallen. Tot. In dem Buch steckte eine Bombe. Gleichmäßig ging es am besten, einen Schritt nach dem anderen, keine Eile. Eilig war genauso schlecht wie zu langsam. Gegen Ende wurde man hektisch. Wie Catherine, wenn sie durchs Wohnzimmer ging. Die ersten vier, fünf Schritte lief sie gut, dann änderte sich ihr Gesichtsausdruck, weil ihr klar wurde, dass es bis zur anderen Seite noch ewig dauerte, ihr Lächeln wurde angestrengt, sie wusste, dass sie es nicht schaffte, versuchte, dort anzukommen, und fiel. Sie wusste, dass es passieren würde, ihr Gesicht verzog sich schon. Sie weinte. Schön gleichmäßig. Fast oben. Jetzt gab es kein Zurück mehr. Napoleon Solo. Wenn man oben angekommen war, musste man sich daran gewöhnen, dass es keine Stufen mehr gab, und das fühlte sich fast so an, als würde man umfallen.

Die Toilettentür ging auf.

Mein Da kam mit seiner Zeitung heraus. Er schaute zu mir und an mir vorbei.

Er sprach.

– Affen äffen alles nach.

Er schaute an mir vorbei nach unten.

Ich drehte den Kopf. Das Buch fiel. Ich fing es. *Unser Mann in Havanna*. Sinbad stand mit einem Buch auf dem Kopf hinter mir auf der Treppe. *Ivanhoe*. Mein Buch rutschte aus dem Umschlag und fiel auf den Boden. Ich war tot.

Liam brach sich seinen Zahn ab, als wir Pferderennen spielten. Er war selbst schuld. Es waren seine zweiten Zähne, die für den Rest seines Lebens halten sollten. Seine Lippe platzte auch auf.

– Seine Lippe ist weg!

Danach sah es zumindest zuerst aus. Durch das ganze Blut und die Art und Weise, wie er seine Hand vor den Mund hielt, dachten wir, seine kompletten Lippen wären abgeschnitten. Nur ein großer Vorderzahn stand ab, und der war vom Blut ganz rosa. Das Rosa sammelte sich am Zahnende zu einem Rot und tropfte hinter seine Hand.

Sein Blick war panisch. Als er aus der Hecke kam, sah er zuerst wie jemand aus, der aus der Dunkelheit ins Licht trat, aber sein Blick änderte sich, wurde verängstigt, seine Augen traten hervor und schoben sich vor die Augenlider.

Dann fing er an zu heulen.

Sein Mund bewegte sich nicht und seine Hand auch nicht. Das Geräusch war einfach da. Seine Augen verrieten mir, dass es von ihm stammte.

– O Mami!

– Hört ihn euch an.

Es klang, als würde jemand einen Geist nachmachen, der es nicht richtig konnte, als wollte uns jemand erschrecken, aber wir wussten Bescheid und fürchteten uns kein bisschen. Dabei war das hier gruselig, es war schrecklich. Liam stand direkt vor uns, er hatte sich unter keinem Bettlaken versteckt. Das Geräusch kam von ihm, und er täuschte uns nichts vor. Seine Augen verrieten es, er konnte nicht anders.

Wenn das wie immer gewesen wäre, ein ganz normaler Unfall, hätten wir das Weite gesucht. Wir wären davongelaufen, damit uns niemand die Schuld in die Schuhe schob, nur weil wir in der Nähe waren. Das passierte immer. Ein Junge schoss einen Ball und zerbrach ein Fenster, und zehn Jungen bekamen dafür die Schuld.

– Ich ziehe euch alle zur Verantwortung.

Das hatte Missis Quigley gesagt, als Kevin ihr Toilettenfenster kaputtgeschossen hatte. Sie rief uns das über die hohe Seitenwand zu. Sie konnte uns nicht sehen, aber sie wusste, wer wir waren.

– Ich weiß, wer ihr seid.

Mister Quigley lebte nicht mehr, und Missis Quigley war noch nicht so alt, also hatte sie ihm bestimmt etwas angetan, das dachten zumindest alle. Wir einigten uns darauf, dass sie ein Weinglas zermahlen und das Pulver in ein Omelett gegeben hatte – ich hatte das einmal in *Hitchcock präsentiert* gesehen und es erschien nur logisch. Kevin erzählte seinem Da davon, und sein Vater sagte, dass sie Mister Quigley einfach nur zu Tode gelangweilt hätte, aber wir blieben bei unserer Version, die war besser. Deshalb hatten wir aber noch lange keine Angst vor ihr. Sie hasste es, wenn wir bei ihr auf der Mauer saßen. Sie klopfte gegens Fenster, damit wir verschwanden, aber nicht immer ans selbe Fenster, manchmal oben, manchmal unten.

– Das macht sie nur, damit wir nicht glauben, dass sie die ganze Zeit im Wohnzimmer aus dem Fenster schaut.

Wir hatten keine Angst vor ihr.

– Sie kann uns nicht zwingen, irgendetwas zu essen.

Das war die einzige Möglichkeit, wie sie uns drankriegen konnte, Gift. Eine andere Möglichkeit kannte sie nicht. Sie war nicht klein und faltig genug, um uns Furcht einzuflößen. Sie war größer als meine Ma. Große Frauen – nicht die dicken, fetten – große Frauen jedenfalls waren normal. Kleine waren gefährlich, kleine Frauen und große Männer.

Sie hatte keine Kinder.

– Sie hat sie gegessen.

– Nein, hat sie nicht!

Das ging zu weit.

Kevins Bruder wusste, warum.

– Mister Quigleys Pimmel ist nicht steif geworden.

Wir kletterten nie über die Mauer. Das erklärte ich meinen Eltern, als Missis Quigley sich bei ihnen über mich beschwerte. Das hatte sie bis jetzt noch nie getan. Sie fuhren ihr normales Programm, ich musste im Schlafzimmer bleiben, bis sie bereit waren, sich mit mir zu befassen. Ich hasste das, es funktionierte. Sie ließen mich stundenlang dort warten. Ich hatte meine ganzen Sachen bei mir, meine Bücher und meine Autos und den ganzen Kram, aber ich konnte mich auf keinen einzigen Satz konzentrieren, und es war dämlich, mit meinen Dinky-Autos zu spielen, wenn ich gleich von meinem Da verdroschen würde. Es war Samstag. Ich wollte nicht auf dem Fußboden spielen, wenn er hereinkam, ich wollte nicht den falschen Eindruck erwecken. Ich wollte richtig aussehen. Ich wollte so aussehen, als hätte ich meine Lektion bereits gelernt. Es wurde dunkel, aber ich ging nicht in die Nähe des Lichtschalters. Der lag zu nahe bei der Tür. Ich saß auf dem Bett in der Zimmerecke. Ich zitterte. Meine Zähne klapperten. Mir taten die Kiefermuskeln weh.

– Was ist passiert?

Das war eine schreckliche Frage, eine Falle, alles, was ich sagte, wäre falsch.

– Ich habe gefragt, was passiert ist!

– Ich habe nichts ...

– Das entscheide ich, sagte mein Da. – Sprich weiter.

– Ich habe nichts getan.

– Anscheinend schon.

– Habe ich nicht, sagte ich.

Es entstand eine Pause. Er starrte in mein linkes Auge und dann in mein rechtes.

– Habe ich nicht, sagte ich. – Ehrlich.

– Warum ist Missis Quigley dann den ganzen Weg bis zu uns gelaufen ...

Das waren nur fünf Türen weiter.

– ... um sich über dich zu beschweren?

– Ich weiß nicht, ich war das nicht.

– Was warst du nicht?

– Was sie gesagt hat.

– Was hat sie gesagt?

– Ich weiß nicht, ich habe nichts gemacht, versprochen, Dad. Dad. Das schwöre ich hoch und heilig. Guck.

Ich legte drei Finger aufs Herz. Das machte ich ständig, bis jetzt war nie etwas passiert, obwohl ich normalerweise log.

Diesmal log ich allerdings nicht. Ich hatte nichts getan. Kevin hatte ihr Fenster zerbrochen.

– Sie muss einen Grund gehabt haben, sagte mein Da.

Es lief gut. Er war nicht in der richtigen Stimmung, in der er mich normalerweise schlug. Er blieb fair.

– Vielleicht glaubt sie ja, dass ich etwas getan habe, sagte ich.

– Was du aber nicht hast.

– Mmmhmm.

– Behauptest du.

– Mmmhmm.

– Sag Ja.

– Ja.

Das war das Einzige, was meine Mutter sagte. Sag Ja.

– Ich habe nur ...

Ich war mir nicht sicher, ob das eine gute Idee war – eine weise Entscheidung –, aber jetzt war es zu spät, das verriet mir sein Gesicht. Meine Ma hatte sich aufgerichtet und schaute zu meinem Da. Ich überlegte mir, ob ich ihnen lieber erzählen sollte, dass Missis Quigley

Mister Quigley vergiftet hatte, aber ich ließ es bleiben. Mein Da war nicht so, er glaubte solche Sachen nicht einfach.

– Ich habe nur auf der Mauer gesessen, sagte ich.

Jetzt hätte er mich schlagen können. Er sprach.

– Dann sitz nicht auf ihrer Mauer. Nicht noch einmal. In Ordnung?

– Mmmhmm.

– Ja, sagte meine Ma.

– Ja.

Weiter nichts, das war's. Da schaute sich nach etwas um, womit er sich beschäftigen konnte. Er steckte den Schallplattenspieler ein. Sein Rücken war mir zugewandt, ich durfte gehen. Ein unschuldiger Mann. Zu Unrecht verurteilt. Ich dressierte während meiner Haftstrafe Vögel und wurde Vogelexperte.

Unter Liams Heulen blieben wir wie festgefroren auf dem Rasen stehen, wir konnten uns nicht rühren. Ich mochte ihn weder anfassen noch wegrennen. Sein Heulen bohrte sich in mich hinein, ich wurde ein Teil davon. Ich fühlte mich hilflos. Ich konnte mich nicht mal hinfallen lassen.

Er starb.

Ganz bestimmt.

Irgendjemand musste kommen.

Die Hecke, aus der er gefallen war, stand nicht bei Missis Quigley. Missis Quigley hatte nichts damit zu tun. Es war die einzige richtig große Hecke in unserer Straße. Die von Liam und Aidan war größer und hatte dickere Äste, aber sie wohnten nicht bei uns in der Straße, sie wohnten etwas abseits. Die Hecke hier wuchs schneller als die anderen und hatte kleinere Blätter, die nicht so glänzten und grün waren wie sonst. Die Blätter waren eigentlich überhaupt nicht richtig grün, die Unterseiten waren grau. Die meisten Hecken waren nicht besonders hoch, weil die Häuser noch nicht so lange hier standen.

Nun diese Hecke, sie war das letzte Hindernis, und wir übersprangen sie immer erst am Schluss.

Die Hecke stand im Vorgarten von den Hanleys. Es war ihre Hecke. Die von Mister Hanley. Um den Garten kümmerte er sich allein. Hinten hatten sie einen Teich, aber er war leer. Früher einmal gab es Goldfische, doch die waren erfroren.

– Er hat sie einfach verfaulen lassen.

Das glaubte ich nicht.

– Bis sie oben trieben.

Das glaubte ich nicht. Mister Hanley war immer in seinem Garten und hob irgendwelche Sachen auf, Blätter, Nacktschnecken – er hob sie mit den Händen auf, ich hatte ihn dabei gesehen. Mit den bloßen Händen. Er war immer am Herumgraben und lehnte sich an die Mauer. Als ich einmal einkaufen ging, lag auf der Mauer eine Hand, nur diese eine Hand, es war Mister Hanleys Hand, er hielt sich beim Graben fest. Ich versuchte vorbeizugehen, bevor er aufstand, aber ich durfte nicht rennen – ich durfte nur schnell laufen. Ich wollte mich nicht vor ihm verstecken, ich hatte keine Angst vor ihm, ich machte das einfach so. Er wusste nicht, dass ich das machte. Einmal habe ich gesehen, wie er sich im Vorgarten auf den Rücken legte. Seine Füße steckten im Blumenbeet. Ich wartete, um zu sehen, ob er tot war, dann hatte ich Angst, dass mich jemand aus einem Fenster beobachtete. Als ich zurückkam, war Mister Hanley verschwunden. Er hatte keine Arbeit.

– Warum nicht?

– Er ist im Ruhestand, sagte meine Ma.

– Warum denn?

Deshalb hatte er den schönsten Garten in Barrytown. Deshalb war es auch die größte Mutprobe, in den Garten der Hanleys einzudringen. Und deshalb endete das Pferderennen hier. Über die Hecke und ab durchs Tor, gewonnen. Liam war nicht am Gewinnen.

In gewisser Weise war gewinnen am einfachsten. Der Gewinner stand als Erster wieder auf dem Weg. Dort fingen Mister Hanley oder seine Söhne, Billy und Laurence, einen nicht. Für die anderen, die als Letzte über die Hecke sprangen, war es am gefährlichsten. Mister Hanley schimpfte nur, wobei ihm Spucke aus seinem Mund flog. In seinen Mundwinkeln hatte er immer weißes Zeug. Das war bei vielen alten Leuten so. Aber wenn Billy Hanley oder, schlimmer noch, Laurence Hanley einen erwischten, drehten sie dir den Hals um.

– Es wird Zeit, dass die beiden Faulenzer endlich ausziehen und heiraten.

– Wer soll die schon nehmen?

Laurence Hanley war dick, aber er war schnell. Er packte uns an den Haaren. Er war der einzige mir bekannte Mensch, der das machte. Es war eigenartig, ein Mann, der Leute an den Haaren packte. Das lag daran, weil er dick war und nicht richtig kämpfen konnte. Außerdem war er gemein. Seine Finger waren ganz hart, wie Dolche, und viel schlimmer als ein Faustschlag. Vier Stiche in die Seite deiner Brust, während er dich an den Haaren hochhielt.

– Verschwinde aus unserem Garten.

Sicherheitshalber noch einmal, dann ließ er los.

– Und zwar jetzt – verzieh dich!

Manchmal trat er auch, aber er bekam sein Bein nicht richtig hoch. Er schwitzte seine Hosen durch.

Beim Pferderennen gab es zehn Hindernisse. Die Mauern der Vorgärten waren alle gleich hoch, haargenau gleich, doch durch die Hecken und Bäume unterschieden sie sich. Und durch die Gärten zwischen den Hindernissen. Wir mussten durch sie stürmen, schubsen war in den Gärten erlaubt, aber ziehen und Bein stellen nicht. Es war der Wahnsinn, es war großartig. Wir starteten in Ian McEvoys Garten und stellten uns in einer geraden Reihe auf. Es gab kein Handicap, niemand durfte vor den anderen losrennen. Aber das hätte ohnehin keiner gewollt, für die erste Mauer brauchte man einen guten Anlauf, und keiner wollte allein im nächsten Garten stehen und warten, bis das Rennen begann. Es war der Garten der Byrnes. Missis Byrne hatte ein geschwärztes Brillenglas. Einäugige Brillenschlange nannten wir sie, aber das war auch schon das einzige Lustige an ihr.

Es dauerte immer ewig, bis wir in einer geraden Reihe standen. Dabei wurde immer ein bisschen geschubst, das war erlaubt, solange die Ellbogen nicht zu hoch eingesetzt wurden, nicht überm Hals.

– Sie stehen in den Startlöchern, sagte Aidan.

Wir schlichen vorwärts. Wer nach dem Start des Rennens hinter der Gruppe zurückfiel, konnte nicht mehr gewinnen und würde wahrscheinlich von Laurence Hanley geschnappt werden.

– Und da rennen sie!

Danach kommentierte Aidan nicht weiter.

Das erste Hindernis war einfach. Die Mauer zwischen McEvoys und Byrnes. Dort gab es keine Hecke. Man musste einfach nur darauf achten, dass man genug Platz für seine Beine hatte. Manche von uns konnten sich direkt obendrüber schwingen, ohne mit den Beinen die Mauer zu berühren – ich auch –, aber dafür brauchte man eine Menge Platz. Dann bei den Byrnes entlang. Schreien und johlen. Das gehörte dazu. Versuchen, dass die hinten geschnappt wurden. Vom Rasen übers Blumenbeet, quer über den Weg und die Mauer – eine Hecke. An der Mauer hochspringen, Hecke packen, aufrecht hinstellen, darüber springen und landen. Gefahr, Gefahr. Dann bei Murphys. Unmengen an Blumen. Gegen ein paar treten. Um das Auto herum. Hecke vor Mauer. Fuß auf Stoßstange, Absprung. Auf der Hecke landen, abrollen. Unser Haus. Um das Auto herum, keine Hecke, über die Mauer. Kein Gejohle mehr, nicht genug Luft dafür. Hals juckt von der Hecke. Noch zwei hohe Hecken.

Einmal hat Mister McLoughlin gerade den Rasen gemäht, als wir alle über die Hecke sprangen, und beinahe einen Herzinfarkt bekommen.

Rauf auf Hanleys Mauer, an der Hecke festhalten. Beine durchdrücken, das fiel jetzt schwerer, völlig erschöpft. Über die Hecke springen, abrollen, aufstehen und ab durchs Tor.

Gewinner.

Ich schaute über ihre Köpfe.

– I MARRIED A WIFE – OH THEN – OH THEN –

I MARRIED A WIFE – OH THEN –

Meine Tante und mein Onkel und meine vier Cousins und Cousinen schauten mich an. Sie saßen auf dem Sofa und zwei meiner Cousins auf dem Boden.

– I MARRIED A WIFE –

SHE'S THE PLAGUE OF MY LIFE –

Ich sang gern. Manchmal wartete ich nicht, bis mich jemand aufforderte.

—OH I WISH I WAS SINGLE AGAIN-NNN –

Wir waren im Haus meiner Tante und meines Onkels in Cabra, aber ich wusste nicht, wo das genau lag. Sinbad hatte Erstkommunion. Einer meiner Cousins wollte sein Gebetbuch sehen, aber Sinbad wollte es nicht hergeben. Ich sang lauter.

—I MARRIED ANOTHER – OH THEN – OH THEN –

Meine Mutter setzte schon zum Klatschen an. Sinbad würde von meinem Onkel Geld bekommen, er tastete schon in seiner Tasche. Ich konnte ihn sehen. Er streckte sein Bein aus, damit er seine Hand bis nach unten zu den Münzen schieben konnte.

Im Ärmel meiner Tante steckte ein Taschentuch, es beulte den Stoff aus. Wir mussten noch zwei weitere Tanten und Onkel besuchen. Danach gingen wir ins Kino.

– I MARRIED ANOTHER –

AND SHE'S WORSER THAN THE OTHER –

AND I WISH I WAS SINGLE AGAIN-NNN –

Sie klatschten alle. Mein Onkel gab Sinbad zwei Schilling, und dann gingen wir.

Wenn Indianer starben, zogen sie in die ewigen Jagdgründe ein. Wikinger gingen nach ihrem Tod nach Walhalla. Wir kamen in den Himmel, außer wir landeten in der Hölle. In die Hölle kam man, wenn beim Tod eine Todsünde auf einem lastete, selbst wenn man die gerade beichten wollte und auf dem Weg vom Lastwagen überfahren wurde. Bevor man in den Himmel kam, musste man normalerweise noch eine Weile ins Fegefeuer, um die Sünden auf der Seele loszuwerden, was normalerweise ein paar Tausend Jahre dauerte. Das Fegefeuer war so ähnlich wie die Hölle, aber man blieb da nicht bis in alle Ewigkeit.

– Es gibt eine Hintertür, Jungs.

Für jede lässliche Sünde tausend Jahre, je nach Sünde und ob man sie schon einmal begangen und versprochen hatte, es nicht wieder zu tun. Seine Eltern belügen, fluchen, den Namen des Herrn missbrauchen – alles tausend Jahre.

– Jesus.

– Tausend.

– Jesus.

– Zweitausend.

– Jesus.

– Dreitausend.

– Jesus.

Dinge aus Geschäften klauen war schlimmer, Hefte waren schwerwiegender als Süßigkeiten. Viertausend Jahre für *Football Monthly*, zweitausend für *Goal* und *Football Weekly*. Wenn man direkt vor seinem Tod eine ordentliche Beichte ablegte, musste man überhaupt nicht ins Fegefeuer, man kam direkt in den Himmel.

– Selbst wenn derjenige eine Menge Leute umgebracht hat?

– Selbst dann.

Das war nicht gerecht.

– Aber, aber, gleiche Regeln für alle.

Der Himmel sollte ein toller Ort sein, aber niemand wusste viel darüber. Es gab viele Villen.

– Für jeden eine?

– Ja.

– Muss man ganz allein wohnen?

Pater Moloney antwortete nicht schnell genug.

– Darf die Ma nicht bei einem wohnen?

– Doch, natürlich darf sie das.

Pater Moloney kam jeden ersten Mittwoch im Monat zu uns. Für eine kleine Unterhaltung. Wir mochten ihn. Er war nett. Er humpelte, und sein Bruder war in einer Showband.

– Was passiert dann mit ihrer Villa, Pater?

Pater Moloney hob die Hände, um uns zurückzuhalten. Er lachte viel, und wir hatten keine Ahnung, warum.

– Im Himmel, Jungs, sagte er und wartete. – Im Himmel dürft ihr wohnen, wo auch immer und mit wem auch immer ihr wollt.

James O'Keefe machte sich Sorgen.

– Was, wenn die Ma nicht mit einem zusammenwohnen will, Pater?

Pater Moloney lachte schallend, aber das war nicht wirklich lustig.

– Dann gehst du zu ihr und wohnst bei ihr, ganz einfach.

– Aber was, wenn sie das nicht will?

– Das wird sie bestimmt, sagte Pater Moloney.

– Vielleicht nicht, sagte James O'Keefe. – Wenn man ein Schussel ist.

– Ah, siehst du, sagte Pater Moloney. – Da hast du deine Antwort. Im Himmel gibt es keine Schussel.

Im Himmel war das Wetter immer gut, und überall wuchs Gras,

und es war immer Tag und nie Nacht. Aber das war alles, was ich darüber wüsste. Mein Opa Clarke war dort oben.

– Bist du dir sicher?, fragte ich meine Ma.

– Ja, sagte sie.

– Bestimmt?

– Ja.

– Ist er schon aus dem Fegefeuer?

– Ja. Er musste nicht dorthin, weil er seine letzte Beichte abgelegt hat.

– Da hatte er Glück, oder?

– Ja.

Ich war froh.

Meine Schwester war auch dort oben. Die Schwester, die gestorben war, Angela. Sie war gestorben, bevor sie aus meiner Ma kam, aber sie konnten sie noch taufen, sagte sie, ansonsten wäre sie im Limbus gelandet.

– Bist du sicher, dass sie das Wasser abbekommen hat, bevor sie gestorben ist?, fragte ich meine Ma.

– Ja.

– Bestimmt.

– Ja.

Ich fragte mich, wie sie zurechtkam, ein nicht einmal eine Stunde altes Baby so ganz allein.

– Opa Clarke kümmert sich um sie, sagte meine Ma.

– Bis du dort hochgehst?

– Ja.

Der Limbus war für ungetaufte Babys und Haustiere. Es war so schön wie im Himmel, aber ohne Gott. Jesus kam manchmal zu Besuch und seine Mutter Maria auch. Sie hatten dort einen Wohnwagen. Katzen und Hunde und Babys und Meerschweinchen und Goldfische. Tiere, die keine Haustiere waren, gingen nirgendwohin.

Die verwesten einfach nur und vermischten sich mit der Erde und machten sie besser. Sie hatten keine Seelen. Haustiere schon. Im Himmel gab es keine Tiere, nur Pferde, Zebras und kleine Affen.

Ich sang wieder. Mein Da brachte mir ein neues Lied bei.
- I WENT DOWN TO THE RIVER
TO WATCH THE FISH SWIM BY-YY –
Es gefiel mir nicht.
- BUT I GOT TO THE RIVER –
SO LONESOME I WANTED TO DIE-EE-IE – OH
LORD –
Ich bekam das DIE-EE-IE nicht richtig hin. Ich konnte meine Stimme nicht so heben und senken wie Hank Williams auf der Schallplatte.

Der nächste Teil gefiel mir aber.
- THEN I JUMPED INTO THE RIVER
BUT THE DOGGONE RIVER WAS DRY-YY –
– Nicht schlecht, sagte mein Da.

Es war Sonntagnachmittag, und er langweilte sich. Zu der Zeit brachte er mir immer neue Lieder bei. Er suchte dann nach mir. Das erste war Brian O'Linn gewesen. Es gab keine Schallplatte, nur den Text in einem Buch namens *Irische Bänkellieder*. Ich folgte seinem Finger, und wir sangen den Text zusammen.
- BRIAN O'LINN – HIS WIFE AND WIFE'S MOTHER –
THEY ALL LAY DOWN IN THE BED TOGETHER –
THE SHEETS THEY WERE OLD AND THE
BLANKETS WERE THIN –
LIE CLOSE TO THE WAW-ALL SAYS BRIAN O'LINN –
So war das ganze Lied, lustig und leicht. Ich sang es in der Schule, aber Miss Watkins unterbrach mich nach dem Vers, als Brian O'Linn

auf Brautschau geht, weil sie dachte, es würde dreckiger werden. Was nicht so war, aber sie glaubte mir nicht.

Den letzten Vers sang ich während der kleinen Pause um elf Uhr auf dem Schulhof.

– Es ist nicht dreckig, warnte ich sie.

– Sing es trotzdem, mach schon.

– Okay, aber ...

– BRIAN O'LINN – HIS WIFE AND WIFE'S MOTHER –
Sie lachten.

– Es ist nicht ...

– Sei ruhig und sing weiter.

– WERE ALL GOING HOME O'ER THE BRIDGE
TOGETHER –
THE BRIDGE IT BROKE DOWN AND THEY ALL
TUMBLED IN –
WE'LL GO HOME BE THE WATER SAYS BRIAN
O'LINN –

– Das ist dämlich, sagte Kevin.

– Ich weiß, sagte ich. – Habe ich doch gesagt.

Ich fand überhaupt nicht, dass es dämlich war.

Henno kam herüber und scheuchte uns auseinander, weil er dachte, wir würden uns streiten. Er packte mich und sagte, er wisse, dass ich einer der Rädelsführer war, und dass er mich im Auge behalten würde, dann ließ er mich gehen. Da hatten wir ihn noch nicht als Klassenlehrer – erst im Jahr darauf –, also kannte er mich nicht.

– Nimm dich in Acht, Kleiner, sagte er.

– SHE'S A LONG-HONG GOH-HON –

Ich bekam es nicht hin, ich wusste nicht einmal, worüber Hank Williams sang.

Da schlug mich.

Auf die Schulter. Ich schaute gerade zu ihm, um ihm zu sagen, dass ich dieses Lied nicht singen wolle, weil es zu schwierig war. Es war komisch, sein Gesichtsausdruck verriet mir ein paar Sekunden vorher, dass er mir eine verpassen würde. Dann veränderte sich seine Miene, als hätte er seine Meinung geändert und sich jetzt wieder unter Kontrolle, und dann hörte ich den Schlag und spürte ihn, als hätte er vergessen, das seiner Hand mitzuteilen.

Er hatte die Nadel nicht angehoben.

– A MAN NEEDS A WOMAN THAT HE CAN LEAN ON –
BUT MY LEANING POST IS DONE LE-HEFT AND
GONE

Ich rieb mir die Schulter durch den Pullover und das Hemd und Unterhemd, sie fühlte sich an, als würde sie sich ausdehnen und schrumpfen, anschwellen und schrumpfen. So sehr tat sie gar nicht weh.

Ich weinte nicht.

– Na komm, sagte Da.

Dieses Mal hob er die Nadel, und wir fingen wieder an.

– I WENT DOWN TO THE RIVER
TO WATCH THE FISH SWIM BY-YY –

Er legte mir die Hand auf die Schulter, auf die andere. Ich wollte mich wegducken, aber nach einer Weile machte es mir nichts mehr aus.

Der Schallplattenspieler war ein roter Kasten. Eines Tages hatte er ihn von der Arbeit mit nach Hause gebracht. Man konnte sechs Schallplatten übereinanderstapeln, also auf dem Plattenteller. Wir besaßen bloß drei, *The Black and White Minstrels*, *South Pacific* und von Hank Williams *The King of Country Music*. Als er den Schallplattenspieler nach Hause brachte, hatten wir nur eine, die *South Pacific*. Er spielte sie den ganzen Freitagabend und am Wochenende. Er wollte mir *I'm gonna wash that man right out of my hair* beibringen, aber meine Ma bremste ihn. Wenn ich das in der Schule oder irgendwo draußen singen würde, sagte sie, müssten sie das Haus verkaufen und woanders hinziehen.

Das Gerät spielte 33er und 45er und 78er. 33er waren LPs wie unsere. Kevin schmuggelte die Schallplatte seines Bruders, *I'm A Believer* von The Monkees, aus dem Haus. Das war eine 45er. Aber mein Da erlaubte uns nicht, sie abzuspielen. Er sagte, sie hätte einen Kratzer, dabei schaute er sie nicht einmal an, und den Schallplattenspieler benutzte er gerade auch nicht. Er gehörte ihm. Er stand im selben Zimmer wie der Fernseher. Wenn er ihn anstellte, blieb der Fernseher aus. Einmal hatte er die *Black and White Minstrels* zur selben Zeit aufgelegt, als sie im Fernsehen liefen, und den Ton vom Fernseher runtergedreht, aber es funktionierte nicht. Der Mund des schwarzen Sängers, der immer die ernsten Lieder sang, öffnete und schloss sich auch noch, als die Schallplatte fertig war und die Nadel sich normalerweise anhob, was sie aber nicht tat. Sie blieb an dem Kratzer hängen. Mein Da musste den Tonarm anheben.

– Hast du daran herumgespielt?, fragte er mich.

– Nein.

– Und was ist mit dir?

– Nein, sagte Sinbad.

– Irgendjemand hat das aber, sagte er.

– Sie haben ihn nicht angefasst, sagte meine Ma.

Während ich darauf wartete, dass etwas passierte, dass er ihr widersprach, brannte mein Gesicht.

Einmal hatte er während der Nachrichten Hank Williams aufgelegt. Das war großartig, es sah so aus, als würde der Nachrichtensprecher *I'll Never Get Out Of This World Alive* singen. Wir lachten uns alle kaputt. Ich und Sinbad durften eine halbe Stunde länger aufbleiben.

Als wir das Auto bekamen, einen Cortina wie der von Henno, einen schwarzen, fuhr Da zum Üben die Straße rauf und runter, er brachte es sich selbst bei. Wir durften nicht mit rein.

– Noch nicht, sagte er.

Er fuhr zum Strand. Wir folgten ihm und konnten gut mit ihm Schritt halten. Er konnte das Auto nicht wenden, um zurück zum Haus zu fahren. Als er uns entdeckte, rief er uns zu sich. Ich dachte, er würde uns umbringen. Wir waren zu siebt. Wir quetschten uns alle nach hinten und fuhren den ganzen Weg im Rückwärtsgang. Mein Da sang die *Batman*-Melodie, manchmal war er verrückt, großartig verrückt. Als wir ausstiegen, hatte Aidan Nasenbluten. Er plärrte. Da kniete sich vor ihn und hielt Aidan an der Schulter. Er wischte ihm mit seinem Taschentuch die Nase und ließ ihn hineinschnäuzen, und er sagte ihm, dass er bestimmt seinen Spaß habe, wenn er später im Bett das getrocknete Blut aus der Nase pulte, und Aidan fing an zu lachen.

Danach gingen sie alle aufs Feld hinter den Läden, um die Hütte der älteren Jungs zu suchen und sie kaputtzumachen, aber ich ging nicht mit, ich wollte bei Da bleiben. Ich saß neben ihm, immer schön die Straße rauf und runter. Wir fuhren nach Raheny. Beim Abbiegen kam er von der Fahrbahn ab und streifte den Straßengraben.

– Bescheuerter Ort für einen Graben, sagte er.

Ein Typ hupte.

– Verdammter Idiot, sagte mein Da und hupte zurück, als der Typ verschwunden war.

Wir fuhren über die Hauptstraße zurück nach Barrytown, und Da nahm den Fuß vom Gas. Wir kurbelten die Fenster herunter. Ich lehnte mich mit dem Ellbogen raus, aber das erlaubte er nicht. Wir parkten zwei Häuser weiter auf dem Grünstreifen.

– Das sollte reichen, sagte er.

Sinbad saß hinten.

Am nächsten Tag brachen wir zu einem Picknick auf. Es regnete, aber wir fuhren trotzdem, Sinbad und ich hinten, meine Ma mit Catherine auf dem Schoß neben Da. Deirdre war noch nicht auf der Welt. Der Bauch meiner Ma war aber ganz rund und füllte sich mit ihr. Wir fuhren nach Dollymount.

– Warum nicht in die Berge, fragte ich.

– Sei ruhig, Patrick, sagte meine Ma.

Da bereitete sich darauf vor, von der Barrytown Road auf die Hauptstraße abzubiegen. Nach Dollymount hätten wir laufen können. Wir konnten vom Auto aus die Insel sehen. Da schaffte es über die Straße und dann nach rechts. Der Cortina ruckte ein bisschen, und es klang, wie wenn jemand die Lippen zusammenpresst und bläst. Und als wir direkt auf den Bordstein fuhren, kratzte etwas.

– Was war das für ein Geräusch?

– Schhh, sagte Ma.

Sie fühlte sich nicht wohl, das merkte ich ihr an. Sie hätte einen ordentlichen Ausflug nötig gehabt.

– Da sind die Berge, sagte ich.

Ich lehnte mich zwischen ihren und seinen Sitz und zeigte jenseits der Bucht auf die Berge, die gar nicht so weit weg waren.

– Schaut mal.

– Setz dich!

Sinbad war im Fußraum.

– Da gibt es einen Wald.

– Sei ruhig, Patrick.

– Setz dich, du verdammter Idiot.

Dollymount war knapp zwei Kilometer entfernt. Vielleicht ein bisschen weiter, aber nicht viel. Man fuhr über eine Holzbrücke zur Insel, der Rest war langweilig.

– Ich muss mal, sagte Sinbad.

– Herrgott noch mal!

– Pat, sagte meine Ma zu meinem Da.

– Wenn wir in die Berge fahren, sagte ich, – kann er hinter einen meiner Bäume.

– Wenn du dich nicht sofort hinsetzt und mir aus dem Weg gehst, baumelst du von einem deiner Bäume!

– Euer Vater ist nervös –

– Bin ich nicht.

War er.

– Ich möchte einfach nur ein bisschen Ruhe.

– In den Bergen ist es sehr ruhig.

Das hatte Sinbad gesagt. Die beiden lachten, Da besonders.

Schließlich kamen wir an, in Dollymount, aber er fuhr zweimal an der Brücke vorbei, bis er langsam genug war, um auf sie abzubiegen und nicht durch die Kaimauer zu fahren. Es regnete noch immer. Er parkte das Auto in Richtung Meer. Das Wasser war ganz weit draußen, sodass wir es nicht sehen konnten. Aber mit ausgeschaltetem Motor funktionierten die Scheibenwischer ohnehin nicht. Das Beste war der prasselnde Regen auf dem Dach. Ma hatte eine Idee: Wir könnten nach Hause fahren und dort unser Picknick machen.

– Nein, sagte Da.

Er hielt das Lenkrad.

– Wir sind jetzt hier, sagte er, – also …

Er trommelte aufs Lenkrad.

Ma holte zwischen ihren Füßen den Strohkorb heraus und verteilte das Picknick.

– Krümelt nicht überall das Auto voll, sagte Da.

Er meinte Sinbad und mich.

Wir mussten die Sandwiches essen, es gab keine Möglichkeit, sie zu verstecken. Sie schmeckten gut, mit Eiern. Sie waren ganz platt gedrückt, im Brot gab es keine Löcher mehr. Sinbad und ich durften uns eine Dose Fanta teilen. Ma wollte nicht, dass wir sie öffneten. Sie hatte einen Öffner. Sie hakte ihn unter den Dosenrand und drückte einmal für die dreieckige Trinköffnung und noch einmal für ein Loch auf der anderen Seite, damit Luft hineinkam. Nachdem wir jeder ein paar Schlucke getrunken hatten, spürte ich kleine Bröckchen in der Fanta, ich spürte sie beim Schlucken. Die Fanta war warm.

Ma und Da schwiegen. Sie teilten sich eine Thermoskanne Tee. Es gab eine Tasse oben auf der Kanne und eine echte Tasse, die Ma in Toilettenpapier gewickelt hatte. Sie streckte Da die Tassen entgegen, damit er sie hielt und sie einschenken konnte, aber er nahm sie ihr nicht ab. Er schaute geradeaus auf den Regen, der die Windschutzscheibe herunterlief. Sie sagte nichts. Sie stellte eine Tasse ab und füllte sie über Catherines Kopf hinweg. Sie hielt sie ihm hin, Da nahm sie. Es war die große Tasse, die von der Kanne. Er nippte daran und bedankte sich dann halbherzig.

– Dürfen wir raus?

– Nein.

– Warum nicht?

– Nein.

– Es ist zu nass, sagte Ma. – Ihr holt euch sonst noch den Tod.

Sinbad legte seine Hand unter die Achsel und schlug mit dem Arm dagegen. Es furzte. Das hatte uns Margaret, Mister O'Connells Freundin, beigebracht. Sinbad machte es ein zweites Mal.

– Noch einmal ..., sagte Da.

Er drehte sich nicht um.

– Dann kannst du was erleben.

Sinbad legte wieder die Hand unter die Achsel. Ich drückte seinen Arm nach oben, damit er ihn nicht herunterschlagen konnte, weil ich sonst schuld wäre. Während ich versuchte, ihn aufzuhalten, lächelte er mich an. Früher hat er nie gelächelt. Selbst wenn Da uns fotografierte, lächelte Sinbad nicht. Wir mussten uns nebeneinander vor unserer Ma aufstellen – es war immer das Gleiche – und Da ging ein paar Schritte weg und drehte sich um und betrachtete uns durch den Fotoapparat – es war einer dieser kastigen, den meine Ma vor ihrer Hochzeit und noch bevor sie meinen Da kennengelernt hatte, von ihrem ersten Gehalt gekauft hatte –, und dann sagte er immer, dass wir uns ein bisschen anders hinstellen sollten, und schaute noch einmal ewig lange nach unten in den Fotoapparat und wieder hoch zu uns, und dann fiel ihm auf, dass Sinbad nicht lächelte.

– Und jetzt lächeln, sagte er zuerst zu uns allen.

Lächeln war einfach.

– Francis, sagte er in einem normalen Tonfall.

– Kopf hoch, komm schon.

Ma legte dann immer ihre Hand auf Sinbads Schulter und versuchte trotzdem, noch eins der Babys festzuhalten.

– Verdammt noch mal, jetzt hat sich eine Wolke vor die Sonne geschoben.

Aber Sinbad hielt seinen Kopf gesenkt. Und Da verlor die Geduld. Unsere Fotografien waren alle gleich, Ma und ich lächelten wie verrückt, und Sinbad schaute auf den Boden. Wir lächelten so lange, dass es gar kein richtiges Lächeln mehr war. Wenn Ma tauschte, damit Da auf der Fotografie sein konnte, sah Da so aus, als würde er wirklich lächeln, und Sinbad schaute noch stärker nach unten, und sein Gesicht verschwand komplett.

Heute wurde nicht fotografiert.

Ma hatte für jeden von uns Kekse in Alufolie gewickelt. So mussten wir nicht teilen und stritten uns auch nicht. Die Form des Alupäckchens verriet mir, welche Kekse es waren, vier Mariettas, jeweils zwei wie ein Sandwich mit Butter in der Mitte, und der eckige unten war ein Polo. Den Polo hob ich mir bis zum Schluss auf.

Ma sagte etwas zu Da. Ich hatte es nicht mitbekommen. So wie ihr Gesicht von der Seite aussah, wartete sie auf eine Antwort. Aber da war noch mehr in ihrem Gesicht.

Wenn man die Mariettas zusammendrückte, quetschte sich die Butter durch die Löcher. Deshalb nannten wir sie manchmal Popo-Plätzchen, aber Ma erlaubte uns das nicht.

Ich nahm Sinbad die Fanta weg. Er ließ mich. Sie war leer, das sollte sie noch gar nicht sein.

Ich schaute wieder zu Ma. Sie schaute immer noch zu Da. Catherine hatte einen von Mas Fingern im Mund und biss richtig fest darauf herum – sie hatte schon ein paar Zähne –, doch Ma unternahm nichts.

Sinbad aß seine Kekse so, wie er sie immer aß, und ich auch. Er knabberte den Rand entlang, bis er einmal ganz herum war, und die Mariettas wieder die gleiche Form hatten, nur eben kleiner. Er leckte die Butter ab, die aus den Löchern quoll. Als er mit der ersten Runde fertig war, hörte er auf. Ich packte seine Hand mit dem Keks-Sandwich und drückte sie mit meinen Händen zu, dadurch zerkrümelte er die Kekse so sehr, dass sie nicht mehr zu retten waren. Das war die Rache, weil er die ganze Fanta ausgetrunken hatte.

Ma stieg aus dem Auto. Es war seltsam, wegen Catherine. Ich dachte, wir würden alle aussteigen, dass es zu regnen aufgehört hatte.

Aber das hatte es nicht. Es goss in Strömen.

Irgendetwas war passiert.

Ma ließ die Tür offen, sie fiel ein wenig zu, stand aber noch immer offen.

Sinbad und ich warteten, ob Da sich rührte, damit wir wussten, was wir tun sollten. Er lehnte sich hinüber, packte den Griff der Beifahrertür und zog die Tür zu. Als er sich wieder aufrichtete, grummelte er.

Sinbad leckte sich die Hand ab.

– Wo ist Ma hingegangen?, fragte ich.

Da seufzte und drehte sich ein bisschen, sodass ich ein Stück seines Gesichts sah. Aber er sagte nichts. Er schaute uns im Rückspiegel an. Ich konnte seine Augen nicht sehen. Sinbad hielt wie früher den Kopf gesenkt. Ich wischte auf meiner Seite die beschlagene Scheibe frei. Ich wollte sie eigentlich nicht anfassen, bis wir zu Hause waren. Ich sah nichts, nur meilenweit Sand, aber keine Ma. Ich saß auf der falschen Seite, hinter Da.

– Holt sie uns Softeis?

Ich wischte wieder über die Scheibe.

Die Tür ging auf. Ma stieg ein, duckte sich und achtete darauf, dass Catherine nirgends anstieß. Ihre Haare klebten klatschnass am Kopf. Sie hatte nichts bei sich, sie hat uns nichts gekauft.

– Es war zu nass für Cathy, sagte sie nach einer Weile zu Da.

Er ließ den Motor an.

– Du wirst richtig groß, sagte sie.

Sie versuchte, den Reißverschluss meiner Hose zuzuziehen.

– Bald wirst du genauso groß sein wie dein Daddy.

Das gefiel mir, ich wollte so groß wie mein Da sein. Ich hieß genau wie er.

Ich hatte gewartet, bis er zur Arbeit gegangen war, bevor ich ihr zeigte, dass sich der Reißverschluss nicht ordentlich zuziehen ließ. Er hätte das geschafft. Ich hoffte, dass es ihr nicht gelang. Ich hasste die Hose. Sie war aus gelbem Cord. Früher hatte sie einem meiner Cousins gehört. Mir nie wirklich.

Sie ruckelte ihn hoch. Sie versuchte, die beiden Seiten zusammenzuhalten, damit der Reißverschluss zuging. Ich hatte nicht geschummelt. Ich zog sogar den Bauch ein.

– Nein, sagte sie. – Das hat keinen Zweck.

Sie ließ die Hose los.

– Die ist durch, sagte sie. – Du wächst zu schnell, Patrick.

Das meinte sie nicht so.

– Wir müssen eine Sicherheitsnadel nehmen, sagte sie.

Ich verzog das Gesicht.

– Nur heute.

Sie überprüften die Tuberkulose-Impfung, das behaupteten zumindest alle. Henno hatte uns nichts erklärt. Er hatte uns nur gesagt, dass wir uns in einer Reihe aufstellen sollten und die ersten beiden jeweils schon ihre Pullover und Hemden und Unterhemden ausziehen, bevor die Tür aufging, oder sie bekämen Ärger. Bis jetzt waren erst zwei drinnen, und sie waren noch nicht zurückgekommen. Eigentlich sollte er auf uns aufpassen, was er aber nicht tat. Er war weggegangen, hoch ins Lehrerzimmer, für einen Tee.

– Ich höre jedes Geräusch, sagte er. – Keine Sorge.

Er stampfte mit dem Fuß auf den Holzboden. Das Geräusch setzte sich im Gang fort und verklang erst ewig später.

– Da habt ihr's, sagte er. – Flüstern ist in dieser Schule unmöglich. Ich werde selbst den kleinsten Pieps hören.

Dann ging er.

Wir hörten ihn oben auf der Treppe. Er war stehen geblieben.

Ian McEvoy stellte sicher, dass die Wand ihn verdeckte, dann stampfte er so wie Henno mit dem Fuß auf. Es war toll, zu lachen, während wir darauf warteten, ob er zurückkam. Tat er nicht. Wir stampften alle auf. Wahrscheinlich lag es an seinen Schuhen, wir bekamen das Geräusch nicht so hin wie er. Aber mehr machten wir nicht, wir schrien nicht und alberten auch nicht herum.

Sie überprüften die Tuberkulosenarben.

Was würden sie tun, wenn man nicht alle hatte?

Eigentlich sollte man drei Stück haben.

– Dann impfen sie dich noch einmal.

Die Narben bildeten auf dem linken Arm ein Dreieck. Die Haut in den kleinen Kreisen war komisch.

– Das bedeutet, dass du Kinderlähmung hast.

– Tut es nicht.

– Es bedeutet, dass du Kinderlähmung kriegen kannst.

– Man muss das nicht bekommen.

David Geraghty, der Junge in unserer Klasse mit Kinderlähmung, stand hinter uns in der Reihe.

– He, Geraghty, sagte ich. – Bist du gegen Tuberkulose geimpft?

– Jaaa, sagte er.

– Warum hast du dann Kinderlähmung bekommen?, fragte Fluke Cassidy ihn. Die Reihe löste sich ein wenig auf und sammelte sich um David Geraghty.

– Ich weiß nicht, sagte er. – Ich erinnere mich nicht.

– Wurdest du damit geboren?

David Geraghty sah aus, als würde er gleich weinen. Die Reihe wurde wieder gerade, wir versuchten alle, möglichst weit zu ihm auf Abstand zu gehen. Die ersten beiden waren noch immer nicht rausgekommen.

– Man kann Kinderlähmung bekommen, wenn man Wasser aus der Toilette trinkt.

Die Tür ging auf. Zwei Jungs kamen heraus. Brian Sheridan und James O'Keefe. Sie waren wieder angezogen. Sie sah nicht blass oder verängstigt aus oder sonst irgendetwas. Es gab keine Tränenspuren. Die nächsten beiden Jungs gingen herein.

– Was ham die mit euch gemacht?

– Nichts.

Sie wussten nicht, was sie jetzt tun sollten. Sie konnten nicht zurück ins Klassenzimmer, weil niemand dort war und Henno ihnen den Hals umdrehen würde, wenn sie einfach reingingen. Ich zog meinen Pullover aus und ließ ihn fallen.

– Was haben die gemacht?

– Nichts, sagte Brian Sheridan. – Sie haben nur geguckt.

Er sah jetzt anders aus. Sein Gesicht war starr. Er fummelte an seinem Schuh herum. Ich zog mein Hemd nicht weiter aus. Kevin packte Brian Sheridan.

– Lass das!

– Was haben die gemacht? Sag schon!

– Sie haben mich angeschaut.

Sein Gesicht war jetzt richtig rot. Er versuchte nicht wirklich, von Kevin loszukommen, er wollte nur, dass weder Kevin noch der Rest von uns sein Gesicht sahen. Er hatte angefangen zu weinen, definitiv.

Der andere Junge, James O'Keefe, lief nicht rot an.

– Sie haben unsere Pimmel angeschaut, sagte er.

Ich hörte wie die Gummikapseln am Fuß von David Geraghtys Krücken über den Boden quietschten. James O'Keefe schaute fest die Reihe entlang. Er wusste, was für eine Macht er gerade besaß. Er wusste, dass sie nicht lange anhalten würde. Ich rührte mich nicht. James O'Keefes Gesicht war todernst. Er hatte uns.

– Lass mich los!

Kevin ließ Brian Sheridan los.

– Warum?

Die Frage beantwortete James O'Keefe nicht. Sie war nicht gut genug.

– Was machen die?

– Bloß schauen?

– Ja, sagte James O'Keefe. – Bei mir hat sie sich heruntergebeugt und einfach nur hingeguckt. Ihn hat sie angefasst.

– Hat sie nicht!, sagte Brian Sheridan. – Hat sie nicht.

Er weinte fast wieder.

– Hat sie sehr wohl, sagte James O'Keefe. – Du bist ein Lügner, Sherro.

– Hat sie nicht.

– Sie hat einen Eisstiel benutzt, sagte James O'Keefe.

Jetzt riefen wir durcheinander. James O'Keefe sollte sich beeilen.

– Nicht ihre Finger!

Brian Sheridan brüllte das. Das war ihm wichtig, das verriet uns sein Gesicht.

– Nicht ihre Finger! Nicht ihre Hand.

Danach beruhigte er sich, aber sein Gesicht war noch immer rot und sehr weiß. Kevin packte James O'Keefe. Ich schlang meinen Pullover um seinen Hals, um ihn zu würgen. Wir mussten wissen, was sie mit dem Eisstiel gemacht hatte. Wir kamen gleich dran.

– Sag schon!

Ich würgte James O'Keefe ein bisschen.

– Sag schon, O'Keefe! Beeile dich.

Ich lockerte den Pullover. Auf seinem Hals war ein roter Abdruck. Wir meinten es ernst.

– Sie hat mit dem Eisstiel seinen Pimmel hochgehoben.

Er drehte sich zu mir.

– Das zahle ich dir heim, sagte er.

Zu Kevin sagte er das nicht, nur zu mir.

– Warum?, fragte Ian McEvoy.

– Um die Unterseite anzuschauen, sagte James O'Keefe.

– Warum?

– Keine Ahnung.

– Vielleicht um sicherzugehen, dass er normal ist.

– Und?, fragte ich Brian Sheridan.

– Ja!

– Beweis es.

Die Tür ging auf. Die beiden anderen kamen heraus.

– Hat sie euch mit einem Eisstiel berührt? Sagt schon.

– Nein. Sie hat bloß geschaut. Stimmt's?

– Ja.

– Warum dann bei dir?, fragte Kevin Brian Sheridan.

Brian Sheridan weinte wieder.

– Sie hat nur geguckt, sagte er.

Wir ließen ihn in Ruhe. Ich zog mein Hemd aus und mein Unterhemd. Wir waren die Nächsten. Dann überlegte ich.

– Warum müssen wir unser Zeug auszuziehen?

James O'Keefe antwortete.

– Sie machen auch noch andere Sachen.

– Welche anderen Sachen?

Die zwei vor uns waren sehr langsam. Die Krankenschwester nahm sie an den Ellbogen, um sie in das Zimmer zu bugsieren. Sie schloss die Tür.

– War sie das?, fragte ich James O'Keefe.

– Ja, sagte er.

Sie war diejenige mit dem Eisstiel. Diejenige, die sich hinkniete und unsere Pimmel anstarrte. So sah sie gar nicht aus. Sie sah nett aus. Sie hatte gelächelt, als sie sich die beiden vor uns geschnappt hatte. Ihre Haare waren zu einem großen Dutt hochgesteckt, ein paar hingen ihr über die Stirn und an den Ohren herunter. Sie trug keine Haube. Sie war jung.

– Freches Luder, sagte David Geraghty.

Wir brachen in Gelächter aus, weil es lustig war und weil David Geraghty es gesagt hatte.

– Hat dein Pimmel Kinderlähmung?, fragte Kevin ihn.

Kevin bekam nicht, was er erwartet hatte.

– Ja, sagte David Geraghty. – Den fasst sie nicht an.

Dann fiel es uns wieder ein.

– Welche Sachen noch.

Brian Sheridan zählte sie auf. Die Flecken auf seinem Gesicht waren verschwunden.

– Er horcht mit dem Stethoskop den Rücken ab, sagte er, – und deine Brust.

– Das ist eiskalt, sagte James O'Keefe.

– Ja, sagte Brian Sheridan.

– Ja, sagte einer der anderen, der gerade rausgekommen war. – Das ist am schlimmsten.

– Hat er deine Tuberkulosenarben kontrolliert?

– Ja.

– Hab ich doch gesagt.

Ich kontrollierte meine noch einmal. Alle drei Narben waren da. Sie waren ganz deutlich, wie die eine Seite einer Kokosnuss. Ich schaute auf Kevins Arm. Seine waren auch da.

– Irgendwelche Spritzen?, fragte jemand.

– Nein, sagte Brian Sheridan.

– Bei uns jedenfalls nicht, sagte James O'Keefe. – Vielleicht ja bei einem von euch.

– Halt die Klappe, O'Keefe.

David Geraghty sprach wieder.

– Haben sie was mit euren Hintern gemacht?

Gelächter brach aus. Ich lachte lauter als nötig. Das taten wir alle. Wir hatten Angst und David Geraghty fast zum Weinen gebracht. Es war das erste Mal, dass David Geraghty vor allen etwas Witziges gesagt hatte. Ich mochte ihn.

Die beiden vor uns kamen raus. Sie grinsten. Die Tür stand für uns offen. Kevin und ich waren an der Reihe. Ich ging zuerst. Ich musste. Ich wurde geschubst.

– Frag sie nach einem Schokoeis, sagte David Geraghty.

Ich lachte später. Zu dem Zeitpunkt noch nicht.

Sie wartete. Als sie mich anschaute, schaute ich weg.

– Hosen und Unterhosen, Jungs, sagte sie.

Da fiel mir die Sicherheitsnadel an meinem Reißverschluss ein, aber erst jetzt. Meine Ma hatte sie dort befestigt. Mein Gesicht brannte. Ich drehte mich ein bisschen, weg von Kevin. Ich steckte sie in meine Tasche. Ich drehte mich zurück und pfiff, um die Hitze aus meinem

Gesicht zu vertreiben. Kevins Unterhose war schmutzig. Eine gerade braune Linie in der Mitte, die nach außen hin heller wurde. Ich schaute meine eigene nicht an. Ich ließ sie einfach fallen. Ich schaute nirgendwohin. Nicht nach unten. Nicht zu Kevin. Nicht zum Arzt am Lehrerpult. Ich wartete. Ich wartete auf den Eisstiel. Sie stand vor mir. Das wusste ich. Ich schaute nicht. Ich spürte meinen Pimmel nicht mehr. Ich spürte da überhaupt nichts mehr. Wenn sie den Eisstiel dort drunterschob, würde ich schreien. Und mich einnässen. Sie stand noch immer da. Beugte sich runter und schaute ihn an. Starrte. Womöglich rieb sie sich das Kinn. Fällte eine Entscheidung. In der Ecke über dem Arzt hing ein Spinnennetz, eine großes, altes. Eine Spinnwebe pendelte hin und her. Dort oben zog es. Sie fällte eine Entscheidung. Ob er so schlimm war, dass sie ihn anheben musste, um sich die Unterseite anzuschauen. Wenn ich nicht hinschaute, würde sie es nicht machen. Ich suchte nach der Spinne. Wenn sie es machte, wäre ich für immer erledigt. Das Erstaunlichste an Spinnen war die Art und Weise, wie sie ihre Netze bauten. Ich wäre nie wieder normal –

– Alles klar, sagte sie. – Ab mit dir, zu Dr. McKenna.

Nicht angefasst. Kein Eisstiel. Beinahe hätte ich vergessen, meine Unterhose und Hose anzuziehen. Ich machte den ersten Schritt. Dann zog ich sie hoch. In meiner Pofalte war es feucht. Das war jetzt egal. Kein Eisstiel. Drei Tuberkulosenarben.

– Hat sie dich angefasst?, fragte Kevin mich.

An der Tür beim Hinausgehen. Er flüsterte.

– Nein, sagte ich.

Ich fühlte mich großartig.

– Mich auch nicht, sagte er.

Das mit seiner Unterhose erzählte ich ihm nicht.

Unter dem Tisch war mein Fort. Selbst wenn die sechs Stühle daruntergeschoben waren, hatte ich immer noch genug Platz. So war es sogar besser, verborgener. Ich saß dort oft stundenlang. Das war der gute Tisch im Wohnzimmer, er wurde nie benutzt, nur an Weihnachten. Ich brauchte meinen Kopf nicht einzuziehen. Die Tischplatte schwebte kurz über mir. Mir gefiel das. Dadurch konzentrierte ich mich auf den Boden und die Füße. Mir fielen Dinge auf. Wollmäuse, die von Haaren zusammengehalten wurden, rollten über das Linoleum. Das Linoleum hatte winzige Risse, die beim Draufdrücken größer wurden. Die Sonne war voller Staub, riesengroße Flocken. Am liebsten hätte ich nicht mehr geatmet. Aber ich beobachtete sie gern. Sie taumelten wie Schnee. Wenn mein Da aufstand, stand er vollkommen ruhig da. Seine Füße klebten am Boden. Sie bewegten sich nur, wenn er irgendwohin ging. Die Füße meiner Ma waren anders. Sie kamen nie zur Ruhe. Sie konnten sich nicht entscheiden. Ich schlief dort ein, früher zumindest. Es war immer kühl, nie kalt, und wenn ich mochte, auch warm. Das Linoleum fühlte sich auf meinem Gesicht schön an. Die Luft war nicht so lebendig wie davor, jenseits des Tisches, es war sicher. Ich mochte den Geruch. Die Socken meines Vaters waren in Rauten gemustert. Einmal wachte ich auf, und über mir lag eine Decke. Ich wollte für immer dort bleiben. Ich war in der Nähe des Fensters. Ich konnte die Vögel draußen hören. Die Beine meines Vaters waren übereinandergeschlagen. Er summte. Der Geruch aus der Küche war herrlich, ich hatte keinen Hunger, ich musste nicht essen. Eintopf. Es war Donnerstag. Also bestimmt Eintopf. Meine Ma summte auch. Das gleiche Lied wie mein Da. Es war kein richtiges Lied, nur ein paar gesummte Töne. Es klang nicht so, als wüssten sie, dass sie dasselbe summten. Die Noten hatten sich einfach in einen ihrer Köpfe geschlichen, wahrscheinlich in den von meinem Da. Meine Ma summte am meisten. Ich streckte mich, bis mein Fuß gegen ein Stuhlbein stieß, und rollte mich wieder zusammen. Die Decke über mir war noch sandig vom Picknick.

Das war, bevor meine Mutter Cathy und Deirdre bekam. Sinbad

konnte damals noch nicht laufen, daran erinnerte ich mich. Er rutschte mit dem Hintern übers Linoleum. Ich machte das nicht mehr. Ich
passte immer noch unter den Tisch, aber wenn ich mich aufsetzte,
drückte mein Kopf gegen die Platte, und ich konnte nicht mehr still
dasitzen. Das tat weh, es zog in den Beinen. Ich hatte Angst, dass ich
erwischt würde. Ich habe es ein paarmal versucht, aber es war dämlich.

Die meisten von uns konnten in dem Rohr aufrecht stehen. Nur
Liam und Ian McEvoy mussten sich ein bisschen bücken, damit sie
sich nicht die Köpfe stießen. Sie fanden sich deswegen toll. Liam
stieß sich absichtlich oben am Rohr den Kopf an. Wir kletterten in
den Graben, der richtig tief war, wie im Krieg. Die Männer, die ihn
aushoben – wir warteten immer, bis sie Feierabend machten –, benutzten zum Hinein- und Hinausklettern Holzleitern. Sie schlossen sie in ihrer Baracke ein. Wir benutzten Bretter. Wir senkten die
Bretter in den Graben und rannten darauf entlang. Das war besser als
eine Leiter. Man rannte in die gegenüberliegende Seite des Grabens,
rammte mit der Schulter dagegen und sprang schnell aus dem Weg,
bevor der Nächste das Brett herunterkam.
   Der Graben war eine Zeit lang direkt vor unserer Tür, ungefähr
eine Woche, aber es kam mir ewig vor, denn es war kurz vor Ostern
und die Tage wurden länger und die Arbeiter hörten trotzdem um
halb sechs auf, obwohl es noch lange hell war. Es war ein riesiges Was-
serrohr, um die ganzen neuen Siedlungen, die an der Straße bis nach
Santry gebaut wurden, mit Wasser zu versorgen und die ganzen Fabriken auch oder um das Schmutzwasser der Häuser und Fabriken zu
entsorgen, wie herum wussten wir nicht genau.
   – Das ist für die Kanalisation, sagte Liam.
   – Was ist Kanalisation?
   – Kacke, sagte ich.
   Ich wusste, was das Wort bedeutete. Einmal war unser Abfluss ver-

stopft, und mein Da musste den rechteckigen Kanaldeckel unter dem Toilettenfenster öffnen und mit einem Kleiderbügel in dem Rohr dort unten herumstochern. Ich fragte ihn, wofür der Gullideckel und die Rohre waren, und bei seiner Erklärung fiel das Wort Kanalisation, bevor er mich anbrüllte, dass ich verschwinden solle.

– Er würde sich freuen, wenn du ihm hilfst, sagte meine Ma.

Ich weinte noch immer, aber ich hatte es im Griff.

– Es ist schmutzig, Patrick.

– E-her steht da drin, sagte ich.

– Das muss er. Um es zu reparieren.

– Er hat mich angebrüllt.

– Das ist eine schmutzige Arbeit. Dreckig.

Später durfte ich den Deckel über den Kanal legen. Es roch schrecklich. Er brachte mich zum Lachen. Er tat so, als hätte er sich in die Hose gemacht, und der Gestank käme von ihm.

– Und Toilettenpapier auch, sagte ich.

Wir standen im Graben. Liams Gummistiefel steckte im Schlamm. Sein Fuß war herausgerutscht. Sinbad stand neben dem Graben. Er wollte nicht herunterkommen.

– Und Haare, sagte ich.

– Haare sind keine Kanalisation, sagte Kevin.

– Doch, sagte ich. – Die verstopfen die Rohre.

Mein Da beschuldigte meine Ma, weil sie die längsten Haare hatte. Ein großes Haarknäuel hatte das Rohr verstopft.

– Meine Haare fallen nicht aus, sagte sie.

– Aber meine schon, oder was?

Sie lächelte.

Die Rohre waren aus Beton. Am Ende der Straße lagen sie ewige Zeiten aufeinandergestapelt, bis sie endlich die Gräben aushoben. Unser Teil der Barrytown Road, dort, wo die Häuser standen, verlief gerade, aber der Rest nach den Häusern war kurvig und krumm und die Hecken so hoch, dass sie einem die Sicht auf die Felder versperrten. Die Stadtverwaltung schnitt die Hecken nicht mehr, weil sie ausgegraben werden sollten. Daher wurde die Straße immer enger. Die Rohre sollten in einer geraden Linie verlegt werden, und die neue Straße darüber wäre dann auch gerade. Wir gingen jeden Abend ein bisschen tiefer in das Rohr hinein, sobald die Männer Feierabend gemacht hatten. Das erste Mal bis zu den Läden, dann bis zu McEvoy, anschließend bis zu unserem Haus, jeden Tag ein Stück weiter die Straße entlang. Die herausgerissenen Hecken sahen genauso aus wie vorher, sie waren breit und dicht. Meine Mutter dachte, sie würden sie wieder zurückstellen.

Durch das Rohr zu rennen, war das Beängstigendste und Großartigste überhaupt. Ich machte die Mutprobe als Erster und rannte den ganzen Weg von unserem Haus bis zum Meer, nach ein paar Schritten wurde es stockdunkel. Die Dunkelheit wurde auf dem ganzen Weg nur einmal durch einen offenen Kanaldeckel über einem Betonsockel unterbrochen, der in das Rohr eingelassen war. Der Rest des Weges war wieder dunkel, total schwarz. Man orientierte sich am eigenen Atmen und seinen Füßen – man merkte, wenn man zu nah an der Wand entlanglief –, bis der kleine Lichtpunkt am Ende größer und heller wurde, dann lauthals raus aus dem Rohr ins Licht, Arme hochreißen, Sieger.

Man rannte so schnell man konnte, schneller, als man es normalerweise konnte, aber die anderen warteten immer schon am Ende.

Kevin kam nicht heraus.

Wir lachten.

– Keva – Keva – Keva – Keva –

Liam pfiff unser Bandensignal, er konnte das am besten. Ich bekam es nicht hin. Wenn ich vier Finger in den Mund steckte, war für die Zunge kein Platz. Hinten in der Kehle wurde es ganz trocken, und mir wurde schlecht.

Kevin war noch immer drinnen. Wir ließen die Dreckklumpen fallen, die wir auf ihn werfen wollten. Kevin lag dort drin und verblutete. Ich sprang in den Graben. Der Schlamm war auf dieser Seite trocken und hart.

– Kommt schon!, rief ich den anderen zu.

Ich wusste, dass sie nicht hinterherkommen würden, deshalb hatte ich es gesagt. Ich würde Kevin allein retten, das war toll. Ich ging ins Rohr. Ich blickte wie ein Astronaut zurück, der in sein Raumschiff stieg. Ich winkte nicht. Die anderen kletterten langsam in den Graben. Sie würden nie mit hineingehen, erst wenn es zu spät war.

Ich entdeckte Kevin sofort. Vom Eingang aus hatte ich ihn nicht gesehen, aber jetzt schon. Er war nicht weit drinnen. Er hatte sich hingesetzt. Er stand auf. Ich rief den anderen nicht zu, dass ich ihn gefunden hatte oder sonst was. Kevin und ich bildeten jetzt ein Team. Wir gingen tiefer in das Rohr, damit die anderen uns nicht sahen. Ich war nicht enttäuscht, dass Kevin gesund und munter war. Das hier war besser.

Die Vorstellung, mich in absoluter Dunkelheit hinzusetzen, gefiel mir nicht, aber ich tat es trotzdem, wir alle beide. Wir vergewisserten uns, dass wir uns spürten, und direkt nebeneinandersaßen. Ich erkannte Kevins Umrisse, er bewegte den Kopf. Ich konnte sehen, dass er seine Beine ausstreckte. Ich war glücklich. Ich hätte einschlafen können. Ich flüsterte nicht, weil ich Angst hatte, etwas zu zerstören. Wir hörten die anderen kilometerweit entfernt rufen. Ich wusste, was wir tun würden. Wir würden warten, bis ihr Rufen erstarb, und dann aus dem Rohr kommen, bevor sie unseren Eltern oder anderen Erwachsenen Bescheid gaben. Sie wussten, dass wir nicht verletzt waren oder so, sie würden das machen, um uns in Schwierigkeiten zu bringen, und dabei so tun, als retteten sie uns.

Jetzt wollte ich reden. Es war kalt. Und es war dunkler, obwohl sich meine Augen an die Lichtverhältnisse gewöhnt hatten.

Kevin furzte. Wir wedelten mit den Händen. Er wedelte zu meinem Mund, versuchte, ihn mir zuzuhalten und mich am Lachen zu hindern. Er lachte selbst. Wir kämpften jetzt, nur schubsen, versuchten, den anderen davon abzuhalten, zurückzuschubsen. Bald würden wir entdeckt werden, die anderen würden uns hören und reinkommen. Das waren die letzten Augenblicke. Kevin und ich. Und dann griff er mir an die Eier und drückte zu.

Jemandem die Eier zu quetschen, war an unserer Schule verboten. Als unser Schulleiter, Mister Finnucane, einmal aus dem Fenster schaute, um zu entscheiden, ob wir bei dem Wetter draußen bleiben konnten oder er uns besser hereinrufen sollte, hatte er mitbekommen, wie James O'Keefe das bei Albert Genocci machte. Er war schockiert, meinte er, als er deswegen in alle Klassen kam. Er war schockiert, dass ein Junge einem anderen so etwas antat. Sicher wollte der Junge, der das getan hat, den anderen nicht ernsthaft verletzen, zumindest hoffte er, dass der Junge den anderen nicht ernsthaft verletzen wollte. Aber ...

An dieser Stelle machte er eine Pause.

Das war toll. James O'Keefe steckte in größeren Schwierigkeiten als je zuvor, größeren als irgendjemand von uns bisher. James O'Keefe musste aufstehen. Er hielt den Blick gesenkt, obwohl Mister Finnucane ihm wiederholt aufforderte, hochzuschauen.

– Immer nach vorn schauen, Jungs. Ihr seid Männer.

Ich wusste nicht mehr genau, ob ich es gehört hatte, als er es zum ersten Mal sagte: Hodenquetschen.

– ... was, glaube ich, Hodenquetschen genannt wird.

Genauso hatte er es gesagt. Als Mister Finnucane das von sich gab, dachte ich, vor mir würde sich ein großes Loch auftun – vor uns allen, das verrieten mir ihre Gesichter. Was würde er uns noch sagen? Beim letzten Mal ging es darum, dass jemand ein großes Tintenfass geklaut hatte, das er vor seiner Tür aufbewahrte. Jetzt redete er über Hodenquetschen. Vor Schreck vergaß ich zu atmen.

– Na los, James, sagte er. – Den Blick nach vorne, so wie ich es gesagt habe.

Albert Genocci ging nicht in unsere Klasse. Er war in der Klasse für Dumme. Sein Bruder, Patrick Genocci, ging in unsere Klasse.

– Ich weiß, dass ihr nur gespielt habt, als du das gemacht hast, sagte Mister Finnucane.

Henno stand hinter ihm. Sein Kopf wurde auch rot. Er hatte draußen Aufsicht gehabt, er hätte mitbekommen sollen, was da vor sich ging.

Es gab kein Entkommen, James O'Keefe war geliefert.

– Dass ihr nur Spaß gemacht habt. Aber das ist nicht lustig. Überhaupt nicht lustig. Wenn man das macht, was ich heute Morgen gesehen habe, kann das zu ernsthaften Verletzungen führen.

Ach, das war's schon?

– Dieser Teil des Körpers ist sehr empfindlich.

Das wussten wir.

– Dadurch kann man das Leben eines Jungen für den Rest seines ... Lebens ruinieren. Und das alles aus Spaß.

Das große Loch vor uns füllte sich. Er würde nichts Falsches oder Lustiges mehr sagen. Keine Hoden oder Pimmel oder Penisse mehr. Es war enttäuschend, allerdings hatten wir unseren Geschichtstest unterbrochen – das Leben der Fianna –, und jetzt würde er James O'Keefe den Hals umdrehen.

– Setz dich, James.

Ich konnte es nicht glauben. Und James O'Keefe und die anderen ebenso wenig.

– Hinsetzen.

James O'Keefe verharrte irgendwo in der Mitte zwischen Sitzen und Stehen. Das war ein Trick, ganz bestimmt.

– Ich will nicht noch einmal mitbekommen, dass das passiert, sagte Mister Finnucane.

Das war alles.

Bestimmt würde Henno ihn sich vorknöpfen, wenn Mister Finnucane gegangen war. Aber das tat er nicht. Wir schrieben sofort unseren Test weiter.

Vor unserem Haus gab es monatelang keine ordentliche Straße, bis zu den Sommerferien nicht. Mein Da musste das Auto unten bei den Läden parken. Missis Kilmartin, die Frau aus dem Geschäft, die Ladendiebe ausspionierte, klopfte an unserer Tür: Wegen unseres Autos und dem Auto von Kevins Da und noch drei weiteren, hatte der Eismann mit seinem Lastwagen keinen Platz. Missis Kilmartin war wütend. Es war das erste Mal, dass ich eine richtig wütende Frau sah. Das wäre kein verdammter Parkplatz, sagte sie, sie zahlte Gebühren dafür. Sie kniff die Augen zusammen. Das lag daran, weil sie nie nach draußen ans Tageslicht kam, sie hielt sich immer hinter der Spionspiegeltür auf. Ma saß in der Klemme, Da war arbeiten – er nahm den Zug – und sie konnte nicht fahren. Missis Kilmartin streckte die Hand aus.

– Die Schlüssel.

– Ich habe sie nicht. Ich ...

– Herrgott noch mal!

Sie knallte das Tor zu. Sie packte es fest, damit sie es zuknallen konnte.

Als ich die Ladentür öffnete, sagte sie: – Deine Mutter.

Ich dachte, jetzt wäre ich dran. Jetzt würde ich fertiggemacht. Sie hatte beobachtet, wie ich etwas kaufe, und dachte, ich wollt es klauen. So wie ich es nahm, sah es aus, als wollte ich es klauen.

Aus ihrem Geschäft klaute ich nie.

Man kam nur ins Gefängnis, wenn man für mehr als zehn Schilling klaute. Leute in meinem und Kevins Alter kamen gar nicht ins

Gefängnis, wenn sie erwischt wurden. Sie wurden in ein Heim geschickt. Wenn man zweimal erwischt wurde, kam man nach Artane. Dort rasierten sie einem den Kopf.

Wir konnten nicht länger durchs Rohr rennen, es war zu weit. Inzwischen führte es an meinem Haus vorbei und aus Barrytown heraus. Wir besetzten die Kanalschächte. Sie ragten wie kleine Gebäude aus dem Boden. Sobald sie einbetoniert wurden, waren sie ebenerdig und wurden zu einem Teil des Wegs. Wir fingen Aidan und stießen ihn in das Loch hinunter. Dort musste er auf dem Sockel bleiben, und wir traten Dreckklumpen hinein. Er konnte sich verstecken, weil der Sockel dort unten viel breiter war als das Loch. Wenn wir den Klumpen flach anlupften, fiel er schief durchs Loch und auf die Sockelwände und vielleicht auf Aidan. Wir umzingelten ihn. Wenn ich das gewesen wäre, wäre ich ins Rohr geklettert, zum nächsten Loch gerannt und herausgeklettert, bevor die anderen das mitbekamen. Und ich hätte sie bombardiert und auch Steine benutzt. Aidan weinte. Wir schauten zu Liam, weil es sein Bruder war. Liam warf aber noch immer Dreck ins Loch, also machten wir weiter.

Die neue Straße verlief jetzt auf ganzer Länge gerade. Die Ränder von Donnellys Feldern waren abgeschnitten, und man konnte den ganzen Bauernhof sehen, weil die Hecken weg waren. Mit der offenen Tür sah er wie Catherines Puppenhaus aus. Auf der anderen Seite der Felder sah man die ganzen Rohbauten. Der Bauernhof war umzingelt. Die Kühe waren weg, auf dem neuen Hof. Große Lastwagen hatten sie geholt. Der Geruch war komisch. Eine der Kühe rutschte auf der Rampe zum Lastwagen aus. Donnelly schlug sie mit einem Stock. Onkel Eddie stand hinter ihm. Er hatte auch einen Stock. Er schlug die Kuh, als Donnelly das machte. Die in die Lastwagen gequetschten Kühe versuchten, ihre Nasen zwischen den Gitterstäben durchzustecken.

Onkel Eddie stieg in einen der Lastwagen. Er legte seinen Ellbogen aus dem Fenster. Als der Lastwagen voller Kühe durch das abgerissene Tor des Bauernhofs auf die neue Straße fuhr, winkten wir ihm zu und jubelten. Es war, als würde Onkel Eddie verreisen.

Ich sah ihn später, als er vor Ladenschluss zu den Geschäften lief, um für Donnelly die *Evening Press* zu holen.

Die alte Eisenbahnbrücke war nicht mehr breit genug für die neue Straße. Sie bauten eine neue, aus riesigen Betonplatten. Die Straße fiel zu der Brücke hin ab, damit so große Fahrzeuge wie Lastwagen oder Busse darunter durchkamen. Sie hatten neben der Straße das Erdreich abgegraben, damit die Straße tiefer lag. Weitere Betonplatten verhinderten, dass die Erde nachrutschte. Es hieß, dass zwei Männer bei dieser Arbeit ums Leben gekommen waren, aber wir hatten nichts mitbekommen. Sie waren gestorben, als ein Teil von Donnellys Feldern auf sie fiel, nachdem es geregnet hatte und die Erde davon locker und matschig geworden war. Sie ertranken im Schlamm.

Manchmal träumte ich einen bestimmten Traum und wurde davon wach. Ich aß etwas. Es war trocken und sandig und wurde nicht feucht. Es tat an den Zähnen weh, ich konnte meinen Mund nicht schließen, und ich wollte um Hilfe rufen, konnte aber nicht. Wenn ich aufwachte, war mein Mund ganz trocken, weil er offen gestanden hatte. Ich fragte mich, ob ich gerufen hatte, hoffentlich nicht, obwohl ich wollte, dass meine Ma kam und fragte, ob alles in Ordnung war, und sich an mein Bett setzte.

Sie sprengten die alte Brücke nicht. Wir dachten, dass sie das mussten, aber das stimmte nicht.

– Wenn sie die sprengen, würden sie die neue mitsprengen, sagte Liam.

– Nein, würden sie nicht, das ist Blödsinn.

– Würden sie doch.

– Wie denn?

– Durch die Explosion.

– Sie haben unterschiedliche Explosionen für unterschiedliche Sachen, erklärte Ian McEvoy ihm.

– Woher willst du das wissen, Fettsack?

Das war Kevin. Ian McEvoy war überhaupt nicht dick. Er hatte nur kleine Brüste, so wie eine Frau. Seitdem wir das gesehen hatten, ging er nicht mehr schwimmen.

– Weiß ich einfach, sagte Ian McEvoy. – Sie können die Explosion kontrollieren.

Uns interessierte das nicht mehr.

Die alte Brücke war irgendwann verschwunden. Sie hatten sie einfach abgerissen und die Steine und den Schutt mit Lastwagen abtransportiert. Sie fehlte mir. Man konnte sich toll darunter verstecken und herumschreien. Es passte jeweils nur ein Auto durch. Mein Da drückte dann die ganze Zeit auf die Hupe. Die neue Brücke pfiff an windigen Tagen, aber das war schon alles.

Er ließ uns durchs Fenster schauen, aber mehr nicht. Nur ein paar durften ins Haus. Er schob das Sofa vom Fenster weg, damit wir sie richtig sehen konnten, seine Scalextric-Rennbahn. Alan Baxter hatte sie als Einziger in Barrytown. Er war Protestant, ein Reformierter, und er war älter als wir. Er war genauso alt wie Kevins Bruder. Er ging auf die weiterführende Schule und spielte Kricket, er hatte einen richtigen Schläger und die Teile für die Beine. Wenn die älteren Jungen hinter den Läden Schlagball spielten und er mitmachte, zog er sich ständig seinen Pullover aus und wieder an, aber er war nicht besser als die anderen. Wenn er fangen musste, stützte er die Hände auf seinen Knien ab und lehnte sich nach vorn. Er war ein Trottel. Aber er hatte eine Scalextric.

Sie war nicht so gut wie in der Werbung, keine Rennbahn, die wie eine Modelleisenbahn aussah – stattdessen zwei Bahnen, die zusammen eine Acht bildeten, und die Autos kamen nie sehr weit, bevor sie blockierten. Sie war trotzdem großartig. Die Schalter sahen toll aus und einfach. Das blaue Auto war viel besser als das rote. Terence Long hatte das Rote, Alan Baxter das Blaue. Unser Atem und unsere Handabdrücke verschmierten das Fenster. Terence Long – er war erst vierzehn und trotzdem schon 1,86 – musste das rote Auto ständig aufrichten. Sobald es in eine Kurve fuhr, blieb es stecken. Ein paar Mal schaffte es die Kurve und fuhr weiter. Aber das Blaue war weit voraus. Kevins Bruder hob das Rote hoch und schaute darunter, aber Alan Baxter wollte, dass er es wieder hinstellte. Alan Baxter, Terence Long und Kevins Bruder waren die einzigen im Wohnzimmer. Der Rest von uns – wir waren alle viel jünger – musste von draußen zuschauen. Am schlimmsten war es, wenn es dunkel wurde. Dann fühlte man sich richtig ausgesperrt. Kevin durfte einmal rein, wegen seines Bruders. Aber ich nicht. Ich war der Älteste in meiner Familie, ich hatte niemanden, der mir Einlass verschaffte. Sie erlaubten nicht, dass Kevin irgendetwas machte. Er durfte nur zuschauen.

*

Kevins Bruder geriet einmal in großen Schwierigkeiten. Er hieß Martin. Er war fünf Jahre älter als wir und er hatte ein Stück Gartenschlauch durch Missis Kilmartins Autofenster gesteckt und reingepinkelt. Terence Long petzte es seiner Mutter. Er hatte den Schlauch gehalten und Angst, dass man ihm vorwarf, er hätte auch reingepinkelt. Terence Longs Ma informierte Kevin und Martins Ma.
  – TERENCE LONG, TERENCE LONG –
  HAT NEN RIESEN DINGELDONG –
  Er versuchte, Kevins Bruder und die anderen davon zu überzeugen, ihn Terry oder Ter zu nennen, aber alle nannten ihn trotzdem noch Terence, insbesondere seine Mutter.
  – TERENCE LONG, TERENCE LONG –

WENN ER OHNE SOCKEN LIEF –
UMWEHTE IHN EIN ÜBLER MIEF –

Im Sommer trug er Sandalen, so große, wie die von Priestern, und keine Socken. Kevins Da drehte Martin den Hals um, und er musste Missis Kilmartins Autositze sauber machen, während alle zuschauten. Er weinte. Missis Kilmartin kam nicht nach draußen. Sie schickte Eric mit den Autoschlüsseln raus. Er war ihr Sohn, und er war plemplem.

Martin rauchte, und er ging nach der Zwischenprüfung von der Schule ab. Er trank Coca-Cola mit Aspirin und musste sich übergeben. Er schwänzte ständig und war den ganzen Tag unten am Meer, sogar im Winter. Er war Messdiener. Aber als er weiße Streifen auf seine schwarzen Schuhe malte, wurde er rausgeschmissen. Er schnappte sich Sinbad – er und Terence Long und sogar Alan Baxter –, und sie malten das andere Glas seiner Brille schwarz. Dann zwangen sie ihn, mit der Brille und einem weiß angemalten Stock bis vor unsere Tür zu laufen. Ma unternahm nichts dagegen, sie sang Sinbad ein Lied, während er weinte –

– I TOLD MY BROTHER SEAMUS
I'D GO OFF AND BE RIGHT FAMOUS

Als er aufhörte, ging sie in die Garage und holte eine Flasche Spiritus, reinigte das Glas und zeigte ihm, wie das ging. Ich sagte, dass ich ihm helfen würde, aber er ließ mich nicht. Mein Da lachte, er kam erst spät nach Hause, und Sinbad war schon im Bett, aber ich nicht. Er lachte. Und ich auch. Er sagte, dass Sinbad auch so Sachen anstellen würde, wenn er im Alter von Kevins Bruder wäre. Dann wurde er gereizt, weil der umgedrehte Teller auf dem Teller mit seinem Abendessen wegen der angetrockneten Soße festklebte. Ma schickte mich ins Bett.

Martin trug im Sommer lange Hosen. Er steckte immer seine Hände in die Taschen. Er hatte einen Kamm. Ich fand ihn großartig. Kevin genauso, aber er hasste ihn auch.

Kevins Bruder zahlte es Missis Kilmartin heim. Er boxte Eric Kilmartin ins Gesicht, und Eric konnte nicht sagen, wer das getan hatte, weil er nicht richtig sprechen konnte, sondern nur Geräusche von sich gab.

Martin und die anderen bauten Hütten. Wir auch, mit dem Zeug, das wir auf den Baustellen fanden – das machten wir als eine der ersten Sachen, wenn der Sommer anfing –, aber ihre waren besser, tausendmal besser als unsere. An die neuesten Häuser, die so wie unsere aussahen, grenzte ein Feld – nicht das hinter den Läden – und da wurden die meisten Hütten gebaut. Dort gab es lauter Hügel, die wie Dünen aussahen, bloß bestanden sie aus Dreck und nicht aus Sand. Das Feld hatte einmal zu einem Bauernhof gehört, aber das war Jahre her. Die Bauernhausruine stand am Rand des Feldes. Die Wände waren nicht mit Backsteinen gemauert, sondern bestanden aus hellbraunem Lehm voller Kiesel und größerer Steine. Man konnte sie kinderleicht einreißen. Bei der Wand fand ich zwischen den Brennnesseln ein Stück einer Tasse. Ich nahm es mit nach Hause und wusch es aus. Ich zeigte es meinem Da, und er sagte, dass es wahrscheinlich ein Vermögen wert sei, aber er wollte es mir nicht abkaufen. Er sagte mir, ich solle es gut aufheben. Es waren Blumen darauf, zwei ganze und eine halbe. Ich habe es verschlampt.

Das Feld sah aus, als hätten sie es für die Bebauung vorbereitet und dann aufgehört. Durch die Mitte führte ein breiter Graben, breiter als ein Fahrstreifen, und weitere zugewucherte Gräben. Einige Felder waren nicht angerührt worden. Da sagte, dass die Bebauung pausierte, weil sie warten mussten, bis die Hauptleitungen für das Wasser fertig verlegt waren.

Ich rannte durch den unberührten Teil des Feldes – einfach so, nur rennen –, und das Gras war toll, es reichte mir weit über die Knie. Ich musste meine Beine wie im Wasser anheben. Es war die Sorte Gras, an der man sich manchmal schnitt. Die Köpfe der Gräser sahen aus wie

Weizen. Einmal habe ich Unmengen mit nach Hause gebracht, aber Ma sagte, dass man daraus kein Brot backen konnte. Ich sagte, dass sie das bestimmt konnte, aber sie sagte, das konnte man nicht, auf keinen Fall, so sehr es ihr leidtat. Wenn ich durchs Gras lief, raschelte es, und dann war vor mir ein anderes Rascheln. Und das Gras wackelte. Ich blieb stehen, und ein großer Vogel flatterte auf. Er flog ganz tief vor mir her. Ich spürte seine Flügelschläge. Es war ein Fasan. Ich drehte um.

Kevins Bruder baute seine Hütten in die Hügel. Sie gruben lange Löcher, dafür liehen sie sich die Spaten ihrer Väter. Terence Long hatte einen eigenen, er hatte ihn zum Geburtstag bekommen. Sie unterteilten das Loch in Abschnitte, Zimmer. Darüber legten sie Bretter. Manchmal klauten sie aus Donnellys Scheune Heu. Das war der Keller.

Wenn ich aus einer Hütte kam, waren meine Haare voller Lehm und Dreck. Ich konnte sie aufstellen.

Der Rest der Hütte bestand hauptsächlich aus Grassoden. Sobald man nach Barrytown ging, fand man irgendwo ausgestochene Grassoden, selbst in Vorgärten, lauter geradlinige Stellen nackter Erde. Kevins Bruder konnte den Spaten problemlos durch das Gras stechen. Ich mochte das schmatzende Knirschen, wenn das Schaufelblatt durch das Geflecht aus Wurzeln drang. Terence Long stellte sich auf den Spaten und wackelte, dann stieg er ab, setzte den Spaten ein Stück weiter und wiederholte die Prozedur. Sie stapelten die Grassoden wie dünne Backsteine und drücken sie zusammen. Sie ergaben eine stabile Wand, konnten aber leicht umgestoßen werden. Aber wenn man das machte, bekam man den Hals umgedreht, Kevins Bruder fand immer heraus, wer das getan hatte. Zwischen den Hauptwänden waren noch mehr Wände, weitere Zimmer mit Brettern obendrauf und einer Plastikplane und noch mehr Grassoden. Aus mittlerer Entfernung wirkte die Hütte wie ein viereckiger Hügel. Sie sah nicht menschengemacht aus, erst wenn man näher kam.

Aus den Grassoden krabbelten Würmer.

Um unsere Hütte stellten wir überall Fallen auf. Wir vergruben angebrochene Farbdosen und versteckten sie unterm Gras. Wenn man durch das Gras in die Dose trat, passierte normalerweise nichts, außer dass man hinfiel. Aber wenn man rannte, konnte man sich das Bein brechen. Das war gut vorstellbar. Eine vergruben wir mit Farbe drin, aber niemand trat hinein. Wir besorgten uns eine Milchflasche und zerbrachen sie. Die größten Glasscherben steckten wir aufrecht in eine Dose direkt vor der Hüttentür.

– Was, wenn einer von uns reintritt?

Die Fallen waren für unsere Feinde gedacht.

– Wir nicht, sagte Kevin. – Wir wissen, wo sie steht, Vollidiot.

– Liam nicht.

Liam war bei seiner Tante.

– Liam gehört nicht zu unserer Bande.

Das war mir neu – Liam hatte noch gestern mit uns gespielt – aber ich sagte nichts.

Wir spitzten Stöcke an und stecken sie so in den Boden, dass sie in die Richtung zeigten, aus der sich unsere Feinde wahrscheinlich anschlichen. Wir stellten die Stöcke niedrig auf. Wenn der Feind herankroch, würde der angespitzte Stock in seinem Gesicht landen.

Ian McEvoy rannte mal in einen Stolperdraht und musste im Krankenhaus genäht werden.

– Sein Fuß hing einfach runter.

Die Falle bestand aus richtigem Draht und nicht aus Schnur, wie wir sie sonst benutzten. Sie war auf dem Feld hinter den Läden zwischen zwei Bäumen gespannt. In der Nähe gab es keine Hütten. Dort bauten wir keine Hütten, das Feld war zu flach. Sie, also Ian McEvoy und die anderen, hatten vor den Läden Fangen mit Abklatschen gespielt, als sich Kilmartins Tür öffnete, und Ian McEvoy dachte, dass Missis Kilmartin sie anbrüllen würde, damit sie verschwanden, und er rannte ins Feld und in den Stolperdraht. Der Draht blieb ein Rätsel.

– Das haben die Typen von den neuen Häusern gemacht.

In der ersten Reihe der fertiggestellten Sozialbauten wohnten sechs neue Familien. Ihre Gärten lagen voller angebrochener und ausgehärteter Zementsäcke und zerbrochener Backsteine. Ein paar der Kinder waren in unserem Alter, doch das bedeutete nicht, dass sie mit uns herumhängen konnten.

– Assi-Abschaum.

Als ich das sagte, schlug meine Ma mich. Normalerweise schlug sie mich nie, aber da schon. Sie schlug mir auf den Hinterkopf.

– Sag das nie wieder.

– Ich habe mir das nicht ausgedacht, sagte ich ihr.

– Sag das einfach nie wieder, sagte sie. – Das zu behaupten, ist schrecklich.

Ich wusste nicht einmal genau, was es bedeutete. Ich wusste, dass Asoziale aus der Stadt kamen.

Die Straße mit den sechs Sozialbauten war mit keiner anderen verbunden. Sie hörte einfach vor dem ersten Haus auf. Auf unserer Straße war am Anfang von Donnellys erstem Feld eine neue Abzweigung angelegt, aber sie reichte nur ein paar Meter weit und brach dann ab. Unser Spielfeld lag auf dem Feld zwischen den beiden Straßen. Wir hatten bloß ein Tor. Auf der gegenüberliegenden Seite benutzten wir Pullover. Normalerweise spielten wir Drei-darf-rein. Dafür brauchte man nur ein Tor. Zu treffen war einfach, besonders von der linken Seite, weil dort ein Hügel war und man den Ball weit über den Kopf des Torhüters schießen konnte, aber es war immer überfüllt. Bei Drei-darf-rein gab es keine Mannschaften, jeder spielte für sich. Zwanzig Spieler bedeutete zwanzig Mannschaften. Manchmal waren es mehr als zwanzig Spieler. Eigentlich spielten immer nur drei oder vier von uns ernsthaft und versuchten, Tore zu schießen. Der Rest, meistens kleine Kinder, die noch jünger als Sinbad waren, rannte einfach nur dem Ball hinterher, versuchte aber nie, ihn zu bekommen. Sie rannten ihm einfach nach und lachten, besonders wenn sie alle wieder den Weg zurücklaufen mussten, den sie gekommen waren. Es war erlaubt, die Kinder aus dem Weg zu rempeln oder zu schubsen. Wenn ich den Ball hatte, lief ich so, dass sich immer ein paar Kinder zwischen mir und den nächsten ernsthaften Spielern befanden, also Kevin oder Liam oder Ian McEvoy oder einer von denen. Die Kinder rannten neben mir, sodass niemand an mich herankam, genau wie in dem Film, als John Wayne den Bösewichten entwischte, weil er seitlich an sein Pferd geduckt mitten in eine Stampede ritt. Als er dann in Sicherheit war, hievte er sich wieder in den Sattel, schaute zurück, wo er gerade hergekommen war, grinste und ritt weiter.

Es gab eine Sache bei Drei-darf-rein, eine einzige blöde Sache: Wenn man gewonnen hatte, wenn man also drei Tore geschossen hatte, musste man ins Tor. Ich war ein besserer Spieler als Kevin, aber nach zwei Toren hielt ich mich zurück. Ich hasste es, im Tor zu stehen.

Aidan war mit Abstand der beste Spieler – er konnte großartig dribbeln –, aber wenn wir Fünf-auf-jeder-Seite spielten, wurde er trotzdem immer als Letzter oder Vorletzter gewählt, niemand wollte ihn. Er war der Einzige, der in einem echten Verein spielte, bei der U11 von Raheny, obwohl er noch nicht einmal neun war.

– Dein Onkel ist der Manager.

– Ist er nicht, sagte Liam.

– Was ist er dann?

– Er ist nichts. Er schaut bloß zu.

Aidan hatte ein blaues Trikot mit einer echten aufgenähten Nummer, Nummer 2.

– Ich bin Außenstürmer, sagte er.

– Ja, und?

Es war ein richtig schweres Trikot, ein echtes Trikot. Er trug es obendrüber. Seine Hose verschwand darunter komplett.

Im Tor war er auch gut.

Die Fünf-auf-jeder-Seite Spiele dauerten ewig. Die Mannschaft, die aufs Pullovertor spielte, gewann immer.

– Charlton spielt an Best ab – Was für ein Tor!

– Das war kein Tor! Der ist über den Pullover gerollt, er hat den Pfosten getroffen.

– Er hat die Innenseite des Pullovers getroffen.

– Stimmt, dagegen und raus.

– Auf keinen Fall.

– Auf jeden Fall.

– Dann spiele ich nicht mehr mit.

– Gut.

Manchmal spielten wir, während wir unser Mittagessen aßen. Ich hatte schon zwei Tore geschossen. Ich trat leicht gegen den Ball, damit Ian McEvoy ihn fangen konnte. Er legte sein Sandwich auf den Pullover, und der Ball hüpfte an ihm vorbei. Ich hatte getroffen, ich hatte gewonnen. Jetzt musste ich ins Tor.

– Das hast du mit Absicht gemacht.

Ich schubste Ian McEvoy.

– Habe ich nicht!

Er schubste mich zurück.

– Du wolltest nur aus dem Tor raus.

Dieses Mal schubste ich ihn nicht. Ich überlegte, ihn zu treten.

– Dafür sollte er im Tor bleiben, sagte ich.

– Auf keinen Fall.

– Du musst versuchen, ihn zu halten.

– Ich kann reingehen.

Das war einer der Jungen aus den Sozialbauten. Er stand hinter dem Pullovertor.

– Ich gehe rein, sagte ich.

Er war jünger als ich und kleiner. Viel kleiner, er könnte mir nie den Hals umdrehen, egal wie gut er im Kämpfen wäre.

Ich schubste ihn vom Tor weg.

– Das ist unser Platz, sagte ich.

Ich hatte ihn fest gestoßen. Er war allein. Und überrascht. Beinahe wäre er hingefallen. Er rutschte auf dem nassen Gras aus.

Ich sah ihm an, dass er nicht wusste, ob er weggehen oder bleiben sollte. Er wollte uns nicht den Rücken zudrehen, er hatte Angst, dass ihm dann etwas passierte. Aber gehen konnte er auch nicht, ich hatte ihn gestoßen, und er wäre ein Feigling.

– Das ist unser Platz, wiederholte ich.

Und trat ihn.

Meine Ma warnte uns vor der Wäschemangel, wir sollten davon wegbleiben und nicht an ihr herumspielen. Die Rollen waren hart, aber bloß aus Gummi. In eine ritzte ich mit einem Brotmesser unten mein Zeichen hinein. Ich mochte die Küche – den Dampf und die Hitze –, wenn meine Ma die Laken und die Hemden meines Das durch die Mangel drehte. Die Laken glänzten und bildeten riesige nasse Blasen. Meine Mutter steckte eine Ecke in die Mangel und drehte am Griff, und das Laken erhob sich aus dem Wasser wie ein gefangener Wal. Das Wasser lief am Laken herab, und die Blasen wurden zerquetscht, während das Laken durch die Rollen gezogen wurde und flach herauskam und wieder nach Stoff aussah, wobei es seinen Glanz verloren hatte. Ein neues Laken, der Gummi quietschte und ächzte, der Rest glitt immer problemlos durch. Ich durfte nicht helfen. Ich durfte bloß hinter der Waschmaschine stehen und das Laken in die rote Wanne schieben. Das Laken war warm und irgendwie fest und hart. Auf der Seite waren meine Finger in Sicherheit. Wenn die kleineren Kleider rauskamen, fing ich sie und legte sie auf die Laken.

Die Wanne war voll. Jetzt musste sie die Maschine ausräumen und mit den Windeln stopfen. Den Dampf in der Küche mochte ich am liebsten und die Feuchtigkeit an den Wänden.

Wir brauchten Eisstiele, der Teer auf der Straße blubberte. Zum ersten Mal in diesem Jahr, daher hatten wir keinen Vorrat. Ich war mit Kevin und Liam und Aidan unterwegs – wir waren nur zu viert, weil Ian McEvoy nicht rauskam. Ihm taten die Beine weh. Heftig wiederkehrende Wachstumsschmerzen, sagte seine Ma, als wir an der Hintertür nach ihm fragten. Wir gingen nie zu den Haustüren, außer abends für Klingelstreiche. Die Veranden auf meiner Seite der Straße waren immer schön kühl, besonders an heißen Tagen. Da schien die Sonne nie hin. Unsere Veranda hatte ziemliche Schmutzecken: die Dinky-Autos hoppelten über Steinchen und krachten manchmal ineinander. Unter der Tür waren drei kleine runde Löcher, damit die Dielen von unten Luft bekamen und nicht verfaulten. Wenn einer unserer Soldaten in eins dieser Löcher fiel, bekam man ihn nie wieder zurück, und die Mäuse gelangten durch sie ins Haus. Die Eisstiele benutzten wir, um die Blasen aufzustechen, die eigneten sich dafür eindeutig am besten. Mit den Eisstielen ließ sich alles Mögliche anstellen, man konnte die Blase flach drücken, die Luft in eine Ecke schieben, so Sachen eben.

Heftig wiederkehrende Wachstumsschmerzen. Ian McEvoy war an sein Bett fixiert. Er hatte ein Stück Leder im Mund, damit er nicht schrie, so wie John Wayne, als er die Kugel aus seinem Bein rausgeholt bekam. Sie schütteten Whisky auf das Loch in seinem Bein. Ich schüttete Whisky auf Sinbads Kruste, nur einen winzigen Tropfen. Er wand sich schon, bevor ich es machte, also konnte ich nicht sagen, ob es wirklich so wehtat wie bei John Wayne oder ob es half.

Kevin und ich nahmen eine Seite, Liam und Aidan die andere. Wir hatten die Seite mit den Läden, dort würden wir viel mehr Stiele finden. Sinbad war auch nicht dabei. Er war schon wieder krank. Falls es ihm bis zum Abend nicht besser ging, würde meine Ma den Arzt rufen. Wenn Ferien waren, dachte sie immer, wir wären krank. Es waren Osterferien. Der Himmel war ganz blau. Es war Karfreitag.

Alle Straßen in unserer Umgebung waren aus Beton, zumindest diejenigen, die man nicht aufgebuddelt hatte. Die Straßen waren aus Beton, und der Teer kam in die Lücken zwischen die Betonplatten. Er war fest, und meistens fiel er gar nicht auf, aber wenn er weich wurde und Blasen warf, war das toll. Oben sah er alt und grau wie die Haut eines Elefanten um dessen Augen aus, doch wenn man den Eisstiel hineinsteckte, stieß man auf schwarzen, ganz weichen Teer, ein bisschen wie ein Sahnebonbon, das man schon angelutscht hatte. Man zerstach die Blase, und der saubere, weiche Teer wartete darunter, die Kappe der Blase war verschwunden – jetzt hatte man einen Vulkan. Kieselsteine landeten darin, sie starben schreiend.

– Nein, nein, bitte! Nicht …! Aaaaaaaahaaah …

Bienen, wenn wir sie erwischten. Wir schüttelten das Einmachglas, damit die Biene auch ganz sicher betäubt war, fast schon tot, dann drehten wir es um, bevor sie zu sich kam. Wir zielten so, dass sie in das neue Teerloch fiel. Mit den Wassereisstielen schoben wir sie näher. Wir drückten sie ein bisschen hinein, damit sie am Teer festklebte. Wir schauten zu. Die Schmerzen ließen sich schwer beurteilen. Die Biene machte kein Geräusch, kein Summen oder sonst irgendwas. Wir halbierten sie und versenkten sie im Teer. Ich ließ immer ein Stück heraustehen, als mahnendes Beispiel für die anderen. Manchmal kam die Biene davon. Wenn sie beim Herumdrehen des Einmachglases nicht ausreichend benebelt war. Oder sie flog davon, bevor sie richtig auf den Boden fiel. Das war egal. Wir versuchten nicht, sie aufzuhalten. Bienen konnten einen töten, sie wollten das nicht, bloß wenn ihnen keine andere Wahl blieb. Im Gegensatz zu Wespen. Wespen stachen einen mit Absicht. Ein Junge aus Raheny hatte aus Versehen eine Biene verschluckt, und die hatte ihn in den Hals gestochen, und er starb. Er erstickte. Er rannte mit offenem Mund, und die Biene flog hinein. Als er starb, öffnete er den Mund, um seine letzten Worte zu sagen, und die Biene flog heraus. Dadurch wussten sie erst Bescheid. Wir legten Blumen und Blätter in die Einmachgläser, damit die Biene es gemütlicher hatte. Wir hatten nichts gegen sie. Sie machten Honig.

Inzwischen hatte ich sieben Stiele, und Kevin hatte sechs. Liam und Aidan waren weit voraus, weil es bei ihnen keine Läden gab und wir sie nicht auf unsere Seite ließen. Wenn sie das versuchten, gäbe es Dresche. Brennnessel. Wer am Schluss die wenigsten Stiele hatte, musste ein Stück Teer essen. Es würde Aidan werden. Wir würden darauf achten, dass er es auch schluckte. Er würde ein sauberes Stück bekommen. Ich fand noch einen Stiel, einen richtig guten. Kevin rannte zum nächsten, aber ich entdeckte auch einen, rannte los und schnappte ihn, bevor er das konnte, und er fand zwei weitere, während ich den aufhob. Jetzt wurde ein Wettlauf daraus. Gleich würden wir kämpfen. Zum Spaß. Ich beugte mich nach vorn, um einen aus dem Rinnstein aufzuheben – wir waren jetzt an den Läden vorbei –, als Kevin mich schubste. Ich fiel auf die Straße, aber ich hatte den Stiel, ich lachte.

– Hör gefälligst auf.

Er stürzte sich auf den Stiel, ich war an der Reihe. Ich schubste ihn leicht. Aber erst als er den Stiel in der Hand hielt. Wir entdeckten beide einen neuen und rannten los. Ich war schneller, er stellte mir ein Bein. Damit hatte ich nicht gerechnet. Ich würde hinfallen. Ich konnte nicht abbremsen, ich war zu schnell. Meine Knie, meine Handflächen, mein Kinn. Alles aufgeschürft. Die Knöchel meiner Hand, in denen ich die Stiele hielt. Ich hielt sie noch immer. Ich setzte mich hin. In meiner geröteten Handinnenfläche war Dreck. Die Bluttupfer wurden größer. Zu Blutstropfen.

Ich steckte die Stiele in meine Tasche. Der Schmerz setzte ein.

Einmal ist mir ein Ohrenkneifer in den Mund geflogen. Ich griff gerade an, er war vor mir – und dann weg. Ein Geschmack in meinem Mund, mehr nicht. Ich schluckte. Er war zu weit hinten, zu weit, um ihn auszuhusten. Meine Augen tränten, aber ich weinte nicht. Das passierte auf dem Schulhof. Es schmeckte noch immer schrecklich. Wie Benzin. Ich ging zu den Toiletten und streckte meinen Kopf unter den Wasserhahn. Ich trank ewig. Ich wollte, dass der Geschmack verschwand, und ich wollte den Ohrenkneifer ertränken. Ich hatte ihn ganz verschluckt. Direkt in den Magen.

Ich erzählte keinem davon.

Dieser Kerl fuhr im Urlaub nach Afrika ...

– Niemand fährt zum Urlaub nach Afrika.

– Sei still.

Als er in Afrika war, aß er zum Abendessen Salat, und als er wieder vom Urlaub zurückkehrte, bekam er auf einmal Bauchschmerzen, und sie brachten ihn ins Krankenhaus, weil er vor Schmerzen schrie – sie brachten ihn in einem Taxi –, und die Ärzte fanden nicht heraus, was ihm fehlte, und der Junge konnte nichts sagen, weil er immer noch vor Schmerzen schrie, also operierten sie ihn und fanden Eidechsen in seinem Bauch, zwanzig Stück, sie hatten sich ein Nest gebaut und aßen ihn von innen heraus auf.

– Deinen Salat isst du trotzdem auf, sagte meine Ma.

– Er starb, erzählte ich ihr. – Der Junge starb.

– Aufessen, mach schon. Er ist gewaschen.

– Sein Essen auch.

– Da hat dir irgendjemand einen schönen Blödsinn erzählt, sagte sie. – Das solltest du nicht glauben.

Hoffentlich würde ich sterben. Hoffentlich würde ich gerade lange genug leben, bis mein Da nach Hause kam, damit ich ihm erzählen konnte, was passiert war, und dann würde ich sterben.

Die Eidechsen standen in einem Einmachglas im Kühlschrank des Jervis-Street-Krankenhauses, damit alle sie sehen konnten, wenn neue Ärzte ausgebildet wurden. Sie waren alle in einem Glas. Und schwammen in einer Flüssigkeit, die sie konservierte.

Auf meiner Hose war Teer, auf den Knien.

– Nicht schon wieder.

Würde meine Ma bestimmt sagen. Das sagte sie immer.

Und sie sagte es.

– Ach, Patrick, nicht schon wieder, Himmelhergott.

Ich musste sie ausziehen. Und zwar in der Küche. Ich durfte nicht nach oben. Sie zeigte auf meine Beine und schnippte mit den Fingern. Ich zog sie aus.

– Erst die Schuhe, sagte sie. – Warte mal.

Sie kontrollierte, dass auch kein Teer an den Sohlen klebte.

– Da klebt nichts, erklärte ich ihr. – Ich habe nachgeschaut.

Ich musste meinen anderen Fuß hochheben. Meine Hose war schon halb unten. Sie schlug mir aufs Bein, dann öffnete und schloss und öffnete sie ihre Hand. Ich legte meinen Fuß hinein. Sie schaute sich die Sohle an.

– Habe ich doch gesagt, sagte ich.

Sie ließ mein Bein los. Wenn sie gereizt war, sagte sie nie etwas. Sie schnipste und zeigte.

Konfuzius sagt, wenn du mit juckendem Popoloch ins Bett gehst, wachst du am Morgen mit stinkendem Finger auf.

Er öffnete und schloss seine ausgestreckten Finger wie einen Schnabel, direkt vor ihrem Gesicht.

– Mecker, mecker, mecker.

Sie sah sich um und dann zu ihm.

– Paddy, sagte sie.

– Sobald ich zur Tür hereinkomme.

– Paddy ...

Ich wusste, was mit Paddy gemeint war, was sie meinte, wenn sie auf diese Weise Paddy sagte. Sinbad auch. Und Catherine auch, so wie sie zu meiner Ma hochschaute und dann, manchmal, zu meinem Da.

Er hörte auf. Er holte zweimal tief Luft. Er setzte sich. Dann schaute er uns an, erst, als hätte er uns nicht ganz erkannt, dann richtig.

– Wie war die Schule?

Sinbad lachte auf, und absichtlich noch ein bisschen länger.

Ich wusste, warum.

– Toll, sagte Sinbad.

Ich wusste, warum Sinbad gelacht hatte, aber es war zu spät. Er dachte, es wäre vorbei. Da hatte sich hingesetzt und fragte uns, wie die Schule war – also musste der Streit vorbei sein.

Er würde es noch lernen.

– Warum war sie toll?, fragte Da.

Das war eine gemeine Frage. Er wollte Sinbad damit überrumpeln, als würde er sich auch mit ihm streiten.

– Einfach so, sagte ich.

– Nun?, sagte Da zu Sinbad.

– Einem Jungen ist im Klassenzimmer schlecht geworden, sagte ich.

Sinbad schaute zu mir.

– Ach ja?, sagte Da.

– Ja, sagte ich.

Da schaute zu Sinbad.

Sinbad schaute von mir weg.

– Ja, sagte er.

Da veränderte sich. Es hatte funktioniert. Er hatte die Beine übereinandergeschlagen, und der eine Fuß wippte, das war das Zeichen. Ich hatte gewonnen. Ich hatte Sinbad gerettet.

– Welcher Junge?, fragte er.

Ich hatte Da geschlagen. Es war einfach gewesen.

– Fergus Sweeney, sagte ich.

Sinbad schaute wieder zu mir. Fergus Sweeney ging nicht in seine Klasse. Da liebte diese Art von Geschichten.

– Armer Fergus, sagte Da. – Was ist passiert?

Sinbad war bereit.

– Er musste sich übergeben, sagte er.

– Ach?, sagte Da. – Donnerwetter.

Er dachte, er wäre schlau, wenn er sich so über uns lustig machte: Aber wir machten uns über ihn lustig.

– Ganze Brocken, sagte Sinbad.

– Ganze Brocken, sagte Da.

– Gelbe Stückchen, sagte ich.

– Mitten auf sein Buch, sagte Da.

– Ja, sagte Sinbad.

– Mitten auf seine Hausaufgabe, sagte Da.

– Ja, sagte Sinbad.

– Und auf den Jungen neben ihm, sagte ich.

– Ja, sagte Sinbad.

Wir bildeten einen Kreis. Kevin stand als Einziger außerhalb. Ein Lagerfeuer brannte. Wir mussten ins Feuer schauen. Es war noch nicht dunkel. Wir mussten uns an den Händen halten. Das bedeutete, dass wir uns weit nach vorne, beinahe ins Feuer, lehnen mussten. Meine Augen brannten. Es war verboten, sie zu reiben. Das war das dritte Mal, dass wir das machten.

Ich war an der Reihe.

– Alkoholisiert.

– Alkoholisiert!, sagten wir im Chor, ohne zu lachen

– Alkoholisiert alkoholisiert alkoholisiert!

Diesen Teil, das gemeinsame Rufen, probierten wir erst zum zweiten Mal. So war es besser, geordneter als einfach nur Geschrei und Kriegsrufe. Besonders wenn es noch nicht einmal dunkel war.

– Spalier.

– Spalier!

– Spalier Spalier Spalier!

Wir waren abseits der Straße auf dem Feld hinter den Läden. Wir hatten nicht mehr so viele Plätze. Unser Gebiet wurde kleiner. In der Geschichte, die uns Henno am Nachmittag vorgelesen hatte – eine dämliche Detektivgeschichte –, trimmte eine Frau am Rosenspalier ihren Busch. Dann starb sie, und in der Geschichte ging es darum, wer sie umgebracht hatte. Uns war das aber egal. Wir warteten darauf, dass Henno wieder Busch sagte. Machte er nicht, nur in jedem zweiten Satz Spalier. Keiner von uns wusste, was ein Spalier war.

– Racker.

– Racker!

– Racker Racker Racker?

– Ignoranten.

– Ignoranten!

– Ignoranten Ignoranten Ignoranten!

Ich erriet nie, welches Wort als Nächstes drankam. Ich versuchte es immer. Wenn ein neues oder gutes Wort gesagt wurde, schaute ich in die Gesichter meiner Klassenkameraden. Liam und Kevin und Ian McEvoy machten es genauso wie ich, sie sammelten Wörter.

Ich war wieder an der Reihe.

– Unzulänglich.

– Unzulänglich!

– Unzulänglich unzulänglich unzulänglich!

Der Teil war jetzt vorbei. Meine Augen brachten mich um. Der

Wind wehte alles in meine Richtung, den Rauch und die Asche von letzter Woche. Später wäre das aber toll, ich zupfte mir gern das trockene Zeug aus den Haaren.

Als Nächstes kam die Namensgebung dran. Die eigentlich Zeremonie. Kevin lief hinter uns herum. Wir durften nicht schauen. Ich konnte mich bloß an seiner Stimme und seinen Schritten im Gras orientieren, wenn er aus dem schmutzigen Feuerkreis trat. Ich hörte ein Zischen in der Nähe. Das war der Schürhaken. Die Ungewissheit war toll und schrecklich. Wenn wir uns später daran erinnerten, fanden wir die Aufregung großartig.

– Ich bin Zentoga, sagte Kevin.

Zisch!

Hinter mir.

– Ich bin Zentoga, der Hohepriester des großen Gottes, Ciúnas.

Zisch!

Drüben auf der anderen Seite. Ich musste die Augen geschlossen lassen. Hoffentlich kam ich zuerst dran, aber ich war froh, dass Kevin dort drüben war.

– Ciúnas der Große gibt seinem ganzen Volk Namen! Das Wort ward Fleisch.

Zisch!

– Aaaah!

Er hatte Aidan erwischt, quer über den Rücken.

– Scheiße, sagte Aidan.

– Von nun an sollst du Scheiße genannt werden, sagte Kevin.
– Ciúnas der Allmächtige hat gesprochen.

– Scheiße!, riefen wir.

Wir waren ein gutes Stück von den Läden entfernt.

– Das Wort ward Fleisch!

Zisch!

Näher.

Ian McEvoy.

– Titten!

Neben mir, ich spürte den Schmerz durch ihn in mir.

– Von nun an sollst du Titten genannt werden. Ciúnas der All-mächtige hat gesprochen.

– Titten!

Es musste ein schlimmes Wort sein. So lautete die Regel. Wenn es nicht schlimm genug war, bekam man noch eins mit dem Schürhaken übergezogen.

– Das Wort ward Fleisch.

– Möpse!

Bald käme ich an die Reihe. Ich hatte den Kopf zwischen die Knie gelegt. Meine Finger waren nass und rutschten aus Liams und Ian McEvoys Händen. Einer weinte. Nicht nur einer.

Seine Stimme war hinter mir.

– Das Wort ward Fleisch!

– Aaah!

Liam.

Und noch einmal. Zisch! Der zweite Schlag klang schlimmer, er klang entsetzlich gemein.

– Das war kein Wort, stieß Liam keuchend hervor.

Kevin hatte ihn noch einmal geschlagen, weil er beim ersten Mal kein schlimmes Wort gesagt hatte. Liams Stimme zitterte vor Schmerz.

– Ciúnas' Anhänger spüren keinen Schmerz, sagte Kevin.

Liam weinte.

– Ciúnas' Anhänger *weinen* nicht!, sagte Kevin.

Er wollte ihn wieder schlagen. Ich spürte, wie er den Schürhaken anhob. Aber Liams Hand glitt aus meiner. Er stand auf.

– Das ist mir egal, sagte er. – Das ist dämlich.

Kevin würde ihn trotzdem schlagen. Aber Liam stand schon zu

nah. Ich schaute zu. Wir schauten alle zu. Ich rieb mir übers Gesicht. Die Haut spannte und fühlte sich wund an.

– Verflucht sei deine Familie, sagte Kevin zu Liam, aber er ließ Liam vorbei.

Die Woche vorher war Smiffy O'Rourke davongelaufen, nachdem Kevin ihn fünfmal auf den Rücken geschlagen hatte, weil Verdammt nicht schlimm genug war und Smiffy O'Rourke nichts Schlimmeres sagen wollte. Missis O'Rourke war deswegen zur Polizei gegangen – das zumindest behauptete Kevin –, aber außer Smiffys Rücken hatte sie keine Beweise. Als Smiffy geduckt davonlief, lachten wir noch, weil es so aussah, als wollte er Kugeln ausweichen, dabei konnte er sich nicht aufrichten. Jetzt lachte niemand. Liam ging zu der Lücke in dem neuen Maschendrahtzaun. Inzwischen wurde es dunkel. Liam ging vorsichtig. Wir hörten ihn schniefen. Ich wäre gern mit ihm gegangen.

– Ciúnas der Allmächtige hat deine Mutter getötet!

Kevin hatte beide Arme in die Höhe gestreckt. Ich schaute zu Aidan, das war auch seine Mutter. Er blieb, wo er war. Er schaute ins Feuer. Ich beobachtete ihn. Er rührte sich nicht. Ich würde meine Bestrafung gleich aus demselben Grund einstecken, aus dem Aidan blieb. Es war gut, im Kreis zu sein, besser als dort, wo Liam hinging.

Ich war der Nächste. Es waren noch zwei andere übrig, jetzt wäre ich dran. Ich wusste es: Kevin würde das an mir auslassen. Wir nahmen uns wieder an den Händen. Ohne Liam war es noch enger. Wenn ich einmal geruckt hätte, wäre jemand ins Feuer gekippt. Wir rutschten auf unseren Hintern näher.

Er brauchte ewig. Ich hörte ihn drüben auf der anderen Seite. Inzwischen war es dunkel. Ich hörte den Wind. Ich hatte meine Augen wieder geschlossen. Meine Beine waren heiß, zu nah am Feuer. Er war verschwunden, ich konnte ihn nicht ausmachen. Ich lauschte. Er war nirgendwo.

– Das Wort ward Fleisch.

Mein Rücken zerriss. Die Knochen zersprangen.

– Ficken!

– Von nun an sollst du Ficken genannt werden.

Es war vorbei.

– Ciúnas der Allmächtige hat gesprochen.

Ich hatte es geschafft.

– Ficken!

Das beste Wort. Es war nicht so laut, wie es sein sollte. Sie hatten Angst. Sie riefen nur gedämpft. Ich nicht. Ich hatte dafür bezahlt. Er hatte mich direkt auf der Wirbelsäule erwischt. Ich konnte mich nicht aufrichten. Ich konnte mich noch nicht entspannen. Aber es war vorbei. Ich hatte es geschafft. Ich öffnete blinzelnd die Augen.

– Das Wort ward Fleisch.

Ich genoss den Schmerz eines anderen.

Ficken war das beste Wort. Das gefährlichste Wort. Es ließ sich nicht flüstern.

– Möse!

Ficken war immer zu laut, es ließ sich nicht aufhalten, es schoss aus dir heraus und sank langsam auf deinen Kopf zurück. Dann herrschte absolute Stille, nur das Ficken schwebte herab. Ein paar Sekunden lang warst du geliefert, jetzt hieß es warten, ob Henno aufschaute und das Ficken auf dir landen sah. Das waren aufregende Sekunden – wenn er nicht aufschaute. Dieses Wort durfte man nirgendwo sagen. Es kam dir nur über die Lippen, wenn du ihm einen Schubs gabst. Sobald man es sagte, fühlte man sich ertappt, erwischt. Wenn es einem entwischte, war das wie ein unkontrolliertes Lachen, ein stummes Nach-Luft-Schnappen, gefolgt von einem Lachen, wie es nur verbotene Dinge hervorriefen, ein Kitzeln im Inneren, das zu einem lustvollen Schmerz anschwoll, der gegen deine Lippen hämmerte, um herausgelassen zu werden. Das waren Qualen. Die vergeudeten wir nicht.

– Das Wort ward Fleisch.

Zisch!

Das verbotene Wort. Ich schrie es.

– Von nun an sollst du Pimmel genannt werden.

Das letzte.

– Ciúnas der Allmächtige hat gesprochen.

– Pimmel!

Jetzt war alles vorbei, bis zur nächsten Woche, wir konnten vom Feuer aufstehen. Ich streckte meinen Rücken. Das hatte sich gelohnt. Ich war der wahre Held, Liam nicht.

– Ciúnas der Allmächtige wird euch allen nächsten Freitag neue Namen geben, sagte Kevin.

Aber keiner hörte richtig zu. Er war einfach nur wieder Kevin. Ich hatte Hunger. Freitags gab es Fisch. Eigentlich sollten wir unsere Namen die ganze Woche über benutzen, aber wir konnten uns nie daran erinnern, wer Möse oder wer Scheiße war. Ich allerdings war Ficken. Daran würden sich alle erinnern.

Einen neuen Freitag gab es nicht. Wir hatten es alle satt, von Kevin mit dem Schürhaken auf den Rücken geschlagen zu werden. Er wechselte nie ab. Er wollte die ganze Zeit der Hohepriester sein. Ciúnas hatte gesprochen, sagte er. Wir wären länger dabeigeblieben, wenn wir alle mal mit dem Schürhaken drangekommen wären, vielleicht für immer. Aber Kevin erlaubte es nicht, und der Schürhaken gehörte ihm. Ich nannte ihn noch immer Zentoga, nachdem die anderen damit aufgehört hatten, aber ich war auch froh, dass es am nächsten Freitag nicht stattfand. Kevin stiefelte allein los, und ich ging mit ihm und tat so, als wäre ich auf seiner Seite. Wir gingen zum Strand und warfen Steine ins Meer.

Ich rannte in den Garten. Das Haus war zu klein. Ich konnte nicht still sitzen. Ich drehte zwei Runden, ich musste richtig schnell gerannt sein, weil ich rechtzeitig zur Wiederholung des Spielzugs wieder im Wohnzimmer war. Ich blieb stehen.

George Best.

George Best.

George Best hatte im Endspiel der Europameisterschaft ein Tor geschossen. Ich sah, wie er wegrannte, zurück zum Mittelkreis, er grinste, aber er wirkte nicht besonders überrascht.

Mein Da legte mir den Arm um die Schulter. Er stand dafür auf.

– Großartig, sagte er.

Er war auch Anhänger von United, allerdings nicht so sehr wie ich.

– Verdammt großartig.

Pat Crerand, Frank McLintock und George Best standen beinahe in der Luft. Der Ball berührte fast Frank McLintocks Kopf, aber es war schwer zu sagen, wer ihn geköpft hatte. Wahrscheinlich George Best, denn sein Pony wehte, als hätte er gerade den Kopf gedreht, um den Ball zu bekommen, und der Ball sah so aus, als würde er von ihm wegfliegen und nicht auf ihn zu. Frank McLintock sah aus, als würde er lächeln, und Pat Crerand, als würde er laut weinen, aber George Best sah genau richtig aus, so als hätte er den Ball geköpft und schaute nun Richtung Netz hinterher. Er konnte wieder aufsetzen.

In dem Buch gab es unzählige Fotos, aber ich kehrte immer wieder zu diesem zurück, zum ersten. Crerand und McLintock sahen aus, als würden sie in die Luft springen, aber George Best sah aus, als würde er stehen, nur seine Haare nicht. Seine Beine waren gerade und ein bisschen auseinander, wie nach einem Rührt euch! in der Armee. Es sah aus, als hätten sie eine Fotografie von George Best ausgeschnitten und sie auf eine andere mit McLintock und Crerand und Tausenden von kleinen Köpfen und schwarzen Mänteln auf der Tribüne im Hintergrund aufgeklebt. Sein Gesicht wirkte unangestrengt. Sein Mund stand nur ein kleines bisschen offen. Seine Hände waren geschlossen, aber nicht geballt. Sein Hals schien entspannt, im Gegensatz zu dem von Frank McLintock, der aussah, als würden ihm Taue unter der Haut wachsen.

Eine Sache hatte ich eben erst entdeckt. Auf Seite elf, neben der Seite mit der George-Best-Fotografie, gab es eine Einleitung. Ich las sie und dann das letzte Stück, den letzten Absatz, noch einmal. Best lobte darin die Integration der Rekorde und Statistiken in den Beschreibungen.

Ich wusste nicht wirklich, was das bedeutete, aber das spielte keine Rolle.

Er schrieb, dass hier Bildung und Unterhaltung aufs Schönste zusammenkamen.

Und unter alldem stand George Bests Unterschrift

George Best hatte mein Buch unterschrieben.

Mein Da hatte nichts von dem Autogramm erzählt. Er hat mir das Buch einfach nur gegeben und mir alles Gute zum Geburtstag gewünscht und mich geküsst. Ich sollte es selber herausfinden.

George Best.

Nicht Georgie. Ich nannte ihn nie Georgie. Ich hasste es, wenn ich mitbekam, dass Leute ihn Georgie nannten.

George Best.

Auf dem Foto war sein Trikot aus der Hose gerutscht. Die anderen beiden hatten ihre reingesteckt. Ich kannte niemanden, der seine reinsteckte, selbst die nicht, die George Best nicht mochten, sie trugen ihre Trikots alle über der Hose.

Ich brachte das Buch zu meinem Da, um ihm zu sagen, dass ich das Autogramm gefunden hatte und dass es großartig war, bestimmt das Beste, was ich jemals geschenkt bekommen habe. Das Buch hieß *Die Geschichte des Fußballs in Bildern*. Es war riesig, viel dicker als ein Jahrbuch, und richtig schwer. Eher eine Art Erwachsenenbuch. Es gab Bilder, aber auch massenhaft Text in kleiner Schrift. Ich würde alles lesen.

– Ich habe es gefunden, sagte ich ihm.

Mein Finger steckte im Buch, wo George Bests Autogramm stand.

Mein Da saß auf seinem Sessel.

– Hast du?, sagte er. – Guter Junge. Was denn?

– Was?

– Was hast du gefunden?

– Das Autogramm, sagte ich ihm.

Er stellte sich dumm.

– Zeig mal, sagte er.

Ich legte das Buch auf seine Knie und schlug es auf.

– Da.

Mein Da rieb mit dem Finger über das Autogramm.

George Best hatte eine tolle Handschrift. Sie neigte sich nach rechts, die Abstände zwischen den Buchstaben waren eng. Unter dem Namen verlief eine kerzengerade Linie vom G zum B bis nach hinten zum T und noch ein Stück weiter. Sie endete in einem Schlenker, wie das Schaubild eines Schusses, der an einer Wand vorbeizischt.

– War er im Laden?, fragte ich meinen Da.

– Wer?

– George Best, sagte ich.

In meinem Bauch rumorten Bedenken, aber seine schnelle Antwort beruhigte mich.

– Ja, sagte er.

– Wirklich?

– Ja.

– Jetzt in echt?

– Das habe ich doch gesagt, oder?

Mehr brauchte ich nicht. Er wurde nicht gereizt, als er das sagte, sondern blieb so ruhig wie beim Rest und schaute mich direkt an.

– Wie war er?

Ich wollte ihn nicht drankriegen. Das wusste er.

– Genauso, wie du es erwarten würdest, sagte er.

– In seinen Fußballsachen?

Das war genau das, was ich erwarten würde. Was sollte George Best auch sonst anziehen? Einmal habe ich ein Bild von ihm in einem grünen Nordirlandtrikot gesehen und nicht in seinem normalen roten, das hatte mich schockiert.

– Nein, sagte Da. – Er ... einen Trainingsanzug.

– Was hat er gesagt?

– Bloß –

– Warum hast du ihn nicht gefragt, ob er meinen Namen reinschreibt?

Ich zeigte auf George Bests Namen.

– Mit reinschreibt.

– Er war sehr beschäftigt, sagte mein Da.

– Gab es eine lange Schlange?

– Eine riesige.

Das war gut, das klang gut und richtig.

– War er nur für den einen Tag im Laden?, fragte ich.

– Richtig, sagte mein Da. – Er musste wieder nach Manchester zurück.

– Zum Training, sagte ich.

– Richtig.

Ein Jahr später wusste ich, dass das überhaupt kein richtiges Autogramm von George Best war, es war nur gedruckt, und mein Da war ein Lügner.

Das vordere Zimmer wurde nicht richtig benutzt. Es war das Gesellschaftszimmer. Sonst hatte niemand ein Gesellschaftszimmer, obwohl alle Häuser gleich waren, zumindest bis es die Sozialbauten gab.

Unser Gesellschaftszimmer war bei Kevins Ma und Da das Wohnzimmer und bei Ian McEvoy das Fernsehzimmer. Unseres war das Gesellschaftszimmer, weil meine Mutter das sagte.

– Was bedeutet das?, fragte ich sie.

Es war das Gesellschaftszimmer, seit ich denken konnte, aber heute kam mir der Name zum ersten Mal komisch vor. Wir waren draußen. Sobald der Himmel nur ein Fitzelchen blau war, machte meine Ma die Hintertür auf und brachte den ganzen Hausstand nach draußen. Sie dachte nach, hatte aber einen freundlichen Gesichtsausdruck. Die Kleinen schliefen. Sinbad legte Gras in ein Einmachglas.

– Das gute Zimmer, sagte sie.

– Bedeutet Gesellschaft gut?

– Ja, sagte sie. – Nur im Zusammenhang mit Zimmer.

Dagegen war nichts einzuwenden, das verstand ich.

– Warum nennen wir es nicht einfach Guteszimmer?, fragte ich.
– Vielleicht glauben manche sonst noch, da darf man nur in Gesellschaft rein.

– Nein, tun sie nicht.

– Vielleicht doch, sagte ich.

Ich sagte das nicht einfach so, um es zu sagen, wie bei manchen anderen Dingen.

– Besonders, wenn sie dumm sind, sagte ich.

– Dann müssten sie schon sehr dumm sein.

– Es gibt viele dumme Leute, sagte ich zu ihr. – In unserer Schule gibt es eine ganze Klasse voll.

– Hör auf damit, sagte sie.

– Eine Klasse in jedem Jahrgang, sagte ich.

– Das ist nicht nett, sagte sie. – Hör auf.

– Warum nicht einfach bloß Guteszimmer?, fragte ich.

– Es klingt nicht richtig, sagte sie.

Das ergab keinen Sinn: Es klang genau richtig. Wir durften nie ins Zimmer, damit es gut blieb.

– Warum nicht?, fragte ich

– Es klingt billig, sagte sie.

Sie fing an zu lächeln.

– Es – ich weiß nicht – Gesellschaftszimmer ist ein schönerer Name als Guteszimmer. Es klingt edler. Ungewöhnlicher.

– Sind ungewöhnliche Namen schön?

– Ja.

– Warum heiße ich dann Patrick?

Sie lachte, aber nur kurz. Sie lächelte mich an, wahrscheinlich damit ich auch bestimmt wusste, dass sie mich nicht auslachte.

– Weil dein Daddy Patrick heißt, sagte sie.

Das gefiel mir, nach meinem Vater benannt zu sein.

– In unserer Klasse gibt es fünf Patricks, sagte ich.

– Ach ja?

– Patrick Clarke. Das bin ich. Patrick O'Neill. Patrick Redmond. Patrick Genocci. Patrick Flynn.

– Das ist eine Menge, sagte sie. – Es ist ein schöner Name. Sehr ehrwürdig.

– Drei von ihnen heißen Paddy, sagte ich ihr. – Einer Pat und einer Patrick.

– Ach ja?, sagte sie. – Welcher bist du?

Ich zögerte kurz.

– Paddy, sagte ich.

Es machte ihr nichts aus. Zu Hause nannten sie mich Patrick.

– Wer ist Patrick?, fragte sie.

– Patrick Genocci.

– Sein Opa kommt aus Italien, sagte sie.

– Ich weiß, sagte ich. – Aber Patrick Genocci war noch nie da.

– Das wird er irgendwann.

– Wenn er groß ist, sagte ich. – Ich fahre nach Afrika.

– Ja? Warum?

– Einfach so, sagte ich. – Ich habe meine Gründe.

– Um die schwarzen Babys zu bekehren?

– Nein.

Mir waren die schwarzen Babys egal, eigentlich sollten sie mir leid tun, weil sie Heiden waren und Hunger litten, aber das war mir egal. Sie machten mir Angst, die Vorstellung, es waren so viele, Hunderttausende mit aufgeblähten Bäuchen und erwachsenen Augen.

– Warum dann?, fragte sie.

– Um die Tiere anzuschauen, sagte ich.

– Das wird schön, sagte sie.

– Nicht für immer, sagte ich.

Sie sollte bloß mein Bett nicht hergeben.

– Welche Tiere?, sagte sie.

– Alle.

– Und welche unbedingt?

– Zebras und Affen.

– Willst du einmal Tierarzt werden?

– Nein.

– Warum nicht?

– Weil es in Irland keine Zebras und Affen gibt.

– Warum magst du Zebras?

– Einfach so.

– Sie sind schön.

– Ja.

– Wir sollten mal wieder in den Zoo gehen, hättest du Lust?

– Nein.

Phoenix Park war großartig – der Musikpavillon und die Hirsche, dorthin wollte ich wieder. Mit dem Bus, von dem man über die Mauer in den Park schauen konnte, wenn man oben saß. Wir waren an meiner Erstkommunion hingefahren, nachdem wir meine Tanten und Onkel besucht hatten, den ganzen Morgen in Bussen, bevor mein Da sein Auto bekam. Aber nicht in den Zoo, dorthin wollte ich nicht.

– Warum nicht?, fragte meine Ma.

– Der Geruch, sagte ich.

Es lag nicht nur am Geruch. Es war mehr als der Geruch, es lag daran, was der Geruch bedeutete. Der Tiergeruch und das Fell am Zaun. Damals fand ich es schön. Die Tiere. Der Streichelzoo – die Hasen – der Laden. Ich hatte massenhaft Geld – ich musste Sinbad Süßigkeiten kaufen, Kaubonbons. Aber der Geruch blieb mir in Erinnerung, an die Tiere erinnerte ich mich nicht so sehr. Wallabies, kleine Kängurus, die nicht hüpften. Affenhände, die den Zaun umklammerten.

Ich wollte es meiner Mutter unbedingt erklären, ich würde es versuchen. Sie erinnerte sich an den Geruch, das verriet mir ihr Lächeln und auch, dass sie nicht zu breit lächelte, weil ich das nicht aus Jux gesagt hatte. Ich würde es ihr erklären.

Dann kam Sinbad und machte alles kaputt.

– Woraus werden Fischstäbchen gemacht?

– Fisch.

– Was für Fisch?

– Alles Mögliche.

– Kabeljau, sagte meine Ma. – Weißer Fisch.

– Warum nehmen sie ...

– Schluss mit Fragen, bis du aufgegessen hast.

Das war mein Da.

– Und zwar den ganzen Teller, sagte er. – Dann kannst du weiterfragen.

In unserem Teil von Barrytown gab es siebenundzwanzig Hunde, fünfzehn hatten ihre Schwänze kupiert.

– Abkupiert.

– Das heißt nicht abkupiert. Nur kupiert.

Sie bekamen ihre Schwänze kupiert, damit sie nicht umfielen.

Wenn sie mit den Schwänzen wedelten, gerieten sie aus dem Gleichgewicht und fielen um, deswegen musste ein Großteil ihrer Schwänze abgeschnitten werden.

– Nur, wenn sie noch Welpen sind.

– Genau.

Sie fielen nur um, wenn sie Welpen waren.

– Warum warten sie nicht?, fragte Sinbad.

– Dummkopf, sagte ich, obwohl ich nicht wusste, was er meinte.

– Wer?, sagte Liam zu Sinbad.

– Die Tierärzte, sagte Sinbad.

– Worauf?

– Sie fallen nur um, wenn sie Hundebabys sind, sagte Sinbad.

– Warum schneiden sie die Schwänze dafür ab? Sie sind doch nur ganz kurz Hundebabys.

– Hundebabys, sagte ich. – Hört ihn euch an. Das heißt Welpen, verstanden?

Aber er hatte recht. Keiner wusste, warum. Liam zuckte mit den Schultern.

– Sie machen das einfach.

– Wahrscheinlich ist es gut für sie. Tierärzte wissen so was.

Die McEvoys hatten einen Jack Russell. Er hieß Benson.

– Das ist ein doofer Name für einen Hund.

Ian McEvoy behauptete, es wäre seiner, aber in Wirklichkeit gehörte er seiner Mutter. Benson war älter als Ian McEvoy.

– Die mit langen Beinen werden nicht kupiert, sagte ich.

Benson hatte kaum Beine. Sein Bauch berührte das Gras. Man

konnte ihn einfach fangen. Die Schwierigkeit bestand nur darin, so lange zu warten, bis Missis McEvoy einkaufen ging.

– Sie mag ihn, erzählte uns Ian McEvoy. – Sie mag ihn lieber als mich.

Er war stärker, als er aussah. Ich spürte seine Muskeln, als er versuchte abzuhauen. Wir wollten nur seinen Schwanz anschauen. Ich hielt ihn hinten. Er versuchte, sein Maul zu meiner Hand zu drehen.

Kevin trat ihn.

– Vorsicht.

Ian McEvoy hatte Angst, dass seine Mutter uns erwischte. So sehr, dass er Kevin wegstieß.

Kevin ließ ihm das durchgehen.

Wir wollten bloß seinen Schwanz anschauen, mehr nicht. Er ragte in die Luft. Der Teil sah an Benson am gesündesten aus. Hunde wedelten mit den Schwänzen, wenn sie glücklich waren, hieß es, aber Benson war ganz und gar nicht glücklich, und er wedelte trotzdem wie verrückt mit dem Schwanz.

Mein Da erlaubte uns keinen Hund. Er hatte seine Gründe, sagte er. Meine Ma stimmte ihm zu.

Kevin hielt Benson, wo ich ihn gehalten hatte, und ich packte ihn am Schwanz, damit er nicht mehr wedelte. Der Schwanz war ein Knochen, ein haariger Knochen, überhaupt nicht fleischig. Ich schloss meine Finger, und der Schwanz war weg. Wir lachten. Benson jaulte, als würde er mit einstimmen. Ich schloss nur meine ersten beiden Finger, damit wir den Schwanzansatz sehen konnten. Ich achtete darauf, dass meine drei Finger nicht seinen Hintern berührten. So, wie ich ihn hielt, war das schwierig, trotzdem achtete ich darauf, dass sie nicht über sein Poloch streiften.

Vor dem Abendessen schickte uns Ma immer zum Händewaschen. Nur vorm Abendessen, nie vorm Frühstück oder nachmittags.

Manchmal war mir das egal, ich ging einfach die Treppe hinauf, drehte den Wasserhahn auf und wieder zu und kam zurück.

Ich schob die Haare zur Seite. Sie waren weiß und drahtig. Benson versuchte, vor mir wegzulaufen. Er hatte keine Chance. Als ich seine Schwanzhaare anfasste, geriet er in Panik, wir konnten es in ihm spüren. Jetzt sahen wir die Schwanzspitze. Sie schaute nicht abgeschnitten aus – seine Haare sprangen immer wieder zurück –, sondern normal, als sollte sie so sein. Und jetzt?

Wir waren enttäuscht.

– Keine Wunde.

– Drück dagegen.

Wir wollten ihn noch nicht loslassen. Wir hatten uns mehr erhofft, Narben oder Rötungen oder sonst was, Knochen.

Ian McEvoy bekam jetzt richtig Angst. Er dachte, wir würden Benson etwas tun, weil sich sein Schwanz nicht gelohnt hatte.

– Meine Ma kommt, ich glaube, sie kommt.

– Tut sie nicht.

– Angsthase.

Jetzt würden wir garantiert etwas machen.

– Eins ...

– Zwei ...

– Drei!

Wir ließen los, und gerade als Benson dachte, er wäre frei, traten Kevin und ich ihn von links und rechts, dumpfe Schläge, jeder ein Stiefeltritt, fast gleichzeitig. Benson stolperte beim Davonlaufen. Ich dachte, er würde umkippen, ich erschrak bis unter die Haarwurzeln. Ihm würde Blut aus dem Maul laufen, er würde hecheln und dann damit aufhören. Aber er blieb auf den Beinen, richtete sich auf und rannte ums Haus nach vorn.

– Warum dürfen wir nicht?, fragte ich meinen Da.

– Wirst du ihn füttern?, fragte er.

165

– Ja, sagte ich.

– Wirst du sein Futter bezahlen?

– Ja.

– Womit?

– Geld.

– Welches Geld?

– Mit meinem Geld, sagte ich. – Mein Taschengeld, sagte ich, bevor er etwas einwenden konnte.

– Und meins, sagte Sinbad.

Ich würde Sinbads Geld nehmen, aber es wäre immer noch mein Hund.

Ich bekam sonntags ein Sixpencestück, und Sinbad bekam einen Threepence. Nach unseren nächsten Geburtstagen bekämen wir mehr.

– Okay, sagte mein Da.

Das hieß nicht: Okay, ihr dürft einen Hund haben, sondern: Okay, dann kriege ich euch irgendwie anders dran.

– Sie kosten nichts, sagte ich ihm. – Man muss einfach nur zum Tierheim und einen aussuchen, und sie geben in dir.

– Der Dreck, sagte er.

– Er muss sich die Pfoten abwischen, sagte ich.

– Nicht *der* Dreck.

– Wir werden ihn baden, sagte ich.

– Seine Haufen, sagte mein Da.

Er schaute uns unverwandt an. Er hatte uns.

– Wir gehen mit ihm spazieren, und er kann dann –

– Genug, sagte mein Da.

Es hörte sich nicht wütend an, er hatte es nur gesagt.

– Hört mal, sagte er. – Wir können keinen Hund haben ...

Wir.

– und ich erkläre euch auch, warum, und dann will ich nichts mehr davon hören, und ihr werdet nicht eure Mammy löchern. Catherines Asthma.

Er wartete kurz.

– Die Hundehaare, sagte er. – Sie käme nicht damit zurecht.

Ich kannte Catherine kaum, ich kannte sie nicht wirklich. Sie war meine Schwester, aber sie war nur ein bisschen größer als ein Baby. Ich sprach nie mit ihr. Sie war zu nichts zu gebrauchen, sie schlief viel. Sie hatte riesige Wangen. Sie lief herum und zeigte uns den Inhalt ihres Töpfchens, sie fand das toll.

– Guck!

Sie verfolgte mich.

– Pat'ick! Guck!

Sie hatte Asthma. Ich wusste nicht, was Asthma war, nur, dass sie es hatte und dass es laut war und meine Ma sich Sorgen machte. Catherine war deswegen schon zweimal im Krankenhaus gewesen, aber nie in einem Krankenwagen. Ich hatte keine Ahnung, weshalb Hundehaare irgendetwas mit ihrem Asthma zu tun hatten. Mein Da verwendete das bloß als Ausrede, damit wir keinen Hund bekamen, er wollte einfach keinen. Er sagte das mit Catherines Asthma nur, weil wir dann nichts dagegen sagen konnten. Wir würden uns bei unserer Ma nie über Catherines Asthma beschweren.

Sinbad sprach. Ich schreckte auf.

– Wir können einen Hund ohne Haare holen.

Mein Da lachte. Er hielt es für einen tollen Witz. Er wuschelte uns durch die Haare – Sinbad lächelte –, und das war das Ende. Wir würden nie einen Hund bekommen.

Die Erbsen lagen in der Soße und saugten sich voll. Ich aß eine nach der anderen. Ich aß sie gern. Ich mochte die harte Haut und das weiche, leicht wässrige Innere.

Sie wurden in einem Netz mit einer großen weißen Tablette verkauft. Sie mussten in Wasser eingeweicht werden, und das schon am Samstagabend. Das übernahm ich, ich schob sie in eine Schüssel mit Wasser. Meine Ma verbot mir, die Tablette anzulecken.

– Nein, Schatz.

– Wofür ist die?, fragte ich.

– Damit sie frisch bleiben, sagte sie. – Und weich.

Sonntagserbsen.

Mein Vater sprach.

– Wo war Moses, als er den Löffel abgab?

Ich antwortete.

– In der Küche bei der Besteckschublade.

– Gute Antwort, sagte er.

Ich verstand den Witz nicht, aber er brachte mich zum Lachen.

Sinbad und ich klopften an ihre Schlafzimmertür. Ich übernahm das Klopfen.

– Was ist?

– Ist schon Morgen?

– Morgen ja, aber noch Schlafenszeit.

Das bedeutete, dass wir wieder in unser Zimmer mussten.

Wenn man im Sommer aufwachte und es schon hell war, wusste man das nie ganz genau.

Unser Gebiet wurde kleiner. Die Felder waren übrig gebliebene Stücke zwischen den verschiedenen Häusern und Reste, wo Straßen nicht richtig zusammenliefen. Auf ihnen wurde der ganze Abfall entsorgt, Holzstücke und Ziegelsteine und ausgehärtete Zementsäcke und Milchflaschen. Gut zum Erforschen, aber schlecht zum Rennen.

Ich hörte das Knacken, ich spürte es durch meinen Fuß, und ich wusste, dass der Schmerz käme, bevor ich ihn fühlte. Mir blieb genug

Zeit, um zu überlegen, wohin ich fallen sollte. Ich fiel auf ein sauberes Stück Gras und wälzte mich. Mein Schmerzensschrei war gut. Aber der Schmerz war echt und wurde stärker. Ich war auf eine versteckte Gerüstklammer im Gras getreten. Der Schmerz schwoll schnell an. Das Wimmern überraschte mich. Mein Fuß war nass. Mein Schuh war voller Blut. Es war wie Wasser, nur zähflüssiger. Es war warm und kalt. Mein Socken saugte sich voll.

Sie standen alle um mich herum. Liam hatte die Gerüstklammer gefunden. Er hielt sie mir vor die Nase. Die Art, wie er sie hielt, verriet mir, dass sie schwer war. Sie war schwer und beeindruckend. Das würde ordentlich bluten.

– Was ist das?, fragte Sinbad.

– Ein Gerüstteil.

– Dooftrottel.

Ich wollte meinen Schuh ausziehen. Ich fasste nach der Ferse und stöhnte. Sie schauten. Ich zog ganz, ganz langsam. Ich überlegte, ob Kevin ihn mir ausziehen sollte, so wie in einem Film. Aber das hätte wehgetan. Jetzt fühlte es sich nicht mehr so nass an, nur warm. Und wund. Noch immer wund. Genug, um zu humpeln. Ich zog meinen Fuß raus. Kein Blut. Hinten war die Socke heruntergerutscht, unter die Ferse. Ich zog sie aus, hoffte. Sie schauten. Ich stöhnte wieder und zog die Socke weg. Sie keuchten und würgten.

Es war großartig. An meinem großen Zeh hatte sich der Fußnagel gelöst. Es sah schrecklich aus. Es war echt. Es tat weh. Ich hob den Nagel ein kleines Stück an. Alle schauten. Ich holte zischend Luft.

– Aaah ...!

Ich versuchte, den Nagel wieder zurückzuschieben, aber das tat richtig weh. Die Socke konnte ich nicht wieder darüberziehen. Sie hatten es alle gesehen. Jetzt wollte ich nach Hause.

Liam trug meinen Schuh. Ich stützte mich den ganzen Heimweg auf Kevin. Sinbad rannte vor.

– Sie wird deinen Fuß in Sagrotan tunken, sagte Aidan.

– Ach, halt die Klappe, sagte ich.

Es gab keine Bauernhöfe mehr. Unser Fußballfeld war verschwunden, erst für die Rohre halbiert und dann in acht Häuser verwandelt. Das Feld hinter den Läden gehörte uns noch, und wir gingen öfter dahin. Die Seite bei den Sozialbauten gehörte uns nicht mehr. Dort gab es jetzt einen anderen Stamm, einen stärkeren, auch wenn das niemand von uns aussprach. Unser Gebiet wurde uns weggenommen, aber wir wehrten uns. Inzwischen spielten wir nicht mehr Cowboy und Indianer, sondern Indianer und Cowboy.

– Ger-on-IMO!

Auf dem Feld hinter den Läden bauten wir ein Wigwam. Liam und Aidans Da hatte es versehentlich Iglu genannt. Er war aufs Feld gekommen und hatte uns beim Bauen zugeschaut. Er kam gerade vom Einkaufen zurück.

– Das ist ein tolles Iglu, Jungs, sagte er.

– Das ist ein Wigwam, sagte ich.

– Das ist ein Tipi, sagte Kevin.

Liam und Aidan sagten nichts. Sie wollten, dass ihr Vater wieder ging.

– Oh, stimmt, sagte Mister O'Connell.

Er hatte eine Netztasche für seine Einkäufe. Er holte eine braune Tüte heraus. Ich wusste, was da drin war.

– Wollt ihr 'nen Keks, Jungs?

Wir stellten uns an. Liam und Aidan durften zuerst. Er war ihr Vater.

– Habt ihr seine Handtasche gesehen?, sagte Kevin, als Mister O'Connell gegangen war.

– Das war keine Handtasche, sagte Aidan.

– War es doch, sagte Kevin.

Niemand zog mit.

Hinter den Sozialbauten gab es Felder, aber die waren jetzt zu weit weg. Hinter den Sozialbauten eben. Ganz woanders.

An dem Tag, als unsere Sommerferien begannen, lernten wir in der Schule die Himmelsrichtungen.

– In welche Richtung zeige ich ... JETZT.

– Osten.

– Einer nach dem anderen ... DU.

– Osten, Sir.

– Nur um sicherzugehen, dass du das nicht nur gesagt hast, weil Mister Bradshaw das vor dir wusste ... JETZT.

– Westen, Sir.

Die Sozialbauten lagen im Westen. Der Strand im Osten. Raheny im Süden. Der Norden war interessant.

– Jenseits der Grenze, sagte mein Da.

Zuerst kamen noch mehr neue Häuser. Bisher wohnte dort aber niemand, weil sie alle noch vor der Fertigstellung mit Wasser vollgelaufen waren. Hinter den Häusern lag das Feld mit den Hügeln, das Feld, was sie aufgegraben und dann so gelassen hatten und das dann zugewuchert war und wo wir unsere Hütten gebaut hatten. Hinter den Hütten lag Bayside.

Bayside war noch nicht fertig, aber diesmal interessierten uns nicht die Baustellen. Es war das Aussehen des Ortes. Das war verrückt. Die Straßen waren krumm. Die Garagen standen nicht am richtigen Platz. Sie standen ein Stück von den Häusern entfernt in Reihen. Den Weg runter auf einem Hof, ein Fort aus Garagen. Der Wohnort ergab keinen Sinn. Wir gingen hin, um uns zu verlaufen.

– Das ist ein Labyrinth.

– Labyrinth!

– Labyrinth Labyrinth Labyrinth!

Wir rasten mit unseren Fahrrädern durch. Fahrräder wurden wichtig, wurden zu unseren Pferden. Wir galoppierten durch die

Garagenhöfe und gelangten auf die andere Seite. Ich knotete ein Seil an den Lenker, und wenn ich abstieg, warf ich es jedes Mal über einen Pfosten. Wir stellten unsere Fahrräder am Straßenrand ab, damit sie grasen konnten. Das Seil verfing sich in den Speichen des Vorderrats, ich flog direkt über den Lenker. Es ging wahnsinnig schnell. Das Fahrrad lag auf mir. Ich war allein. Mir ging es gut. Ich hatte mir nicht einmal etwas aufgerissen. Wir stürmten in die Garagen –

– Wuu wuuu wuuu wuuu wuuu wuuu wuuu!

Und die Garagen fingen unseren Lärm ein und machten ihn größer und erwachsener. Wir entkamen auf der anderen Seite, raus auf meine Straße und dann zurück für einen zweiten Angriff.

Wir holten Sachen von zu Hause und bastelten Stirnbänder. In meinem steckte eine Möwenfeder, und es hatte ein Schottenmuster. Wir zogen unsere Pullover und Hemden und Unterhemden aus. James O'Keefe zog seine Hose aus und fuhr in Unterhosen durch Bayside. Als er abstieg, klebte seine Haut vom Schweiß am Sattel, man konnte hören, wie die Haut an dem Plastik haftete. Wir warfen seine Hose auf ein Garagendach, und sein Hemd und sein Unterhemd auch. Seinen Pullover legten wir an den Strand.

Auf die Garagendächer kam man gut drauf. Wenn wir die Forts eroberten, kletterten wir auf unsere Räder und dann auf die Dächer.

– Wuu wuuu wuuu wuuu wuuu wuuu wuuu!

Eine Frau schaute aus einem Schlafzimmerfenster, verzog das Gesicht und wedelte mit den Händen, damit wir heruntergingen. Das erste Mal gehorchten wir. Wir schnappten uns unsere Räder und verdufteten aus Bayside. Sie hatte die Polizei gerufen, ihr Mann war Polizist, sie war eine Hexe. Ich landete direkt vom Dach auf meinem Fahrrad, ohne den Boden zu berühren. Ich stieß mich von der Wand ab. Ich schlingerte kurz, aber dann war ich weg. Ich umkreiste die Garagen, damit den anderen genug Zeit zur Flucht blieb.

Ich hatte das Fahrrad zu Weihnachten bekommen, vor zwei Weihnachten. Ich wachte auf. Zumindest dachte ich das. Die Zimmertür wurde zugezogen. Das Fahrrad lehnte am Fußende meines Bettes. Ich war verwirrt. Und hatte Angst. Die Tür fiel ins Schloss. Ich blieb im Bett. Ich hörte draußen im Gang keine Schritte. Ich rührte mein Fahrrad monatelang nicht an. Wir brauchten keine Fahrräder. Auf den Baustellen und den Feldern waren wir zu Fuß besser unterwegs. Es gefiel mir nicht. Ich wusste nicht, wer es mir geschenkt hatte. Es hätte überhaupt nicht in meinem Zimmer stehen dürfen. Es war ein Raleigh, ein goldfarbenes. Es hatte die richtige Größe, und das gefiel mir auch nicht. Ich wollte ein Erwachsenenrad mit geradem Lenker und Bremsen, die ich zusammen mit dem Lenker ordentlich umfassen konnte, so eines wie das von Kevin. Meine Bremsen klebten unterm Lenker. Ich musste sie mit meinen Fingern heranziehen. Wenn ich den Lenker und die Bremse gleichzeitig festhielt, blieb das Fahrrad stehen, ich bekam das einfach nicht hin. Der Manchester-United-Aufkleber, der am nächsten Morgen in meinem Weihnachtsstrumpf steckte, gefiel mir als einziges. Ich klebte ihn auf das Rohr unterm Sattel.

Damals brauchten wir keine Fahrräder. Wir gingen, wir rannten. Wir rannten weg. Wegrennen gefiel uns am besten. Wir beschimpften Wachmänner, wir warfen Steine gegen Fenster, spielten Klingelstreiche – und rannten weg. Barrytown gehörte uns, und zwar komplett. So ging das ewig. Das war unser Land.

Bayside war für Fahrräder.

Ich konnte nicht darauf fahren. Ich konnte mein Bein über den Sattel schwingen und auf die Pedale stellen und mich abtreten, mehr nicht. Ich fuhr nicht, ich blieb nicht aufrecht. Ich wusste nicht, wie. Ich machte alles richtig. Ich rannte mit dem Rad, stieg auf und kippte um. Ich hatte Angst. Noch bevor ich anfing, wusste ich, dass ich umkippen würde. Ich gab auf. Ich stellte das Fahrrad in den Schuppen. Mein Da ärgerte sich. Das war mir egal.

173

– Santy hat dir ein Fahrrad geschenkt, sagte er. – Da könntest du wenigstens lernen, wie man mit dem verdammten Teil fährt.

Ich sagte nichts.

– Das ist ganz leicht, sagte er. – So leicht wie Laufen.

Laufen konnte ich. Ich bat ihn, es mir zu zeigen.

– Wurde aber auch Zeit, sagte er.

Ich stieg aufs Fahrrad, er hielt den Sattel hinten fest, und ich trat in die Pedale. Den Garten hoch. Den Garten runter. Er dachte, es würde mir Spaß machen, ich hasste es. Mir war klar: Wenn er losließ, kippte ich um.

– Fahr weiter fahr weiter fahr weiter –

Ich kippte. Ich rutschte vom Sattel. Ich war nicht wirklich umgekippt. Ich hatte meinen linken Fuß auf den Boden gestellt. Das ärgerte ihn noch mehr.

– Du strengst dich nicht an.

Er zog das Fahrrad weg.

– Los jetzt, rauf mit dir.

Das ging nicht. Er hatte das Rad. Er bemerkte es. Er gab es mir zurück. Ich stieg auf. Er hielt mich fest. Er sagte nichts. Ich trat in die Pedale. Wir fuhren den Garten runter. Ich fuhr schneller. Ich blieb oben, er hielt noch immer fest. Ich schaute nach hinten. Er war nicht da. Ich fiel hin. Aber ich hatte es geschafft, ich war ein Stück ohne ihn gefahren. Ich bekam das hin. Ich brauchte seine Hilfe jetzt nicht mehr. Ich wollte sie nicht.

Er war ohnehin verschwunden. Zurück ins Haus.

– Du kannst das jetzt allein, sagte er.

Er war bloß faul.

Ich blieb drauf. Anstatt abzusteigen, das Rad zu drehen und wieder aufzusteigen, wendete ich am oberen Ende des Gartens. Ich blieb drauf. Dreimal den Garten herum. Beinahe in die Hecke. Ich blieb drauf.

In Bayside herrschten wir. Wir kampierten auf den Garagendächern. Wir machten Feuer. Wir konnten in alle Richtungen schauen. Wir waren auf Attacken vorbereitet. In Bayside gab es Jungen, aber die waren meistens kleiner und Schwächlinge. Die in unserem Alter waren auch Schwächlinge. Wir erwischten einen der Kleinen, wir nahmen ihn als Geisel. Wir zwangen ihn, über den Sattel aufs Dach zu klettern. Wir umzingelten ihn. Wir hielten ihn über den Abgrund. Wir traten ihn. Ich verpasste ihm einen Pferdekuss.

– Wenn wir angegriffen werden, bis du tot, sagte Kevin ihm.

Wir hielten ihn zehn Minuten gefangen. Wir zwangen ihn, vom Dach zu springen. Er landete richtig. Daraufhin passierte nichts. Niemand verfolgte uns.

Bayside war toll für Klingelstreiche. Am Abend. Es gab keine Mauern oder Hecken, keine echten Gärten. Aber eine gerade Klingelreihe. Es war einfach. Am Ende jeder Häuserreihe gab es einen Weg oder eine Gasse. Fliehen war einfach. Richtig toll wurde es, wenn man kehrtmachte und noch einmal von vorn anfing. Unser Rekord lag bei siebzehn. Wir klingelten siebzehnmal an den fünf Klingeln und entkamen. Eines der Häuser hatte keine Klingel, weshalb ich gegen die Scheibe klopfte. Als wir aufhörten, war uns schwindlig. Wir lösten uns ab. Ich zuerst, dann Kevin, Liam, Aidan und wieder ich. Der Nervenkitzel lag in der Wiederholung, wenn man um die Ecke bog und nicht wusste, ob die Tür offen stand und jemand nur darauf wartete, dich zu erwischen.

– Vielleicht ist niemand zu Hause.

– So ein Quatsch, sagte Kevin. – Die sind alle zu Hause.

– Ach ja?

– Sind sie, sagte ich. – Ich habe sie gesehen.

Es wurde kalt. Ich zog mein Hemd und meinen Pullover wieder an.

– Ist schon Morgen?

  – Morgen ja, aber noch Schlafenszeit.

Ich konnte gut abwarten, bis der Schorf so weit war. Ich überstürzte es nie. Ich wartete, bis er auch bestimmt ausgetrocknet war und die Kruste sich von meinem Knie löste. Er ging sauber ab, und darunter war kein Blut, nur ein roter Fleck, das Knie war verheilt.

Schorf entsteht aus Teilchen im Blut, die Blutkörperchen heißen. Im Blutkreislauf gibt es fünfunddreißig Milliarden Blutkörperchen. Sie machen den Schorf, damit man bei einer Wunde nicht gleich verblutet.

Bei verklebten Augen machte ich das genauso. Ich ließ sie verklebt, und sie wurden hart. Morgens passierte das manchmal. Das Auge, mit dem ich auf dem Kissen lag, verklebte. Meine Ma sagte, dass es am Luftzug lag. Ich drehte mich auf den Rücken. Ich konzentrierte mich auf das Auge, ich ließ es geschlossen. Schlafaugen nannte meine Ma sie. Als ich sie ihr zum ersten Mal zeigte, wischte sie meine Augen mit dem Gesichtswaschlappen aus, beide waren verklebt. Ich sagte es ihr nicht mehr. Ich behielt sie für mich. Ich wartete. Wenn meine Ma zu uns hinaufrief, dass wir aufstehen sollten, stand ich auf und zog mich an. Ich überprüfte das Auge. Ich zog an den Augenlidern, als wollte ich sie öffnen. Sie waren wunderbar verklebt und trocken. Ich zog mich fertig an. Ich setzte mich aufs Bett und berührte vorsichtig das Auge, einmal die Außenseite entlang und die Ecken. Die äußere zuerst, ich nahm die Kruste mit meiner Fingerspitze ab und schaute. Auf dem Finger lag immer weniger, als es sich anfühlte, bloß ein winziges Fitzelchen. Die Augen klappten auf, und ich spürte die Luft auf meinem Augapfel. Dann rieb ich mir im Auge, und es war wieder normal. Wenn ich im Bad in den Spiegel guckte, war da nichts. Nur zwei gleiche Augen.

Sinbad bemerkte das nicht so wie ich. Bevor er etwas mitbekam, musste es schon Gebrüll und Geschrei und großen Streit geben. Solange es ruhig blieb, war alles in Ordnung, zumindest seiner Meinung nach. Er würde mir nicht glauben, selbst wenn ich ihn in den Schwitzkasten nahm.

Ich war allein, der Einzige, der Bescheid wusste. Ich wusste es besser als sie. Sie steckten mittendrin: Ich konnte nur zuschauen. Ich war aufmerksamer als sie, denn sie sagten immer und immer wieder dieselben Sachen.

– Habe ich nicht.

– Hast du.

– Habe ich nicht.

– Doch, und wie.

Ich wartete, dass einer von ihnen etwas anderes sagte, ich wünschte es mir – dann würden sie über etwas anderes sprechen und eine Weile aufhören. Ihre Auseinandersetzungen waren wie ein Zug, der in einer Kurve stecken blieb, und man musste sich hinüberlehnen und ihn wieder gerade in die Spur setzen. Doch jetzt blieb mir nichts anderes übrig, als zuzuhören und zu hoffen. Ich betete nicht, für so was gab es keine Gebete. Das Vaterunser passte nicht, und das Ave-Maria auch nicht. Aber ich schaukelte genauso wie manchmal beim Beten. Vor und zurück, im Rhythmus des Gebets. Tischgebete gingen am schnellsten, wahrscheinlich weil wir kurz vor dem Mittagessen und kurz nach dem Läuten alle am Verhungern waren.

Ich schaukelte.

– Hört auf hört auf hört auf hört auf ...

Auf der Treppe. Auf der Stufe an der Hintertür. Im Bett. Neben meinem Da. Am Küchentisch.

– Ich hasse es, wenn sie so sind.

– Sie sind genauso wie letzten Sonntag.

Mein Da bekam nur sonntagmorgens ein warmes Frühstück. Wir

hatten jeder ein Würstchen und wer wollte Blutwurst, ansonsten das, was wir immer aßen. Mindestens eine Stunde vor dem Gottesdienst.

– Schluck es jetzt runter, ermahnte Ma mich, – sonst kannst du nicht zur Kommunion.

Ich schaute auf die Uhr. Es war neun Minuten vor halb zwölf, und wir gingen in den Halb-eins-Gottesdienst. Ich zerteilte meine Wurst in neun Stücke.

– Ich mag sie nicht so weich, das habe ich dir schon mal gesagt.

– Letzte Woche waren sie auch weich.

– So schmecken sie nicht, ich werde sie nicht ...

Ich schaukelte.

– Musst du aufs Klo?

– Nein.

– Was ist dann los mit dir?

– Nichts.

– Dann hör auf, wie ein Schwachkopf hier herumzuzappeln. Iss dein Frühstück.

Mehr sagte er nicht. Er aß alles auf, auch das weiche Ei. Ich mochte sie weich. Er wischte alles mit einer halben Scheibe Brot auf. Ich bekam das nie richtig hin. Wenn ich es versuchte, lief das Ei einfach vor das Brot. Er machte seinen Teller sauber. Er sagte nichts. Er wusste, dass ich ihn beobachtete. Er hatte mich beim Schaukeln erwischt, und er wusste, warum.

Er sagte, dass der Tee gut schmecke.

Um halb zwölf kaute er noch immer. Ich wartete, dass der Minutenzeiger sich bewegte, an der Sechs vorbei, ich beobachtete ihn. Ich hörte das Ticken von der Rückseite der Uhr. Danach schluckte er sechsunddreißig Sekunden lang nicht.

Das behielt ich für mich. Wenn er zur Kommunion ging, würde ich sehen, was passierte. Ich wusste Bescheid, und Gott wusste Bescheid.

178

Ich drehte unheimlich gerne am Senderknopf des Radios. Ich stellte es an und legte es mit der Rückseite auf den Küchentisch. Ich durfte es nie mit aus der Küche nehmen. Ich hielt den Knopf und drehte ihn so schnell wie möglich und so weit, wie mein Handgelenk es zuließ. Mir gefiel dieses hohe Kratzen und dann die Stimme und wieder das Kratzen, anders jetzt, und eine Stimme, vielleicht eine Frau, wobei ich nicht wartete, um das herauszufinden. Hin und her, hin und her, Musik und Pfeifen, Stimmen, nichts. In den Plastikrillen der Vorderseite, dort, wo der Ton herauskam, lag Dreck, so ein Dreck wie unter den Fingernägeln, und auf den goldenen BUSH-Buchstaben, die unten in der Ecke klebten, auch. Meine Mutter hörte *Die Kennedys aus Castleross*. Wenn das während der Ferien lief, blieb ich bei ihr in der Küche, aber ich hörte nicht zu. Ich saß auf einem Stuhl und wartete, bis es vorbei war, und beobachtete sie beim Zuhören.

Ich öffnete die Persilschachtel und streute ein bisschen Pulver ins Meer. Es passierte nichts Großartiges, das Waschmittel krümelte auf das Wasser und verschwand. Ich machte es noch einmal. Ich wusste nicht, was ich sonst damit machen sollte.

– Gib mal her, sagte Kevin.

Ich gab sie ihm.

Er packte Edward Swanwick. Als wir sahen, was er vorhatte, packten wir ihn auch. Edward Swanwick war nicht wirklich unser Freund. Er stand auf der Kippe. Ich holte ihn nie ab. Ich war noch nie bei ihm in der Küche gewesen. Wenn wir an Halloween bei ihm klopften, bekamen wir keine Süßigkeiten oder Geld, sondern immer Obst. Und Missis Swanwick ermahnte uns, es zu essen.

– Was wollte die denn?

– Es geht sie nichts an, was wir damit machen, sagte Liam.

Wir drückten Edward Swanwick auf den Boden und versuchten, seinen Mund zu öffnen. Das war einfach, es gab unzählige Möglichkeiten. Ihn offen zu halten war schwieriger. Kevin schüttete Persil auf Edward Swanwicks Gesicht, Liam hielt ihn an den Ohren, damit er den Kopf nicht wegdrehen konnte, ich hielt seine Nase und kniff ihm in die Brust. Ein Teil des Persils landete in seinem Mund. Edward Swanwick würgte und zitterte und versuchte, uns abzuschütteln. In die Augen war es auch gefallen. Die Schachtel war leer. Kevin schob sie unter Edward Swanwicks Pullover, dann ließen wir ihn los. Er sagte nichts. Das konnte er nicht. Wenn er nicht so tat, als hätte es ihm Spaß gemacht, war er erledigt und kein Teil unserer Bande mehr. Er übergab sich, nicht viel, vor allem das Waschpulver.

Solche Sachen klauten wir hauptsächlich. Süßigkeiten waren schwieriger, direkt an der Ladentheke, und man kam wegen der Gläser und der Frauen nur schwer dran. Sie bewachten die Süßigkeiten, weil sie dachten, dass niemand den anderen Kram klauen wollte. Sie kapierten es nicht. Sie kapierten nicht, dass Klauen nichts mit dem zu tun hatte, was wir wollten – für uns zählte die Mutprobe, die Angst, das ungestrafte Davonkommen.

Es waren immer Frauen. Zwischen Raheny und Baldoyle gab es etwa sechs Läden, die wir überfielen. Es gab noch keine Supermärkte, nur Lebensmittelhändler und Läden, die alles Mögliche verkauften. Als wir einmal spazieren gingen, fragte meine Ma nach der *Evening Press*, vier Schokoriegeln, einer Packung Tee und einer Mausefalle, und die Verkäuferin konnte ihr alles geben, ohne sich zu strecken. Ich war ein wenig nervös: Ein paar Tage vorher hatte ich eine Packung Toppas geklaut, und jetzt hatte ich Angst, dass sie mich erkannte. Während meine Mutter mit ihr über das Wetter und die neuen Häuser sprach, kümmerte ich mich um den Kinderwagen.

Wir klauten nur bei gutem Wetter. Wir klauten nie in Barrytown. Das wäre dumm gewesen. Zum einen gab es dort Missis Kilmartins

Spionspiegel, aber das war noch nicht alles, die Leute in den Geschäften waren mit unseren Eltern befreundet. Sie waren nach der Hochzeit alle zur gleichen Zeit nach Barrytown gezogen. Sie waren Pioniere, sagte mein Da. Ich wusste nicht, was er meinte, aber er sagte das gern, und er ging total gerne dort einkaufen, um die Eigentümer zu treffen und mit ihnen zu reden. Außer mit Missis Kilmartin. Er erzählte mir, dass Mister Kilmartin auf dem Dachboden eingesperrt war.

– Hör nicht auf ihn, sagte meine Ma. – Er ist in der britischen Marine.

– Auf einem Schiff?

– Ich glaube schon.

– Überall, nur nicht zu Hause, sagte mein Da.

Er hatte gerade den wackeligen Küchenstuhl repariert und war ein bisschen stolz auf sich, das merkte man an der Art, wie er sich immer wieder draufsetzte und auf die Beine schaute und versuchte, auf ihm zu wackeln.

– Der ist so gut wie neu, sagte er. – Oder?

– Fantastisch, sagte meine Ma.

Das Lebensmittelgeschäft in Barrytown wurde von einem Mann geführt, einem netten, Mister Fitzpatrick. Er gab einem mehr zerbrochene Kekse, als einem zustanden. Er war riesig. Er beugte sich über einen. Ich erinnere mich noch, wie er über mich stieg, als ich klein war. Von Mister Fitz hätten wir nie etwas geklaut. Er hätte gewusst, was wir vorhaben, und alle mochten ihn. Unsere Eltern hätten uns umgebracht. Bei schönem Wetter saß Missis Fitz in der Eingangstür auf einem Stuhl, wie eine Reklame für den Laden. Sie sah hübsch aus. Die beiden hatten eine Tochter, Naomi, die ging auf die weiterführende Schule. Sie war so hübsch wie ihre Mutter. Samstags nach der Schule arbeitete sie im Geschäft, sie füllte die Pappkartons, die Wochenendbestellungen aller Häuser in Barrytown. Kevins Bruder lieferte sie auf einem überdimensionalen schwarzen Fahrrad mit einem Korb am Lenker aus. Er bekam sieben Schilling und ein Six-pencestück. Er sagte, dass Naomi Fantaflaschen mit ihrer Möse öff-nen konnte. Als er das sagte, hätte ich ihn am liebsten umgebracht. Ich wollte Naomi beschützen.

Der größte Karton zählt. Das war Kevins Idee. Sie war großartig. Wer den größten Karton aus dem Laden herausbekam, hatte gewon-nen. Einen Karton mit Inhalt, das war eine der ersten Regeln, nachdem Liam mit einem leeren Karton aus dem Geschäft kam, einem riesigen für Cornflakespackungen. Das funktionierte nicht in jedem Laden. Man musste vorsichtig sein. Die meisten Läden hatten ihre Spezia-litäten, auch wenn die Frauen hinter der Theke das nicht wussten. In dem in Raheny konnte man gut Zeitschriften klauen, die Comics aber lagen auf der Theke, zu nah unter den Nasen der drei uralten Frauen, die um die Theke patrouillierten. Die Zeitschriften waren viel einfa-cher. Die Frauen waren Dummköpfe: Sie dachten, Frauenzeitschriften und Handarbeitszeitschriften interessierten uns nicht, also steckten sie die Hefte in ein Gestell neben der Tür, damit sie im Schaufenster gut aussahen. Außerdem bedienten sie Erwachsene zuerst, immer. Ich wartete auf den richtigen Augenblick. Ich war draußen, band mei-ne Schnürsenkel. Eine Frau ging hinein, die drei alten Frauen eilten zu ihr, um sie zu bedienen, und ich beugte mich vor und schnappte mir fünf *Women's Weekly*. Ich brachte sie in die Gasse neben der neu-en Bibliothek, und wir zerrissen sie. Einmal schnappte ich mir eine *Football Monthly*. Ich konnte es kaum glauben, als ich die durchs Fens-ter entdeckte. Wahrscheinlich war ihnen der Platz auf der Theke ausge-gangen. Kurz überlegte ich, ob sie das Heft als Köder platziert hatten. Ich dachte nach, ich sah mich um. Und nahm es. Ein anderes Geschäft lud einen geradezu ein, ihre Kekse zu klauen. Es war in Baldoyle. Die Keksdosen – mit den unverpackten – standen auf einer Leiste unter der Theke. Man konnte sich die Taschen vollstopfen, während die Frau die gewünschten Aniskugeln abzählte. In einer Dose lagen die überzogenen Goldgrains, die einzigen Kekse mit Schokolade. Wir reihten uns vor dieser Dose auf und warteten, bis wir drankamen. Sie dachte bestimmt, wir wären höflich. In dem Geschäft war es dunkel, wahrscheinlich hat sie nie die Krümel entdeckt.

Für Kartons gingen wir zu Tootsie.

– Jelly Babies für einen Viertelpenny, Tootsie, nur Jungen.

Tootsie kümmerte sich um den großen, heruntergekommenen Laden in der Nähe des Strands, wo wir immer schwammen. Die Schaufenster waren Wespenfriedhöfe, die Insekten vertrockneten und wurden in der Sonne rissig. Wir fügten ein paar hinzu. Wir sammelten Bienen in Gläsern, beobachteten, wie sie übereinanderkrabbelten und starben, gingen dann zu Tootsie und schütteten sie über das ganze Zeug im Fenster, wenn Tootsie nicht hinschaute. Wir hätten uns sogar getraut, wenn sie geschaut hätte. Sie schaute einen an und sah nichts, es dauerte ewig, bis sie etwas erkannte. Der Laden gehörte Tootsie nicht. Sie passte für jemanden darauf auf. Sie machte alles in Zeitlupe, wirklich alles. Manchmal gab es sogar eine Wiederholung, dann nahm sie etwas ga-ha-hanz langsam in die Hand und überprüfte noch einmal den Preis. Sie schrieb alle Preise fein säuberlich auf eine Papiertüte, für den Strich unter den Zahlen benutzte sie ein Lineal. Dann rechnete sie zusammen, hörte auf und fing noch einmal von vorne an, als würden sie auf einer Leiter mit wackligen Sprossen herunterklettern. In diesem Moment konnte man mit allem aus dem Laden verschwinden. Wir klauten ihre Trittleiter, und zwar die, mit der sie an die oberen Regale rankam. Ich nahm ein Ende und Kevin das andere. Die Frau, die Tootsie bediente, war nicht von hier. Wir kannten sie nicht. Wir taten so, als würden wir Tootsie helfen, und schauten ganz ernst. Wir warfen die Trittleiter ins Meer. Das machte einen ordentlichen Platsch, spritzte aber nicht besonders. Als die Flut einsetzte, stellten wir uns drauf, damit es so aussah, als würden wir übers Wasser laufen. Man konnte Tootsie alles fragen.

– Verkaufst du Autos, Tootsie?

– Nein.

Erst dachte sie darüber nach.

– Warum nicht?

Sie schaute nur.

– Verkaufst du Nashörner, Tootsie?

– Nein.

Auf den Sahnetortenstücken hinter der Theke auf dem Tablett auf dem Gefrierschrank sah man Tootsies Fingerspuren. Die Sahne war gelb, die Spuren tief. Der Gefrierschrank war klein und dick, für Wassereis und Speiseeisblöcke. Ich kroch hinter die Theke und zog den Stecker.

In Raheny gab es eine Bäckerei, die von zwei Frauen gehütet wurde. Der Laden roch von allen am besten. Es lag nicht am Brot, und es war auch kein vorbeiströmender Geruch, der einen wie Dampf umhüllte. Er war sanfter, wie ein Teil der Luft, und weder warm noch erdrückend oder beunruhigend. Es war ein Wohlfühlgeruch. Die Kuchen standen auf Regalen in einer vollkommen verglasten Theke. Keine Unmengen, nur ein paar von jeder Sorte auf Tortenplatten mit ordentlich Abstand dazwischen. Kleine Kuchen und nicht diese riesigen, vor Sahne strotzenden Teile. Die Kuchen glänzten, sie waren auf angenehme Weise hart – Kekse, die zu schön waren, um sie als Kekse zu bezeichnen. Wie Kuchen aus einem Märchen, man hätte Sachen aus ihnen bauen können. Ich hatte keine Ahnung, wo sie gebacken wurden.

Hinten gab es eine Tür, aber die Frauen schlossen sie immer, wenn sie kamen oder gingen, allerdings nie gleichzeitig – eine saß immer hinter der Theke und strickte. Sie strickten beide. Vielleicht machten sie das ja um die Wette. Sie waren sehr schnell. Dort konnten wir nicht hineingehen, um uns umzuschauen, wir konnten nicht so tun, als würden wir etwas suchen. Es gab nur die eine Theke und die

Regale darunter. Wir schauten durchs Fenster. Manchmal hatte ich genug Geld für ein Stück Kuchen. Es schmeckte nicht so gut, wie es aussah. Und ich musste es teilen. Am besten hielt man den Kuchen so, dass der größte Teil unter den Fingern lag, in Sicherheit, damit die anderen nur einen kleinen Bissen bekamen.

Wir wurden erwischt.

Meine Ma sah uns und verriet es meinem Da. Sie ging mit den Mädchen spazieren und beobachtete, wie wir uns einen Stapel Frauenzeitschriften schnappten. Ich bemerkte sie, bevor ich in der Gasse verschwand. Ich tat so, als hätte ich sie nicht gesehen. Einen Augenblick lang spürte ich meine Beine nicht, mein Magen war leer und voll, ich unterdrückte ein Stöhnen. Was machte sie in Raheny? Sie ging nie nach Raheny. Das war ewig weit von Barrytown weg. Ich musste aufs Klo, sofort. Die anderen standen Wache. Ich erzählte ihnen von meiner Ma. Sie würden auch Ärger bekommen. Ich wischte mich mit Sinbads Taschentuch ab. Er wollte Ma hinterherrennen, er weinte. Kevin verpasste ihm eine Brennnessel. Er schaute zu mir, um sich zu vergewissern, ob das in Ordnung war. Aber Sinbad weinte schon, er schien den Schmerz gar nicht zu bemerken, also hörte Kevin auf. Wir schauten auf meinen Haufen. Er sah aus wie aus Plastik, perfekt. Keiner machte sich deswegen über mich lustig.

Nur ein Weg führte aus der Gasse, dorthin zurück, woher wir gekommen waren. Ich hasste meine Ma. Sie würde hinter der Mauer warten, garantiert. Sie würde mich vor allen anderen schlagen, für Sinbad gleich mit.

Kevin hatte geklaut. Ich war nur bei ihm.

Ich überlegte.

Ich würde trotzdem Ärger kriegen.

Ian McEvoy ging zuerst auf den Weg. Sein Gesicht verriet mir, dass meine Ma nicht da war. Wir jubelten und rannten auf den Weg. Sie hatte uns nicht gesehen.

Sie hatte uns gesehen.

Sie hatte uns nicht gesehen. Sonst wäre sie uns nachgelaufen und hätte uns gezwungen, den Frauen die Zeitschriften zurückzubringen und uns zu entschuldigen. Sie war zu weit weg gewesen, um uns zu erkennen. Sie hatte nicht gesehen, was wir gemacht hatten, nur dass wir rannten. Wir waren nicht weggerannt, wir waren nur gerannt – eine Verfolgungsjagd. Wir hatten für die Zeitschriften bezahlt, sie waren schon alt, und die Frauen hatten gesagt, dass wir sie nehmen dürften, sie hatten uns darum gebeten. Sie war zu weit weg. Ich ähnelte zwei meiner Cousins. Ich zog meinen Pullover aus. Ich würde ihn verstecken und in meinem Hemd nach Hause gehen. Wenn das ein Junge in so einem blauen Pullover wie meiner war, konnte ich das nicht gewesen sein, denn ich hatte keinen an. Sie hatte zu Cathy in den Kinderwagen geschaut. Sie war zu beschäftigt gewesen.

Sie hatte uns gesehen.

Sie erzählte es meinem Da, und ich war dran. Er gab mir keine Möglichkeit, es zu leugnen. Das war vielleicht besser so. Ich hätte es sonst abgestritten und dann nur noch größeren Ärger bekommen. Er benutzte seinen Gürtel. Er trug keinen Gürtel. Er hatte ihn bloß dafür. Auf meine Hinterbeine. Auf meinen Handrücken, mit dem ich meine Beine schützen wollte. Der Arm, den er festhielt, tat mir noch tagelang weh. Im Kreis herum durchs Wohnzimmer. Damit ich möglichst weit vom Gürtelhieb wegkam und es nicht so wehtat. Ich hätte es andersherum machen sollen, nach hinten in den Gürtel, damit er nicht so weit ausholen konnte. Alle anderen im Haus weinten auch, nicht nur ich. Das Zischen des Gürtels, er versuchte, gut durchzuziehen. Mich schikanieren, mit mir spielen, genau das machte er gerade. Dann hörte er auf. Ich lief weiter, sprang nach vorn, mir war nicht klar, dass er endgültig aufgehört hatte. Er ließ meinen Arm los, und ich spürte den Schmerz. Oben, wo er in die Schulter überging, da tat es ziemlich weh. Allmählich schluchzte ich unkontrolliert. Ich wollte das nicht, ich genoss das nicht mehr. Ich hielt die Luft an. Es war vorbei. Es war vorbei. Jetzt würde nichts mehr passieren. Es hatte sich gelohnt.

Er schwitzte.

– Geh auf dein Zimmer. Mach schon.

Er klang nicht so streng, wie er wollte.

Ich schaute zu meiner Ma. Sie war weiß. Ihre Lippen waren verschwunden. Das geschah ihr recht.

Sinbad war schon oben. Er hatte nur ein paar Gürtelschläge bekommen, ich war an allem schuld. Er lag mit dem Gesicht nach unten auf dem Bett. Er weinte. Als er mich sah, beruhigte er sich.

– Guck.

Ich zeigte ihm die Rückseite meiner Beine.

– Zeig mir deine.

Er hatte nicht halb so viele Striemen. Ich sagte nichts. Er konnte es selber sehen, ein paar hatte ich für ihn eingesteckt. Ich sah ihm an, dass er genau das dachte, und das reichte mir.

– Er ist ein verdammter Mistkerl, sagte ich. – Oder?

– Ja.

– Er ist verdammter Mistkerl, sagte ich wieder.

– Er ist ein verdammter Mistkerl, sagte Sinbad.

Wir krochen unter unsere Decken und kämpften. Ich mochte die Dunkelheit unter den Decken. Wenn man wollte, wurde es ganz schnell wieder hell. Und es war schön, wie die Decken einen nach unten drückten, ich spürte es in meinem Kopf. Es war warm. Licht drang darunter. Die Decke wurde hochgehoben. Es war Sinbad. Er legte sich zu mir.

Unsere Jalousien hatten verschiedene Farben. Eines Tages – es regnete gerade – fiel mir auf, dass es ein Muster gab. Die unterste Lamelle war gelb, die nächste hellblau, dann rosa, dann rot. Dann wieder gelb.

Die oberste war blau. Der Rahmen oben war weiß. Die Kordel auch. Ich lag mit den Füßen Richtung Fenster auf dem Boden und zählte die Lamellen, schnell und immer schneller.

In Barrytown gab es viele Jalousien, aber soweit ich wusste, waren wir die Einzigen, die sowohl auf der Rückseite als auch auf der Vorderseite des Hauses welche hatten. Kevin und ich gingen um alle Häuser, und in den Vorderfenstern hingen siebzehn schiefe Jalousien. In Barrytown gab es vierundfünfzig Häuser; die neuen Sozialbauten und die, die gerade fertiggebaut worden waren und in denen noch niemand wohnte, nicht mitgerechnet. Wir gingen noch einmal herum, von den siebzehn hingen elf auf der linken Seite schief. Die Jalousien reichten auf der rechten Seite bis zum Fensterbrett, hingen aber ungefähr fünf Lamellen weiter oben auf der linken Seite fest. Am schlimmsten war es bei den Kellys mit zehn Lamellen. Wir konnten Missis Kelly im Wohnzimmer beim Nichtstun zusehen. Die von O'Connells hingen nicht nur schief, sie waren verbogen, aber nicht die oben in Mister O'Connells Schlafzimmer – die waren perfekt und geschlossen –, sondern die im Wohnzimmer, dem Zimmer, in dem wir gespielt hatten. Nur zwanzig Häuser hatten keine Jalousien.

– Hoffnungslos.

Die bei Kevin waren auch verschiedenfarbig.

– Die bunten sind die besten.

– Stimmt.

Wenn meine Ma sie putzte, ließ sie Wasser in die Badewanne laufen. Das hat sie nur ein einziges Mal gemacht. Ich wollte helfen, aber es war zu eng. Ich wollte sichergehen, dass meine Ma sie wieder in der richtigen Reihenfolge aufhängte. Sie zog die Kordel aus den Löchern der Lamellen und legte jede Lamelle einzeln in die Wanne. Während sie die Kleinen fütterte, schaute ich mir die frisch geputzte Gelbe und die schmutzige Gelbe an, ich legte sie nebeneinander. Jetzt hatten sie unterschiedliche Farben. Ich zog meinen Finger durch den Schmutz, das neue Gelb lag darunter.

Ich bat sie, von jeder Farbe eine nicht zu putzen.

– Nicht putzen, ja?, bat ich sie wieder.

– Warum?

Sie hielt immer inne und hörte zu, sie wollte es immer verstehen.

– Weil …

Ich konnte es nicht erklären, es war eine Art Geheimnis.

– Um sie zu vergleichen.

– Aber sie sind vollkommen verdreckt, Schatz.

Als ich ins Bett ging, wusste ich, dass ich mich nie wieder auf den Boden legen und zu den Farben hochschauen würde. Sie kam rein und schaltete das Licht aus. Sie legte ihre Hand auf meine Stirn und meine Haare. Ihre Hand roch nach Wasser und dem Schmutz hinterm Kühlschrank. Ich schob meinen Kopf von ihrer Hand weg, ich drehte mich in die Ecke.

– Ist es wegen der Jalousien?

– Nein.

– Weshalb dann?

– Mir ist warm.

– Soll ich eine Decke wegnehmen?

– Nein.

Sie brauchte ewig, um mich zuzudecken, ich wollte, dass sie ging, aber dann auch wieder nicht.

Sinbad schlief. Einmal war er mit dem Kopf zwischen den Stäben seines Kinderbettes stecken geblieben und hatte die ganze Nacht geweint, bis ich ihn im Morgengrauen entdeckte. Das war Jahre her. Jetzt schlief er in einem richtigen Bett. Mein Onkel Raymond hatte es auf dem Dach seines Autos hergebracht. Die Matratze war nass geworden, weil es auf halber Strecke zwischen seinem und unserem Haus angefangen hatte zu regnen. Sinbad und ich sagten, dass es an dem Pipi unserer Cousins lag. Erst als die Matratze zwei Tage später trocken war, kapierten wir, dass das Sinbads Bett war. Dann nahm Onkel Frank Sinbads Kinderbett auf dem Dach seines Autos mit.

– Sie waren schmutzig, Patrick, sagte sie. – Man muss Dinge putzen, wenn sie schmutzig sind. Besonders mit Babys im Haus. Verstehst du?

Wenn ich Ja sagte, bedeutete das mehr, als ich gerade verstanden hatte. Ich sagte nichts, so wie Sinbad immer.

– Patrick?

Ich sagte nichts.

– Bist du etwa kitzelig?

Ich wollte unter keinen Umständen lachen.

Aidan war der Kommentator. Das machte er großartig. Vor dem Spiel mussten wir ihm unsere Namen sagen. Wir spielten quer über die Straße. Unseren Platz gab es nicht mehr. Die gegenüberliegenden Gartentore waren unsere Fußballtore. Wir waren zu acht, genau richtig, vier auf jeder Seite. Derjenige, der beim Auftauchen eines Autos den Ball hatte, bekam einen Einwurf, wenn das Auto wieder weg war. Wenn man es darauf ankommen ließ und der Fahrer hupte, bevor man schoss, wurde das Tor aberkannt, wenn es ein Tor war. Man durfte den Bordstein nicht zum Abschirmen des Balles nutzen. Alles höher als die Spitze des Pfostens war über der Latte.

Ich musste für George Best kämpfen.

Kevin war kein Anhänger von Manchester United. Er war Fan von Leeds. Früher war er Anhänger von United gewesen, aber dann wechselte er wegen seines Bruders, sein Bruder mochte Leeds.

Kevin war mit Auswählen dran.

– Eddie Gray, sagte er.

Sonst wollte niemand Eddie Gray sein. Ian McEvoy war auch

Leeds-Fan, aber er war immer Johnny Giles. Einmal war Kevin krank, und Ian McEvoy wählte Eddie Gray.

– Warum nicht Johnny Giles?

– Darum.

Ich hatte ihn ertappt.

Vier von uns waren Fans von Manchester United. Wir wollten alle George Best sein. Sinbad musste immer Nobby Stiles sein, deshalb war er kein Anhänger mehr von United, dafür aber von Liverpool, obwohl er eigentlich von keinem richtiger Anhänger war. Eine Zeit lang hätte ich beinahe auch zu Leeds gewechselt, aber das ging nicht. Sie hätten gesagt, dass ich das nur wegen Kevin machen wollte, aber hauptsächlich lag es an George Best.

Wir regelten das so: Wir hatten vier Eisstiele, und Kevin brach einen durch, jeder United-Anhänger zog einen Stiel, und wer den abgebrochenen hatte, durfte zuerst wählen.

Aidan zog den kurzen.

– Bobby Charlton, sagte er.

Er nahm Bobby Charlton, weil er wusste, was passieren würde, hätte er George Best gewählt. Ich hätte ihm eine Abreibung verpasst. Es gab keinen Schiri. Man konnte machen, was man wollte, sogar einen aus der eigenen Mannschaft foulen. Ich konnte Aidan schlagen. Er war ein guter Kämpfer, aber er kämpfte nicht gern. Er ließ einen immer aufstehen, bevor man richtig aufgegeben hatte, und dann konnte man es ihm heimzahlen.

Kevin warf einen von den langen Stielen weg. Dieses Mal zog ich den kurzen.

– George Best.

Liam war Denis Law. Wenn er den kurzen Stiel gezogen hätte, wäre er George Best gewesen. Ihn hätte ich nicht aufgehalten. Er war anders. Mit ihm hatte ich mich noch nie angelegt. Er hatte etwas an sich, er hätte gewonnen. Er war nicht viel größer. Er hatte etwas an sich. So war es nicht schon immer. Früher war er sehr klein. Und so groß war er jetzt auch gar nicht. Seine Augen. Sie glänzten nicht. Wenn die Brüder zusammen waren und nebeneinanderstanden, war es leicht, sie so zu sehen, wie wir sie sahen: klein, witzig, traurig, nett. Sie waren unsere Freunde, weil wir sie hassten, es war schön, wenn sie da waren. Ich war anständiger als sie, schlauer als sie. Ich war besser als sie. Aber einzeln, das war anders. Aidan war kleiner, wirkte unfertig. Liam wurde gefährlich. Zusammen sahen sie aus wie immer. Wenn man nur einen traf, waren sie komplett anders. Aber das passierte fast nie. Sie waren keine Zwillinge. Liam war älter als Aidan. Sie waren beide Anhänger von United.

– So ist es einfacher, sagte Ian McEvoy, wenn sie nicht dabei waren.

– Das Spiel beginnt jeden Moment, sagte Aidan.

Ich, Aidan, Ian McEvoy und Sinbad gegen Kevin, Liam, Edward Swanwick und James O'Keefe. Wir bekamen zwei Tore Vorsprung, weil Sinbad bei uns mitspielte. Er war viel kleiner als alle anderen. Die Mannschaft mit Sinbad gewann normalerweise. Wir dachten, das läge an den zwei Toren Vorsprung, aber das stimmte nicht. (In einem Spiel stand es am Schluss dreiundsiebzig zu siebenundsechzig.) Es lag daran, dass Sinbad ein guter Spieler war. Aber keiner von uns wusste das. Er war ein Blödmann, und wir gaben uns nur mit ihm ab, weil er mein kleiner Bruder war. Er konnte großartig dribbeln. Ich wusste das nicht, bis Mister O'Keefe, James O'Keefes Vaters, es mir sagte.

– Er hat den perfekten Körperschwerpunkt für einen Fußballer, sagte Mister O'Keefe.

Ich schaute zu Sinbad. Er war bloß mein kleiner Bruder. Ich hasste ihn. Er putzte sich nie die Nase. Er weinte. Er pinkelte ins Bett. Wenn er sein Abendessen nicht aufaß, kam er ungestraft davon. Er musste eine Brille mit einem geschwärzten Glas tragen. Er rannte, um den Ball zu bekommen. Das machte sonst niemand. Alle warteten, dass der Ball zu ihnen kam. Er kam mühelos an ihnen vorbei. Er war großartig. Im Gegensatz zu den meisten guten Dribblern war er nicht egoistisch. Es war komisch, ihn zu beobachten. Er war großartig, und ich wollte ihn umbringen. Auf einen kleinen Bruder konnte man nicht stolz sein.

Für uns stand es vor dem Anpfiff zwei zu null.

– Die Kapitäne schütteln sich die Hand.

Ich gab Kevin die Hand. Wir drückten richtig fest. Wir waren Nordirland. Kevin war Schottland. Bobby Charlton spielte für Nordirland, weil er dort Urlaub machte.

– Schottland hat Anstoß.

Diese Spiele waren schnell. Es war ganz anders als auf Gras. Die Straße war nicht breit. Wir waren zusammengepfercht. Die Gartentore waren geschlossen. Wenn der Ball gegen ein Tor klatschte, hatte man einen Punkt. Die Torhüter erzielten die Hälfte der Tore. Wir versuchten, die Regeln zu ändern, aber die Torhüter erhoben Einspruch. Wenn sie keine Tore schießen dürften, würden sie nicht mehr ins Tor gehen. Ins Tor gingen die schwachen Spieler, aber wir brauchten sie trotzdem. Einmal kickte James O'Keefe, der schlechteste Spieler von uns allen, aus dem Tor heraus. Er schoss ein Tor, aber der Ball sprang vom Gartentor ab, zurück über die Straße und hinein in sein eigenes Tor. Er hatte mit einem einzigen Schuss ein Tor und ein Eigentor erzielt.

– Unglaublich, sagte der Kommentator. – Das sieht man nicht alle Tage.

Schottland stieß an.

– Denis Law passt den Ball zu Eddie Gray ...

Ich bekam meinen Fuß dazwischen, der Ball ging ins Tor.

– Jawolll!

– Unglaublich, sagte der Kommentator. – West schießt ein Tor. Eins zu null für Nordirland.

– He!, erinnerte ich ihn. – Sinbads Tore.

– Drei zu null für Nordirland. Was für ein Auftakt. Kann Schottland dem noch was entgegensetzen?

Schottland schoss drei Tore.

Einem wurde schwindelig. Der Ball zischte über die Straße und wieder zurück. Er war ein bisschen aufgeplatzt. Wenn er einem am Bein traf, tat es weh.

– So ein nervenaufreibendes Spiel habe ich noch nie erlebt, sagte der Kommentator. – Unglaublich.

Er hatte gerade ein Tor geschossen.

Nach einer Weile beruhigte sich das Spiel immer ein wenig. Sonst hätten wir erst gar nicht gespielt. Es wäre einfach nur dämlich gewesen. Einem taten die Füße weh, wenn man mit einen aufgeplatzten Ball schoss.

– Siebzehn zu sechzehn für Nordirland.

– Es steht siebzehn beide!

– Steht es nicht. Ich habe mitgezählt.

– Wie steht es?, fragte Kevin Edward Swanwick.

– Siebzehn beide.

– Also, sagte Kevin.

– Er ist in deiner Mannschaft, sagte ich. – Das sagt er bloß, weil du es gesagt hast.

– Und er ist in deiner Mannschaft, sagte er.

Er zeigte auf den Kommentator.

– Da muss wohl der Schiedsrichter eingreifen.

– Halt die Klappe.

– Man erwartet von mir, dass ich rede. Das ist meine Aufgabe.

– Halt die Klappe, dein Da ist ein Alki.

Das passierte auch immer.

– Also gut, sagte ich. – Siebzehn beide. Wir gewinnen sowieso.

– Das sehen wir ja dann.

Kevin drehte sich zu seiner Mannschaft.

– Kommt schon! Aufwachen! Aufwachen!

Liam und Aidan machten nie etwas, wenn wir Sachen über ihren Da sagten.

Das Spiel hatte sich beruhigt. Aidan kommentierte eine Zeit lang nicht. Es wurde dunkel. Das Spiel endete zur Abendessenszeit. Wenn James O'Keefe zu spät zum Abendessen kam, verfütterte seine Ma es an die Katze. Das zumindest rief sie einmal, als er sich hinter einer Hecke versteckte, statt ins Haus zu gehen.

– James O'Keefe! Ich gebe deine Fischstäbchen gleich der Katze!

Er ging rein. Später erzählte er, dass er sich versteckt hatte, weil er dachte, es gebe Hackfleisch und Steckrübe zum Abendessen. Aber er log immer. Er war der größte Lügner von Barrytown.

Siebenundzwanzig zu dreiundzwanzig, wir waren wieder am Gewinnen.

– Unglaublich, sagte Aidan. – Roger Hunt stellt Schottlands Verteidigung vor Probleme.

Sinbad war Roger Hunt. Sie kamen nicht mit ihm zurecht. Das lag an seiner Größe und weil er den Ball abschirmen konnte. Kevin war gut im Grätschen, aber wir spielten auf der Straße, daher hatte Sinbad nichts zu befürchten. Es war viel einfacher, jemanden in der eigenen Größe zu foulen. Und noch eine Sache zu Sinbad, er schoss die Tore nie selbst. Er passte den Ball jemandem zu, der garantiert traf – meistens zu mir –, und sie deckten alle mich anstelle von Sinbad, weil ich die Tore schoss. Ich hatte einundzwanzig unserer Tore geschossen. Sieben Hattricks.

– Warum heißen die Hattricks?

– Weil man dann einen Hut, einen *hat*, bekommt.

Wenn man für Irland spielte, bekam man eine Mütze. Sie sah wie eine Schulmütze aus oder wie eine Schirmmütze mit Abzeichen. Die englischen Mützen hatten ein Teil oben dran, so ähnlich wie die Kordel vom Bademantel meines Das. Die würde man nie aufsetzen. Man sollte sie in einen dieser Schränke mit Glastüren legen, und die Leute konnten sie und deine Medaillen dann anschauen, wenn sie zu einem nach Hause kamen. Wenn ich krank war, durfte ich Das Bademantel anziehen.

*

Mister O'Keefe erfand Barrytown United. Ich mochte Mister O'Keefe. Mit Vornamen hieß er Tommy und wir durften ihn so nennen. Zuerst fanden wir das komisch. James O'Keefe nannte ihn nicht Tommy, und wir nannten ihn auch nicht so, wenn Missis O'Keefe in der Nähe war, aber nicht, weil Tommy uns das gesagt hatte. Wir machten es einfach nicht. James O'Keefe wusste nicht, wie seine Mutter mit Vornamen hieß.

– Agnes.

So hieß die von Ian McEvoy.

– Gertie, sagte Liam.

Das war der Name von seiner und Aidans Ma gewesen.

– Steht das auf dem Grabstein?

– Ja.

James O'Keefe war dran.

– Weiß nicht.

Ich glaubte ihm nicht, aber dann schon. Ich hatte gedacht, er wollte es uns nicht verraten, weil es ein komischer Name war, aber wir lachten über alle, außer über Gertie. Wir folterten ihn, Brennnessel an beiden Armen gleichzeitig, und er wusste immer noch nicht, wie seine Ma hieß.

– Finde es heraus, sagte Kevin, als wir ihn losließen, weil er hustete.

– Wie?

– Finde es einfach heraus, sagte Kevin. – Das ist ein Auftrag.

James O'Keefe wirkte panisch.

– Frag sie, sagte ich.

– Gib ihm keine Tipps, sagte Kevin. – Und nach dem Abendessen weißt du besser Bescheid, sagte er James O'Keefe.

Aber dann vergaßen wir es alle wieder.

Missis O'Keefe war gar nicht so verkehrt.

– George Best stößt Alan Gilzean den Ellbogen ins Gesicht.

– Ich habe ihn nicht angerührt, rief ich.

Ich schoss den Ball weg, um das Spiel zu unterbrechen.

– Ich habe ihn nicht angerührt. Er ist in mich gerannt.

Das war nur Edward Swanwick. Er hielt sich die Nase, damit wir nicht sahen, dass er gar nicht blutete. Seine Augen waren feucht.

– Er weint, sagte Ian McEvoy. – Guckt mal.

Wenn es einer von den anderen gewesen wäre, hätte ich das nicht gemacht. Sie wussten das, es war ihnen egal, es war bloß Edward Swanwick.

– Und tatsächlich, sagte der Kommentator. – Alan Gilzean scheint ein wenig viel Aufhebens um den kleinen Rempler zu machen.

Lustig, wenn Aidan einfach nur er selbst war und nicht kommentierte, war er nie so – so lustig. Zweiundvierzig zu achtunddreißig für Nordirland. Kevin bekam einen roten Hals, er würde verlieren. Das war toll. Es wurde dunkel. Missis O'Keefe war der Schlusspfiff. Gleich war es so weit.

– Barrytown United.

– Barrytown Rovers.

Wir überlegten uns Namen.

– Barrytown Celtic.

– Barrytown United ist am besten.

Das sagte ich. Es musste United werden. Wir saßen in O'Keefes Garten. Mister O'Keefe saß auf einem Ziegelstein. Er rauchte eine Zigarette.

– Barrytown Forest, sagte Liam.

Mister O'Keefe lachte, aber von uns niemand.

– United.

– Nie-mals.

– Lasst uns abstimmen, schlug Ian McEvoy vor.

Mister O'Keefe rieb sich die Hände.

– Das ist wohl die beste Lösung, sagte er.

– Es wird United.

– Nein, wird es nicht.

– Schhhhh, sagte Mister O'Keefe. – Schhhh, jetzt. Gut, okay, Hand hoch, wer für Barrytown Forest ist.

Liam hob ein bisschen die Hand, dann ließ er sie sinken. Niemand meldete sich. Wir jubelten.

– Barrytown Rovers?

Niemand meldete sich.

– Barrytown ... United.

Die Manchester-United- und Leeds-United-Anhänger hoben beide Hände. Es war niemand mehr übrig, außer Sinbad.

– Barrytown United also, sagte Mister O'Keefe. – Mit überwältigender Mehrheit. Welchen Namen hättest du gewollt?, fragte er Sinbad.

– Liverpool, sagte Sinbad.

Es war so großartig in einer Mannschaft namens United zu sein, dass wir Sinbad wegen dem nicht drankriegten.

– Ju-nai-tit!

Ju-nai-tit!

Ich streckte so lange die Arme aus, bis sie wehtaten, und drehte mich. Ich spürte die Luft an meinen Armen, versuchte, sie abzubremsen, als würde ich sie durch Wasser ziehen. Ich drehte mich weiter. Offene Augen, kleine Schritte im Kreis, meine Hacken bohrten sich ins Gras, pressten den Saft heraus. Dann richtig schnell – das Haus, die Küche, die Hecke, die Rückseite, die andere Hecke, der Apfelbaum, das Haus, die Küche, die Hecke, die Rückseite – warten, dass meine Füße stehen blieben. Ich warnte mich nie vor. Es passierte einfach – die andere Hecke, der Apfelbaum, das Haus, die Küche – stopp – auf den Boden, auf den Rücken, Schwitzen, Keuchen, alles drehte sich weiter. Der Himmel – immer im Kreis – am liebsten würde ich mich übergeben. Nass vom Schwitzen, kalt und heiß. Rülpsen. Ich musste so lange liegen, bis es vorbei war. Immer im Kreis, mit offenen Augen war es besser, versuchen, meinen Blick auf eine Sache zu richten, und verhindern, dass sie sich drehte. Schnodder, Schweiß, immer und immer und immer im Kreis. Ich hatte keine Ahnung, warum ich das machte, es war schrecklich – vielleicht deshalb. Der Weg dorthin – das Drehen – war gut. Anhalten war grässlich und das Danach. Es musste passieren, ich konnte mich nicht ewig drehen. Erholen. Am Boden kleben. Ich spürte, wie die Welt sich drehte. Die Schwerkraft drückte mich runter, hielt mich und meine Schultern. Meine Schienbeine taten weh. Die Erde war rund, und Irland klebte auf der Seite, die Gedanken kamen mir beim Drehen – und würde von der Erde fallen. Am schlimmsten war es, wenn es im Himmel nichts gab, nichts zum Festhalten, blau blau blau.

Übergeben musste ich mich nur einmal.

Es war gefährlich, Sachen direkt nach dem Abendessen zu machen. Wenn man schwimmen ging, konnte man ertrinken. Einmal ging ich bis zu meinem Bauchnabel hinein, um zu schauen, ob etwas passierte – ich hatte nicht vor, tiefer zu gehen – ich wollte es nur überprüfen. Nichts passierte. Das Wasser war wie immer, der Sog nicht stärker als sonst. Das hieß noch nicht viel. Im Wasser zu stehen, war nicht dasselbe, wie darin zu schwimmen. Man schwamm erst, wenn die Füße mindestens fünf Sekunden lang den Sand nicht berührten. Das war Schwimmen, und das war der Moment, wenn man ertrank, falls man gerade vom Abendessen zu voll war. Dein Bauch war zu voll und zu schwer. Die Arme und Beine konnten einen nicht oben halten. Man schluckte Wasser, es kam in die Lunge. Man brauchte ewig, um zu sterben. Im Kreis drehen war dasselbe, nur starb man nicht davon, außer wenn man beim Übergeben auf dem Rücken lag und sich nicht auf die Seite drehte, weil man ohnmächtig oder sonst was geworden war, oder man stieß sich den Kopf und war bewusstlos und der Mund voll Erbrochenem. Dann erstickte man, außer jemand sah einen rechtzeitig und rettete einen, drehte einen um und klopfte einem auf den Rücken, damit in der Kehle wieder Platz für Luft war. Man schnappte nach Luft und hustete, dann machten sie vorsichtshalber Mund-zu-Mund-Beatmung. Ihre Lippen berührten deine, und deine waren mit Erbrochenem verschmiert. Vielleicht kotzten sie auf dich. Vielleicht war es ein Mann, ein Mann, der mich küsste – oder eine Frau.

Küssen war doof. Es war in Ordnung, die eigene Mutter zu küssen, wenn man zur Schule ging oder so, aber jemanden küssen, weil man die Person mochte – weil man dachte, sie sei nett –, das war einfach nur doof. Das ergab keinen Sinn. Der Mann auf der Frau, wenn sie auf dem Boden oder im Bett lagen.

– Bett. Sag es weiter.

Wir schlichen ins Schlafzimmer von Kevins Ma und Da und schauten uns ihr Bett an. Wir lachten. Kevin stieß mich aufs Bett und ließ mich nicht raus, er hielt von außen die Tür zu.

War mir nur vom Drehen schlecht, wurde ich nicht ohnmächtig oder so. Wenn ich nach dem Anhalten auf dem Gras lag – dem warmen, festen Gras –, wusste ich einfach, dass ich mich übergeben musste, daher versuchte ich aufzustehen, fiel aber auf meine Knie, und dann übergab ich mich. Nicht richtig heftig, sondern der oberste Teil von dem ganzen Essen in meinem Magen. Meine Ma sagte, dass man das Essen vor dem Schlucken gut kauen sollte. Was ich nie machte, das war Zeitverschwendung und langweilig. Manchmal tat mir der

Hals weh, nachdem ich etwas Großes geschluckt hatte. Ich wusste, dass es wehtun würde, aber es war zu spät, das Essen war schon zu weit unten, ich konnte es nicht mehr aufhalten. Gekochte Kartoffeln, Speckstücke mit Fettrand, Kohl – das kam mir hoch. Erdbeer-Nachtisch. Milch. Ich konnte alles zuordnen. Ich fühlte mich besser, stärker. Ich stand auf. Ich war hinten im Garten. Mein Kopf drehte sich ein bisschen – Haus, Küche –, dann hörte es auf. Ich schaute auf meine Klamotten. Sie hatten nichts abbekommen. Meine Laufschuhe waren auch sauber. Und meine Beine. Es war alles auf dem Boden gelandet. Wie ein Teller Eintopf. Musste ich das sauber machen? Es lag nicht im Haus oder auf einem Weg. Aber im Garten und nicht auf dem Feld oder in einem Keine-Ahnung-wer-hier-wohnt-Garten. Ich war unsicher. Ich lief zur Küchentür. Ich drehte mich um und schaute. Ich konnte mich nicht entscheiden, ob ich es sah oder nicht. Ich schaute, weil ich wusste, dass es dort war. Konnte es nicht sehen, aber ich wusste, dass es dort war. Ich ging nach vorne und spielte an den Blumen herum. Dann ging ich wieder an der Seite entlang und um die Küche herum und schaute und erkannte nicht wirklich etwas. Ich ließ es liegen. Ich sah es mir jeden Tag an. Es wurde härter und dunkler. Ich warf den Speck in den Garten, der an unseren angrenzte, der von den Corrigans. Ich ließ ihn über den Zaun fallen, damit nichts durch die Luft flog, falls sie gerade herausschauten. Ich wartete auf Gezeter. Nichts. Ich wusch mir die Hände. Der Rest des Erbrochenen verschwand. Nach dem Regen sah es schleimig und echt aus. Dann war es weg. Das dauerte ungefähr zwei Wochen.

*

– Ist noch Schlafenszeit?
 – Ja, ist es.
 – Geht wieder ins Bett, Jungs.

Der Tisch war noch immer schmutzig. Das Geschirr vom Vorabend stand noch da. Ma stellte meine Cornflakesschüssel auf den schmutzigen Teller.

Ich mochte das nicht. Morgens sollte der Tisch sauber sein. Nur der Salz- und der Pfeffersteuer durften in der Mitte stehen, außerdem noch die Ketchupflasche mit nicht zu viel angetrocknetem Ketchup am Deckel – ich hasste das – und die Platzsets mit einem Löffel für mich und Sinbad. So wie sonst immer.

Ich aß, ohne dass ein Körperteil von mir den Tisch berührte. Ich tauschte meinen Löffel mit dem von Sinbad. Er war auf dem Klo. Wahrscheinlich hatte er wieder auf den Boden gepinkelt. Das machte er immer. Er hatte Angst, dass der Sitz auf ihn klappte. Der war bloß aus Plastik und nicht schwer, aber er hatte trotzdem Angst. Ich war viel größer als er, deshalb brauchte ich beim Pinkeln nur das Lukenteil des Sitzes anzuheben. Ich pinkelte nie viel daneben und wischte es immer weg. Immer. Auf Toiletten entstanden Krankheiten. Wenn eine Ratte jemals in das Haus von einem käme, würde sie auf direktem Weg zur Toilette gehen.

Ma summte.

Es war dumm, das Geschirr nicht schon am Abend zu spülen. Wenn das Essen noch weich war und leicht abging, löste es sich im Wasser. Jetzt musste sie allerdings richtig fest schrubben. Mit viel Fleiß und Mühe. Mit Blut, Schweiß und Tränen. Sie hätte alle Hände voll zu tun. Das geschah ihr recht. Sie hätte es schon gestern Abend machen sollen, das war der richtige Zeitpunkt zum Spülen.

Der Morgen war der Beginn eines neuen Tages, da sollte alles ordentlich und sauber sein. Früher musste ich mich auf einen Stuhl stellen, wenn ich im Waschbecken spielen wollte – ich erinnerte mich noch daran, wie ich den Stuhl vor mir herschob, und an das Geräusch auf dem Boden, als wollte er mich aufhalten. Den Stuhl brauchte ich nicht mehr. Ich musste mich nicht mal mehr doll strecken, um die Wasserhähne zu erreichen. Wenn die Spüle zu voll war, wurde mein Pullover beim Darüberlehnen nass. Bei Pullovern merkte man eine Zeit lang nicht, dass man nass war, außer er hatte sich richtig vollgesogen. Ich plantschte nicht mehr oft in der Spüle. Das war doof. Die Nachbarn konnten einen durchs Fenster sehen, und am helllichten Tag konnte man schlecht die Vorhänge zuziehen. Ich sollte dienstags, donnerstags und samstags den Abwasch machen. Ich hatte meiner Ma gezeigt, dass ich an die Wasserhähne rankam, und das war dann die Folge. Sie sagte, dass ich an diesen drei Tagen spülen durfte. Manchmal erließ sie es mir, manchmal, ohne dass ich fragte. Ich spülte. Sinbad trocknete ab, aber man konnte ihn vergessen. Er war schneckenlangsam. Wenn er schon das Geschirrtuch in der Hand hatte, brauchte er ewig, bis er einen Teller festhielt. Er traute seinen Händen nicht durch den Stoff. Nur die Tassen mochte er, die rutschten selten aus der Hand. Er legte das Geschirrtuch über seine Faust, steckte die Tasse kopfüber darauf und drehte sie hin und her. Ich passte auf, dass er den ganzen Seifenschaum am Boden erwischte. Seifenschaum sollte man nicht trinken, er schmeckte wie Gift.

Er wollte mich nicht schauen lassen.

– Zeig.

– Nein.

– Zeig her.

– Nein.

– Ich werde dich schon dazu bringen.

– Das ist meine Aufgabe.

– Ich bin der Bestimmer.

– Sagt wer?

– Ma.

– Ich will das nicht machen.

– Das erzähle ich ihr. Ich bin der Älteste.

Er hielt mir die Tasse zum Hineinschauen hin.

– Okay, sagte ich. – Bestanden.

Wenn ich ihm sagte, dass ich der Älteste war, gab er immer nach. Er achtete darauf, dass die Tasse gerade auf dem Tisch stand, bevor er losließ, und wenn er die Hand wegnahm, sprang er zurück, damit er nicht die Schuld bekam, falls sie herunterfiel. Wenn ich etwas machen durfte und er nicht, mussten Ma und Da ihn bloß daran erinnern, dass ich älter war, und er beschwerte sich nicht weiter. Außerdem bekam er kleinere Weihnachtsgeschenke und sonntags weniger Geld, und es machte ihm nicht viel aus.

– Ich bin froh, dass ich nicht du bin, sagte ich zu ihm.

– Ich bin froh, dass ich nicht du bin, sagte er zurück.

Ich glaubte ihm nicht.

Er hielt mir unaufgefordert die Tasse hin.

– Seifenschaum, sagte ich.

– Wo?

– Da.

Und ich schnippte ihm welchen in die Augen. Als Ma ihn hörte, kam sie rein.

– Ich wollte nicht seine Augen treffen, sagte ich ihr. – Er hat sie aufgelassen.

Sie tröstete ihn, das konnte sie toll. Sie konnten ihn in wenigen Sekunden vom Weinen zum Lachen bringen.

Jetzt war Donnerstagmorgen. Mittwochs war nicht unser Abwaschabend. Sie hätte das Geschirr machen sollen. Ich fragte sie.

– Warum hast du nicht gespült?

Irgendetwas passierte beim Fragen, es lag in meiner Stimme, der Unterschied zwischen dem Anfang und dem Ende. Der Grund wurde mir auf einmal klar. Der Grund, warum sie den Abwasch nicht gemacht hatte. Ich war schon einmal mit dem Aufzug gefahren – zweimal –, rauf und wieder runter. Das gerade fühlte sich wie run-

terfahren an. Ich stellte die Frage beinahe nicht zu Ende: Ich kannte
die Antwort. Sie wurde mir beim Sprechen klar. Der Grund.

Sie antwortete.

– Ich hatte keine Zeit.

Sie log nicht direkt, aber das war nicht die richtige Antwort.

– Entschuldige, sagte sie.

Sie lächelte mich an. Aber es war kein richtiges Lächeln, kein echtes.

Sie hatten wieder gestritten.

– Du wirst alle Hände voll zu tun haben, sagte ich.

Einen von den leisen.

Sie lachte.

Wo sie ihr Schreien und Brüllen flüsterten.

Sie lachte über mich.

Und sie weinte immer zuerst, und er verletzte sie trotzdem noch
mit seinen Blicken und seinen Worten.

– O ja, ich weiß, sagte sie.

Der erste war anders gewesen. Sie hatte geweint, und sie hatten
aufgehört. Danach war es schön gewesen.

– Dass wird dich viel Fleiß und Mühe kosten.

Sie lachte wieder.

– Du bist der Knüller, Patrick, sagte sie.

Es war schön gewesen. Wir mussten nicht herumschleichen und
so tun, als würden wir nichts mitbekommen. Sinbad konnte nicht
gut schauspielern. Wenn er zuhörte, musste er immer hinschauen.
Als wäre alles ein Film. Ich musste ihn fortbringen.

– Was ist da los?

– Sie streiten sich.

– Tun sie nicht.

– Doch.

– Warum denn?

– Sie streiten sich einfach.

Und wenn es dann vorbei war, sagte Sinbad immer, dass nichts passiert war, er wollte sich nicht daran erinnern.

– Blut, Schweiß und Tränen, sagte ich ihr.

Sie lachte wieder, aber nicht so viel wie beim letzten Mal.

Der erste Streit war vorbeigegangen. Mein Da hatte gewonnen, weil meine Ma weinte. Er hatte sie dazu gebracht. Es war vorbei, alles beim Alten, nur besser. Der Streit vorbei, keine neuen Streitereien mehr. Ich stapelte die Teller übereinander, alle Messer und Gabeln auf den obersten Teller, sie zeigten alle in dieselbe Richtung. Inzwischen hörten die Streitereien nicht mehr auf. Es gab Pausen, manchmal lange, aber ich glaubte nicht mehr daran. Das waren bloß Lücken. Ich schob die Teller über die Kante, bis der abgeschrägte Teil des untersten Tellers und die darüber übers Tischende ragten. Ich fragte mich, ob ich so willensstark war, dass meine Arme sie das letzte Stück schoben.

– Sie sollten in die Dummenklasse gesteckt werden.

Kevin hatte recht. Wir hassten sie. Es war September, der erste Schultag, und zwei Jungen aus den Sozialbauten wurden in unsere Klasse aufgenommen. Charles Leavy und Seán Whelan hießen sie. Henno trug sie ins Klassenbuch ein.

– Sag's ihm, flüsterte ich.

– Was?, sagte Kevin.

– Sag ihm, dass in der Dummenklasse noch Platz für sie ist.

– Okay.

Kevin meldete sich. Ich traute meinen Augen nicht. Ich hatte bloß Quatsch gemacht, wenn Kevin das sagte, bekämen wir den Hals umgedreht. Ich versuchte, Kevins Arm geräuschlos zu packen.

Henno schaute auf das Klassenbuch und schrieb ziemlich langsam. Kevin schnipste mit den Fingern.

– *Sea?,* sagte Henno.

Er sah nicht auf.

Kevin sprach.

– *An bhfuil cead agam dul go dtí an leithreas?*

– *Níl,* sagte Henno.

– Reingelegt, flüsterte Kevin.

Wir hatten Henno ein zweites Jahr, die vierte Klasse. Ich war zehn. Die meisten anderen waren zehn. Ian McEvoy war erst neun, aber fast zehn, und er war der Größte. Charles Leavy war zwei Monate jünger als ich, sie mussten ihr Alter nennen, und Henno schrieb sie ins Buch. Seán Whelan war fast genauso alt wie ich. Als er Henno sein Geburtsdatum nannte, zögerte er. Er wusste Tag und Monat, aber beim Jahr musste er nachdenken. Das sah ich ihm an.

– Dumm.

Er wurde neben David Geraghty gesetzt. Er stolperte beinahe über David Geraghtys Krücken. Wir lachten.

– Was gibt es so Lustiges?, fragte Henno, aber er war beschäftigt, es war ihm egal.

Seán Whelan wusste, dass sich das Lachen gegen ihn richtete. Er sah verletzt aus, versuchte mitzulachen, aber er war zu spät.

– Hast du das gesehen, wie er sich selbst auslacht?

Charles Leavy war der Nächste. Henno musste ihn irgendwo hinsetzen. Henno stand auf.

– So.

Zwei Jungen saßen allein. Liam war einer. Niemand hatte sich neben ihn gesetzt, als er sich den hinteren Platz am Fenster geschnappt hatte, den besten Tisch. Er war begeistert gewesen, er hatte erwartet, dass ich oder Kevin zu ihm rannten. Er saß allein und Fluke Cassidy auch.

– So, Mister Leavy. Schauen wir mal, was wir für dich haben.

Fluke versuchte, zu Liams Tisch zu schleichen.

– Bleib, wo du bist, Mister Cassidy.

Jetzt würde er Charles Leavy garantiert neben Fluke setzen.

– Hier rüber. Er zeigte auf Liams Tisch.

Wir lachten. Henno wusste, warum.

– Rrrru-he.

Das war toll. Liam war erledigt. Kevin und ich würden nie mehr mit ihm reden. Ich war begeistert. Ich wusste nicht, warum. Ich mochte Liam. Aber es schien wichtig. Wenn man einen besten Freund haben wollte – Kevin –, musste man, und zwar beide zusammen, eine Menge anderer Leute hassen. Dadurch wurde man zu noch besseren Freunden. Und Liam saß nun neben Charles Leavy. Jetzt gab es nur noch Kevin und mich, sonst niemand.

David Geraghty war der Junge mit der Kinderlähmung. Deshalb saß niemand neben ihm. Man musste ihm mit dem Schulranzen helfen, und er roch nach Medizin. Einmal musste ich eine Woche lang bei ihm sitzen, nachdem ich im Rechtschreibtest gut und David Geraghty schlecht abgeschnitten hatte. Es war großartig gewesen. Ich hatte ganz am Rand des Tisches gesessen, fast schon nicht mehr dran, und die Hälfte meines Hintern schwebte überm Boden. Und dann hatte David Geraghty mit Reden angefangen. Und nicht mehr aufgehört. Den ganzen Tag, aus dem Mundwinkel, als wäre die andere Seite gelähmt. Man hört es kaum, aber es war kein Flüstern. Henno bekam das mit, da war ich mir sicher, aber er sagte nie etwas, vielleicht weil David Geraghty mit Krücken herumlief und mit Abstand der Beste in der Klasse war.

– Man kann seine Nasenhaare sehen, man kann sie zählen. Fünf in einem Loch und sieben im anderen.

So ging das den ganzen Tag. Als mir klar wurde, dass David Geraghty nie Ärger bekommen würde und ich auch keinen Ärger bekommen würde, weil ich neben ihm saß, setzte ich mich ordentlich an den Tisch und genoss es allmählich.

– Auf seinem Arsch hat er siebzehn Haare. Geteilt durch drei ergibt fünf Rest zwei. Seine Frau kämmt sie *gach maidin* für ihn.

Den ganzen Tag.

Er ließ mich eine Runde auf seinen Krücken gehen. Meine Arme zitterten. Ich konnte sie nicht sehr lange gerade halten. Das waren keine Metallkrücken, wie man sie bei einem gebrochenen Bein bekam. Es waren altmodische aus Holz und Leder, so wie die von dem Jungen auf der Kinderlähmungssammelbüchse, sie ließen sich nicht anpassen. David Geraghtys Arme waren so stark wie Beine. Manchmal hoffte ich, dass ich wieder neben David Geraghty gesetzt würde, aber ich war immer froh, wenn es nicht passierte.

Seán Whelan hatte eine Brille. Sie steckte in einem schwarzen Etui, das er oben auf die Schulbank über der Mulde für die Stifte und Bleistifte legte. Sobald Henno sich der Tafel näherte, nahm Seán Whelan das Etui, und wenn Henno etwas an die Tafel schrieb, holte er die Brille raus und setzte sie auf. Wenn Henno aufhörte, nahm er sie jedes Mal ab, und wenn Henno wieder anfing, setzte er sie auf. Eine Weile lang achtete ich nicht mehr auf Henno und schaute nur zu Seán Whelan. Indem ich auf Seán Whelans Hände schaute, wusste ich, wo Henno war. Seine Hand kroch Richtung Etui, stoppte, kehrte zurück, dann wieder zum Etui, nahm das Etui, öffnete es und setzte die Brille auf. Er nahm sie ab und legte beide Arme auf den Tisch. Ich wartete, dass er sich wieder bewegte. Henno hatte mit Reden aufgehört. Ich ließ Seán Whelan nicht aus den Augen, wartete auf ein Zeichen. Seán Whelan starrte einfach nur stur auf Thomas Bradshaws Hinterkopf. Ganz leicht schaute er zu mir. Und das war der Augenblick, als Henno mich schlug, einen festen Hieb auf den Hinterkopf. Seán Whelan zuckte zusammen. Das sah ich gerade noch, bevor ich mich vorsichtshalber duckte und die Augen schloss.

– Aufwachen, Mister Clarke!

Die Klasse lachte und verstummte wieder.

Henno hatte seine offene Hand angespannt, sie war so hart wie ein Brett. Das würde ich Seán Whelan heimzahlen. Es war seine Schuld. Ich würde mir sein Brillenetui schnappen und irgendetwas damit anstellen und mit seiner Brille auch. Er hatte braune, krause Haare. Sie wuchsen gerade nach oben, aber irgendjemand, wahrscheinlich seine Mutter, versuchte, dass sie zur Seite wachsen. Es sah aus, als hätte er einen halben Hügel auf dem Kopf. Ihm könnte ich es leicht heimzahlen. Er würde sich nicht wehren. Den würde ich drankriegen. Er sah nicht rabiat aus.

Im Gegensatz zu Charles Leavy.

Charles Leavy trug blaue Plastiksandalen. Wir lachten darüber, aber wir waren vorsichtig. Am ersten Schultag hatte er keine Sachen dabei. Als Henno nach dem Grund fragte, sagte er nichts, er schaute einfach nur auf seine Ärmel auf dem Tisch. Er rutschte nicht hin und her. An einem seiner Ellenbogen war fast ein Loch. Man konnte dadurch ziemlich viel von seinem Hemd sehen. Seine Haare waren sehr kurz, gleichmäßig auf dem gesamten Kopf. Ab und zu streckte er den Hals und schob ruckartig den Kopf zur Seite, als wollte er einen Ball köpfen, ohne überhaupt danach zu schauen. Er guckte, und ich guckte weg. Mir war heiß, ich hatte Angst.

– Irischbücher. *Leabhair Gaeilge.* Seite – Welche Seite würdest du vorschlagen, Mister Grimes?

– Eins, Sir.

– Korrekt.

– *A-h-aon,* Sir.

– Danke, Mister Grimes. – *Sambo san Afraic.* Da ist er ja in seinem Kanu.

Wir lachten leise. Wie er Kanu betonte! Das Bild unter dem Titel der Geschichte war schwarz und rot auf dem Weiß der Seite, ein schwarzer Junge ohne Hemd in einem roten Kanu unter schwarzen Bäumen, dem Dschungel. Ich schaute zur einen Seite. Liam teilte sein

Buch mit Charles Leavy. Er drückte seine Hand auf die Mitte des Buches, damit es offen blieb. Charles Leavy wartete, bis Liam fertig war, dann lehnte er sich nach vorn, um das Buch zu lesen. Und zur anderen: Seán Whelan hatte sein eigenes, in Tapete eingebundenes Buch. Zum Lesen braucht er keine Brille.

Während der kleinen Pause, die um elf Uhr, drängelte ich mich zu Seán Whelan, als wir uns fürs Reingehen aufstellten.

– Pass besser auf.

Seán Whelan machte nichts und sagte auch nichts. Er sah einfach nur so aus, als wäre er äußerst entschlossen, mich nicht anzuschauen, und das reichte mir. Ich rempelte mich durch, damit ich neben Kevin stehen konnte.

– Das zahle ich Whelan heim, sagte ich zu Kevin.

– Als ob, sagte Kevin.

Ich war überrascht, beinahe verärgert.

– Werde ich, sagte ich. – Definitiv. Er hat mich geschubst.

Jetzt musste ich es ihm heimzahlen. Ich drehte mich zu Seán Whelan um. Er hatte eine Art, an einem vorbeizuschauen, nach vorne zu schauen, aber gleichzeitig um die Ecke.

Er war geliefert.

Ich wurde vom Kampf überrascht. Ich wollte auf eine gute Ausrede warten, aber Kevin stieß mich in Seán Whelan – vor dem Schultor, auf der anderen Straßenseite in dem Feld, das umgegraben war – und Seán Whelan rammte mich mit dem Ellbogen oder sein Ellbogen war einfach nur da, und ich ballerte ihm eine, und er haute mir eine rein, und das überraschte mich auch. Ich holte ungelenk zum Schlag aus, ich hatte keine Zeit, mich vorzubereiten und daran zu denken, ordentlich zuzuschlagen, und jetzt war es zu spät. Seán Whelan erwischte mich mit seinem Kopf am Kinn, meine Zähne schlugen aufeinander. Ich löste mich aus Seán Whelans Umklammerung und trat. Ich holte mit dem linken Fuß aus und trat wieder. Seán Whelan versuchte, meinen Fuß festzuhalten und mich umzuwerfen. Ich riss meinen Fuß von ihm weg und blieb stehen. Seán Whelan ging rückwärts, die Jungen hinter ihm ließen ihn durch, weil ich ihn noch einmal treten würde. Ich rannte und trat. Ich erwischte ihn heftig. Ein gutes Stück überm Knie. Er hüpfte zurück, seine Beine schienen unter ihm nachzugeben. Er ächzte. Jetzt war er fällig, ich würde gewinnen. Ich würde ihn an den Haaren packen und ihm mein Knie in sein Gesicht rammen. Das hatte ich noch nie gemacht. Einmal fast bei Sinbad, aber seinen Kopf herunterzuziehen, hatte gereicht, er hatte geschrien, und ich schaffte es nicht, mein Bein hochzureißen, ich hob es an, aber nicht um ihn vernichtend zu schlagen. Allerdings war das Seán Whelan und nicht Sinbad. Ich packte ein Büschel seiner blöden Haare ...

Der Schmerz haute mich um, eine Weile krümmte ich mich zusammen.

Jemand hatte mich getreten, knapp unter meiner linken Hüfte und an zwei Fingerspitzen. Seán Whelan stand vor mir. Ich brauchte eine Weile, um ...

Das war Charles Leavy gewesen.

Niemand feuerte uns jetzt noch an. Es war ernst. Ich musste aufs Klo. Meine Finger brannten. Seán Whelan stand bei den anderen und schaute zu. Ich versuchte so zu tun, als würde ich noch immer mit ihm kämpfen.

Die gleiche Stelle. Charles Leavy hatte mich wieder getreten.

Keiner half mir. Keiner sagte etwas. Keiner rührte sich. Sie wussten Bescheid. Sie würden einen Kampf zu sehen bekommen, wie sie ihn noch nie gesehen hatten. Bis aufs Blut, zerrissene Kleider. Gebrochene Rippen. Keine Regeln.

Ich konnte nicht mehr nur so tun. Hätte ich Seán Whelan bloß nicht getreten. Charles Leavy konnte ich nicht zurücktreten. Ich konnte gar nichts machen. Ich durfte nichts tun, das war die einzige Möglichkeit.

Er trat mich.

– He! Schluss damit!

Das war einer der Handwerker. Er war oben auf der Mauer. Er baute sie. Ein paar von den anderen kamen angerannt, als sie ihn hörten, um nachzuschauen, was gerade passierte.

– Keine Tritte, sagte der Handwerker. – So kämpft man nicht.

Er hatte einen riesigen Bauch. Ich erinnerte mich wieder: Wir hatten ihn beschimpft, und er hatte uns am Anfang des Sommers gejagt.

– Keine Tritte, sagte er wieder.

Kevin stand weiter von ihm weg als ich.

– Kümmere dich um deinen eigenen Kram, Fettsack.

Wir rannten. Es war großartig. Ich weinte fast. Ich hörte, wie meine Bücher und meine Abschriften in meinem Schulranzen hüpften, ein Geräusch wie von galoppierenden Pferden. Ich war entkommen. Der Schmerz durchs Lachen war toll. Als wir die neue Straße erreichten, blieben wir stehen

Keiner hatte mir geholfen, als Charles Leavy mir an den Kragen wollte. Ich brauchte eine Weile, um mich an den Gedanken zu gewöhnen, ihn zu verstehen. Um damit klarzukommen. Die Stille, das Warten. Alle schauten zu. Kevin neben Seán Whelan. Schauten zu.

Unter dem Bett meiner Eltern stand ein riesiger brauner Koffer. Er sah aus wie aus Leder, hörte sich aber wie Holz an. Er hatte Falten. Wenn ich fest darüberrieb, wurde meine Hand braun. Er war leer. Sinbad kletterte hinein. Er legte sich hin wie in sein Bett. Ich machte ihn zu.

– Wie ist es?

– Schön.

Ich nahm den Verschluss auf der einen Seite und drückte ihn hinein, es machte laut klick. Ich wartete auf Sinbads Reaktion. Den anderen schloss sich auch.

– Wie ist es jetzt?

– Immer noch schön.

Ich ging weg. Ich stampfte fest mit den Füßen auf den Boden, rumms rumms aufs Linoleum, und ich schwang die Tür, damit sie rauschte, schloss sie laut, knallte sie aber nicht zu. Mein Da wurde sauer, wenn wir mit Türen knallten. Ich wartete. Ich wollte, dass Sinbad zappelte, weinte und am Deckel herumkratzte. Dann würde ich ihn herauslassen. Ich wartete.

Auf den Stufen nach unten sang ich.

Bachelor Boy von Cliff Richard.

Ich schlich wieder nach oben und vermied die knarrenden Stufen. Ich robbte zur Tür. Es war großartig. Aber plötzlich war ich auf den Beinen und durch die Tür, ich hatte Angst.

– Sinbad?

Ich schob das Knopfteil runter, um den Verschluss zu öffnen. Er sprang hoch und knallte gegen meine Hand.

– Francis.

Der andere, das Verschlussteil, öffnete sich nicht. Ich zog an einer Ecke des Deckels, aber der ließ sich nur ein kleines Stückchen anheben und ich konnte nichts erkennen. Ich schob zwei Finger dazwischen, aber ich konnte nichts ertasten, und ich schürfte mir die Haut auf. Ich ließ die Finger dort, damit Luft hineinkam, doch dann spürte ich tastende Zähne, zumindest dachte ich das.

Ich hörte ein Wimmern. Es war meins.

Ich machte hinter mir die Tür zu, damit mich nichts verfolgte. Ich hielt mich den ganzen Weg am Treppengeländer fest. Im Flur war es dunkel. Mein Da war im Wohnzimmer, und der Fernseher lief.

Ich erzählte es ihm.

Er stand einfach auf, er sagte nichts. Ich hatte ihm nicht erzählt, dass ich den Koffer zugemacht hatte, bloß dass ich ihn nicht aufbekam. Als er im Flur stand, wartete er auf mich.

– Wo steht er?, sagte er.

Er ging mir die Treppe nach. Er hätte problemlos schneller laufen können als ich. Sinbad wäre in Ordnung.

– Alles in Ordnung da drinnen, Francis?

– Vielleicht schläft er, sagte ich.

Mein Da drückte, und der Verschluss sprang auf. Er klappte den Deckel zurück, und Sinbad lag noch immer hellwach dort drinnen, mit offenen Augen. Er drehte sich auf den Bauch, stützte sich ab, stand auf und stieg aus dem Koffer. Er sagte nichts. Er stand da. Und schaute uns nicht an oder machte sonst etwas.

Mein Da fand sich toll, weil er im selben Raum mit laufendem Fernseher sitzen konnte und nie hinschaute. Er sah sich bloß die Nachrichten an, mehr nicht. Er las Zeitung oder ein Buch oder döste. Ich beobachtete, wie die Zigarette abbrannte und sich Stück für Stück seinen Fingern näherte, aber er wachte immer rechtzeitig auf. Er hatte seinen eigenen Sessel. Wenn er von der Arbeit nach Hause kam, mussten wir ihn räumen. Ich passte zusammen mit Sinbad und unserer Mutter mit den Kleinen auf dem Schoß hinein. Einmal, als es in Strömen regnete und der Wind peitschte, saßen wir ewig zusammen im Sessel und hörten einfach dem Regen zu. Das Zimmer wurde dunkler. Es roch angenehm nach meiner Ma, Essen und Seife.

Als ich Sinbad Sinbad rief, antwortete er nicht. Ich und Kevin hatten ihn uns geschnappt und ihm auf jeder Seite einen Pferdekuss verpasst, weil er nicht machte, was wir ihm sagten. Er weinte, aber er gab keinen Ton von sich. Ich musste in sein Gesicht schauen, um zu sehen, dass er weinte.

– Sinbad.

Er schloss die Augen.

– Sinbad.

Ich musste aufhören, ihn Sinbad zu nennen. Er sah nicht mehr wie Sinbad der Seefahrer aus, seine Wangen waren schmaler. Ich

215

war noch immer viel größer als er, aber das spielte keine große Rolle mehr. Ich konnte ihn beim Kämpfen fertigmachen, aber es machte mir Angst, wie er dann wurde. Er ließ sich von mir verdreschen und ging einfach weg.

Er wollte sein Nachtlicht nicht mehr. Als meine Ma es anmachte, bevor sie das große Licht ausschaltete, stand er auf und machte es aus. Das Licht war für ihn gewesen. Er hatte es ausgesucht. Es war ein Hase, der rot wurde, wenn die Lampe in seinem Inneren leuchtete. Jetzt war das Zimmer vollkommen dunkel. Ich hätte das Nachtlicht gerne wieder angemacht, aber das ging nicht, es gehörte Sinbad. Ich hatte es nie gebraucht. Ich hatte gesagt, dass es dämlich war. Ich hatte ihn verpetzt und gesagt, dass ich mit dem Licht nicht schlafen konnte. Eine Woche lang machte meine Ma das Licht an, und Sinbad schaltete es aus. Er schaltete es aus, und ich saß in völliger Dunkelheit fest.

Mein Da hatte Sinbad gepackt. Er hielt seinen Arm und überragte ihn bei Weitem. Noch hatte er ihn nicht geschlagen. Sinbad hielt den Kopf gesenkt. Er versuchte nicht, loszukommen.

– Grundgütiger, sagte mein Da.

Sinbad hatte Zucker in Mister Hankys Benzintank geschüttet.

– Warum machst du solche Sachen? Warum machst du so was?

Sinbad antwortete ihm.

– Der Teufel hat mich in Versuchung geführt.

Mein Da lockerte seinen Griff um Sinbads Arm. Er hielt Sinbads Gesicht.

– Komm schon, hör auf zu weinen. Es gibt keinen Grund zum Weinen.

Ich fing an zu singen.

– I'LL TELL MY MA WHEN I GO HOME –
THE BOYS WON'T LEAVE THE GIRLS ALONE –

Da stimmte mit ein. Er hob Sinbad hoch und wirbelte ihn herum. Dann war ich an der Reihe.

Das erste Mal, als ich es hörte, kam es mir bekannt vor, aber ich konnte es nicht zuordnen. Ich kannte das Geräusch. Es kam aus der Küche. Ich war allein im Flur. Ich lag auf dem Bauch. Ich ließ einen Rolls-Royce gegen die Sockelleiste sausen. Ein Stück Farbe war abgeplatzt, und die Stelle wurde jedes Mal größer. Das rummste ordentlich. Meine Eltern unterhielten sich.

Dann hörte ich das Klatschen. Die Unterhaltung endete. Ich schnappte den Rolls-Royce von der Sockelleiste weg. Die Küchentür wurde aufgerissen. Ma kam heraus. Sie drehte sich schnell zur Treppe, damit ich ihr nicht aus dem Weg gehen musste, und ging hoch, oben lief sie fast.

Jetzt erkannte ich es. Ich wusste, was das Klatschen bedeutete, und die Schlafzimmertür schloss sich.

Da war allein in der Küche. Er kam nicht heraus. Deirdre weinte im Kinderwagen, sie war aufgewacht. Die Hintertür ging auf und wieder zu. Ich hörte seine Schritte auf dem Weg. Ich hörte, wie er von hinten nach vorne ging. Ich sah seine Umrisse durch das große, hubbelige Glas in der Haustür. Seine Umrisse zerfielen in einzelne Farben, bevor er das Tor erreichte und die Farben verschwanden. Ich konnte nicht sagen, in welche Richtung er gegangen war. Ich blieb, wo ich war. Ma würde wieder herunterkommen. Deirdre weinte.

Er hatte sie geschlagen. Ins Gesicht, klatsch! Ich versuchte, mir das vorzustellen. Das ergab keinen Sinn. Ich hatte es gehört, er hatte sie geschlagen. Sie war aus der Küche direkt in ihr Schlafzimmer gegangen.

Ins Gesicht.

Ich beobachtete. Ich lauschte. Ich blieb drinnen. Ich bewachte sie.

Nichts passierte.

Ich wusste nicht, was ich tun sollte. Wenn ich da war, würde er es nicht noch einmal machen, so viel war sicher. Ich blieb wach. Ich lauschte. Ich ging ins Bad und kippte mir kaltes Wasser auf den Schlafanzug. Damit ich wach blieb. Damit es nicht zu gemütlich und warm wurde und ich einschlief. Ich ließ die Tür einen Spaltbreit offen. Ich lauschte. Nichts passierte. Ich saß ewig an meinen Hausaufgaben, damit ich länger aufbleiben konnte. Ich schrieb Seiten aus meinem Englischbuch ab und tat so, als müsste ich das. Ich übte Rechtschreibung, die wir nicht aufhatten. Ich ließ mich immer von ihr abfragen, nie von ihm.

– U-n-t-e-r-s-e-e-b-o-o-t.

– Gut gemacht. Untersetzer?

– U-n-t-e-r-s-e-t-z-e-r.

– Gut gemacht. Prima. Hast du noch mehr auf?

– Ja.

– Was denn? Zeig mal.

– Abschreiben.

Sie schaute sich die Seiten im Buch an, die ich ihr zeigte, zwei Seiten ohne Bilder und die Seiten, mit denen ich schon fertig war.

– Warum schreibst du das alles?

– Handschrift.

– Oh, gut.

Ich erledigte die Aufgaben am Küchentisch, dann folgte ich ihr ins Wohnzimmer. Wenn sie die Mädchen ins Bett brachte, war er mit mir im Zimmer, also war alles in Ordnung. Ich schrieb gern ab, es machte Spaß.

Er lächelte mich an.

Ich liebte ihn. Er war mein Da. Das ergab keinen Sinn. Sie war meine Ma.

Ich ging in die Küche. Ich war allein. Die Geräusche kamen alle von oben. Ich haute auf den Tisch. Nicht zu fest. Ich haute wieder. Es ging in die richtige Richtung. Allerdings klang es dumpfer, hohler. Vielleicht hörte es sich von draußen anders an. Vom Flur aus, wo ich gespielt hatte. Vielleicht war es das, er hatte auf den Tisch geschlagen. Als er die Geduld verloren hatte. Das war in Ordnung. Ich versuchte es wieder. Ich konnte mich nicht entscheiden. Es war verlockend. Ich nahm meine Handkante. Sie war aus der Küche gekommen und direkt hoch ins Schlafzimmer gegangen. Sie hatte nichts gesagt. Sie hatte ihr Gesicht vor mir versteckt. Sie war noch vor dem Treppenabsatz schneller geworden. Und das nicht, weil er auf den Tisch gehauen hatte. Ich machte es wieder. Ich versuchte, meine Geduld zu verlieren und es dann zu machen. Vielleicht weil er die Geduld verloren hatte. Vielleicht war sie deswegen an mir vorbei nach oben gegangen und hatte sich versteckt. Vielleicht.

Ich wusste es nicht.

Ich ging wieder ins Wohnzimmer. Er wollte meine Rechtschreibung kontrollieren. Ich ließ ihn. Ich hatte eins falsch, absichtlich. Ich hatte keine Ahnung, warum ich das machte. Ich hatte es einfach gemacht, ich ließ bei Unterseeboot das r aus.

Ich lauschte. Ich beobachtete. Ich machte meine Hausaufgaben.

Ich kam am Freitagmittag nach Hause.

– Ich sitze am Einsertisch.

Es stimmte. Ich hatte die ganze Woche keinen Fehler gemacht. Meine Rechenaufgaben waren alle richtig gewesen. Ich hatte die Zwölferreihe in dreißig Sekunden aufgesagt. Meine Handschrift war

– Viel besser.

Ich packte meine Sachen in den Schulranzen und lief zum vordersten Schreibtisch. Henno schüttelte mir die Hand.

– Schauen wir mal, wie lange du diesmal bleibst, sagte er. – Gut gemacht, Mister Clarke.

Ich saß neben David Geraghty.

– Halli-hallöchen.

– Ich sitze am Einsertisch.

– Wirklich?, sagte er. – Das ist fantastisch.

Er schüttelte mir die Hand.

– Schlag ein. Unterseeboot?

– U-n-t-e-r-s-e-e-b-o-o-t,

– Guter Junge.

Das Gras war nass, obwohl es nicht geregnet hatte. Der Tag war zu kurz, um es zu trocknen. Die Schule war aus, bald würde es dunkel werden. Es gab einen neuen Graben. Er war echt riesig, echt tief. Der Boden war pappig und nicht bröckelig, alles war nass.

– Treibsand.

– Nein, ist es nicht.

– Warum nicht?

– Das ist bloß Matsch.

Aidan steckte fest.

Manchmal gingen Liam und Aidan nicht zur Schule. Wenn sie sich benahmen, ließ ihr Da sie manchmal zu Hause bleiben. Wir sahen die neuen weißen Stöcke über die Wiese ragen. Wir wussten, dass es Markierungsstangen waren, und schauten nach, was sie markierten, und Aidan saß im Graben fest. Und er kam nicht heraus. Er konnte sich nirgends halten.

– Er versinkt.

Ich schaute.

Einer seiner Stiefel steckte bis zum Knie im Glibber. Ich schaute auf sein Bein und zählte bis zwanzig. Er ging nicht weiter unter. Liam war losgezogen, um eine Leiter oder ein Seil zu holen. Hoffentlich ein Seil.

– Wie ist er da runtergekommen?

Das war eine blöde Frage. Es war uns allen schon passiert. Runterkommen war nie das Problem. Das war total einfach, und zwar immer. Bloß dachte man nie übers Rauskommen nach.

Ich überprüfte Aidans Bein. Inzwischen war sein Knie bedeckt. Er sank. Er versuchte, sich an der Seite festzuhalten, versuchte, nicht hinzufallen, versuchte, nicht zu weinen. Er hatte schon geweint, das verriet einem sein Gesicht. Ich überlegte, ob ich Steine auf ihn werfen sollte, aber das war nicht nötig.

Wir setzten uns auf unsere Schulranzen.

– Kann man in Schlamm ertrinken?, fragte Ian McEvoy.

– Ja.

– Nein.

– Frag lauter, flüsterte ich. – Damit er es hört.

Ian McEvoy überlegte.

– Kann man in Schlamm ertrinken?

– Manchmal.

– Wenn deine Stiefel volllaufen und du nicht rauskommst.

Wir taten so, als könnte Aidan uns nicht hören. Er versuchte, sein Bein hochzuheben und den Stiefel anzubehalten. Wir hörten das Schmatzen. Kevin machte das Geräusch mit seinem Mund. Wir anderen auch. Aidan rutschte aus, ging aber nicht unter.

Dann machte ich mir langsam Sorgen. Er könnte wirklich ertrinken. Wir würden auf ihn aufpassen, das mussten wir. Plötzlich fühlte sich das Gras sehr nass an. Es erinnerte mich an meinen Traum, den ich manchmal hatte, wenn mein Mund voller Dreck war, trockenem Sommerdreck, und ich ihn nicht anfeuchten und schlucken konnte. Mein Mund passte nicht darum. Der Dreck breitete sich in meinem Mund aus und drang tiefer und tiefer. Meine Kiefermuskeln taten weh, weil ich dagegen ankämpfte und wusste, dass ich verlor, und mein Mund wurde immer voller und ich konnte nicht schlucken. Ich konnte nicht rufen, ich konnte nicht atmen. Liam brachte eine Leiter und seinen Da, und sie retteten ihn. Liams Da beschwerte sich bei den Bauarbeitern, aber wir durften nicht mitkommen.

Keith Simpson ertrank nicht in dem Graben. Er ertrank in einem Teich. Der Teich lag sechs oder sieben Felder weiter, wo noch nicht gebaut wurde. Dort gab es tollen Froschlaich und Eis. Er war nicht tief, aber schleimig, niemand ging freiwillig barfuß hinein. Das Eis knarzte, wenn man es belastete. Der Teich war zu klein für einen See.

Keith Simpson wurde darin gefunden. Er wurde einfach gefunden. Niemand wusste, wie er dorthin gekommen war.

Meine Ma weinte. Sie kannte Keith Simpson nicht. Und ich auch nicht. Er wohnte in den Sozialbauten. Ich wusste, wie er aussah. Klein mit Sommersprossen. Sie schniefte, und ich wusste, dass sie weinte.

Ganz Barrytown wurde still, als hätten die Neuigkeiten sich von allein verbreitet. Er rutschte mit dem Gesicht voran hinein, und sein Mantel und sein Pullover und seine Hosen wurden so nass und schwer, dass er nicht mehr aufstehen konnte. So wurde es erzählt. Das Wasser durchtränkte seine Kleider. Ich konnte es mir vorstellen. Ich legte meinen Socken ins Spülbecken und hängte ihn ins Wasser. Das Wasser kroch den Socken hinauf. Die Hälfte des Wassers verschwand im Socken.

Ich schaute mir das Haus an. Ich wusste welches. Es war ein Eckhaus. Einmal hatte ich auf dem Dach einen Mann gesehen – das musste Keith Simpsons Vater gewesen sein –, der eine Antenne aufstellte. Die Vorhänge waren zugezogen. Ich kam näher. Ich berührte das Tor.

Als Da nach Hause kam, umarmte er Ma. Bei der Beerdigung ging er nach vorn und schüttelte Keith Simpsons Ma und Da die Hand. Ich sah ihn. Ich war mit der Schule da, alle aus der Schule waren da, in guten Kleidern. Henno ließ jeden von uns die erste Hälfte des Ave-Maria aufsagen und den Rest in der zweiten Hälfte mit einstimmen, und so schlugen wir die Zeit tot, bis wir zur Kirche gebracht wurden. Ma blieb auf ihrem Platz. Es bildete sich eine riesige Schlange fürs Händeschütteln, auf der Seite am Kreuzweg und hinten am Eingang entlang. Der Sarg war weiß. Einige Beileidskarten fielen während der Kollekte herunter. Sie klatschten auf den Boden. Das dröhnte. Sonst hörte man nur noch jemanden vorne schluchzen und die steifen Kleider des Paters, später die Glocke des Messdieners. Und noch mehr Schluchzen.

Wir durften nicht mit auf den Friedhof.

– Ihr könnt ein andermal allein hingehen und beten, sagte Miss Watkins. – Lieber nächsten Sonntag.

Sie hatte geweint.

– Sie wollen bloß nicht, dass wir sehen, wie der Sarg runtergelassen wird, sagte Kevin.

Es gab keinen Unterricht mehr. Wir saßen in dem Feld hinter den Läden auf platt gedrückten Pappkartons, damit wir unsere Kleider nicht schmutzig machten und unsere Mütter uns nicht den Hals umdrehten. Auf dem Karton hatten nur drei Platz, aber wir waren zu fünft. Aidan musste stehen, und Ian McEvoy ging nach Hause.

– Er war mein Cousin, sagte ich ihnen.

– Wer war dein Cousin?, fragte Kevin.

Sie wussten, was ich antworten würde.

– Keith Simpson, sagte ich.

Ich dachte an meine weinende Mutter. Er war bestimmt wenigstens ein Cousin. Ich glaubte mir.

*

– Harikari.

– Es heißt Harakiri, sagte ich.

– Was heißt das?, fragte Ian McEvoy.

– Weißt du das nicht?, fragte Kevin. – Bist du dumm.

– Das ist die Methode, wie die Japaner sich umbringen, erklärte ich Ian McEvoy.

– Warum?, sagte Aidan.

– Warum was?

– Warum bringen sie sich um?

– Aus verschiedenen Gründen.

Das war eine dämliche Frage. Der Grund war egal.

– Weil sie im Krieg besiegt wurden, sagte Kevin.

– Immer noch?, sagte Aidan. – Der Krieg ist Jahre her.

– Mein Onkel war im Krieg, sagte Ian McEvoy.

– Nein, war er nicht, halt die Klappe.

– Doch war er.

– War er nicht.

Kevin packte seinen Arm und drehte ihn auf den Rücken. Ian McEvoy versuchte nicht, ihn aufzuhalten.

– Er war ganz sicher nicht im Krieg, sagte Kevin. – Oder etwa doch?

– Nein, sagte Ian McEvoy.

Er zögerte nicht einmal.

– Warum hast du es dann gesagt?

Das war unfair, er hätte Ian McEvoy loslassen müssen, als er Nein gesagt hatte.

– Warum, hm?

Er zog Ian McEvoys Arm näher zum Nacken. Ian McEvoy musste sich nach vorne beugen. Er antwortete nicht, wahrscheinlich fiel ihm nichts ein, nichts, wofür Kevin ihn loslassen würde.

– Lass ihn in Ruhe, sagte Liam.

Er sagte es so, als würde er in der Schule eine Antwort geben, obwohl sie falsch war. Aber er gab sie trotzdem. Er stand da. Er hatte es gesagt. Ich hoffte, dass Kevin ihn fertigmachen würde, weil er das gesagt hatte und ich nicht, und wenn Kevin ihn fertigmachte, hätte ich recht. Kevin zog Ian McEvoys Arm noch ein bisschen stärker nach oben, bis er sich weiter nach vorn beugte – Ian McEvoy schrie auf –, dann ließ Kevin ihn los. Ian McEvoy richtete sich auf und tat so, als hätten sie nur herumgealbert. Ich wartete. Liam ebenfalls. Nichts passierte. Kevin machte nichts. Aidan entschärfte das Ganze.

– Werden sie gezwungen?

– Nein, sagte ich.

– Warum dann?

– Sie machen das nur, wenn sie es wirklich müssen, sagte ich. – Oder wenn sie wollen, ergänzte ich vorsichtshalber.

– Wann müssen sie das?, fragte Sinbad.

Ich wollte ihm schon sagen, dass er die Klappe halten solle, und ihm vielleicht eine verpassen, aber mir war nicht danach. Ihm lief die Nase, obwohl es gar nicht so kalt war.

– Wenn sie den Krieg verlieren und solche Sachen eben, sagte ich.

– Wenn sie traurig sind, sagte Aidan.

Es klang wie eine Frage.

– Ja, sagte ich. – Manchmal.

– Sehr traurig, nur dann.

– Genau.

– Nicht, wenn sie bloß ihren Moralischen haben.

– Nein. So traurig, dass man nicht mit Weinen aufhören kann. Wenn deine Ma stirbt oder so. Oder dein Hund.

Ich dachte zu spät daran: Aidan und Liams Ma war gestorben. Aber sie reagierten nicht, sahen sich nicht an oder so. Liam nickte bloß, er wusste, was ich gemeint hatte.

Es gab noch zwei andere Familien mit toten Müttern oder Vätern. Die Sullivans hatten eine tote Ma, und die Rickards hatten einen toten Da. Mister Rickard war bei einem Autounfall gestorben. Missis Sullivan war einfach so gestorben. Die Rickards waren nach Mister Rickards Tod fortgezogen, aber wieder zurückgekommen. Sie waren nicht sehr lang weg gewesen, bloß ein knappes Jahr. Die drei Jungen gingen nicht auf unsere Schule. Ein Mädchen gab es auch noch, Mary. Sie war älter.

– Ein bisschen ungestüm, sagte meine Mutter.

Sie war nach London gegangen, abgehauen. Dort wurde sie gefunden. Sie war ein Hippie, der einzig echte in Barrytown. Die Polizei in England hatte sie gefunden. Sie hatten sie gezwungen, nach Hause zu gehen.

– Sie nehmen ein Messer und stechen es sich in den Bauch, erklärte ich ihnen.

Das war unmöglich, das verrieten mir ihre Gesichter. Ich fand das auch. Man konnte sich kein Messer in den eigenen Bauch stecken. Ich konnte mir problemlos vorstellen, eine Ladung Tabletten zu schlucken. Das wäre einfach. Ich würde sie mit irgendeinem Getränk herunterspülen, am einfachsten vielleicht mit Coca-Cola oder Milch. Eher Coca-Cola. Selbst von einer Brücke vor einen Zug zu springen, war gut vorstellbar. Das bekäme ich hin. Ich würde springen und nicht auf dem Zug landen. Ich war schon von hohen Sachen heruntergesprungen. Man konnte sich nicht mit Absicht ersticken. Wenn man auf der tiefen Seite ins Schwimmbecken sprang und niemand da war, um einen zu retten, würde man ertrinken, wenn man nicht schwimmen konnte oder kein guter Schwimmer war. Oder wenn man gerade zu Abend gegessen hatte und Krämpfe bekam. Ein Messer in mich zu stechen, konnte ich mir nicht vorstellen. Das wollte ich nicht einmal ansatzweise versuchen.

– Kein Brotmesser, sagte ich. – Oder was in der Richtung.

– Ein Fleischermesser.

– Genau.

Ich konnte mir gut vorstellen, wie man sich aus Versehen mit einem Messer erstach. Wir hatten einmal zugeschaut, wie der Metzger mit seinem hantierte. Er hatte es uns erlaubt. Wir durften zu ihm um die Ecke kommen. Missis O'Keefe, James O'Keefes Ma, stand an der

Durchreiche, wo sie das Geld entgegennahm und das Wechselgeld herausgab, und sie brüllte uns an, weil wir Sägemehl klauten. Wir brauchten es für Ian McEvoys Meerschweinchen. Dort gab es Unmengen an Sägemehl. Es war früh am Morgen, also war es sauber und frisch. Wir schaufelten es händeweise in unsere Taschen. Das war nicht wirklich geklaut. Sägemehl kostete fast nichts. Und es war fürs Meerschweinchen. Sie brüllte uns an, irgendetwas Unverständliches. Dann rief sie einen Namen.

– Cyril.

So hieß der Metzger. Wir liefen nicht weg. Es war nur Sägemehl. Wir dachten nicht, dass sie ihn unseretwegen rief. Er kam von hinten aus dem großen Kühlhaus.

– Was gibt's?

Sie zeigte auf uns. Zum Wegrennen war es zu spät.

– Die, sagte sie.

Er sah das Sägemehl in unseren Händen. Er war riesig. Er war der größte und dickste Mann in Barrytown. Er wohnte nicht in Barrytown, so wie die anderen Leute, die in Zimmern über ihren Läden wohnten. Er kam auf einer Honda 50 zur Arbeit. Er verzog das Gesicht, als würde er sich über Missis O'Keefe ärgern. Sie verschwendete seine Zeit, er war gerade beschäftigt.

– Kommt her, Jungs, ich will euch was zeigen.

Das waren ich, Kevin und Ian McEvoy und Sinbad. Liam und Aidan waren wieder bei ihrer Tante in Raheny. Wir gingen zu ihm rüber.

– Wartet hier.

Er ging ins Kühlhaus und kam mit einem Tierbein heraus. Es lag über seiner Schulter. Er trug einen weißen Kittel. Ich glaube, es war eine Kuh, also das Bein.

– Hier herüber.

Wir folgten ihm hinter die Theke zu einem Holzblock. Er war sauber. Ich sah die Scheuerspuren der Bürste. Ich hatte ihn schon einmal

227

mit der Bürste gesehen. Sie hatte die gleiche Form wie eine Bürste, aber die Borsten waren aus Metall. Er hob mit einer kleinen Bewegung seines Handgelenks das Bein von seinem Rücken. Es klatschte aufs Holz. Wir durften es anfassen.

– So, Jungs.

Sein Messer steckte in einer Scheide und hing an einem Haken überm Tisch. Er zog es heraus. Es swischte. Wir durften es gründlich anschauen.

– Das kostet ein paar Hundert Pfund, Jungs, sagte er. – Nicht anfassen.

Das hatten wir nicht vor.

– Und jetzt schaut mal, sagte er.

Er strich mit dem Messer über die Tierhaut – nur ganz zart –, und ein Stück ging ab, ein Kotelett. Es sah kinderleicht aus, er legte die Klinge aufs Bein, mehr nicht. Kein Geräusch, kein Druck. Aber er schwitzte. Den Knochen trennte er mit einem Beil. Er hackte damit in den Knochen, einmal, zweimal, und das Stück Fleisch landete mitten auf dem Block.

– Also, sagte er. – Mehr muss man nicht machen. Und das werde ich das nächste Mal mit euch Rotznasen machen, wenn ich euch noch mal beim Sägemehlklauen erwische.

Er sah noch immer nett und freundlich aus.

– Streut es auf dem Weg nach draußen auf den Boden. Tschüss, Jungs.

Er ging zurück ins Kühlhaus. Ich vergewisserte mich, dass mein ganzes Sägemehl gleichmäßig auf dem Boden verteilt war. Nachdem Sinbad sein Sägemehl aus den Taschen hingeworfen hatte, rannte er weg.

– Er hat sich in die Hose gekackt, erzählte ich allen. – Sein ganzes Bein voll.

– SEIN GANZES BEIN IST VOLL –

KACK KACK – LA LA –

– Bis runter zu den Schuhen, sagte ich.

– SEIN GANZES BEIN IST VOLL –

KACK KACK – LA LA –

Ian McEvoys Meerschweinchen starb in einer kalten Nacht. Er ging vor der Schule nach draußen, um nach ihm zu sehen, und es lag von Frost überzogen in der Ecke der Kiste. Er gab seiner Ma die Schuld, weil sie ihm nicht erlaubt hatte, es mit ins Bett zu nehmen.

– Sie sagt, ich hätte es erdrückt, sagte er.

– Ich würde lieber erdrückt werden, als vor Kälte sterben, sagte Liam.

– Gestern Nacht war es unter null, sagte ich ihnen.

Die Lebenserwartung eines Meerschweinchen lag bei sieben Jahren, wenn man jeden Tag das Wasser wechselte und ihm im Winter jeden Abend einen heißen Kleiebrei gab. Ian McEvoy hatte seins nur drei Tage lang gehabt. Er hatte ihm noch nicht einmal einen Namen gegeben. Er fragte seine Mutter, aber die wollte ihm nicht sagen, was heißer Kleiebrei war, sie sagte, sie wüsste das nicht.

– Gras reicht ihm, hatte sie laut Ian McEvoy gesagt.

Sein Da war auch keine große Hilfe.

– Kauf ihm einen Anorak, sagte er.

Er hielt sich für lustig.

Wir nahmen die Puppe seiner Schwester und eine Nadel. Das brachten wir runter zum Feld, wir schmuggelten es dorthin. Die Puppe sah nicht besonders nach Missis McEvoy aus.

– Egal, sagte Kevin – Hauptsache wir denken an sie, wenn wir die Nadel reinstechen.

Für Mister McEvoy wollten wir Action Man nehmen, aber Edward Swanwick rückte seinen nicht raus, und er war der Einzige, der einen hatte.

– Egal, sagte Kevin. – Er wird am Boden zerstört sein, wenn Missis McEvoy stirbt, und das reicht.

229

– Er mag sie nicht besonders, sagte Ian McEvoy. – Glaube ich zumindest.

– Er wird sie trotzdem vermissen, sagte Kevin.

Wir würden Edward auf alle Fälle vermöbeln, aber nicht ins Gesicht.

Kevin war wieder der Hohepriester, doch Ian McEvoy durfte die Nadel zuerst einstechen, weil es seine Ma und die Puppe seiner Schwester waren.

– Missis McEvoy!

Kevin hielt die Hände nach oben.

– Missis McEvoy!

Wir hielten jeder einen Arm und ein Bein fest, als wollte die Puppe fliehen.

– Du musst sterben!

Ian McEvoy stach die Nadeln durch das Kleid in ihren Bauch. Ich fragte mich, ob gerade irgendwo ein Mädchen mit weißblonden Haaren und großen Augen vor Schmerzen schrie.

– Du musst sterben!

Ich stach sie in den Schädel. Kevin stach sie in die Möse. Liam stach sie in den Hintern, und Aidan stach sie in ein Auge. Die Stiche waren kaum zu sehen, sonst stellten wir nichts mit der Puppe an. Ian McEvoy ließ uns nicht. Er brachte sie nach Hause. Er ging nach drinnen, um nachzuschauen. Wir warteten draußen. Er kam raus.

– Sie kocht Abendessen.

– Verdammt!

– Eintopf.

Es war Mittwoch.

Wir waren nicht allzu enttäuscht, aber wir taten so. Wir quetschten das Meerschweinchen durch Kilmartins Briefschlitz, und Missis Kilmartin fand nie heraus, wer das getan hatte. Vorher wischten wir unsere Fingerabdrücke ab.

Sie hörte ihm viel besser zu als er ihr. Ihre Antworten waren viel länger als seine. Sie führte zwei Drittel des Gesprächs, mindestens. Sie war aber kein Großmaul, überhaupt nicht, sie war einfach nur interessierter als er, obwohl er die Zeitung las und die Nachrichten schaute und dann von uns verlangte, dass wir leise waren, selbst wenn wir überhaupt keinen Lärm machten. Ich wusste, dass sie besser reden konnte als er, das hatte ich schon immer gewusst. Manchmal war er freundlich und manchmal zu nichts zu gebrauchen, und manchmal wusste man, dass man besser nicht in seine Nähe kam, um ihn etwas zu fragen oder ihm etwas zu erzählen. Er mochte nicht abgelenkt werden, das Wort sagte er oft. Ich wusste, was *abgelenkt* bedeutete, aber ich verstand nicht, wie er abgelenkt werden konnte, wenn er überhaupt nichts machte. Das störte mich nicht, nur manchmal. Väter waren so, sämtliche Väter, die ich kannte, außer Mister O'Connell, und einen Vater wie ihn wollte ich nicht, außer vielleicht in den Ferien. Zerbrochene Kekse waren lecker, aber man brauchte auch Gemüse und Fleisch, selbst wenn einem nicht alles schmeckte. Sämtliche Väter saßen in einer Zimmerecke und wollten nicht gestört werden. Sie mussten sich ausruhen. Sie legten die Füße auf den Tisch. Mein Da kam freitags mit Essen nach Hause, in einem riesigen Stoffbeutel, den er auf seiner Schulter balancierte. Der Beutel wurde oben mit einer Kordel verschnürt. Es war die Art von Seil, die an den Händen wehtat. Wenn man das Seil zu fest hielt, piksten kleine Seilstücke in die Haut deiner Finger. Ma räumte die Tasche immer aus. Sie war voller Gemüse. Er kaufte die Sachen alle in der Moore Street. Mein Da zahlte auch unser ganzes restliches Essen, alles. Am Wochenende musste er Kraft tanken. Manchmal glaubte ich, dass das nicht der einzige Grund war, warum man besser Abstand hielt oder warum er in der Ecke saß und nicht rauskommen wollte. Manchmal war er einfach gemein.

Ich hatte eine Medaille gewonnen. Ich wurde Zweiter im 100-Meter-Lauf, bloß dass es gar keine hundert Meter waren, es waren nicht einmal fünfzig. Es war Samstag, Schulsportfest, das erste an unserer Schule. Beim Wettlauf traten zwanzig an, quer übers Feld. Henno kümmerte sich um den Start. Er hatte eine Pfeife. Eine Flagge hatte er auch, aber die benutzte er nicht. Das Feld war richtig uneben. Es war schwierig, geradeaus zu laufen, und an manchen Stellen stand das Gras hoch. Ich sah, wie Fluke Cassidy stürzte. Er war ein Stück vor mir gewesen, aber ich holte auf. Ich sah, wie sich sein Bein verbog. Ich rannte vorbei. Ich hörte, wie ihm die Luft entwich. Am Ziel riss ich meine Hände hoch, so wie Läufer das machten. Ich dachte, ich hätte gewonnen, es gab kein Band, und niemand war in der Nähe, als ich über die Ziellinie rannte. Aber gewonnen hatte Richard Shiels, am anderen Ende des Feldes. Ich wurde Zweiter von zwanzig – besser als achtzehn andere. Henno hatte etwas zu sagen.

– Gut gemacht, Mister Clarke. Wenn du bloß im Unterricht auch so schnell mit deinen Antworten wärst.

Ich war im Unterricht schnell, über manche Dinge wusste ich mehr als Henno. Henno war ein Bastard. Ein Bastard war jemand, dessen Eltern nicht verheiratet waren, oder ein illegitimes Kind. Henno war kein Kind mehr, aber er war trotzdem ein Bastard. Er überreichte mir nicht einfach die Medaille, er musste sie lächerlich machen. Illegitim stand nicht in meinem Wörterbuch, aber Legitim bedeutete in Übereinstimmung mit Gesetzen und Regeln, also bedeutete Illegitim das komplette Gegenteil davon. Irritabel bedeutete empfindlich.

– Sein Pimmel ist sehr irritabel.

– Irritabel!

– Irritabel irritabel irritabel!

Auf der Medaille war ein Läufer, kein Name und keine Schrift. Der Läufer trug ein weißes Leibchen und rote Shorts und keine Laufschuhe. Seine Haut hatte dieselbe Farbe wie die Medaille. Ich ging nach Hause, ich wollte nicht rennen. Ich ging zuerst zu meinem Vater.

– Raus, jetzt nicht.

Er schaute nicht hoch. Er las die Zeitung. Samstags redete er immer über Backbencher, das war ein bestimmter Teil in der Zeitung und hatte mit Politik zu tun. Er erzählte meiner Ma, was der Backbencher gesagt hatte, also hatte er vielleicht gerade Backbencher gelesen. Er klappte die Zeitung um, zog sie glatt. Er war nicht wütend oder so.

Ich kam mir dumm vor. Ich hätte zuerst zu meiner Ma gehen sollen, dann wäre das gerade nicht so schlimm gewesen. Ich ging zur Tür, meine Beine waren wie Gummi. Er saß im Gesellschaftszimmer. Ruhe und Frieden fand er hier, am einzigen Ort im Haus. Das Warten war nicht schlimm, zumindest nicht sehr, aber er hatte nicht einmal hochgeschaut. Ich würde leise die Tür schließen.

Er schaute.

– Patrick?

– Entschuldigung.

– Nein, komm rein.

Die Zeitung fiel nach vorn, klappte um, er ließ sie so.

Ich ließ den Türgriff los. Er müsste geölt werden. Ich ging wieder rein. Ich hatte Angst und freute mich, von beidem ein bisschen. Ich wollte aufs Klo, zumindest dachte ich das, es fühlte sich so an. Ich fragte ihn etwas.

– Liest du Backbencher?

Er lächelte.

– Was hast du da?

– Eine Medaille.

– Zeig mal, das hättest du mir sagen sollen. Du hast gewonnen.

– Zweiter.

– Fast erster.

– Schon.

– Guter Junge.

– Ich dachte, ich hätte gewonnen.

– Nächstes Mal. Zweiter ist aber auch gut. Gib mal her.

Er streckte seine Hand aus.

Ich wünschte, er hätte das beim ersten Mal gemacht. Es war ungerecht, wie er einen fast zum Weinen brachte, bevor er es sich anders überlegte und das machte, was man von ihm wollte. Das war nicht immer so, aber so häufig, dass er Teile des Zimmers für sich allein hatte und das Haus am Wochenende anders wurde. Ich konnte nie zu ihm rennen, musste immer erst nachschauen. Ich gab der Zeitung die Schuld. Zeitungen mit ihrem Der Dritte Weltkrieg bahnt sich *an* waren blöd, wenn die Israelis doch eigentlich nur die Araber verkloppten. Ich hasste das. Wenn jemand sagte, ich werde dir den Hals umdrehen, sollte derjenige das gefälligst auch machen.

– Ich werde dir wehtun.

Das wäre passender.

Zeitungen waren langweilig. Mein Da las meiner Ma manchmal vor, was der Backbencher gesagt hatte, und es war dumm. Ma hörte zu, aber nur weil Da es vorlas und er ihr Ehemann war.

– Sehr gut.

Das sagte sie normalerweise, aber es klang nie so, als würde sie es meinen, sie sagte es auf die gleiche Weise wie Geht schlafen.

– Das Wort ward Fleisch!

Zisch!

– Backbencher!

Sie waren groß und die Schrift winzig, und man brauchte den ganzen Tag, um sie zu lesen, besonders samstags und sonntags. Ich las etwas über ein Hochkreuz, das von Rowdys beschädigt worden war. Es stand auf der Titelseite der *Evening Press,* und ich brauchte acht Minuten. Es gab ein Bild von dem Hochkreuz, aber es war nicht mal beschädigt. Wenn ich zum Einkaufen ging und die Zeitung holte, wusste ich immer, ob es im Sommer ein richtig schöner Tag wurde, ein strahlender Sommertag, dann gab es auf der Titelseite ein Bild von jungen Frauen oder Kindern am Strand, normalerweise drei in einer Reihe, und vor den Kindern standen immer Eimer und Schaufel. Bei meinem Da war das so: Wenn er anfing, die Zeitung zu lesen, wollte er sie auch zu Ende lesen – er dachte, das gehörte sich so –, und er brauchte den ganzen Tag. Er wurde mürrisch und gefährlich, er geriet in Zeitnot. Die Schrift war so klein, dass er nicht abgelenkt werden durfte. Samstagnachmittag: Ma war nervös, wir hassten ihn und er hatte nichts weiter getan, außer Backbencher zu lesen.

Ich bringe dich um.

Das sagte James O'Keefes Ma immer zu James O'Keefe und seinen Brüdern und seiner Schwester. Dabei meinte sie nur: Macht, was ich euch sage. Ich zieh dir eins über. Ich zieh dir das Fell über die Ohren. Ich breche dir alle Knochen. Ich reiße dich in Stücke. Ich mach dich kaputt.

Die waren alle blöd.

Ich werde noch für dich baumeln. Den Spruch verstand ich nicht. Missis Kilmartin brüllte es Eric entgegen, ihrem verrückten Sohn. Er hatte alle Chipstüten aus sechs Kartons aufgemacht.

Meine Mutter erklärte es mir.

– Das bedeutet, dass sie ihn umbringen wird, und dann wird sie zum Tod durch den Strick verurteilt, aber sie meint das nicht ernst.

– Warum sagt sie nicht, was sie meint?

– So reden die Leute einfach.

Es war bestimmt toll, verrückt zu sein. Man konnte alles machen, was man wollte, und geriet nie richtig in Schwierigkeiten. Man konnte aber nicht so tun, als wäre man verrückt, man musste es die ganze Zeit sein. Außerdem gab es keine Hausaufgaben, und man durfte sein Abendessen so sehr schlabbern, wie man wollte.

Agnes, die Frau, die in Missis Kilmartins Laden arbeitete, weil Missis Kilmartin stattdessen hinter der Tür spionierte, schnitt jeden

Tag stundenlang Stücke aus den Titelseiten von Zeitungen. Das Stück mit dem Namen der Zeitung und dem Datum darunter, nur das.

– Warum?

– Um sie zurückzuschicken.

– Warum?, fragte ich.

– Weil sie nicht die ganze Zeitung wollen.

– Warum nicht?

– Sie wollen es einfach nicht. Sie brauchen sie nicht. Sie sind nicht mehr aktuell, unbrauchbar.

– Darf ich sie haben?

– Darfst du nicht.

Ich wollte sie nicht haben. Ich hatte nur gefragt, weil ich wusste, was sie antworten würde, ich wollte es testen.

– Missis Kilmartin wischt sich damit den Hintern ab, sagte ich.

Nicht laut.

Sinbad war da. Er starrte auf die Fenstertür: Missis Kilmartin war dahinter. Agnes antwortete leise.

– Raus mit dir, Bursche, oder ich erzähle es ihr.

Sie lebte im selben Haus wie ihre Ma, sie war überhaupt noch keine echte Frau. Sie wohnte in einem Cottage, das von den neuen Häusern eingekeilt wurde. Die Wiese in ihrem Garten sah immer makellos aus.

Wenn Da die Zeitung las, machte er ein anderes Gesicht. Es war nach vorne geschoben, und seine Augenbraue zog er nach oben. Manchmal hatte er seine Lippen geöffnet, aber seine Zähne geschlossen. Einmal hörte ich, wie er mit den Zähnen knirschte, und ich wusste nicht, was das war. Ich schaute mich im ganzen Zimmer um. Ich stand auf. Ich hatte neben ihm auf dem Boden gesessen und gewartet, dass er fertig wurde. Ich entdeckte nichts. Ich schaute zu meiner Ma. Sie las *Woman*. Sie las nicht wirklich, sie blätterte durch die Seiten und schaute immer noch darauf, wenn sie umblätterte und ihre Hand umdrehte, sie brauchte für jede Seite exakt gleich lang. Ich schaute zu meinem Da, um festzustellen, ob er dasselbe hörte wie ich, stabile Dinge drohten zu zerbrechen, und ich sah, wie sich sein Mund bewegte – ich beobachtete ihn: Er bewegte sich gleichzeitig mit dem Geräusch, er war das Geräusch. Ich wartete auf das Zuschnappen. Ich wollte ihn warnen. Ich hasste ihn dafür. Zeitungen waren Bastarde.

– Ich habe überlegt, ob ich zur Abwechslung mal Schwein mache.

Er sagte nichts, er schaute nicht hoch.

– Das könnte ganz schön sein.

Seine Augen klebten an der Seite. Sie wanderten nicht weiter. Er las nicht. Er zwang sie, es auszusprechen.

– Findest du nicht auch?

Die Zeitung riss. Er faltete sie. Er war hoch konzentriert. Er sprach, aber es hörte sich kaum wie Sprechen an, eher wie geseufzte Worte – nicht einmal wie ein Flüstern.

– Mach, was du willst.

Augen auf die Zeitung, Beine überschlagen und erstarrt, leblos.

– Was immer du willst.

Ich schaute nicht zu meiner Mutter, noch nicht.

– Das machst du ohnehin immer.

Ich schaute immer noch nicht.

Sie schwieg.

Ich lauschte.

Er war der Einzige, den ich atmen hörte. Er stieß die Luft aus, durch die Nase. Sauerstoff rein, Kohlendioxid raus. Pflanzen machen das andersherum. Jetzt hörte ich ihren. Ihren Atem.

– Darf ich fernsehen?, fragte ich.

Ich wollte ihn daran erinnern, dass ich da war. Ein Streit zog auf, und ich konnte ihn durch meine Anwesenheit verhindern.

– Fernsehschauen, sagte sie, verbesserte sie mich.

Es war alles in Ordnung. Das hätte sie nie gesagt, wenn es anders wäre. Ma hasste halbe Wörter und Wortstücke und Wörter, die es gar nicht gab. Bloß richtige ganze Wörter.

– Fernsehschauen, sagte ich.

Sie hatte nichts gegen Hab's oder Sag's und sonstige Abkürzungen in der Art. Die waren anders. – Es heißt Fernsehapparat sagte sie dann, ohne wirklich zu schimpfen. Es heißt Tempotaschentuch. Es heißt Klebestreifen.

Ihre Stimme klang normal.

– Fernsehschauen, sagte ich. – Darf ich?

– Was läuft?, fragte sie.

Ich wusste es nicht. Es war egal. Der Ton würde den Raum ausfüllen. Er sah auf.

– Irgendwas, sagte ich. – Eventuell, vielleicht ja eine Sendung über Politik. Irgendetwas Interessantes.

– Zum Beispiel?

– Fianna Fail gegen Fine Gael oder eine andere Partei, sagte ich.

Jetzt schaute Da zu mir.

– Was läuft?, fragte er.

– Vielleicht, sagte ich. – Ich bin mir nicht sicher.

– Eine Debatte?

– Nein, sagte ich. – Ein Gespräch.

Die einzigen Sendungen, bei denen er nicht so tat, als würde er nicht zuschauen, waren solche, in denen sich jemand unterhielt, und *Die Leute von der Shiloh Ranch*.

– Du willst den Fernseher anmachen?, fragte er.

– Ja.

– Warum sagst du das nicht einfach?

– Habe ich doch, sagte ich.

– Tu dir keinen Zwang an, sagte er.

Sein Bein bewegte sich, das über dem Boden, rauf und runter ging es. Manchmal setzte er Catherine oder Deirdre auf seinen Fuß und wippte sie rauf und runter. Mit Sinbad hatte er das auch einmal gemacht – daran erinnerte ich mich –, also musste er das mit mir auch gemacht haben. Ich stand auf.

– Bist du mit den Hausaufgaben fertig?

– Ja.

– Mit allen?

– Ja.

– Und mit Lernen?

– Ja.

– Was hattest du auf?

– Zehn neue Wörter.

– Gleich zehn? Sag mir eins.

– Sediment. Soll ich es buchstabieren?

– Nicht nötig, aber ja.

– S-e-d-i-m-e-n-t.

– Sediment.

– M-e-t-h-u-s-a-l-e-m.

– Methusalem.

– Ja. Das ist der Großvater von Noah, und er ist neunhundertneunundsechzig Jahre alt geworden.

– Fast so alt wie deine Mutter.

Ich hatte es geschafft. Es war in Ordnung. Wieder normal. Er hatte einen Witz gerissen. Ma hatte gelacht. Ich hatte gelacht. Er hatte gelacht. Meins dauerte am längsten. Währenddessen dachte ich, ich müsste weinen, aber das tat ich nicht. Ich blinzelte wie verrückt, aber dann war es in Ordnung.

– Sediment hat drei Silben, erklärte ich ihnen.

– Sehr gut, sagte meine Ma.

– Se-di-ment.

239

– Wie viele hat Methusalem?

Ich war vorbereitet, ich hatte meine Hausaufgaben gemacht.

– Me-thu-sa-lem. Vier.

– Gu-ter Jun-ge. Wie viele hat Bett?

Kurz bevor ich antworten wollte, kapierte ich den Witz, ich hatte schon Luft geholt. Ich stand schnell auf.

– Okay.

Ich wollte gehen, solange es schön war. Ich hatte es geschafft.

*

In der Schule fehlten zwei Lehrer, sie waren krank, daher musste Henno noch auf eine andere Klasse aufpassen. Er ließ uns mit einem Haufen Rechenaufgaben an der Tafel allein. Die Tür stand offen. Es gab kein großes Durcheinander oder Lärm. Ich mochte lange Divisionen. Ich benutzte mein Lineal, damit meine Striche auch bestimmt vollkommen gerade waren. Ich überlegte mir gern, ob ich die richtige Lösung hatte, bevor ich das Ende der Seite erreichte. Es gab einen Aufschrei und Gelächter. Kevin hatte sich rübergelehnt und eine Wellenlinie auf Fergus Shevlins Heft gemalt, allerdings hatte er das andere Ende seines Füllers benutzt, sodass nichts zu sehen war, aber Fergus Shevlin hatte sich trotzdem erschrocken. Ich hatte es nicht mitbekommen. Diese Woche saß ich am Anfang der zweiten Reihe und Kevin in der Mitte der dritten.

Man wusste immer, wenn Henno zurückkam. Im Raum wurde dann für ein paar Sekunden alles still. Er war im Zimmer, das wusste ich. Ich schaute nicht hoch. Ich war fast fertig mit der Rechenaufgabe.

Er stand neben mir.

Er schob mir ein Heft vor die Nase. Es war aufgeschlagen. Mir gehörte es nicht. Über der Tinte liefen auf der ganzen Seite nasse

Streifen. Die machten die blaue Tinte heller. Quer über der Seite gab es hellblaue Balken, wo jemand versucht hatte, die Tränen wegzuwischen.

Ich rechnete mit einem Schlag.

Ich schaute auf.

Henno hatte Sinbad dabei. Das waren Sinbads Tränen, das verrieten mir sein Gesicht und sein abgehackter Atem.

– Sieh dir das an, sagte Henno zu mir.

Er meinte das Heft. Ich tat, was er wollte.

– Ist das nicht erbärmlich?

Ich antwortete nicht.

Außer den Tränen war alles richtig. Sie hatten die Schrift verdorben. Sinbads Handschrift war ganz in Ordnung. Sie war groß, und die Linien der Buchstaben wellten sich ein bisschen wie ein Fluss, weil er sehr langsam schrieb. Ein paar der Bögen liefen nicht genau auf den Linien im Heft. Es waren bloß die Tränen.

Ich wartete.

– Du hast verdammtes Glück, dass du nicht in diese Klasse gehst, Mister Clarke Junior, sagte Henno zu Sinbad. – Frag deinen Bruder.

Ich wusste immer noch nicht, was los war, warum ich mir sein Heft anschauen sollte, warum mein Bruder hier stand. Jetzt weinte er nicht mehr, sein Gesicht sah normal aus.

Ein neues Gefühl: Hier passierte gerade etwas richtig Gemeines, etwas Unsinniges. Er hatte bloß geweint. Henno kannte ihn nicht, er hackte einfach nur auf ihm herum.

Er sprach zu mir.

– Du packst das Heft jetzt in deinen Ranzen, und sobald ihr nach Hause kommt, zeigst du es deiner Mutter. Sie soll sehen, was für ein Kaliber sie zu Hause hat. Verstanden?

Ich würde das nicht machen, aber ich musste so tun.

– Ja, Sir.

Ich wollte Sinbad anschauen, damit der Bescheid wusste. Ich wollte mich umdrehen und alle anschauen.

– In deinen Ranzen damit, sofort.

Ich schloss behutsam das Heft. Die Seiten waren immer noch ein bisschen feucht.

– Geh mir aus den Augen, sagte Henno zu Sinbad.

Sinbad ging. Henno rief ihn zurück, damit er die Tür hinter sich zumachte, er wollte wissen, ob wir zu Hause keine Türen hatten. Dann ging Henno rüber und öffnete die Tür wieder, um zu horchen, ob es in den anderen Klassen laut wurde.

Ich gab Sinbad das Heft.

– Ich zeige Ma das Heft nicht, sagte ich ihm.

Er erwiderte nichts.

– Ich erzähle ihr nicht, was passiert ist, sagte ich.

Ich wollte, dass er das wusste.

Eines Morgens stand sie nicht auf. Da wollte zu Missis McEvoy gehen, damit sie die Kleinen für den Tag übernahm. Ich und Sinbad mussten trotzdem in die Schule.

– Macht euch euer Frühstück selbst, sagte er.

Er schloss die Hintertür auf.

– Habt ihr euch schon gewaschen?

Er war weg, bevor ich ihm sagen konnte, dass ich mich immer schon vor dem Frühstück wusch. Ich machte mir immer selbst die Cornflakes, nahm die Schüssel, schüttete die Flakes hinein – nie daneben – und die Milch dazu. Dann den Zucker. Normalerweise tippte ich mit dem Fingernagel unter den Löffel, damit sich der Zucker gleichmäßig verteilte. Aber an diesem Morgen wusste ich nicht, was ich tun sollte. Ich war ganz durcheinander. Es gab keine Schüssel. Ich wusste, wo Ma sie hinstellte. Manchmal räumte ich sie weg. Es gab keine Milch. Wahrscheinlich stand sie immer noch auf der Ein-

gangstreppe. Es gab nur Zucker. Ich holte ihn. Ich wollte nicht nachdenken. Ich wollte nicht über meine Ma im Schlafzimmer nachdenken. Über ihre Krankheit. Ich wollte sie nicht sehen. Ich hatte Angst.

Sinbad lief mir nach.

Wenn sie nicht krank war und einfach nur oben im Bett lag, musste ich wissen, warum sie nicht aufgestanden war. Ich wollte es nicht
wissen. Ich konnte da nicht hoch. Ich wollte es nicht wissen. Wenn
wir nachher aus der Schule kämen, wäre alles wieder normal.

Ich nahm einen Löffel mit Zucker. Ich ließ ihn nicht lange genug
im Mund, damit er schmeckte. Ich hatte keinen Hunger. Ich würde
mir gar nicht erst die Mühe machen zu frühstücken. Ich würde Toast
machen. Ich stellte gern das Gas an.

– Was ist mit Mam los?

Ich wollte es nicht wissen.

– Halt die Klappe.

– Was ist los mit ihr?

– Halt die Klappe.

– Ist ihr schlecht?

– Ihr ist schlecht von dir, und jetzt halt die Klappe.

– Ist sie krank?

Ich mochte, wie das Gas zischte und am Anfang auch kurz den Ge-
ruch. Ich packte Sinbad. Ich drückte sein Gesicht ans Gas. Er schob
mich zurück. Er ließ sich nicht mehr so einfach festhalten wie früher.
Seine Arme waren stark. Besiegen konnte er mich allerdings nicht.
Das würde er nie hinbekommen. Ich würde immer größer als er sein.
Er befreite sich.

– Das sage ich.

– Wem?

– Da.

– Was willst du ihm sagen?, fragte ich und bewegte mich auf ihn zu.

– Du hast am Gas herumgespielt, sagte er.

243

– Ja und?

– Das dürfen wir nicht.

Er rannte in den Flur.

– Du weckst Ma noch auf, sagte ich. – Dann wird sie nie wieder gesund, und du bist schuld.

Er würde nichts verpetzen.

– Wahrscheinlich seid ihr beide schuld.

Das sagte Da fast immer.

Ich machte die Hintertür auf, damit der Gasgeruch verschwand.

Wenn Ma nicht wirklich krank war, wenn sie sich wieder gestritten hatten ... Ich hatte nichts gehört. Bevor ich ins Bett gegangen war, hatten sie gelacht. Sie hatten sich unterhalten.

Ich schloss die Tür.

Da kam zurück. Ich hörte seine Schritte. Er öffnete die Tür und nahm beide Stufen auf einmal. Die Tür ließ er offen.

– Draußen ist es schön, sagte er. – Habt ihr gefrühstückt?

– Ja, sagte ich.

– Francis auch?

– Ja.

– Prima Jungs. Gut gemacht. Missis McEvoy wird auf Cathy und Deirdre aufpassen. Das ist sehr freundlich.

Ich beobachtete sein Gesicht. Es war weder angespannt noch weiß, an seinem Hals pochte keine Ader. Er sah ruhig und gelassen aus: Es war nichts Schlimmes passiert. Ma war krank.

– Das gibt eurer Mammy die Möglichkeit, sich zu erholen, sagte er.

Jetzt wollte ich sie sehen, es war in Ordnung. Sie war bloß krank.

– Zeit zum Frühstück bleibt mir wohl eher nicht, sagte er, aber er schien sich irgendwie darüber zu freuen. – Keine Ruhe für die Gottlosen.

– Darf ich zu ihr hoch?, fragte ich.

– Sie wird schlafen.

– Ich will nur schauen.

– Lieber nicht, sonst weckst du sie noch. Lieber nicht. In Ordnung?

– Ja.

Er wollte mich nicht dort oben haben. Irgendetwas war los.

– Was ist mit dem Mittagessen?, fragte er. – Ihr werdet in der Schule bleiben müssen.

– Sandwiches, sagte ich.

– Schaffst du das? Dann mache ich die Mädchen fertig.

– Ja.

– Prima, sagte er. – Für Francis auch, ja?

– Okay.

Die Butter war hart. Ich wusste, wie meine Ma das machte, sie schabte oben mit dem Messer entlang. Ich bekam das allerdings nicht hin. Ich verteilte eine Portion Butter in alle Ecken des Brotes. Im Kühlschrank fand ich nichts, was ich auf die Sandwiches legen konnte, außer Käse, und den hasste ich. Also machte ich bloß Brotsandwiches. Das von Sinbad schmierte ich auch, falls Da nachschaute. Meiner Ma fehlte nichts. Wenn er beim Runterkommen lächelte, würde ich ihn fragen, ob wir uns Chips für die Sandwiches holen durften.

Er lächelte.

– Dürfen wir uns Chips für die Sandwiches holen?

– Gute Idee, sagte er.

Er wusste, dass ich nach Geld fragte, um sie zu kaufen. Er hatte die Mädchen auf den Armen, sie lachten. Chipssandwiches. In der Pause müsste ich mich aus der Schule schleichen, weil wir den Hof nur verlassen durften, wenn wir etwas für die Lehrer erledigten. Mit ihr war definitiv alles in Ordnung. Außer dass ihr ein bisschen schlecht war, das wusste ich jetzt definitiv. Sie hatte Bauchschmerzen oder Kopfschmerzen, mehr nicht, oder eine üble Erkältung. Da setzte Catherine ab, damit er das Geld aus der Tasche holen konnte. Nichts, was sie abhalten würde, unten zu sein, wenn wir nach Hause kamen.

– So.

Er hatte das Geld gefunden.

– So, bitte.

Zwei Schillinge.

– Für jeden einen, sagte er. – So teilst du das auf.

– Danke, Da.

Sinbad war zurückgekommen.

– Da hat jedem von uns einen Schilling gegeben, sagte ich ihm.

– Geht es Mam wieder besser, wenn wir nach Hause kommen?, fragte er.

– Wahrscheinlich, sagte Da. – Vielleicht nicht. Wahrscheinlich.

– Chipssandwiches, sagte ich Sinbad.

Ich zeigte ihm die zwei Schillinge. Ich nahm mein Taschentuch heraus, legte die zwei Schillinge hinein und stopfte das Taschentuch mit den zwei Schillingen tief in eine Ecke meiner Tasche.

Für den Nachhauseweg ließ ich mir Zeit, absichtlich. Ich verstaute meine Tasche zwischen der Hecke der O'Connells und der Mauer, und wir hielten nach dem Verrückten Kauz Ausschau. Der Verrückte Kauz lebte in den Feldern. Es gab kaum noch Felder, aber er war noch immer dort draußen. Ich hatte ihn einmal gesehen. In dem Moment, als ich schaute, sprang er in einen Graben. Er hatte einen großen schwarzen Mantel und eine Mütze. Er war ganz schmutzig, und sein Rücken war krumm. Er hatte keine Zähne, bloß zwei schwarze Stumpen, so wie Tootsie. Ich hatte seine Zähne nicht gesehen – er war zu weit weg – aber so waren sie eben. Ich habe nur seine Umrisse gesehen. Wir hatten ihn an dem Tag alle gesehen. Wir waren ihm nachgerannt, aber er entwischte. Wir wollten ihn fertigmachen, wegen der ganzen Sachen, die er anstellte. Er aß Vögel und Ratten und alles Brauchbare, was er im Abfall fand. Mein Da stellte unsere Mülltonne immer mittwochabends raus, weil die Müllmänner donnerstagmorgens bei uns vorbeikamen und er dann zu sehr in Eile war. Eines Donnerstags war der Deckel von unserer Mülltonne ab und das Zeug über den ganzen Weg verstreut: Mülltüten und Knochen und Dosen und all die Sachen, die in der oberen Hälfte der Mülltonne gelegen hatten, der Abfall von montags, dienstags und mittwochs. Ich ging rein und gab meiner Ma Bescheid.

– Katzen, sagte sie. – Verscheuch sie.

Ich ging wieder raus, ich lief zur Schule. Ich schaute. Bei einer Scheibe Brot fehlte ein Stück. Es war rund und hatte die Form eines Absatzes. Ich trat das Brot weg, die Absatzform klebte am Boden. Der Verrückte Kauz.

Niemand fühlte sich für ihn verantwortlich. Einmal musste ein Mädchen aus Baldoyle ins Krankenhaus gebracht werden, weil der Verrückte Kauz hinter einem Pfosten hervorsprang und ihr seinen Pimmel zeigte und sie dann zu Hause ohnmächtig wurde. Die Polizei hatte ihn nie gefunden. Er wusste, wenn man allein unterwegs war.

– Während des Kriegs war er in der Armee, sagte Aidan. Aidan, Liam und ich waren bloß zu dritt. Kevin musste irgendwo mit seiner Ma und seinem Da hin, seine Oma war krank, und er musste seine guten Sachen anziehen. Er hatte einen Zettel, damit sie ihn früher aus der Schule ließen. Ich war froh, dass Kevin nicht dabei war, aber ich sagte nichts.

– Woher weißt du das?, fragte ich.

Ich fragte es nicht auf dieselbe Weise, wie ich es gemacht hätte, wenn Kevin dabei gewesen wäre.

– Er wurde in den Kopf geschossen, und sie haben die Kugel nicht ordentlich rausbekommen, deshalb ist er verrückt.

– Wir sollten ihn trotzdem fertigmachen.

– Genau.

– Ich glaube, dass Kevins Oma stirbt, sagte Liam. – Wir mussten unsere guten Sachen anziehen, als Ma gestorben ist. Weißt du noch?

– Nein, sagte Aidan. – Doch. Danach gab es eine Feier.

– Eine Feier?

– Ja, sagte Aidan.

– Ja, sagte auch Liam. – So eine Art Feier. Sandwiches und für die Erwachsenen Getränke.

– Für uns auch.

– Ein paar haben gesungen.

Ich wollte nach Hause.

– Ich glaube nicht, dass wir ihn finden, sagte ich. – Es ist zu hell.

Das sahen sie auch so. Kein Feigling oder Waschlappen oder irgendwas in der Richtung. Ich nahm meinen Ranzen und bremste mich, zwang mich, normal zu gehen. Ich rupfte ein Blatt von Hanleys Baum ab, faltete es und beobachtete, wie die Knicke dunkler wurden und wo das Blatt brach. Ich stand vorm Gartentor.

Sie hatte immer noch ihren Bademantel an. Das war alles.

– Hallo, sagte sie.

– Hi, sagte ich.

Sinbad war bereits zu Hause und hatte die Schuhe ausgezogen. Ich konnte nichts an ihr entdecken.

– Bist du immer noch krank?

– Nicht wirklich, sagte sie. – Mir geht es gut.

– Soll ich für dich einkaufen gehen?

– Das ist nicht nötig, sagte sie. – Francis hat mir gerade sein neues Lied vorgesungen.

– Wir hatten zum Mittagessen Chipssandwiches, erzählte ich ihr.

– Das glaube ich gern, sagte sie. – Singst du es mir noch zu Ende, Schatz?

– TALLY-HO HOUNDS AWAY –

Sinbad schaute zur Seite auf den Linoleumboden.

– TALLY-HO HOUNDS AWAY –
TALLY-HO HOUNDS AWAY
ME BOYS AWAY – –
Ma klatschte.

Am nächsten Tag trug sie auch noch ihren Bademantel, aber bloß, weil sie sich noch nicht angezogen hatte. Es ging ihr besser. Sie sah erholt aus. Sie bewegte sich schneller.

Ich blieb die ganze Nacht wach, solange ich konnte, fast die ganze Nacht. Da war nichts. Ich wachte früh auf – fast schon hell. Ich stand auf. Geräuschlos stellte ich meine Füße auf den Boden. Ich schaffte es bis zu ihrer Tür, über das Knarren kurz davor. Ich lauschte. Nichts. Sie schliefen. Ich hörte meinen Da. Etwas leiser meine Ma. Ich ging zurück. Im Bett war es schön, wenn man nach einer Weile wieder hineinschlüpfte und es immer noch warm war. Ich zog die Beine an. Es machte mir nichts aus, wach zu sein. Ich war der Einzige. Ich schaute zu Sinbad rüber. Sein Kopf lag da, wo seine Beine sein sollten. Seine Füße waren irgendwo. Ich konnte seinen Hinterkopf sehen. Ich schaute. Ich sah, wie er atmete. Draußen waren Vögel, viele Vögel, drei verschiedene Arten. Ich ahnte: Sie wollten an die Milch. Bei der Treppe lag früher ein Stück Dachschiefer, damit der Milchmann es auf die Flaschen legen konnte, um die Vögel abzuhalten, aber das war verschwunden. Danach wurde der Dachschiefer von einem Plätzchendosendeckel und einem großen Stein zum Beschweren ersetzt, aber die Sachen waren auch verschwunden, zumindest der Deckel, nach dem Stein hatte ich nicht gesucht. Ich verstand nicht, warum alle die Vögel vom Milchtrinken abhalten wollten. Sie tranken doch nur den oberen Teil, im Grunde nichts. Ich hörte, wie in ihrem Schlafzimmer der Wecker klingelte. Ich konnte die Uhr auf dem Holz vom Nachttisch auf der Seite meines Das hören. Ich hörte, wie der Wecker ausgestellt wurde. Ich wartete. Ich hörte sie zur Tür kommen. Ich hatte sie ordentlich hinter mir zugezogen. Ich tat so, als ob ich schliefe.

– Guten Morgen, Jungs.

Ich tat noch immer so. Ich musste nicht schauen, ihre Stimme verriet es mir. Es ging ihr besser.

– Aufwachen!

Sinbad lachte. Sie kitzelte ihn. Jammern tat er auch, lustig und sauer. Gleich war ich an der Reihe.

Das bedeutete nicht, dass alles in Ordnung war, dass nichts passiert war. Das bedeutete nur, dass es ihr besser ging, auch wenn etwas zwischen ihnen vorgefallen war, auch wenn sie sich gestritten hatten. Abgesehen von den beiden Tagen, nachdem sie mit Deirdre aus dem Krankenhaus nach Hause kam, war es das erste Mal, dass sie nicht aufgestanden war. Sie lag im Bett, als wir von unserer Tante heimkamen, dort waren wir auch gewesen, als sie ins Krankenhaus musste. Bei unserer Tante Nuala. Sie war Mas große Schwester. Mir gefiel es dort nicht. Ich wusste, was los war, aber Sinbad nicht, nicht wirklich.

– Meine Mam ist im Tantenhaus.

Jetzt redete er nicht mehr so. Er konnte es besser.

Sie lag im Bett, als wir nach Hause kamen. Wir fuhren mit dem Bus, mit zwei Bussen, und unserem Onkel.

Ich passte auf. Ich lauschte.

– Sie hatten eine Feier, erzählte ich Kevin. – Nach der Beerdigung. Im Haus. Mit Singen und allem.

Ich ging für Henno einkaufen, um ihm fürs Mittagessen zwei Stücke Kuchen zu besorgen.

– Wenn sie keinen Kuchen mehr hat, eine Packung Mikado.

Er sagte, dass ich mir vom Wechselgeld einen halben Penny nehmen durfte, weil ich für ihn einkaufte, also holte ich mir einen Wunderball. Ich zeigte ihn Kevin unterm Tisch. Ich wünschte, ich hätte etwas anderes gekauft, etwas, das ich mit Kevin teilen könnte.

Als Henno sagte, wir sollten schlafen, forderte Kevin mich heraus, den Wunderball zu essen, ohne erwischt zu werden. Wenn ich ihn aus dem Mund nahm, weil Henno irgendetwas hörte oder zu uns kam, um die Hefte zu kontrollieren, oder wenn ich kniff, musste ich Kevin den Rest geben. Er brauchte dann nur noch kaltes Wasser darüberlaufen lassen.

Kurz nachdem ich mir den Wunderball in den Mund gesteckt hatte, ging Henno nach draußen, um mit James O'Keefes Ma zu reden. Missis O'Keefe schimpfte. Henno warnte uns und schloss die Tür. Wir konnten sie trotzdem hören. James O'Keefe war nicht in der Schule. Ich lutschte wie verrückt. Sie sagte, dass Henno immer auf James O'Keefe herumhackte. Ich rollte den Wunderball in meinem Mund herum, rieb ihn an meinen Wangen entlang, aber hauptsächlich an meinem Gaumen und an meiner Zunge. Er wurde glatter. Ich durfte ihn nicht aus dem Mund nehmen. Ich ließ Ian McEvoy nachschauen und öffnete den Mund, der Wunderball war weiß. Ich hatte die äußere Schicht abgelutscht. Er war genauso intelligent wie die anderen Jungen, erklärte sie Henno. Sie kannte ein paar von denen, und die waren auch keine Leuchten. Henno öffnete die Tür und warnte uns noch einmal. Beruhigen Sie sich, Missis O'Keefe, hörten wir ihn sagen. Dann war er verschwunden. Von draußen drangen keine Stimmen mehr zu uns. Er war mit Missis O'Keefe irgendwohin gegangen. Wir lachten, weil alle zuschauten, wie ich versuchte, den Wunderball aufzuessen. Sie sagten ständig Er kommt und taten so, als käme er wirklich, aber ich fiel nicht darauf rein. Er war Ewigkeiten weg. Wenn er die Tür aufmachte, wäre der Wunderball klein genug, um ihn notfalls herunterzuschlucken. Ich hatte gewonnen. Ich schaute Henno direkt an und schluckte. Ich musste mich anstrengen, mein Hals tat mir noch ewig weh. Henno war den Rest des Tages richtig nett. Er brachte uns raus aufs Feld und zeigte uns, wie man den Ball auf dem Fuß hüpfen ließ. Meine Zunge war rosa.

Inzwischen stritten sie sich die ganze Zeit. Sie sagten nichts, aber sie stritten trotzdem. Durch die Art, wie er die Zeitung faltete und knickte, sagte er etwas. Durch die Art, wie sie aufstand, wenn eines der Mädchen oben weinte, wie sie seufzte und vornübergebeugt ging, damit er sah, wie müde sie sich fühlte. Der Streit war da. Vielleicht dachten sie, sie würden ihn verbergen.

Ich verstand das nicht. Sie war schön. Er war nett. Sie hatten vier Kinder. Ich war eins davon, der Älteste. Der Mann im Haus, wenn Da nicht hier war. Sie hielt sich länger an uns fest, zog uns an sich und schaute über uns auf den Boden oder zur Decke. Sie bemerkte nicht, dass ich versuchte, mich wegzudrücken, ich war zu alt für so was. Im Beisein von Sinbad. Ihren Geruch mochte ich immer noch. Aber sie kuschelte nicht mit uns, sie klammerte sich an uns.

Er wartete, bevor er antwortete. Grundsätzlich. Er tat so, als hätte er nichts gehört. Sie war immer diejenige, die eine Unterhaltung anfing. Er antwortete erst dann, wenn ich dachte, dass sie noch einmal nachfragen musste, dass sie ihre Stimme änderte, damit sie wütend klang. Das Warten war quälend.

– Paddy?

– Was?

– Hast du mich nicht gehört?

– Was gehört?

– Du hast mich gehört.

– Was gehört?

Sie machte nicht weiter. Wir hörten zu, sie hatte uns bemerkt. Er dachte, er hätte gewonnen, das dachte ich auch.

– Sinbad?

Er antwortete nicht. Aber er schlief auch nicht, das verriet mir sein Atem.

– Sinbad.

Ich konnte hören, wie er lauschte. Ich rührte mich nicht. Er sollte nicht glauben, dass ich ihn drankriegen wollte.

– Sinbad? – Francis.

– Was?

Ich hatte mir etwas überlegt.

– Magst du es nicht, wenn man dich Sinbad nennt?

– Nein.

– Okay.

Ich schwieg eine Weile. Ich hörte, wie er sich wälzte, näher zur Wand.

– Francis?

– Was?

– Hörst du sie?

Er antwortete nicht.

– Hörst du sie? Francis?

– Ja.

Das war alles. Ich wusste, dass er nichts mehr sagen würde. Wir lauschten auf das schneidende Gemurmel von unten. Wir, nicht bloß ich. Wir lauschten eine ganze Weile. Das Schweigen war am schlimmsten, darauf warten, dass es wieder losging oder lauter wurde. Eine Tür knallte, die Hintertür – das Glas wackelte.

– Francis?

– Was?

– Das geht jeden Abend so.

Er sagte nichts.

– So ist das jetzt jeden Abend, sagte ich.

Er atmete pfeifend aus. Das machte er oft, seit er seine Lippen verbrannt hatte.

– Sie unterhalten sich nur, sagte er.

– Tun sie nicht.

– Doch.

– Tun sie nicht, sie schreien sich an.

– Nein, machen sie nicht.

–Machen sie doch, sagte ich. – Leise.

Ich lauschte nach einem Beweis. Es gab keinen.

– Sie haben aufgehört, sagte er. – Und nicht gestritten.

Er klang glücklich und nervös.

– Morgen streiten sie wieder.

– Nein, tun sie nicht, sagte er. – Sie haben sich bloß über irgendetwas unterhalten.

Ich beobachtete ihn, als er seine Hose anzog. Er machte zuerst den Reißverschluss zu, bevor er sich den obersten Knopf vornahm, jedes Mal, und er brauchte ewig, aber sein Gesicht blieb immer gleich. Er schaute konzentriert auf seine Hände und machte ein Doppelkinn. Dabei vergaß er sein Hemd und sein Unterhemd, sodass er wieder von vorn anfangen musste. Ich wollte rübergehen und ihm helfen, aber das tat ich nicht. Eine Bewegung, und er würde sich ändern, er würde zurückweichen, sich zur Seite drehen und stöhnen.

– Den Knopf am besten zuerst, sagte ich ihm. – Den obersten. Mach den zuerst zu.

Ich sagte das ganz normal.

Er machte unbeeindruckt weiter. Das Radio unten klang angenehm, also die Stimmen.

– Francis, sagte ich.

Er sollte mich anschauen. Ich würde auf ihn aufpassen.

– Francis.

Er hielt die beiden Vorderteile seiner Hose.

– Warum nennst du mich Francis?, fragte er.

– Weil du Francis heißt.

Sein Gesicht blieb ausdruckslos.

– Das ist dein richtiger Name, sagte ich. – Du magst es nicht, wenn man dich Sinbad nennt.

Er hielt die beiden Vorderteile mit einer Hand und zog den Reißverschluss so wie immer mit der anderen hoch. Das ärgerte mich. Das war einfach dämlich.

– Oder etwa doch?, fragte ich.

Meine Stimme war immer noch ganz normal.

– Lass mich in Ruhe, sagte er.

– Warum?, sagte ich.

Er sagte nichts.

Ich versuchte es anders.

– Willst du, dass ich dich Francis nenne?

– Lass mich in Ruhe, sagte er.

Ich gab auf.

– Sinnnn-baad!

– Das sage ich Ma!

– Das ist ihr egal, sagte ich.

Er schwieg.

– Das ist ihr egal, wiederholte ich.

Ich wartete, dass er fragte, warum. Ich würde ihn drankriegen. Er fragte nicht. Er sagte nichts. Er drehte sich zur Seite und machte die Hose zu.

Ich schlug ihn nicht.

– Es ist ihr egal, sagte ich, als ich die Zimmertür öffnete.

Ich versuchte es noch einmal.

– Francis.

Er wollte mich nicht anschauen. Er versteckte sich beim Überziehen in seinem Pullover.

– Kniestoß, sagte ich und gab ihm einen Pferdekuss.

Er brach zusammen, bevor er den Schmerz verstand, fiel um wie ein Kartoffelsack. Ich hatte das schon so oft gemacht und so oft gesehen, dass es nicht mehr lustig war. Es war eine Ausrede, man tat jemandem weh und behauptete, es sei nur Spaß. Ich kannte nicht einmal seinen Namen. Die Kleinen hatten keine Namen. Als er kapierte, dass nichts weiter passierte, erstarb sein Schrei.

Bei einer anderen Methode bohrte man jemandem seine Finger so fest wie ein Messer zwischen die Rippen, drehte sie und fragte: Langweile ich dich? Das war neu. Montags nach dem Wochenende in der Schule. Man konnte sich nicht entspannen. Vielleicht überraschte dich dein bester Freund – es war nur Spaß. Oder jemand kniff dich in die Brust und sagte: Pfeif mal. Ein paar versuchten zu pfeifen. Sinbad wurde gleichzeitig an der Brust gezogen und mit dem Knie gestoßen. Das bekam jeder ab, außer Charles Leavy.

Charles Leavy machte das bei niemandem. Das war komisch. Charles Leavy hätte uns, so wie Henno freitagmorgens, in der Reihe antanzen lassen und uns allen schön einen Kniestoß verpassen können. Vor Charles Leavy wollte man sich beweisen. Man wollte Schimpfwörter in den Mund nehmen. Man wollte, dass er einen auf die richtige Weise ansah.

*

Sie sagten lange Zeit nichts, aber das war nicht schlecht, sie schauten Fernsehen oder lasen, oder meine Ma strickte etwas Kompliziertes. Ich wurde nicht nervös, ihre Gesichter wirkten entspannt.

Meine Ma sagte etwas, während *Die Leute von der Shiloh Ranch*.

– Wo hat Virginian noch gleich mitgespielt?

Mein Da mochte *Die Leute von der Shiloh Ranch*. Er tat nicht so, als würde er nicht hinschauen.

– Ich glaube ..., ich bin mir nicht sicher, aber irgendwo schon.

Sinbad konnte Virginian nicht ordentlich aussprechen. Er wusste auch nicht, warum sie ihn Virginian nannten. Ich schon.

– Er kommt aus Virginia.

– Das stimmt, sagte mein Da. – Und wo kommen The Dubliners her, Sinbad?

– Dublin, sagte Sinbad

– Guter Junge.

Mein Da stieß mich an. Ich ihn auch, mit meinem Knie gegen sein Bein. Ich saß auf dem Boden neben seinem Sessel. Ma fragte ihn, ob er während der Werbung sein Abendessen haben wollte. Er sagte Nein, dann änderte er seine Meinung und rief Ja.

Während der Nachrichten redeten sie immer, sie redeten über die Nachrichten. Manchmal war es kein richtiges Gespräch, keine Unterhaltung, bloß Kommentare.

– Verdammter Idiot.

– Ja.

Ich konnte voraussagen, wann mein Da jemanden als verdammten Idioten bezeichnete, dann knarrte sein Sessel. Es war immer ein Mann, der einem Interviewer antwortete.

– Wer hat den denn gefragt?

Der Interviewer hatte ihn gefragt, aber ich wusste, was mein Da meinte. Manchmal sagte ich es vor ihm.

– Verdammter Idiot.

– Guter Junge.

Bei den Nachrichten machte es meiner Ma nichts aus, wenn ich verdammt sagte. Nachrichten waren langweilig, aber manchmal schaute ich sie mir genau an, und zwar alle. Ich dachte, dass die Amerikaner in Vietnam gegen Gorillas kämpften, so hatte sich das jedenfalls angehört. Aber ansonsten ergab das überhaupt gar keinen Sinn. Die Israelis kämpften immer gegen die Araber, und die Amerikaner kämpften gegen die Gorillas. Es war schön, dass die Gorillas ein eigenes Land hatten und nicht bloß einen Zoo, ein Land, für das die Amerikaner sie sogar töteten. Amerikaner wurden dabei auch getötet. Sie waren umzingelt und der Krieg war fast vorbei. Sie hatten Hubschrauber. Mekongdelta. Entmilitarisierte Zone. Tet-Offensive. Die Gorillas im Zoo sahen nicht so aus, als wären sie in einem Krieg harte Gegner. Sie sahen schön aus und alt, schlau, und sie hatten schmutziges Fell. Ihre Arme waren großartig, ich hätte gern solche Arme gehabt. Ich war noch nie auf dem Dach. Kevin schon, und sein Da hatte ihm den Hals umgedreht, als er von der Arbeit nach Hause kam und es herausfand, dabei war er bloß auf dem Küchendach gewesen, dem flachen Teil. Ich hielt zu den Gorillas, obwohl zwei meiner Onkel und Tanten in Amerika lebten. Ich hatte sie noch nie getroffen. Einmal hatten sie uns zehn Dollar geschickt, mir und Sinbad, an Weihnachten. Ich wusste nicht mehr, was ich mit meinen fünf Dollar angestellt habe.

– Ich sollte sieben kriegen, ich bin der Ältere.

Ich wusste auch nicht mehr, welcher Onkel und welche Tante es uns geschickt hatten: Brendan und Rita oder Sam und Boo. Außerdem hatte ich in Amerika noch sieben Cousins und Cousinen. Zwei hießen genauso wie ich. Das war mir aber egal. Ich hielt trotzdem zu den Gorillas. Bis ich fragte.

– Warum kämpfen die Yankees gegen die Gorillas?

– Was sagst du?

– Warum kämpfen die Yankees gegen die Gorillas?

– Hast du das gehört, Mary? Patrick will wissen, warum die Yanks gegen die Gorillas kämpfen.

Sie lachten nicht, aber sie fanden es lustig, das war mir klar. Am liebsten hätte ich geweint, ich hatte etwas preisgegeben. Ich war dumm. Ich hasste es, dabei erwischt zu werden. Ich hasste es. Genau darum ging es in der Schule, nicht erwischt zu werden und zuzusehen, wie stattdessen andere erwischt wurden. Aber jetzt war es in Ordnung, ich war nicht in der Schule. Er erklärte mir, was eine Guerilla war. Jetzt verstand ich es.

– Unmöglich zu besiegen, sagte er.

Ich hielt trotzdem zu ihnen, zu den Guerillas.

Sie schalteten zurück zu dem Mann im Fernsehstudio. Charles Mitchell.

– Seine Krawatte sitzt schief, guck mal.

Dann zu Richard Nixon.

– Das nenn ich mal eine Nase, sagte mein Da. – Guck.

– Er sieht besser aus als manch anderer.

Es dauerte nicht lang. Er schüttelte nur ein paar Leuten die Hand. Als Charles Mitchell wieder zurückkam, saß seine Krawatte gerade. Sie lachten. Ich auch. Viel mehr gab es nicht, zwei tote Kühe und ein Bauer, der über sie redete. Er war wütend. Ich hörte das Knarzen.

– Verdammter Idiot.

Hinter alldem versteckte sich nichts, keine Andeutungen, keine Spitzen, keine unfreundlichen Stimmen. Völlig normal.

– Schlafenszeit, Knirps.

Es machte mir nichts aus. Ich wollte hoch. Ich wollte noch eine Weile wach daliegen. Ich gab ihnen einen Kuss. Er versuchte, mich mit seinem Kinn zu kitzeln. Ich entkam. Ich ließ mich von ihm schnappen, ohne dass er aus seinem Sessel aufstehen musste. Ich entkam wieder.

– Streiten deine Ma und dein Da?

– Nein.

– Ich meine nicht so mit Schlagen und Treten, sagte ich. – Herumschreien. Sich beschimpfen.

– Dann ja, sagte Kevin. – Das machen sie ständig.

– Wirklich?

– Ja.

Ich war froh, dass ich gefragt hatte. Ich hatte den ganzen Tag gebraucht, bis ich mich traute. Wir waren nach Dollymount gelaufen, hatten herumgealbert – es war eiskalt –, waren zurückgekommen, und ich hatte immer noch nicht gefragt, bis wir die Barrytown Road erreichten und fast bei den Läden waren.

– Und deine?, fragte Kevin.

– Ob sie streiten?

– Ja.

– Nein.

– Warum hast du dann gefragt? Machen sie bestimmt.

– Machen sie nicht, sagte ich. – Sie zanken, mehr nicht, wie deine.

– Warum hast du dann gefragt?

– Mein Onkel und meine Tante, sagte ich. – Meine Ma hat mit meinem Da darüber geredet. Mein Onkel hat meine Tante geschlagen, und sie hat zurückgeschlagen und die Polizei gerufen.

– Und dann?

– Sie haben ihn festgenommen, sagte ich. – Sie haben ihn in einem Auto mit Martinshorn abgeholt.

– Sitzt er im Gefängnis?

– Nein, sie haben ihn freigelassen. Er musste versprechen, das nie wieder zu tun. Schriftlich. Er musste es aufschreiben und unterschreiben. Und wenn er das jemals wieder macht, muss er für zehn Jahre ins Gefängnis, und meine Cousins werden nach Artane geschickt, und meine Tante behält nur meine Cousinen, weil sie sich nicht alle leisten kann.

– Wie sieht dein Onkel aus?

– Groß.

– Zehn Jahre, sagte Kevin.

Das war so alt wie wir.

– Das ist ewig dafür, dass man nur jemanden schlägt. Und was ist mit ihr? Er erinnerte sich. – Sie hat ihn auch geschlagen.

– Nicht fest, sagte ich.

Ich dachte mir Sachen aus. Ich mochte es, wie mir der nächste Teil einfiel, wie es sich zusammenfügte und größer wurde und ich einfach weitererzählte, bis ich zum Ende kam. Wie ein Wettrennen. Ich gewann immer. Ich erzählte die Geschichten in dem Moment, in dem sie mir einfielen, und ich glaubte sie, glaubte sie wirklich. Das gerade war allerdings anders. Ich hätte Kevin erst gar nicht fragen sollen, er war der Falsche. Ich hätte Liam fragen sollen. Ich hatte mich rausgeredet, aber Kevin würde jetzt vielleicht seiner Ma von meinem Onkel und meiner Tante erzählen, und sie würde es meiner Ma weitersagen, auch wenn sie sich nicht besonders mochten. Wenn sie sich auf der Straße oder vor den Läden begegneten, waren sie immer sehr beschäftigt und konnten nie lange stehen bleiben, sie hatten es immer eilig. Sie würde es meiner Ma sagen, und dann würde sie mich fragen, was ich Kevin über meinen Onkel und meine Tante erzählt hatte, und ich glaubte nicht, dass ich gut genug war, um aus der Nummer rauszukommen.

– Aber warum hast du überhaupt über streitende Mütter und Väter geredet?

Ich müsste von zu Hause weglaufen.

Ich hatte den Onkel und die Tante nicht beim Namen genannt. Das hatte ich absichtlich gemacht, sie nicht beim Namen zu nennen.

– Ich habe ihn bloß angeschmiert.

Ich überlegte trotzdem, von zu Hause wegzulaufen.

– Ihn veräppelt.

Ich stand ewig vor der Landkarte von Irland – Henno war rausgegangen und unterhielt sich mit einem anderen Lehrer.

– Ihn an der Nase herumgeführt.

Sie würde lachen. Das machte sie immer, wenn ich solche Sachen sagte. Sie hielt mich deswegen für schlau.

– Ich verlasse euch für ein paar Minuten, meine Herren, sagte Henno.

Wir liebten es, wenn er das sagte, ich hörte beinahe, wie sich alle entspannten. Sich bereithielten.

– Bloß für ein paar Minuten, sagte Henno. – Ich werde die Tür offen lassen. Und ihr kennt ja alle mein berühmtes Gehör.

– Ja, Sir, sagte Fluke Cassidy.

Er meinte das ernst. Hätte das jemand anders gesagt, hätte er eine Tracht Prügel bekommen.

Henno ging aus der Tür. Wir warteten. Er kam zur Tür zurück und wartete. Wir schauten weiter in unsere Bücher und nicht hoch, um nachzusehen, ob er da war. Wir hörten seine Schuhe. Er blieb stehen. Wir hörten sie wieder, er ging weg.

– Scheiß auf dein berühmtes Gehör.

Wir versuchten, nicht zu laut zu lachen. Es war besser so, lieber nicht zu laut. Ich lachte mehr als sonst, ich konnte nicht anders. Ich musste mir übers Gesicht wischen. Ich holte meinen Atlas aus dem Ranzen. Wir hatten ihn noch nicht oft benutzt, bis jetzt nur, um die Grafschaften von Irland zu lernen. Offaly konnte ich mir am einfachsten merken, weil die am schwierigsten war. Dublin war in Ordnung, solange man sie nicht mit Louth verwechselte. Fermanagh und Tyrone brachte ich ständig durcheinander. Ich starrte von oben bis unten auf die Landkarte von Irland. Es gab keinen Ort, an den ich gern abhauen würde, außer vielleicht ein paar Inseln. Ich würde es aber trotzdem machen. Man konnte nicht auf eine Insel abhauen, ein Stück des Weges musste man segeln oder schwimmen. Allerdings war das kein Spiel, es gab keine Regeln, an die man sich halten musste. Ein Onkel von mir war nach Australien abgehauen.

Ich schlug die Weltkarte in der Mitte des Atlas auf. In der Mitte lagen Orte, die ich nicht richtig lesen konnte, weil die Seiten sich nicht ganz flach drücken ließen. Es gab aber noch massenweise andere Orte.

Ich meinte es ernst.

Henno hatte gesagt, dass ich rote Augen hatte. Er hatte gesagt, dass ich nicht genug schlief. Vor allen anderen. Er hatte geschimpft, sagte, er würde meine Mutter anrufen und ihr sagen, sie solle dafür sorgen, dass ich jeden Abend um halb neun im Bett lag. Vor allen. Ich durfte zu viel Fernsehen schauen.

Er beugte sich näher zu mir.

– Warst du gestern Abend etwa betrunken, Mister Clarke?

Zum Spaß.

Wir hatten kein Telefon, aber das verriet ich ihm nicht.

Mein Onkel war allein nach Australien gegangen. Er war nicht weggelaufen, aber er war noch sehr jung gewesen, noch keine achtzehn. Er lebte noch immer dort. Er hatte eine eigene Firma und ein Boot.

Ich war die ganze Nacht wach geblieben. Deshalb hatte meine Ma gesagt, dass mein Gesicht blass war, und Henno hatte gesagt, dass ich rote Augen hatte. Ich hatte mich wach gehalten, ich hatte es geschafft, bis zum Morgen.

Als es allmählich eher grau wurde als dunkel, wusste ich nicht, was passierte. Es war beängstigender als die Dunkelheit. Das war die Dämmerung. Dann fingen die Vögel an. Ich hielt Wache. Ich passte auf, dass sie nicht wieder anfingen, dafür musste ich nur wach bleiben. Wie Petrus mit Jesus im Garten auf dem Ölberg. Petrus schlief immer wieder ein, aber ich nicht, kein einziges Mal. Ich baute mir eine Ecke ins Bett und setzte mich in der Dunkelheit auf. Ich verbot mir, unter die Decke zu schlüpfen. Ich schlug mit dem Kopf gegen die Wand. Ich zwickte mich, ich konzentrierte mich darauf, wie fest ich drücken konnte und es noch aushielt. Ich ging ins Bad und schöpfte Wasser auf meinen Schlafanzug, damit ich fror. Ich blieb wach.

Der Hahn krähte.

Sie stritten sich nicht weiter. Ich ging zur Tür meiner Eltern und lauschte mit angehaltenem Atem. Ich konnte meinen Da und meine Ma im Schlaf atmen hören – ihn laut, sie nicht viel leiser. Ich entfernte mich und holte Luft, dann fing ich an zu weinen.

Auftrag ausgeführt.

Es krähte wirklich ein Hahn, das hatte ich nicht erfunden. Er machte Kikeriki, aber die letzte Silbe war irgendwie länger. Er lebte ein Stück die Straße runter, auf dem Donnelly Hof, dem Stück Bauernhof, das noch übrig war. Ich hatte den Hahn noch nie gehört. Aber ich hatte ihn schon viele Male hinterm Zaun zwischen den Hühnern gesehen. Bis jetzt war mir gar nicht klar, dass es sich um einen Hahn handelte, ich hatte einfach geglaubt, es sei ein großes Huhn, ein Königshuhn. Wir stopften Gras durch den Zaun, damit er näher kam.

– Er ist gefährlich.

– Hühner sind nicht gefährlich.

– Der da schon.

– Schau dir seine Augen an.

– Seine Eier sind größer. Und blau.

Er kam nicht in unsere Nähe. Durch den Zaun konnten wir ihn nicht ordentlich mit Steinen bewerfen.

Sie schrie, Worte, die ich nicht richtig verstand. Sie hatte etwas zerbrochen, zumindest vermutete ich das, weil das Geräusch direkt nach ihrem Schreien kam, wie ein Schlusspunkt. Er lachte auf eine Weise, die nichts Lustiges bedeutete. Dann Schluchzer. Ich stand auf, um die Tür zu schließen, aber als ich davorstand, öffnete ich sie noch ein Stück weiter.

– Patrick.

Das war Sinbad.

– Sie reden nur.

– Verzieh dich, sagte ich.

Er war eingeschlafen, bevor er wieder mit Weinen anfing.

Es hing an mir.

Sie hatten aufgehört. Nichts. Sie gingen zu Bett, nacheinander, er zuerst. Er ging nicht ins Bad, morgen früh würde sein Atem alt und abgestanden riechen. Ich hörte das Bett quietschen, seine Seite. Dann kam sie. Mir war nicht klar, dass der Fernseher lief, bis sie ihn ausschaltete. Dann ihre Schritte auf der Treppe, an der Seite entlang, damit es nicht knarrte. Sie ging ins Bad. Der Wasserhahn. Das Schrubben der Zahnbürste, sie benutzte eine blaue, er eine rote, ich und Sinbad kleinere in Grün und Rot, ich die rote. Sie stellte das Wasser aus, und eine Luftblase gluckerte durch die Rohre zum Dachboden. Dann ging sie zu ihrem Zimmer. Sie stieß die Tür so weit wie möglich auf, ein Knall gegen das Bett – seine Seite –, und warf sie mit einer schnellen Handbewegung wieder zu. Leise auf der Treppe, laut hinein ins Zimmer.

Ich blieb stehen, wo ich war. Ich durfte mich nicht rühren. Wenn ich mich bewegte, würde alles von vorn anfangen. Ich durfte atmen, mehr nicht. Es war so, wie wenn Catherine oder das andere Baby mit Weinen aufhörte. Fünfundvierzig Sekunden, sagte meine Mutter – wenn sie innerhalb von fünfundvierzig Sekunden nicht wieder anfingen, schliefen sie ein. Ich stand da. Ich zählte nicht, das war kein Spiel und sie waren keine Babys. Ich wusste nicht wie lang. Lange genug, um zu frieren. Keine Stimmen, nur Rascheln und Knarzen, bettschwer werden, alle außer mir.

Ich war verantwortlich. Das wussten sie nicht. Jetzt konnte ich mich rühren, das Schlimmste war vorbei: Ich hatte es geschafft. Aber ich musste dafür die ganze Nacht wach bleiben, ich musste mich die ganze Nacht wach halten.

Rhodesien. Das lag in der Nähe des Äquators, eine vorgestellte

Linie um die Mitte der Erde. Dort gab es Elefanten und Affen und arme schwarze Menschen. Elefanten vergaßen nie. Kurz vor ihrem Tod liefen sie den ganzen Weg zum Elefantenfriedhof, und dann legten sie sich hin und starben einfach. Direkt auf dem Boden. Aber es war zu weit weg. Ich würde dorthin gehen, wenn ich größer war. Ich wusste noch etwas über Rhodesien. Es war nach Cecil Rhodes benannt, aber ich erinnerte mich nicht mehr, warum. Vielleicht hatte er es erobert oder entdeckt. Es gab keine Länder mehr zu entdecken, sie waren alle aufgeteilt. Ich schaute mir die anderen rosafarbenen Länder an. Kanada war riesig, vierzig-, fünfzigmal größer als Irland. Kanadische Berittene Polizei. Mounties. Polizisten auf Pferden. Dünne Männer auf schnellen Rössern. Kein einziger Brillenträger. Rote Jacken. Die Hosen standen an der Seite ab. Pistolen in Holstern mit Deckel, der sich mit einem Klick öffnen und schließen ließ. Damit die Pistolen beim schnellen Reiten nicht rausfielen. Viehdieben hinterher. Keine Viehdiebe in Kanada, Schmuggler. Eskimos, die sich nicht an Gesetze hielten. Bären töteten. Ihre Huskies anfeuerten. Hunde schlugen. Aufgerollte Schwänze. Schutzbrillen.

– Komm schon, so ist's gut.

Die Landkarte lag direkt unter meinem Gesicht. Ich roch das Papier und den Tisch.

Henno war da.

Ich wusste nicht, was gerade passierte, was passiert war.

– Auf mit dir, komm schon.

Das klang nicht nach Henno. An meiner Seite waren Hände, Männerhände, unter meinen Armen. Ich wurde hochgehoben. Ich stand neben dem Tisch. Ich sah nur den Boden. Er war schmutzig. Hände auf meinen Schultern. Sie schoben mich vorwärts, hielten mich aufrecht. Nach vorn. Ich sah niemanden. Hörte nichts. Zur Tür hinaus. Tür zu.

Mister Hennesseys Gesicht.

Er schaute zu mir hoch.

– Gut?

Ich nickte, nur einmal.

– Müde?

Ich nickte.

– Okay, das kann jedem passieren.

Hände an meiner Seite.

Hoch.

Rauer Stoff.

Zu müde, um den Kopf zu bewegen, zu schwer.

Ein Geruch.

Gut.

Ich wachte auf. Ich rührte mich nicht. Ich lag nicht im Bett. Es roch anders, Leder. Ich sah eine Sessellehne. Ich lag auf einem Sessel. Zwei Sessel, aneinandergeschoben zu einem Bett. Ich lag darauf. Zwei Ledersessel. Ich rührte mich immer noch nicht. Auf mir lag eine Decke und noch etwas anderes, ein Mantel. Die Decke war grau und hart. Den Mantel kannte ich. Die Zimmerdecke kannte ich, die Farbe, die Risse darin, wie eine Landkarte. Das Fenster über der Tür, das mit einer Fensterstange geöffnet werden musste. Den Rauch kannte ich, er stieg vom Aschenbecher auf, dünn und oben breiter. Es dauerte eine Weile: Ich war im Büro des Schulleiters.

– Wach?

– Ja, Sir.

– *Maith thú.*

Er schob die beiden Sessel auseinander, damit ich mich hinsetzen konnte. Er nahm seinen Mantel und hängte ihn zum Hut.

– Was ist los mit dir?

– Ich weiß es nicht, Sir.

– Du bist eingeschlafen.

– Ja, Sir.

– Während des Unterrichts.

– Ja, Sir. Ich erinnere mich nicht.

– Hast du gestern Nacht richtig geschlafen?

– Ja, Sir. Ich bin früh aufgewacht.

– Früh.

– Ja, Sir. Ich habe den Hahn krähen gehört.

– Das ist früh.

– Ja, Sir.

– Zahnschmerzen?

– Nein, Sir. Schmerzen in den Beinen.

– Sag das deiner Mutter.

– Ja, Sir.

– Und jetzt zurück zum Unterricht. Hol nach, was du verpasst hast.

– Ja, Sir.

Ich wollte nicht zurück. Ich hatte Angst. Ich war erwischt worden. Sie würden auf mich warten. Ich war erwischt worden. Ich war allein. Ich fühlte mich noch immer müde. Und dumm. Ich erinnerte mich nicht an alles.

Nichts passierte. Zuerst klopfte ich an der Tür. Als ich sie öffnete, stand Henno nicht vorne. Ich sah Liam drüben am Fenster, Fluke Cassidy. Henno schritt den Gang entlang. Er sagte nichts. Er nickte zu meinem Tisch. Ich ging rüber. Keiner schaute mich unfreundlich an. Keiner grinste oder stieß heimlich einen anderen an. Auf meinem Tisch landeten keine Zettel. Sie dachten alle, ich wäre krank, dass mir ernsthaft etwas fehlte, schließlich hatte Henno mich nicht verprügelt, sondern mich fast rausgetragen. Sie schauten mich an, als würden sie auf etwas warten, darauf, dass ich es noch einmal machte. Sie sagten nichts. Nicht einmal Kevin.

Ich kam mir trotzdem noch dumm vor.

Ich wollte wieder schlafen. Zu Hause. Ich wollte beim Schlafen wach sein, damit ich wusste, dass ich schlief.

Den Rest des Tages stellte mir Henno nur Fragen, wenn ich mich meldete. Er versuchte nicht, irgendjemanden zu überrumpeln. Er schlug niemanden. Sie wussten, dass sie das mir verdankten.

– Welcher Wendekreis liegt nördlich des Äquators?

Ich wusste es. Ich meldete mich. Ich nahm meine andere Hand, um den Arm zu stützen.

– Sir, Sir.

– Patrick Clarke.

– Der Wendekreis des Krebses, Sir.

– Gut.

Es läutete.

– Sitzengeblieben! Aufgestanden – Erste Reihe …

Sie warteten draußen auf mich, nicht als Gruppe oder in einem Kreis. So als wären sie zufällig noch da. Sie wollten bei mir sein.

Mir gefiel das nicht besonders.

– Mister Clarke?

Henno stand an der Tür.

– Ja, Sir?

– Komm her.

Ich ging zu ihm. Ich war nicht nervös.

– Nach Hause, der Rest von euch.

Er trat zurück und ließ mich hinein. Die Tür blieb offen. Er ging einen Schritt nach hinten und setzte sich auf einen der Tische.

Er versuchte, zu lächeln und gleichzeitig ernst auszusehen.

– Wie geht es dir jetzt?

Ich wusste nicht, was ich antworten sollte.

– Geht es dir besser?

– Ja, Sir.

– Was ist passiert?

– Ich bin eingeschlafen, Sir, ich weiß nicht.

– Müde?

– Ja, Sir.

– Nicht geschlafen gestern Nacht?

– Ein wenig, Sir. Ich bin früh aufgewacht.

Er legte die Hände auf die Knie und beugte sich ein Stück zu mir.

– Ist alles in Ordnung?

– Ja, Sir.

– Zu Hause?

– Ja, Sir.

– Gut. Los mit dir.

– Ja, Sir. Danke, Sir.

– Erkundige dich nach den Hausaufgaben und erledige sie bis morgen.

– Ja, Sir. Soll ich die Tür zumachen?

– Ja. Danke.

Die Tür war größer als ihr vorgesehener Platz. Die Feuchtigkeit hatte sie verzogen. Ich zog am Griff, und die Tür kratzte über den Boden.

Sie standen vor dem Tor und taten so, als würden sie nicht auf mich warten. Sie wollten alle in meiner Nähe sein, das wusste ich. Ich hätte mich freuen sollen. Hätte ich wirklich. Tat ich aber nicht. Sie wollten mich nicht allein lassen, und ich wusste, warum: Sie wollten nichts verpassen – sie wollten diejenigen sein, die Hilfe holen. Sie wollten alle mein Leben retten. Sie hatten keine Ahnung.

– Welche Schulaufgaben habe ich verpasst?

Es entstand ein Wettrennen, wer seinen Schulranzen zuerst vom Rücken nahm.

Was für Dummköpfe. Charles Leavy war nicht da. David Geraghty auch nicht. Vielleicht brauchte er ja Tabletten für seine

Beine oder so und musste direkt nach Hause. Alle anderen hatten ihre Hausaufgabenhefte herausgeholt. Ich nahm meins heraus und setzte mich an die Wand, sodass das Geländer meinen Kopf berührte. Kevin durfte mir sein Hausaufgabenheft geben.

Charles Leavy interessierte es nicht. Er war der Einzige, der wusste, was passiert war: Ich war eingeschlafen. Er blieb die ganze Zeit nachts wach. Lauschte nach seiner Ma und seinem Da. Es war ihm egal. Er sagte Fotze und ficken. Köpfte seinen Ball.

Sie beobachteten, wie ich alles aufschrieb. Meine Hand zitterte ein wenig, hörte dann aber auf. Es machte keinen Spaß. Sie waren alle hier, ich mochte sie nicht. Ich war allein.

Wir hatten gar nicht so viel auf.

Mir wurde etwas Komisches klar: Ich wollte bei Sinbad sein.

– Francis. Willst du das?

Es war ein Keks, ein ganz normaler ein Keks. Ich wollte ihn auch, aber ich wollte, dass er ihn nahm. Ich gab ihn meinem Bruder. Er schaute ihn nicht mal an.

Ich packte ihn.

– Mach den Mund auf!

Seine Lippen verschwanden, als er sie aufeinanderpresste. Er machte sich darauf gefasst, herumgezogen zu werden, wurde steif und leblos.

– Mach den Mund auf!

Ich hielt ihn vor seine Augen.

– Guck.

Er hatte sie geschlossen, zusammengekniffen. Ich hatte den Keks, und ich hatte seinen Kopf, und ich drückte den Keks gegen seinen Mund, ich drückte, bis er zerbrach und ich ihn nicht mehr halten konnte. Es war eine Feigenrolle.

– Guck! Es war bloß ein Keks! Ein Keks.

Sein Gesicht war verschlossen.

– Eine Feigenrolle.

Ich hob ein paar Stücke vom Boden auf.

– Ich esse auch, guck.

Ich liebte die Feigenfüllung, weich mit kleinen Kristallen, die knisterten. Der Keks außenherum war zerbröselt. Die großen Teile hatte ich schon alle aufgehoben.

Sein Mund und seine Augen blieben verschlossen. Er drückte seine Hände nicht gegen die Ohren, aber die waren auch dicht, das wusste ich.

– Ich habe aufgegessen, sagte ich. – Und ich bin nicht vergiftet.

Ich hielt meine Hände vor ihn.

– Guck.

Ich tanzte.

– Guck.

Ich hörte auf.

– Ich lebe noch, Francis.

Ich war mir nicht sicher, ob er atmete. Teilweise war sein Gesicht sehr rot, unter seinen Augen war er weiß. Er kam für mich nicht aus sich raus. Ich überlegte, ob ich ihm einen Pferdekuss verpassen sollte – er hatte ihn verdient –, aber das war mir egal, ich trat ihn bloß. Rumms gegens Schienbein. Mein Fuß prallte ab. Er unterdrückte den Schrei, sein Mund bewegte sich. Ich wollte ihm noch eine verpassen, aber ich ließ es.

Er machte mir Angst.

Er konnte alles aufhalten und ich nicht.

– Francis ...

Steif, ganz steif.

– Francis.

Ich berührte ihn an der Stirn, strich mit den Fingern seine Haare weg. Er fühlte nichts.

– Es tut mir leid, dass ich dich getreten habe.

Nichts.

Ich ging raus und schloss die Tür. Ich schloss sie so fest, dass er sie zuschnappen hörte, aber ich knallte sie nicht zu. Ich wartete. Ich ging in die Hocke und schaute durchs Schlüsselloch. Den Fleck, wo er stand, sah ich nicht. Schlüssellöcher waren zu nichts zu gebrauchen. Ich zählte bis zehn. Ich öffnete die Tür, ganz normal.

Er stand noch immer da, unverändert. Vollkommen unverändert.

Ich hätte ihm am liebsten den Hals umgedreht. Ich würde es tun. Es war ungerecht. Ich wollte ihm doch nur helfen, und er ließ mich nicht. Er ließ mich nicht einmal im Zimmer sein, obwohl ich da war. Und er würde es herausfinden.

Ich hielt ihm die Nase zu. Ich schloss seine Nasenlöcher mit meinen Fingern, nicht, um ihm wehzutun, nicht fest.

Jetzt.

Seine Nase war trocken. Das machte das Festhalten leichter. Ihm blieb bloß noch die Luft in ihm drin.

Jetzt.

Er musste etwas machen, oder er würde sterben.

– Francis.

Früher oder später musste er Sauerstoff einatmen und Kohlendioxid ausatmen. Ich beobachtete, wie sich die beiden Farben in seinem Gesicht verschoben. Irgendetwas passierte.

Sein Mund öffnete sich mit einem Plopp – sonst nichts – und schloss sich wieder, schnell wie ein Goldfisch. Er konnte unmöglich Luft geholt haben, nicht genug. Er bluffte.

– Francis, du stirbst.

Auf seiner Nase bildete sich noch immer kein Schweiß.

– Wenn du keinen Sauerstoff einatmest, wirst du sterben, sagte ich.
– Innerhalb von Minuten. Francis. Es ist zu deinem Besten.

Er machte es wieder. Öffnen, plopp, schließen.

Etwas passierte: Ich fing an zu weinen. Ich wollte ihm eine rein-hauen, aber bevor ich meine Hand ballte, weinte ich. Ich klammerte mich noch ein bisschen länger an seine Nase, nur, um ihn zu halten. Ich wusste nicht, warum ich weinte, es schockierte mich. Ich ließ seine Nase los. Ich legte meine Arme um ihn. Meine Hände berührten sich auf seinem Rücken. Er blieb hart und verschlossen. Ich dachte, meine Arme würden ihn erweichen. Bitte.

Ich umarmte eine Statue. Ich konnte ihn nicht einmal riechen, weil meine Nase voller Rotz war und ich den nicht loswurde. Ich blieb, wie ich war, weil ich nicht aufgeben wollte. Meine Arme taten weh. Mein Weinen wurde zu einem Summen, keine Tränen mehr. Ich fragte mich, ob Sinbad – Francis – wusste, dass ich geweint hatte. Seinetwegen, hauptsächlich.

In letzter Zeit musste ich ständig weinen.

Ich ließ ihn los.

– Francis?

Ich wischte mir übers Gesicht, aber die Tränen waren fast weg. Verdunstet.

– Ich werde dich nicht mehr hauen, okay, nie mehr.

Ich rechnete mit keiner Antwort oder sonst was. Ich wartete eine Weile. Dann trat ich ihn. Und boxte ihn. Zweimal. Dann spürte ich, wie es mir kalt über den Rücken lief: Jemand schaute zu. Ich drehte mich um. Niemand. Aber ich konnte ihn nicht mehr hauen.

Ich ließ die Tür offen.

Ich wollte ihm helfen. Er musste Bescheid wissen, er musste sich vorbereiten, so wie ich. Ich wollte ihm zur Seite stehen. Er war warm. Ich wollte, dass er vorbereitet war. Ich war weiter als er, ich wusste mehr als er. Ich wollte mich zu ihm ins Bett legen, damit wir zusammen lauschen konnten. Ich konnte nicht anders. Wenn er nicht machte, was ich wollte, ärgerte ich ihn immer wieder, verängstigte ihn, schlug ihn. Hasste ihn. Das war einfacher. Er wollte nicht auf mich hören. Er wollte sich nicht helfen lassen.

Er aß sein Essen, als wäre nichts passiert. Ich auch. Shepherd's Pie. Die Kartoffelbreikruste war perfekt, die Spitzen braun und knusprig, die äußerste Schicht war wie eine Haut. Mas Abendessen ließ mich beinahe glauben, dass alles in Ordnung sei und es nie wieder schlimmer würde. Ich aß alles auf. Es schmeckte wunderbar.

Ich ging zum Kühlschrank.

K-E-L-V-I-N-A-T-O-R.

Diese Buchstaben hatte sie mir beigebracht. Ich erinnerte mich noch daran.

Ich mochte, wie der Griff versuchte, mich am Aufmachen zu hindern, und ich jedes Mal gewann. Vier Flaschen standen darin, eine offene. Ich trug die offene mit beiden Händen zum Tisch – Glas machte mich nervös. Ich füllte meinen Becher bis einen Fingerbreit unter den Rand. Ich hasste es, wenn ich etwas verschüttete.

– Francis, sagte ich, – soll ich dir auch Milch einschenken?

Ich wollte, dass Ma es mitbekam.

– Ja, sagte er.

Ich stand einfach nur da, ich war mir so sicher gewesen, dass er nichts sagen würde oder Nein.

– Ja, bitte, sagte Ma.

– Ja, bitte, sagte Sinbad.

Ich legte die Rille unter der Flaschenöffnung auf den Rand seines Bechers und schenkte ihm ein, genauso viel wie mir. Die Flasche war fast leer.

– Danke schön, Patrick, sagte Sinbad.

Ich wusste nicht, was ich antworten sollte. Dann erinnerte ich mich daran.

– Gern geschehen.

Ich kam vom Kühlschrank zurück. Ma setzte sich. Da war arbeiten.

– Habt ihr zwei euch wieder gestritten?, fragte sie.

– Nein, sagte ich.

– Sicher?

– Nein, sagte ich. – Ich meine, ja. Haben wir nicht, oder?

– Nein, sagte Sinbad.

– Na hoffentlich, sagte sie.

– Wir haben nicht gestritten, sagte ich.

Dann brachte ich sie zum Lachen.

– Das kann ich dir versichern.

Und sie lachte.

Ich schaute zu Sinbad rüber. Er schaute zu Ma, wie sie lachte. Er lächelte. Er versuchte zu lachen, aber sie hörte auf, bevor er richtig loslegte.

– Ich weiß das Abendessen sehr zu schätzen, sagte ich.

Aber viel mehr lachte sie nicht.

Ich schaute ihn lange an, versuchte herauszufinden, was anders war. Irgendwas war da. Er war gerade erst nach Hause gekommen, spät, kurz bevor ich ins Bett ging. Er müsste eigentlich meine Hausaufgaben überprüfen, meine Rechtschreibung. Sein Gesicht war anders, dunkler, glänzender. Er nahm langsam sein Messer und sah dann aus, als hätte er gerade entdeckt, dass auf der anderen Seite des Tellers die Gabel lag, und er nahm sie, als wäre er sich nicht sicher, was das war. Er schaute dem Dampf nach, der von seinem Teller aufstieg.

Er war betrunken. Plötzlich wusste ich das. Ich setzte mich mit meinem Rechtschreibbuch als Ausrede an den Tisch, Englisch vorne, Irisch hinten. Ich war fasziniert. Er war betrunken. Das war neu. Das hatte ich noch nie erlebt. Liam und Aidans Da heulte den Mond an, und jetzt meiner. Er musste sich sagen, was er gerade machen sollte, das sah ich ihm an, sich konzentrieren. Einerseits war sein Gesicht

angespannt, andererseits entspannt. Er war nett. Er grinste, als ihm
Zeit blieb, mich zu bemerken.

– Da biste ja, sagte er.

Das sagte er sonst nie.

– Hast du Rechtschreibaufgaben für mich?

Und er ließ sich von mir abfragen. Er hatte acht von zehn. Aggressivität und Rhythmus konnte er nicht buchstabieren.

Aber daran lag es nicht. Sie trennten sich nicht, weil mein Da sich betrank. Bei uns gab es nur eine Flasche Sherry. Das hatte ich überprüft. Die war immer gleich voll. Ich hatte keine Ahnung, wie man sich betrank, wie viel man brauchte, was dann passierte. Aber ich wusste, dass es daran nicht lag. Ich hielt an seinem Kragen nach Lippenstift Ausschau, das hatte ich in *Solo für O.N.C.E.L.* gesehen. Da war keiner. Ich fragte mich ohnehin, warum Lippenstift am Kragen sein sollte. Vielleicht zielten Frauen im Dunkeln schlecht. Ich wusste nicht wirklich, warum ich auf den Kragen meines Das schaute.

Ich konnte es nicht beweisen. Manchmal glaubte ich es selbst nicht und dachte wirklich, dass alles in Ordnung war – so wie sie sich unterhielten und ihren Tee tranken oder wie wir alle Fernsehen schauten –, aber dann ruderte ich wieder zurück, bevor mir das Glück eine Falle stellte. Sie war schön. Er war nett.

Sie sah dünner aus. Er älter. Er sah gemein aus, so als legte er es darauf an, gemein auszusehen. Sie schaute ihn die ganze Zeit an. Wenn er nicht hinsah. Als würde sie nach etwas suchen oder versuchen, ihn zu erkennen, als hätte er behauptet, jemand zu sein, dessen Namen sie kannte, sie sich aber nicht sicher war, ob sie ihn mochte, als sie ihn endlich erkannte. Manchmal öffnete sich beim Hinschauen ihr Mund und blieb so. Sie wartete, dass er sie ansah. Sie weinte viel. Sie dachte, ich würde das nicht sehen. Sie wischte sich mit dem Ärmel über die Augen und zwang sich, zu lächeln und sogar zu kichern, als wäre das Weinen ein Versehen, und es wäre ihr gerade erst aufgefallen.

Es gab keinen Beweis.

Mister O'Driscoll von dem Haus oben an der alten Straße lebte dort nicht mehr. Er war noch nicht tot, ich hatte ihn gesehen. Richard Shiels Da wohnte manchmal nicht bei ihnen im Haus. Richard Shiels sagte, dass er irgendwo anders arbeitete,

– Afrika,

aber wir glaubten ihm nicht. Einmal hatte seine Ma ein blaues Auge. Edward Swanwicks Ma brannte mit einem Piloten von Aer Lingus durch. Er war immer tief über ihr Haus geflogen. Einer der Kamine hatte Risse. Sie kam nicht mehr zurück. Die Swanwicks,

– die, die noch übrig sind, sagte Kevins Ma,

waren weggezogen, nach Sutton.

Wir waren die Nächsten. Wir sahen Edward Swanwick nie wieder. Wie waren die Nächsten. Das wusste ich, und ich war vorbereitet.

Wir beobachteten sie. Charles Leavy stand im Tor, das Gartentor hinter ihm war geschlossen. Seán Whelan hämmerte den Ball ins Tor. Jetzt musste er rein. Charles Leavy hatte den Ball, traf das Gartentor. Sie tauschten wieder. Charles Leavy zuckte mit dem Kopf. Das Gartentor wackelte.

– Er versucht, ihn nicht zu fangen, sagte Kevin.

– Er will nicht im Tor stehen, sagte ich.

Nur Idioten gingen ins Tor.

Sie waren bloß zu zweit. In den meisten Häusern wohnte noch immer niemand, aber ihre Straße sah beinahe fertig aus, weil der Beton jetzt bis zur Barrytown Road ging, die Lücke war geschlossen. Mein Name stand im Beton. Das war meine letzte Unterschrift, ich hatte es satt. Die Straße hatte jetzt auch einen Namen, Kastanienallee, er war an die Hauswand der Simpsons genagelt, weil sie das Eckhaus hatten. Außerdem stand er in Irisch da, *Ascal na gCastán*. Wenn der Ball über die Straße rollte, hörte man die Steinchen und den Schotter. Es war überall staubig, obwohl inzwischen fast Winter war. Die Abzweigungen der Kastanienallee ergaben keinen Sinn. Man konnte noch nicht sagen, wie alles aussehen würde, wenn es fertig war.

Charles Leavy stand wieder im Tor. Er wehrte einen Schuss ab, weil er gar nicht anders konnte, der Ball traf ihn direkt am Bein. Seán Whelan machte den Abpraller rein. Er war in der Lage, ihn tief zu schießen. Das Gartentor klapperte.

Wir schalteten uns ein.

– Drei-darf-rein, sagte Kevin.

Sie ignorierten uns.

– He, sagte Kevin. – Drei-darf-rein.

Charles Leavy wartete, bis Seán Whelan das Gartentor wieder ordentlich geschlossen hatte. Sein Schuss traf den Pfosten, die Ecke, und flog an uns vorbei. Ich rannte dem Ball nach. Ich machte das für Charles Leavy. Ich spielte ihm den Ball zu, sorgfältig, damit der Ball direkt bei ihm landete. Er wartete, bis er liegen blieb, damit er nicht anerkennen musste, dass ich den Ball für ihn geholt hatte, er schaute mich noch nicht einmal an.

Kevin versuchte es noch einmal.

– Wollt ihr nicht Drei-darf-rein spielen?

Charles Leavy schaute zu Seán Whelan. Seán Whelan schüttelte den Kopf, und Charles Leavy drehte sich zu uns.

– Verpisst euch, sagte er.

Ich wollte gehen, so hatte ich das noch nie gehört, als meinte er es wirklich. Das war ein Befehl. Wir hatten keine Wahl. Wenn wir nicht gingen, würde er uns den Hals umdrehen. Kevin war das auch klar. Er machte sich zum Aufbruch bereit. Ich sagte nichts weiter, bis Charles Leavy sehen konnte, dass wir gingen.

– Wir gehen ins Tor, sagte ich. – Er und ich.

Wir blieben dran.

– Ihr könnt die ganze Zeit draußen bleiben.

279

Charles Leavy hämmerte den Ball gegen das Gartentor, und Seán Whelan kam raus. Seán Whelan traf, bevor Charles Leavy überhaupt in die Nähe des Tors kam, und sie wechselten wieder. Dieses Mal zuckte Seán Whelan die Schultern, und Charles Leavy schoss den Ball leicht zu mir, zu mir, nicht zu Kevin.

Ich ließ mir den Ball wieder abnehmen. Ich ließ ihn alle Angriffe gewinnen. Ich legte den Ball so weit nach vorn, dass er mich überhaupt nicht angreifen musste. Ich passte ihm den Ball beinahe zu. Ich wollte, dass er gewann. Ich wollte unbedingt, dass er mich mochte. Gegen Seán Whelan spielte ich hart. Ich hatte meine guten Klamotten an – sonntags mussten wir die den ganzen Tag tragen. Ich musste nicht einmal ins Tor, weil ich nicht gewann. Ich ließ Charles Leavy an mir vorbei, wenn er draußen war, und Kevin, wenn Charles Leavy drin war. Einer der beiden war immer draußen, daher gewann ich nie. Es machte mir nichts aus. Ich spielte Fußball mit Charles Leavy. Ich war ganz nah an ihm dran. Ich tat so, als würde ich versuchen, ihm den Ball abzunehmen. Er spielte mit mir.

Er war schlecht. Seán Whelan war absolut großartig. Der Ball klebte an seinem Fuß, außer er wollte das nicht. Mit uns vieren im Spiel war er viel besser als vorhin nur zu zweit. Er spielte uns den Ball durch die Beine, er führte ihn unter seinem Fuß entlang und lehnte sich vor, damit wir nicht rankamen, er kickte den Ball gegen den Bordstein, sodass dieser zurücksprang, und er ihn ins Netz feuern konnte – ins Gartentor. Das machte er sieben Mal. Er nahm Charles Leavy den Ball ab, stieß ihn mit dem Ellbogen und schob sich zwischen Charles Leavy und den Ball.

– Foul, sagte ich.

Aber sie ignorierten mich. Sie lachten und schubsten und versuchten, sich gegenseitig ein Bein zu stellen. Als Kevin das nächste Mal den Ball hatte, tat ich so, als wollte ich ihm auch ein Bein stellen, und er trat mich.

Charles Leavy holte zum Schuss aus, Seán Whelan kam vor ihm dran und nagelte den Ball an Kevin vorbei ins Tor. Charles Leavy trat in die Luft und schrie erschrocken. Er fiel langsam hin – das hätte er gar nicht gemusst – und fing an zu lachen.

– Du verdammter Wichser, sagte er zu Seán Whelan.

Ich hasste Seán Whelan. Er machte noch einmal den Bordsteintrick. Kevin wich dem Ball aus. Das Gartentor wackelte. Missis Whelan kam heraus.

– Macht, dass ihr da wegkommt!, rief sie. – Zieht Leine und zerdeppert jemand anderem das Tor. Und du, Seán Whelan, du passt besser auf deine Hosen auf.

Sie ging wieder hinein.

Ich dachte, wir würden woanders hingehen, aber Seán Whelan machte keine Anstalten und Charles Leavy auch nicht. Sie warteten, bis Missis Whelan die Tür geschlossen hatte und legten wieder los. Ich schaute jedes Mal zum Gartentor, wenn der Ball hineindonnerte. Nichts passierte.

Das Spiel lief aus. Wir setzen uns auf die Mauer. Im Weg gab es eine Lücke, dort würden sie irgendetwas hochziehen, wenn die restlichen Bauarbeiten fertig waren, aber man konnte es nicht erahnen. Whelans Garten war umgegraben, lauter braune Erdklumpen wie auf dem Land.

– Warum habt ihr keinen Rasen?, fragte ich.

– Keine Ahnung, sagte Seán Whelan.

Er wollte nicht antworten, das verriet mir sein Gesicht. Ich schaute zu Kevin, um zu sehen, was er für ein Gesicht machte, was er dachte.

– Er muss wachsen, sagte Charles Leavy.

Kevin betrachtete die Klumpen, als würde er drauf warten, dass der Rasen spross. Ich wollte, dass Charles Leavy weiterredete.

– Wie lang dauert das?, fragte ich.

– Hä? Keine Ahnung, scheiße noch mal. Jahre.

– Ja, stimmte ich zu.

Ich saß neben Charles Leavy auf der Mauer. Und neben Kevin.

– Sollen wir zur Scheune, fragte Kevin – hm?

– Warum?, sagte Charles Leavy.

Das fragte ich mich auch. Dort gab es nichts mehr, seit dem Brand nicht mal mehr eine ordentliche Scheune. Die Ratten hatten sich verzogen, in die Gärten der neuen Häuser. Ich hatte ein kleines Mädchen mit einem Rattenbiss gesehen, den sie jedem zeigte. Man konnte nur noch Steine auf die übrig gebliebenen Wellblechwände werfen und zuschauen, wie die Farbe abblätterte. Der Krach machte eine Zeit lang Spaß.

Kevin antwortete Charles Leavy nicht. Ich fühlte mich gut: Er hatte das vorgeschlagen, nicht ich. Normalerweise machte ich das. Ich fühlte mich sogar noch besser.

– Die Scheune ist langweilig, sagte ich.

Kevin sagte nichts. Charles Leavy auch nicht. Aber das gerade war nicht langweilig, ich fand es schön, hier zu sitzen und nichts zu tun. Außer den Häusern auf der anderen Straßenseite gab es nicht mal was zum Anschauen. Charles Leavy wohnte in einem davon. Ich wusste nicht in welchem. Ich fragte mich, ob es das mit dem großen Backsteinberg im Garten war, Backsteine und Erdklumpen und harter Zement und Pappkartonstücke, die daraus hervorragten. Und riesiges Unkraut mit rhabarberdicken Stängeln, das von alleine wuchs. Bestimmt das mit dem gesprungenen Fenster in der Eingangstür. Das musste es sein. Es passte irgendwie. Der Anblick des Hauses erschreckte mich, ich fand es aber auch toll. Es war verwildert, ärmlich, verrückt, es war brandneu und uralt. Der künstliche Berg würde dort jahrelang liegen bleiben. Das Unkraut würde ächzen, umkippen, braun werden und sich vermehren. Ich wusste, wie es in dem Haus roch: nach Windeln und Essen. Ich wollte reingehen und gemocht werden.

Charles Leavy saß neben mir. Er köpfte seinen unsichtbaren Ball dreimal – wumms wumms wumms –, dann hielt er seinen Kopf still. Er trug Laufschuhe. Da, wo der Gummi aufhörte und der Stoff anfing, klafften sie auseinander. Der Stoff war grau und zerfranst. Seine Socken waren orange. An einem Sonntag. Er sagte Verpisst euch so wie ... wie ich es sagen wollte. Ganz genauso. Es musste klingen, wie kein anderes Wort klang, schnell und scharf und unerschrocken. Ich würde es sagen, ohne mich ängstlich umzuschauen. So wie Charles Leavy es gesagt hatte. Sein Kopf schoss nach vorn, als wollte er dir eine verpassen. Das Wort traf dich, nachdem er den Kopf schon wieder zurückgezogen hatte. Das Verpisst euch war wie ein Düsenjet am Himmel, es klang ewig nach. Das Verpisst war der Schlag und das Euch das Keuchen danach.

Ver*pi*sst euch.

Ich wollte es hören.

– Haste schon die Hausaufgaben gemacht?, fragte ich.

– Verpiss dich.

– Verpiss dich, sagte ich in der Dunkelheit zu Sinbad.

Ich hörte, dass er es hörte. Es wurde ruhiger, er hielt die Luft an. Davor hatte er sich im Bett herumgewälzt.

– Verpiss dich, sagte ich.

Ich übte.

Er rührte sich nicht.

Ich beobachtete Charles Leavy. Ich studierte ihn ganz genau. Ich ahmte sein Zucken nach. Seine Schulterhaltung. Ich verengte meine Augen. Wenn mein Da wegging oder auch meine Ma, köpfte ich den unsichtbaren Ball. Ich würde nach draußen gehen und spielen. Ich würde am nächsten Tag mit erledigten Hausaufgaben in die Schule gehen. Ich wollte wie Charles Leavy sein. Ich wollte hart sein. Ich wollte Plastiksandalen anziehen, die auf den Boden knallten, und die anderen sollten bloß nicht wagen, mich dumm anzuschauen. Charles Leavy musste niemanden mehr herausfordern, er war schon weiter, er nahm die anderen gar nicht wahr. So weit wollte ich auch kommen. Ich wollte meine Ma und meinen Da ansehen und nichts spüren. Ich wollte bereit sein.

– Verpiss dich, sagte ich zu Sinbad.

Er schlief jetzt.

– Verpiss dich.

Unten wurde geschrien, mein Da, er brüllte.

– Verpiss dich, sagte ich.

Ich hörte, wie unten im Flur Tränen geschluckt wurden.

– Verpiss dich.

Eine Tür knallte, die Küchentür, das erkannte ich am zischenden Luftzug.

Jetzt weinte ich auch, aber wenn es so weit war, wäre ich bereit.

Er lehnte am Pfosten auf dem Schulhof, ein bisschen abgewandt, damit er nicht gesehen wurde, falls ein Lehrer auf den Hof fuhr oder lief. Aber er versteckte sich nicht. Er rauchte. Allein.

Ich hatte schon geraucht. Wir hatten uns um eine Kippe versammelt und alle so getan, als würden wir auf Lunge rauchen, wir hielten die Fluppe ewig fest. Wir achteten darauf, dass der ausgeatmete Rauch gerade und dünn aufstieg, ein Rauch, aus dem das Zigarettenzeug rausgesaugt war. Ich konnte das gut.

Charles Leavy rauchte allein. Das machten wir nie. Zigaretten waren sehr teuer, und man konnte sie nur schwer klauen, selbst bei Tootsie, deshalb rauchte man sie im Beisein eines anderen, das war der Witz daran. Charles Leavy aber nicht. Er rauchte allein.

Er machte mir Angst. Er stand dort, ganz allein. Immer allein. Er lächelte nie. Kein richtiges Lächeln. Sein Lachen war ein Geräusch, das er wie eine Maschine an- und abstellte. Er war mit niemandem eng befreundet. Er zog mit Seán Whelan herum, aber das war's schon. Er hatte keine Freunde. Wir mochten Banden, die Größe, das Gewimmel, dazugehören. Er hätte seine eigene Bande haben können, eine echte Bande wie eine Armee, und wusste nichts davon. Wir schubsten uns, damit wir morgens auf dem Hof neben ihm waren, das wusste er auch nicht. Um ihn herum wurde sich geprügelt, gekämpft, aber er stand außen vor.

Ich war allein. Mein Atem kam wie Zigarettenrauch aus meinem Mund. Manchmal legte ich mir die Finger an die Lippen, als würde ich eine Zigarette halten, und atmete aus. Jetzt aber nicht, nie wieder. Es war nur gespielt.

Das gerade war toll. Wir beide allein. Vor Aufregung zog sich mein Magen zusammen, er tat weh. Ich sprach.

– Lass mich mal ziehen.

Er ließ mich.

Er reichte mir die Zigarette. Ich konnte es nicht glauben, es war so einfach gewesen. Meine Hand zitterte, aber er sah das nicht, weil er nicht wirklich zu mir schaute. Er konzentrierte sich aufs Ausatmen. Die Zigarette war eine Major, die stärkste Sorte. Hoffentlich würde mir nicht schlecht werden. Ich achtete darauf, dass meine Lippen trocken waren, damit er mich nicht für einen Nassraucher hielt. Ich zog nur kurz daran und gab ihm die Kippe schnell zurück. Der Rauch würde aus meinem Mund schießen, ich hatte ihn zu schnell im Rachen, so wie das manchmal passierte. Aber ich beherrschte mich. Ich unterdrückte den Hustenreiz und inhalierte. Es war schrecklich. Ich hatte noch nie eine Major geraucht. Sie versengte meine Kehle, und mein Magen rebellierte. Meine Stirn wurde feucht, bloß meine Stirn, und kalt. Ich hob meinen Kopf, spitzte die Lippen und wurde den Rauch los. Es sah gut aus, so wie es sein sollte, der Rauch stieg zum Schuppendach. Ich hatte es geschafft.

285

Ich musste mich hinsetzen, ich spürte meine Beine nicht. An der hinteren Wand des Schuppens verlief eine Bank. Ich erreichte sie. Gleich wäre wieder alles in Ordnung. Ich kannte das Gefühl.

– Das war verdammt gut, sagte ich.

Stimmen klangen im Schuppen toll, tief und dumpf.

– Ich mag rauchen, sagte ich. – Es ist verdammt toll, oder?

Ich redete zu viel.

Er sprach.

– Ich versuch, von den verdammten Dingern loszukommen, sagte er.

– Ja, sagte ich.

Das reichte nicht.

– Ich auch, sagte ich.

Ich wollte noch mehr sagen, unbedingt, damit wir weiterredeten, und zwar so lang, bis es läutete. Ich überlegte schnell, irgendetwas, Hauptsache nichts Dummes. Mir fiel nichts ein. Kevin war auf den Schulhof gekommen. Er schaute sich um. Noch konnte er uns nicht sehen. Er würde es kaputtmachen. Ich hasste ihn.

In meinem Kopf formte sich etwas, ich spürte die Erleichterung bevor der Gedanke klar wurde.

– Da ist ja der verdammte Idiot, sagte ich.

Charles Leavy schaute.

– Conway, sagte ich. Und zur Sicherheit noch: – Kevin.

Charles Leavy sagte nichts. Er drückte seine Major aus, legte sie in die Schachtel und steckte sie in seine Tasche. Die Schachtel drückte sich durch den Hosenstoff.

Ich fühlte mich gut. Ich hatte angefangen. Ich schaute zu Kevin. Ich vermisste ihn nicht. Aber ich hatte Angst. Jetzt hatte ich niemanden mehr. So wie ich es wollte.

Charles Leavy ging weg, runter vom Schulhof, aus der Schule. Er hatte keinen Schulranzen dabei. Er schwänzte. Es war ihm egal. Ich konnte ihm nicht nachlaufen. Ich konnte es nicht einmal versuchen und mich dann umentscheiden. Lehrer kamen auf den Hof, Eltern warteten draußen, es war kalt. Ich schaffte das nicht. Egal, ich hatte meine Hausaufgaben gemacht, die wären ansonsten umsonst.

Ich stand auf und trat aus dem Schuppen, damit Kevin mich sehen konnte. Ich würde so tun, als wäre er noch immer mein Freund. Aber ich würde schwänzen. Allein. Bald. Heute würde ich durchhalten. Ich durfte niemandem davon erzählen. Ich würde warten, bis sie fragten. Viel würde ich ihnen nicht erzählen. Ich würde es allein durchziehen.

*

Ich schrieb eine Liste.

Geld und Essen und Kleider. Das waren die Sachen, die ich brauchte. Ich hatte kein Geld. Mein Kommunionsgeld lag auf der Post, aber meine Mutter hatte das Sparbuch. Das war für später, wenn ich älter war. Was für eine Verschwendung. Wenn man älter war, kaufte man sowieso nur Klamotten und Schulbücher. Ich hatte das Sparbuch erst einmal gesehen.

– Soll ich es für dich aufheben?

– Ja.

Es bestand aus drei Seiten voller Briefmarken, und jede Marke war einen Schilling wert. Eine Seite war nicht voll. Ich wusste nicht mehr, wie viel es insgesamt war. Genug. Ich hatte Geld von meinen ganzen Verwandten und von ein paar Nachbarn bekommen. Sogar Onkel Eddie hatte mir einen Threepence gegeben. Mein Auftrag lautete: Finde das Sparbuch.

Essen war einfach, Dosen. Sie hielten länger, weil sie vakuumverpackt wurden und deswegen frisch blieben. Sie waren nur schlecht, wenn die Dose eine große Delle hatte, aber die musste richtig groß sein. Wir hatten Zeug aus Dosen mit kleinen Dellen gegessen, und uns war nie etwas passiert. Einmal wartete ich, ob ich mich vergiftet hatte – das wäre ich gerne gewesen, um es meinem Da zu beweisen –, aber ich musste bis zum nächsten Tag nicht einmal auf die Toilette. Bohnen wären am besten, sie hatten viele Nährstoffe, und sie schmeckten. Ich musste mir noch einen Dosenöffner besorgen. Unserer war einer von denen, die an der Wand befestigt wurden. Ich würde einen bei Tootsie klauen. Das hatten wir schon einmal gemacht, aber nicht, um ihn zu benutzen. Wir hatten ihn vergraben. Mit so einem hatte ich noch nie eine Dose geöffnet. Dosen wogen viel.

Sie hatten sich wieder gestritten, richtig laut. Sie waren beide aus dem Haus gerannt, er vorne raus, sie hinten. Er zog das volle Programm durch, sie kam wieder rein. Diesmal hatte sie auch geschrien. Wie sein Atem roch, irgendwas darüber. Ich hatte ihn noch gar nicht richtig gesehen, seit er zu Hause war, nur durchs Fenster. Er kam nach Hause, sie schrien, er ging. Er war spät. Wir lagen im Bett. Die Tür schepperte. Die Spannung unten verschwand.

– Hast du das gehört?

Sinbad antwortete nicht. Vielleicht hatte er es nicht gehört. Vielleicht konnte er entscheiden, was er hörte und was nicht. Ich hatte es gehört. Ich wartete darauf, dass er zurückkam. Ich wollte zu ihr runtergehen. Diesmal hatte sie ihn aber verletzt, so hatte es sich zumindest angehört.

Ich würde nur ein paar Dosen mitnehmen und neue kaufen, wenn ich welche brauchte. Äpfel würde ich auch mitnehmen, aber keine Orangen, die wurden zu schnell matschig. Früchte waren gut für einen. Ich würde nichts mitnehmen, was ich kochen musste. Ich würde Sandwiches machen und sie in Alufolie wickeln. Ich hatte noch nie kalte Bohnen gegessen. Ich würde sie aus der Soße herausfischen.

Mir gefiel es nicht, dass sie geschrien hatte. Das passte nicht.

Bevor ich ging, würde ich ordentlich zu Abend essen.

Die Kleider kamen am Schluss. Ich würde ein paar anziehen und noch ein paar brauchen, jeweils zwei und meinen Anorak. Ich durfte nicht vergessen, die Kapuze wieder dranzumachen. Die meisten Leute, die wegrannten, vergaßen Unterhosen und Socken. Die standen auf meiner Liste. Ich wusste nicht, wo meine Ma sie hinlegte. Wahrscheinlich beim Boiler im Wäscheschrank. Sonntags lagen beim Aufwachen immer saubere auf unseren Betten, als hätte Santy sie dort hingelegt. Samstagabends hielten wir uns die alten Unterhosen in der Badewanne vor die Augen, damit wir keinen Schaum hineinbekamen, wenn unsere Haare gewaschen wurden.

Er kam eine ganze Weile später nach Hause. Ich hörte seine Schritte ums Haus herum und dann die Hintertür. Der Fernseher lief. Ma war im Wohnzimmer. Er blieb eine Weile in der Küche, vielleicht machte er sich einen Tee oder wartete, dass sie ihn bemerkte, denn er ließ etwas fallen – es rollte. Sie blieb im Wohnzimmer. Er ging in den Flur. Eine Weile rührte er sich nicht. Dann knarrte eine der Stufen, er trat immer auf sie. Dann hörte ich dasselbe Knarren noch mal: Er kehrte um. Als er die Wohnzimmertür aufdrückte, blieb das Linoleum an der Kante hängen. Ich wartete. Ich lauschte angestrengt.

Ich musste rülpsen. Mein Rücken hob sich vom Bett, als würde ich mich gegen jemanden wehren, der mich festhielt. Ich rülpste noch einmal. Das tat im Hals weh. Ich wollte einen Schluck Wasser. Ich lauschte nach ihren Stimmen, versuchte, sie hinter den Fernsehergeräuschen zu hören. Ich konnte nicht aufstehen und mich näher schleichen, ich musste sie vom Bett aus hören, von genau hier. Das gelang mir nicht. Der Fernseher war lauter als vorher, zumindest dachte ich das.

Ich wartete, und an mehr erinnerte ich mich nicht.

Sie waren beide schuld. Es gehörten immer zwei dazu. Drei brauchte es nicht, für mich war kein Platz. Ich konnte nichts machen. Weil ich nicht wusste, wie ich verhinderte, dass es anfing. Ich konnte beten und weinen und die ganze Nacht wach bleiben und so dafür sorgen, dass es aufhörte, aber ich konnte nicht verhindern, dass es anfing. Ich verstand es nicht. Das würde ich nie. Ganz gleich wie lange ich lauschte und da war. Ich wusste es einfach nicht. Ich war dumm.

Sie stritten sich nicht ständig wegen neuer Sachen. Es war ein großer Streit, der in immer neue Runden ging. Aber er würde nicht nach fünfzehn Runden wie beim Boxen aufhören. Es war wie ein Kampf in alten Zeiten, als sie keine Boxhandschuhe trugen und so lange zuschlugen, bis einer von ihnen k. o. ging oder starb. Ma und Da hatten Runde fünfzehn längst hinter sich, sie kämpften seit Jahren – das verstand ich jetzt –, aber die Pausen zwischen den Runden wurden kürzer, das war der große Unterschied. Einer von ihnen würde bald k. o. gehen.

Meine Ma. Mein Da wäre mir lieber. Er war größer. Aber ihn wollte ich eigentlich auch nicht.

Ich konnte nichts tun. Manchmal, wenn man über etwas nachdachte, wenn man versuchte, etwas zu verstehen, entfaltete sich im eigenen Kopf unerwartet etwas wie ein warmes weiches Licht, und man verstand, und es war für immer vollkommen klar. Sie sagten, man habe Grips, aber das stimmte nicht, es war Glück, wie wenn man einen Fisch fing oder auf der Straße einen Schilling fand. Manchmal gab man auf, und plötzlich ging einem ein Licht auf. Es war großartig, als würde man wachsen. Dieses Mal würde das nicht passieren, niemals. Ich konnte noch so sehr nachdenken und mich noch so sehr konzentrieren, es würde sich einfach nichts tun.

Ich war der Schiri.

Ich war der Schiri, von dem sie nichts wussten. Taubstumm. Und unsichtbar.

– Gleich ist es so weit ...

Ich wollte, dass keiner gewann. Ich wollte, dass der Kampf ewig weiterging und nie aufhörte. Ich konnte es so steuern, dass er dauerte und dauerte.

– Break ...

Zwischen sie.

– Brrrr-äik!

Energisch, meine Hände auf ihren Brustkörben.

Ding ding ding.

Warum mochten Menschen sich nicht?

Ich hasste Sinbad.

Tat ich nicht. Wenn ich überlegte, warum ich ihn hasste, fiel mir als einziger Grund ein, weil er mein kleiner Bruder war, mehr nicht. Ich hasste ihn nicht wirklich. Große Brüder hassten ihre kleinen Brüder. Das mussten sie. Das war die Regel. Aber sie konnten ihre kleinen Brüder auch gernhaben. Ich hatte Sinbad gern. Ich mochte seine Größe und sein Aussehen, zum Beispiel die Haare am Hinterkopf, die in die falsche Richtung wuchsen, ich mochte, dass wir ihn Sinbad nannten und er zu Hause Francis hieß. Sinbad war ein Geheimnis.

Sinbad war tot.

Ich weinte.

Sinbad war tot.

Daran wäre nichts Gutes, mir fiel kein einziger Vorteil ein. Nichts. Dann hätte ich niemanden mehr, den ich hassen könnte, den ich vorgab zu hassen. Das Schlafzimmer, so wie ich es mochte, brauchte seine Geräusche und seinen Geruch und seine Gestalt. Jetzt fing ich richtig an zu weinen. Es war schön, Sinbad zu vermissen. Ich wusste, dass ich ihn bald sehen würde. Ich weinte weiter. Es gab sonst niemanden. Wenn ich mit ihm zusammen wäre, würde ich ihn wahrscheinlich hauen und ihm vielleicht einen Pferdekuss verpassen.

Ich liebte Sinbad.

Die Tränen auf der linken Seite flossen schneller als die auf der rechten.

Warum mochte Da Ma nicht? Sie mochte ihn, er war es, der sie nicht mochte. Was stimmte nicht mit ihr?

Nichts. Sie sah gut aus, auch wenn es mir schwerfiel, das mit Sicherheit zu sagen. Sie kochte gute Abendessen. Das Haus war sauber, der Rasen gemäht und gepflegt, und sie ließ immer ein paar Gänseblümchen in der Mitte stehen, weil Catherine sie mochte. Sie brüllte nicht wie manche der anderen Mütter herum. Sie trug keine Hosen mit Gummibund. Sie war nicht dick. Sie wurde nie lange wütend. Ich dachte darüber nach: Sie war die beste Ma hier in der Gegend. War sie wirklich, zu dem Schluss kam ich nicht nur, weil sie meine Ma war. Es stimmte. Die von Ian McEvoy war nett, aber sie rauchte, sie roch danach. Die von Kevin jagte mir Angst ein. Liam und Aidan hatten keine. Ich dachte lange über Missis Kiernan nach, aber die war keine Mutter, weil sie keine Kinder hatte. Sie war bloß eine Missis, weil sie mit Mister Kiernan verheiratet war. Meine Ma war von denen die beste und von allen anderen auch. Charles Leavys Ma war riesig, und ihr Gesicht war beinahe lila. Wenn sie nach draußen ging, lief sie die ganze Zeit in einem Mädchenregenmantel herum, und sie knotete den Gürtel, statt die Schnalle zu benutzen. Ich mochte mir gar nicht vorstellen, von ihr einen Gutenachtkuss zu bekommen. Ich würde es möglichst so aussehen lassen, als gäbe ich ihr einen Kuss, damit ich nicht ihre Gefühle verletzte oder Ärger bekäme, und meine Lippen nähern, ohne sie zu berühren. Sie rauchte auch.

Sollte Charles Leavy sie küssen.

Gegen meinen Da sprach mehr als gegen meine Ma. Mit meiner Ma stimmte alles, außer dass sie zu beschäftigt war. Mein Da verlor manchmal die Geduld, und er mochte das. Oben auf dem Rücken hatte er schwarze Dinger, die sich wie schwarze Insekten an ihn klammerten. Ich hatte sie gesehen, es waren ungefähr fünf in einer krummen Linie. Ich hatte sie gesehen, als ich ihm beim Rasieren zuschaute. Sein Unterhemd ließ zwei frei. Bei vielen Sachen konnte man ihn vergessen. Er spielte nie zu Ende. Er las Zeitung. Er hustete. Er saß zu viel.

Er furzte nicht. Ich hatte ihn nie erwischt.

Wenn man beim Furzen ein Streichholz ans Poloch hielt, kam eine Flamme heraus, das hatte Kevins Vater ihm erzählt – aber man musste älter sein, damit es funktionierte, mindestens in den Zwanzigern.

Es ging um ihn gegen sie.

Aber es gehörten immer zwei dazu. Er hatte bestimmt seine Gründe. Manchmal brauchte Da keinen Grund, und er war schon schlecht gelaunt. Aber nicht ständig. Normalerweise war er gerecht und hörte zu, wenn wir in Schwierigkeiten steckten. Auf mich hörte er mehr als auf Sinbad. Es musste also einen Grund geben, warum er Ma hasste. Irgendwas konnte mit ihr nicht stimmen, zumindest eine Sache. Ich fand sie nicht. Ich wollte gern. Ich wollte verstehen. Ich wollte zu beiden halten. Er war mein Da.

Ich ging kurz nach Sinbad ins Bett, bevor ich ohnehin hochmusste. Ich gab meiner Ma einen Gutenachtkuss und meinem Da auch. Bis jetzt hatten sie sich nicht gestritten, sie lasen beide, der Fernseher lief mit heruntergedrehtem Ton, bis die Nachrichten kamen. Meine Lippen berührten Da kaum. Ich wollte ihn nicht stören. Ich wollte, dass er so blieb, wie er gerade war. Ich war müde. Ich wollte schlafen. Hoffentlich war es ein tolles Buch.

Auf dem Treppenabsatz lauschte ich. Es war ruhig. Ich putzte meine Zähne, bevor ich in unser Zimmer ging. Ich hatte sie schon lange nicht mehr gründlich geputzt. Ich betrachtete den Rasierer meines Das, aber ich nahm nicht die Klinge heraus. Das Bett war kalt, aber die Decken lagen schwer auf mir, ich mochte das.

Ich lauschte.

Sinbad schlief nicht, die Pause zwischen dem Ein- und Ausatmen war zu kurz. Ich sagte nichts. Ich horchte noch einmal, lauschte: Er schlief definitiv nicht. Ich lauschte weiter – ich hatte die Tür ein Stück offen gelassen. Unten wurde immer noch nicht geredet. Wenn es so blieb, bis die Nachrichtenmusik ertönte, würden sie gar nicht streiten. Ich sagte noch immer nichts. Während der paar Minuten, die ich im Bett lag und lauschte, hatten sich meine Augen an die Dunkelheit gewöhnt, ich sah die Vorhänge, die Ecken, George Best, Sinbads Bett, Sinbad.

– Francis?

– Lass mich in Ruhe.

– Heute Abend streiten sie nicht.

Nichts.

– Francis?

– Patrick.

Er verhöhnte mich, durch die Art und Weise, wie er meinen Namen sagte.

– Pah-trick.

Mir fiel nichts ein.

– Pahhh-twick.

Ich hatte den Eindruck, als hätte er mich bei etwas erwischt, als würde ich in Schwierigkeiten geraten, aber ich wusste nicht, wofür. Ich wollte pinkeln, aber ich konnte nicht aufstehen.

– Pahhh–

Auf einmal schien er ich zu sein, und ich war er. Ich würde ins Bett pinkeln.

– twick.

Tat ich nicht.

Ich zog die Decken weg.

Er hatte es herausgefunden, er hatte es herausgefunden! Ich wollte seine Stimme hören, weil ich Angst hatte. Ich tat so, als würde ich ihn beschützen, dabei wollte ich ihn in meiner Nähe haben, um das gemeinsam zu ertragen, um zusammen zu lauschen, um es aufzuhalten oder abzuhauen. Er wusste Bescheid: Ich hatte Angst und war einsam, mehr als er.

Aber nicht lange.

Im oberen Laken gab es ein kleines Loch, genau an der Stelle, wo normalerweise mein großer Zeh lag. Dort schob ich gern meinen Zeh hinein, spürte die raue Decke, und zog ihn dann wieder raus. Als ich ihn dieses Mal rauszog, riss das Laken. Ich wusste warum: er nicht. Er hatte es gehört. Ich hatte ihn erschreckt. Besser gesagt das zerrissene Laken.

– Sinbad.

Ich stand auf. Ich hatte wieder das Sagen.

– Sinbad.

Ich würde pinkeln gehen, aber ich musste nicht mehr dringend.

– Ich werde dich erwürgen, sagte ich.

Ich ging zur Tür.

– Aber erst gehe ich pinkeln. Es gibt kein Entkommen.

Ich wischte den Sitz ab. Das Licht im Badezimmer war aus, aber ich hörte, wie mein Pipi aufs Plastik prallte. Ich wischte rundherum ab und warf das Papier in die Toilette. Dann spülte ich. Ich ging in unser Zimmer zurück, ohne die Tür anzufassen, ich schlich zu seinem Bett und trat einmal fester auf.

– Francis.

Ich gab ihm noch eine Chance.

– Rutsch rüber.

Wir waren quitt: Wir hatten uns gegenseitig Angst gemacht. Es blieb still, er rührte sich nicht. Ich ging ganz nah an sein Bett.

– Rutsch rüber.

Das war kein Befehl, ich hatte es freundlich gesagt.

Er schlief. Das hörte ich. Ich hatte ihn nicht so sehr erschreckt, um ihn am Einschlafen zu hindern. Ich setzte mich aufs Bett und hob meine Füße an.

– Francis.

Es war nicht genug Platz. Ich schob ihn nicht. Er war viel schwerer, wenn er schlief. Ich wollte ihn nicht wecken. Ich ging zu meinem eigenen Bett. Es war noch ein wenig warm. Das Loch im Laken war größer, zu groß. Ich verfing mich mit meinem Fuß. Ich hatte Angst, es weiter aufzureißen.

Ich würde einschlafen. Heute würde mir das gelingen. Und morgen würde ich Sinbad erzählen, dass ich ihn nicht aufgeweckt hatte.

Ich lauschte.

Nichts, dann redeten sie. Sie, er, sie, er ein bisschen länger, sie, er wieder lang, sie ein bisschen, er. Sie redeten nur, ganz normal. Er redete mit ihr. Mann und Frau. Mister und Missis Clarke. Mir fielen die Augen zu. Ich lauschte nicht weiter. Ich atmete gleichmäßig ein und aus.

– Ich habe dich nicht aufgeweckt, sagte ich ihm.

Er ging vor mir. Das lief völlig schief.

– Hätte ich aber gekonnt, sagte ich ihm.

Es war ihm egal, er hatte geschlafen. Er glaubte mir nicht.

– Habe ich aber nicht.

Bald kämen wir zur Schule, dort konnten wir nicht zusammen auftauchen. Ich holte ihn ein und ging an ihm vorbei. Er schaute mich nicht an. Ich war ihm im Weg. Als er um mich herumlief, sprach ich.

– Er hasst sie.

Er lief gleichmäßig weiter, mit genügend Abstand, damit ich ihn nicht packen konnte.

– Garantiert.

Wir waren auf dem Feld vor unserer Schule. Das Gras war hoch, es gab noch keine Fundamente, dafür aber Trampelpfade quer rüber, die alle am Ende des Feldes genau gegenüber unserer Schule zu einem Weg zusammenliefen. In der Mitte wuchs hohes Gras, und in den übrig gebliebenen Gräben Brennnesseln und Wiesenkerbel und Kletten.

– Wenn du nicht willst, dann glaub mir eben nicht, sagte ich. – Aber es stimmt trotzdem.

Mehr sagte ich nicht. Durchs Feld strömten jede Menge Jungen, die sich auf dem großen Weg sammelten. Drei Kerle aus der Stipendiatenklasse saßen im langen, nassen Gras und rauchten. Einer riss die langen Stängel ab und schüttete sie in seine Brotdose. Ich ging langsamer. Sinbad war an ein paar Jungen vorbei, und ich sah ihn nicht mehr. Ich wartete, dass James O'Keefe mich einholte.

– Hast du die Hausaufgaben gemacht?, fragte er.

Das war eine blöde Frage, wir machten alle die Hausaufgaben.

– Ja, sagte ich.

– Alle?

– Ja.

– Ich nicht, sagte er.

Das sagte er immer.

– Ich habe nicht alles wiederholt, sagte ich.

– Das zählt nicht, sagte er.

Die Hausaufgaben wurden immer korrigiert, alle. Da kamen wir nie mit etwas durch. Wir mussten unsere Hefte tauschen, Henno lief herum, gab die Antworten und schaute uns über die Schultern. Er machte Stichproben.

– Ich analysiere deine Schrift, Patrick Clarke. Warum wohl?

– Damit ich keine Antworten für ihn hinschreibe, Sir.

– Korrekt, sagte er. – Und er wird auch keine für dich hinschreiben.

Er schlug mir fest auf die Schulter, vielleicht weil er ein paar Tage vorher nett zu mir gewesen war. Aber ich rieb nicht darüber.

– Ich bin auch einmal zur Schule gegangen, sagte er. – Ich kenne alle Tricks. Nächste Aufgabe: elf mal zehn durch fünf. Erster Schritt, Mister O'Keefe.

– Zweiundzwanzig, Sir.

– Erster Schritt.

Er schlug James O'Keefe auf die Schulter.

– Multipliziere elf mit zehn, Sir.

– Korrekt. Und?

– Das ist alles, Sir.

Er bekam noch eine verpasst.

– Die Antwort, du *amadán*.

– Einhundertundzehn, Sir.

– Einhundertundzehn. Stimmt das, Mister Cassidy?

– Ja, Sir.

– Ausnahmsweise richtig, zweiter Schritt?

Bei Miss Watkins war das viel einfacher gewesen. Wir erledigten immer einen Teil unserer Hausaufgaben, aber die fehlenden Antworten schrieben wir einfach auf, wenn wir eigentlich die korrigieren sollten, die wir schon gemacht hatten. Bei Henno mussten wir mit einem roten Buntstift korrigieren. Wenn er nicht ordentlich gespitzt war, bekam man drei Hiebe. Zweimal die Woche, dienstags und donnerstags, durften wir zu zweit zum Mülleimer neben seinem Pult und sie spitzen. Er hatte einen Bleistiftspitzer an die Seite seines Lehrerpults geschraubt – man steckte seinen Bleistift in die Öffnung und drehte an einem Griff –, aber wir durften ihn nicht benutzen. Wir mussten unsere eigenen nehmen. Zwei Schläge, wenn wir sie nicht mitgebracht hatten, und es durfte kein Spielzeugspitzer sein, keiner mit Micky Maus oder den Sieben Zwergen oder sonst was drauf, sondern nur ein ganz normaler. Miss Watkins schrieb die richtigen Antworten immer vor neun Uhr an die Tafel, und dann setzte sie sich ans Pult und strickte.

– Hände hoch, wer das richtig hatte? *Go maith*. Nächste Aufgabe, lies sie mir vor, ähm ...

Ohne vom Stricken aufzublicken.

– Patrick Clarke.

Ich las sie von der Tafel ab und schrieb sie in die Lücke, die ich gelassen hatte. Einmal war sie aufgestanden und zu unseren Tischen gekommen und stehen geblieben und schaute meine Seite an, die Tinte war noch immer feucht, und es fiel ihr nicht auf.

– Neun von zehn, sagte sie. – *Go maith.*

Ich gab immer eine falsche Antwort, manchmal zwei. Das machten wir alle, außer Kevin. Er bekam immer zehn von zehn, in allem. Einen großartigen kleinen Iren, nannte sie ihn. Als Ian McEvoy das in der Pause zu Kevin sagte, verpasste er ihm eine, einen Kopfstoß auf die Nase.

Sie dachte, sie wäre nett, aber wir hassten sie.

– Noch wach, Mister Clarke?

Alle lachten. Das erwartete er.

– Ja, Sir.

Ich lächelte. Sie lachten wieder, aber nicht so sehr, wie beim ersten Mal.

– Gut, sagte Henno. – Wie spät ist es, Mister McEvoy?

– Weiß nicht, Sir.

– Kann sich keine Uhr leisten.

Wir lachten.

– Mister Whelan?

Seán Whelan hob den Ärmel seines Pullovers an und schaute darunter.

– Halb elf, Sir.

– Exakt?

– Fast.

– Exakt, bitte.

– Neunundzwanzig nach zehn, Sir.

– Welchen Tag haben wir heute, Mister O'Connell?

– Donnerstag, Sir.

– Bist du dir sicher?

– Ja, Sir.

Wir lachten.

– Soweit ich unterrichtet bin, haben wir heute Mittwoch, sagte Henno. – Und es ist halb elf. Welches Buch werden wir jetzt aus unseren *málas* nehmen, Mister – Mister – Mister O'Keefe?

Wir lachten. Wir mussten.

Ich ging ins Bett. Er war nicht nach Hause gekommen. Ich küsste meine Ma.

– Schlaf schön, sagte sie.

– Gute Nacht, sagte ich.

Ihr wuchs ein Haar aus einem kleinen Ding auf ihrem Gesicht. Genau zwischen ihrem Auge und dem Ohr. Ich hatte es noch nie gesehen, das Haar. Es war gerade und dick.

Ich wachte auf. Kurz bevor sie hochkam, um uns aufzuwecken. Das verrieten mir die Geräusche von unten. Sinbad schlief noch. Ich wartete nicht. Ich stand auf. Ich war hellwach. Ich schlüpfte in meine Klamotten. Das war gut, das Fenster hinterm Vorhang war hell.

– Ich wollte gerade hochkommen, sagte sie, als ich in der Küche auftauchte. Sie fütterte die Mädchen, fütterte eine und achtete darauf, dass die andere es ordentlich hinbekam. Catherine traf nur selten ihren Mund. Ihre Schüssel war immer leer, aber sie aß nie besonders viel.

– Ich bin wach, sagte ich.

– Das sehe ich, sagte sie.

Ich schaute zu, wie sie Deirdre fütterte. Ihr wurde das nie langweilig.

– Francis schläft noch.

– Macht nichts, sagte sie.

– Er schnarcht, sagte ich.

– Tut er nicht, sagte sie.

Sie hatte recht, er schnarchte nicht. Ich hatte es einfach gesagt, aber nicht, damit er Ärger bekam. Ich wollte einfach etwas Lustiges sagen.

Ich hatte keinen Hunger, aber ich wollte essen.

– Dein Dad ist schon zur Arbeit los, sagte sie.

Ich schaute sie an. Sie beugte sich vor, hinter Catherine, und half ihr, den letzten Rest auf den Löffel zu kratzen, berührte sie am Arm, hielt ihn nicht fest, lenkte den Löffel zum Haferbrei.

– Fein gemacht.

Ich ging wieder nach oben. Ich wartete, lauschte, unten herrschte keine Gefahr. Ich ging in ihr Zimmer. Das Bett war gemacht, die Federdecke über die Kissen gezogen und hinter ihnen festgesteckt. Ich zog die Federdecke zurück. Ich lauschte. Ich schaute zuerst auf die Kissen. Ich zog die Federdecke noch ein Stück zurück, die Wolldecken auch. Das Bettlaken hatte sie nicht gemacht. Nur auf ihrer Seite sah man den Abdruck eines Körpers, die richtigen Falten, die zum Kissen passten. Die andere Seite war glatt, die Kissen aufgeschüttelt. Ich legte meine Hand aufs Laken, ihre Seite fühlte sich warm an, zumindest dachte ich das. Seine Seite berührte ich nicht.

Die Daunendecke steckte ich nicht zurück, damit sie Bescheid wusste.

Ich lauschte. Ich schaute in den Schrank. Seine Schuhe und Krawatten waren da, drei Paar Schuhe, zu viele Krawatten, ein ganzes Bündel.

Ich überlegte es mir anders, steckte die Federdecke fest und strich sie glatt.

Ich beobachtete sie. Sie putzte den Babystuhl. Sie sah aus wie immer. Bis auf das eine Haar, aber das sah ich jetzt nicht. Ich strengte mich an, schaute sie an, versuchte herauszufinden, was ihr Gesichtsausdruck bedeutete.

301

Sie sah aus wie immer.

– Soll ich Francis wecken?

Sie warf den Lappen, und er landete hängend über der Spüle.

Sie warfen nie mit Sachen.

– Das machen wir zusammen, sagte sie.

Sie nahm die Kleine und setzte sie sich auf die Hüfte. Dann streckte sie ihre Hand aus, für mich. Ihre Hand war nass. Wir schlichen die Stufen hoch. Wir lachten, als sie knarrten. Sie drückte meine Hand.

Die Beerdigung wäre riesig. Mit einer Fahne auf seinem Sarg. Die Familie der geretteten Person würde mir und Sinbad Geld schenken. Meine Ma hätte einen dieser Schleier, genau über ihrem Gesicht. Sie sähe wunderschön dahinter aus. Sie würde leise weinen. Ich würde überhaupt nicht weinen. Ich würde meinen Arm um sie legen, während wir aus der Kirche liefen und uns alle anschauten. Sinbad käme noch nicht an ihre Schultern. Kevin und die anderen würden vor der Kirche und am Grab neben mir stehen wollen, aber das könnten sie nicht, weil zu viele Leute da wären, nicht nur Verwandte. Ich hätte einen Anzug mit langen Hosen und einer Innentasche im Jackett. Die Familie des geretteten Jungen würde ein Schild an der Wand neben unserer Haustür anbringen lassen. Mein Da war gestorben, als er einem kleinen Jungen das Leben rettete. Aber das würde so nicht geschehen, das war bloß dumm. Träume waren schön, solange sie andauerten. Meinem Da würde nichts passieren. Eigentlich wollte ich auch gar nicht, dass er starb oder sonst etwas mit ihm passierte, er war mein Da. Ich stellte mir lieber meine eigene Beerdigung vor, das war ein viel schönerer Traum.

Ich sah, wie Charles Leavy hinterm Schultor verschwand. Ich schaute mich um – ich wollte niemanden dabeihaben – und folgte ihm. Ich wartete auf einen Anschnauzer, während der kleinen Pause durften wir nicht den Schulhof verlassen. Ich ging gleichmäßig weiter. Ich schob meine Hände in die Taschen.

Er war ins Feld gegangen. Als ich die Straße überquerte, trat ich gegen einen Stein. Ich blickte zurück. Der Schuppen verdeckte einen Großteil des Hofes. Niemand schaute. Ich rannte. Er verschwand im hohen Gras. Ich ließ den Platz nicht aus den Augen. Ich ging langsamer und lief ins Gras. Es war noch immer nass. Ich pfiff. Ich dachte, ich würde direkt auf ihn zugehen.

– Ich bin's.

Ich entdeckte eine Lücke im Gras, ein Loch.

– Ich bin's.

Er war da. Ich müsste mich hinsetzen, aber ich wollte nicht. Meine Hose war von der Feuchtigkeit schon dunkel. Er saß auf einem durchgeweichten Pappkarton. Für mich war kein Platz. Ich kniete mich auf eine Ecke.

– Ich habe dich gesehen, sagte ich.

– Ja und?

– Nichts.

Er zog an seiner Major. Wahrscheinlich hatte er sie angezündet, während ich ihn einholte. Er reichte sie mir nicht weiter. Ich war froh, auch wenn ich gehofft hatte, dass er das tun würde.

– Schwänzt du?

– Hätte ich dann meinen Schulranzen im Klassenzimmer gelassen?, sagte er.

– Nein, sagte ich.

– Also.

– Das wäre dämlich.

Er zog noch einmal. Wir waren allein im Feld. Die einzigen Geräusche kamen vom Schulhof, das Geschrei und die Pfeife des Lehrers, und von irgendwo weiter weg ein Betonmischer. Ich beobachtete, wie der Rauch rauskam. Er nicht. Er schaute zum Himmel. Ich war

nass. Ich lauschte nach der Schulglocke. Wie sollten wir dort wieder
reinkommen? Die Stille war wie ein Stich in meinen Magen. Er würde nichts sagen.

– Wie viele rauchst du am Tag?

– So um die zwanzig.

– Woher hast du das Geld?

Es sollte nicht so klingen, als würde ich ihm nicht glauben. Er
schaute mich an.

– Das klaue ich, sagte er.

Ich glaubte ihm.

– Ja, sagte ich, als würde ich das ebenfalls machen.

Jetzt schaute ich auch zum Himmel. Mir blieb nicht mehr viel Zeit.

– Bist du schon einmal abgehauen?, fragte ich.

– Verpiss dich, ja?

Ich war überrascht. Dann kapierte ich es: Warum sollte er?

– Wolltest du schon mal?

– Wenn ich gewollt hätte, hätte ich es gemacht, sagte er.

Dann stellte er mir eine Frage.

– Überlegste, es selbst zu machen?

– Nein.

– Warum fragste dann?

– Ich wollte es einfach wissen.

– Schon klar.

Ich wollte ihn fragen, ob er mich das nächste Mal mitnehmen würde.
Deshalb war ich ihm hinterher. Das war dämlich. Ich war gestrandet,
jenseits des Schulhofes. Ich war bei ihm, aber das war ihm egal. Wenn
Charles Leavy jemals von zu Hause weggerannt wäre, wäre er nie wieder zurückgekommen. Er wäre weggeblieben. Das wollte ich nicht.

Ich wollte nicht erwischt werden. Ich stand auf.

– Bis später.

Er antwortete nicht.

Ich kroch bis zum Rand des Feldes, aber es machte keinen Spaß.

Ich wollte abhauen, um ihnen einen Schrecken einzujagen und ihnen ein schlechtes Gewissen zu machen, um sie zusammenzuschieben. Sie würde weinen, und er seinen Arm um sie legen. Und sein Arm würde auch dort bleiben, wenn ich auf dem Rücksitz eines Polizeiautos nach Hause käme. Ich würde nach Artane geschickt werden, weil ich die Zeit und das Geld der Polizei verschwendet hätte, aber sie würden mich jeden Samstag besuchen, solange ich dort wäre. Nicht allzu lang. Sie würden sich die Schuld geben, Sinbad auch, aber ich würde ihnen sagen, dass das nicht stimmte. Dann würde ich rauskommen.

So weit mein Plan.

Ich richtete mich im Gras auf. Ich sah mich um, als würde ich etwas suchen, schaute besorgt drein.

– Ich habe einen Einpfundschein verloren, Sir. Ich habe für meine Ma darauf aufgepasst, Einkaufsgeld.

Ich zuckte die Schultern, gab auf. Das Geld war weggeweht worden. Ich überquerte die Straße. Der schlimmste Teil, um den Schuppen herum zurück auf den Schulhof. Niemand wartete. Mister Finnucane kam mit der Glocke aus der Tür. Ich stellte mich neben Aidan und Liam.

– Wo warst du?

– Eine rauchen.

Sie sahen mich an.

– Mit Charlo, sagte ich.

Ich konnte es mir nicht verkneifen.

– Soll ich mal hauchen?

Mister Finnucane hob die Glocke und hielt mit der anderen Hand den Klöppel. So machte er das immer. Er hielt sie über seine Schulter, ließ den Klöppel los und senkte dann die Glocke und hob sie und senkte sie, zehn Mal. Seine Lippen bewegten sich, er zählte mit. Beim zehnten Mal mussten wir uns in Reihen aufgestellt haben. Charles Leavy stand fünf Plätze vor mir. Kevin hinter mir. Er stieß mich mit dem Knie in die Kniekehle.

– Lass das!

– Und wenn nicht?

– Wirst du schon sehen.

– Mach doch.

Ich unternahm nichts. Dabei wollte ich es ihm gern zeigen.

– Mach doch.

Ich trat nach hinten gegen sein Schienbein. Das hatte wehgetan, ich konnte es spüren. Er sprang ein Stück zur Seite.

– Was ist da los?

– Nichts, Sir.

– Was ist passiert?

Das war Mister Arnold, nicht Henno. Er hatte die Jungen in seiner Reihe gezählt. Es interessierte ihn nicht allzu sehr, was passiert war. Er schaute nur über die Köpfe der Jungen hinweg. Er machte sich nicht die Mühe, sich einen Weg durch sie zu bahnen.

– Ich bin hingefallen, Sir, sagte Kevin.

– Nun, dann fall nicht noch einmal hin.

– Ja, Sir.

Kevin stand wieder hinter mir.

– Das werde ich dir heimzahlen, Clarke. Hast du mich verstanden?

– Ruhe dahinten.

Henno war herausgekommen, um uns abzuholen. Er marschierte an uns entlang, zählte, und die andere Seite wieder zurück. Er kam das zweite Mal an mir vorbei. Ich wartete, dass Kevin zuschlug. Er boxte mich in den Rücken. Zu mehr hatte er keine Zeit.

– Das war erst der Anfang.

Es war mir egal. Er hatte mir nicht besonders wehgetan. Außerdem konnte ich es ihm auch heimzahlen. Er war nicht mehr mein

Freund. Er war ein Dummkopf, ein Schwindler und ein Lügner. Er hatte keine Ahnung.

– *Anois*, schrie Henno mich von vorne an. – *Clé deas, clé deas ...*

Wir marschierten ins Hauptgebäude und zu unserem Klassenzimmer. Henno stand an der Tür.

– Tretet euch die Schuhe ab.

Er musste das nur einmal sagen. Die vorderen Jungen putzten sich die Schuhe ab, und alle anderen machten es ihnen nach. Der letzte musste leise die Tür schließen. In der Schule war kein Mucks zu hören. Henno ließ uns immer bis zum Schluss warten, damit sich unser Lärm nicht mit dem der anderen Klassen vermischte. Wenn er auch nur jemanden flüstern hörte, ließ er uns eine halbe Stunde stehen. Wir mussten warten, bis die beiden Klassen vor uns in ihren Räumen waren, und durften erst dann reingehen.

Ich würde trotzdem weglaufen, auch ohne Sinbad oder Charles Leavy. Sinbad wäre mir lieber, dann hätte ich das Kommando und würde wie in *Dreißig Minuten Vorsprung* meinen kleinen Bruder auf dem Rücken durch Gräben und Sümpfe und über Flüsse tragen, wenn er zu erschöpft war. Mich um ihn kümmern.

– Die nächsten beiden.

Ich würde alleine gehen.

– Und die nächsten.

Irgendwo in die Nähe. Irgendwo zum Hin-und-wieder-zurück-Laufen.

– Die nächsten beiden.

Kevin wartete auf mich. Er hatte es ein paar Jungen erzählt. Sie warteten alle auf mich. Das war mir egal. Ich hatte keine Angst. Er hatte mich schon ein paarmal vermöbelt. Aber das war anders gewesen, damals wollte ich, dass er gewann. Jetzt war mir das egal. Wenn er mir wehtat, würde ich ihm wehtun. Es war egal, wer gewann. Ich versuchte nicht, mich an ihm vorbeizuschleichen, so zu tun, als wäre er nicht da oder als hätte ich es vergessen. Ich lief direkt auf ihn zu. Ich wusste, was passieren würde.

Er stieß mich gegen den Brustkorb. Die Umstehenden rückten näher heran. Es musste schnell gehen, bald kämen die Lehrer heraus. Ich ging einen Schritt zurück. Er musste auf mich zugehen.

– Mach schon.

Er stieß mich fester, noch fester – mit offener Handfläche –, damit ich mich wehrte.

Ich sagte es laut genug.

– Ich habe die Bremsstreifen auf deiner Unterhose gesehen.

Über sein Gesicht huschten Verletzung, Schmerz, Wut. Er bekam einen roten Kopf, seine Augen wurden kleiner und feucht.

Die Umstehenden rückten näher.

Er kam mit zwei angehobenen, geballten Fäusten auf mich zu, jetzt wollte er mich bloß noch angreifen. Alles andere war ihm egal, er sah sich nicht um. Er schlug zu. Eine seiner Fäuste öffnete sich, er wollte mich kratzen. Er stöhnte. Ich war ihm ausgewichen. Ich hatte ihn auf die Wange geboxt. Mir taten die Köchel weh. Er drehte sich zu mir und ging wieder auf mich los, seine Finger in meiner Nase. Ich zog das Knie hoch – daneben –, zog es wieder hoch – traf ihn, überm Knie. Ich zog ihn zu mir. Er versuchte, sich herauszuwinden, aus seinen Klamotten zu schlüpfen. Mit einer Hand hielt ich seine Haare, meine Hand war nass – von seinem Schnodder, seinen Tränen. Er durfte nicht auf Abstand gehen: Dann würden sie mitbekommen, dass er weinte. Ich versuchte, seine Hände loszubekommen und zurückzuspringen – es ging nicht. Ich zog das Knie hoch – daneben. Jetzt schrie er, mit geschlossenem Mund. Ich hielt ihn an den Haaren, ich zog seinen Kopf zurück.

– Unfair!, rief irgendjemand. Das war mir egal. Es war bescheuert. Das gerade war das Wichtigste, was mir je passiert war, ganz klar.

Er rammte seinen Kopf in mein Gesicht, vor allem auf meinen Mund. Es blutete – ich konnte es schmecken. Der Schmerz war gut. Es war nicht schlimm. Es spielte keine Rolle. Er machte es noch einmal, nicht mehr so gut. Er stieß mich zurück. Wenn ich fallen würde, wäre das etwas anderes. Ich stolperte zurück – ich würde stürzen. Ich fiel nach hinten, auf jemanden drauf. Er ging aus dem Weg – sprang zurück –, aber es war zu spät, ich stand wieder fest auf beiden Füßen. Das war toll.

Er zog meinen Pullover und mein Hemd und mein Unterhemd zu meinem Kinn und versuchte, mich umzustoßen. Das sah bestimmt dämlich aus. Ich konnte ihn nicht treten, ich brauchte meine Beine. Ich nahm meine Fäuste und schlug gegen seinen Kopf, einmal, zweimal, dann packte ich seine Arme, damit er seine Hände von meinem Gesicht wegließ. Er kam mir viel kleiner vor als ich. Sein Kopf drückte gegen meinen Brustkorb, bohrte sich hinein, er biss in meinen Pullover. Ich packte ihn am Hinterkopf und drückte. Sein Kopf rutschte zu meinem Bauch, und er dachte, dass er mich jetzt hätte, mich schnell genug nach hinten stoßen könne, damit ich fiel. Ich hielt mich an seinen Haaren fest. Er machte sich zum Angriff bereit – ich erwischte ihn sauber mit dem Knie, direkt ins Gesicht – unglaublich fest. In seinem Aufstöhnen lagen Schreck, Schmerz und Scheitern. Er war erledigt. Die Umstehenden schwiegen. So etwas hatten sie noch nie erlebt. Sie wollten Kevins Gesicht sehen, hatten aber auch Angst.

Es würde nie mehr so werden wie früher.

Mein Knie schwoll an. Das spürte ich. Ich drückte seinen Kopf noch immer nach unten. Er klammerte sich noch immer an mir fest, schob, aber er war erledigt. Ich versuchte es wieder, Knie hoch, aber dieses Mal dachte ich zu viel darüber nach, das bremste mich. Mein Bein erreichte nur knapp sein Gesicht. Ich konnte nicht loslassen, bis er losließ. Ich hielt ihn an einem Ohr und drehte es. Er schrie, biss sich dann auf die Zunge. Ich wollte nicht aufhören, wie sonst immer, das hier war anders. Es war vorbei, aber er wollte es nicht zugeben, also sagte ich es.

– Gibst du auf?

– Nein.

Er musste das sagen. Jetzt musste ich ihm wehtun. Ich nahm wieder sein Ohr, drehte es, bohrte meine Nägel hinein.

– Gib auf.

Ich hörte nicht auf, um seine Antwort abzuwarten. Er konnte nicht sprechen. Das wusste ich. Ich drehte sein Ohr wieder zurück.

– Gibst du auf?

Er sagte nichts.

Und ich wollte nicht weitermachen. Also ließ ich los. Ich legte meine Hände auf seine Schultern und stieß ihn so weit zurück, dass ich weggehen konnte. Ich schaute ihn nicht einmal an.

Ich überquerte die Straße. Ich humpelte. Er könnte mich verfolgen, ich hatte nicht gewonnen, er hatte nicht aufgegeben. Er könnte mich verfolgen und sich auf mich stürzen. Ich schaute nicht zurück. Jemand warf einen Stein. Es war mir egal. Ich schaute nicht zurück. Ich humpelte, und ich hatte Hunger. Auf meiner Hose war Kevins Blut. Ich war allein.

– Ich habe nicht aufgegeben, sagte er.

Nach dem Mittagessen, auf dem Hof.

– Du bist erledigt, sagte er.

Seine Nase war rot, sein Kinn aufgeschürft, fünf dünne Kratzer in einer geschwungenen Linie. Die Haut neben seinem rechten Auge war rotviolett. Auf seinem Pullover war getrocknetes Blut, aber nicht viel. Er trug ein sauberes Hemd.

– Du hast nicht gewonnen.

Ich blieb stehen und schaute ihn direkt an. Ich sah ihm an, dass er sich am liebsten umschauen wollte, damit er notfalls abhauen konnte. Ich sagte nichts. Dann ging ich davon.

– Feigling.

Als meine Ma die Hose sah, das Blut darauf, rannte sie zu mir. Dann blieb sie stehen, und ihr Blick glitt über mein Gesicht bis hinunter zu meinen Füßen.

– Was ist mit dir passiert?

– Ich habe gekämpft.

– Oh.

Ich musste mich umziehen, aber sonst sagte sie nichts weiter.

– Wo hast du die schmutzigen Sachen gelassen?

Ich ging wieder nach oben und holte sie. Ich legte sie in den Plastikkorb in der Ecke zwischen Kühlschrank und Wand.

– Die müssen einweichen, sagte sie.

Sie holte sie raus. Sinbad sah sie. Man konnte nur schwer erkennen, dass es Blut war. Auf dem Stoff sah es nicht rot aus.

Noch eine Stimme.

– Feigling.

Die von Ian McEvoy.

– Feigling!

Eine Weile spürte ich in mir ein Loch, ich gewöhnte mich daran.

– Haarezieher.

– Puller puller! Machst du dir schon in die Hose?

Das war James O'Keefe. Ich ging in den Schuppen und setzte mich allein dorthin. Sie standen alle draußen im Hellen und spähten hinein, weil die Sonne hinterm Schuppendach stand und es dort dunkel war. Es war kühl. Ich hörte eine Fliege oder wie etwas erstarb.

– Boykott!

Kevins Stimme.

– Boykott!

Sie alle.

– Boykott Boykott Boykott.

Die Glocke läutete, und ich stand auf.

Captain Boycott wurde von seinen Pächtern boykottiert, weil er sie ständig ausplünderte und aus ihren Häusern vertrieb. Sie wollten nicht mit ihm reden oder sonst was, und er wurde verrückt und ging zurück nach England, wo er hergekommen war.

Ich ging zurück in die Reihe. Ich stand hinter Seán Whelan. Ich stellte meinen Ranzen auf den Boden. Niemand stellte sich neben mich. Henno kam.

– Gerade gestanden, aufgepasst.

Er lief los, zählte. David Geraghty war neben mir. Er stützte sich immer auf eine bestimmte Weise auf seiner Krücke ab. Er drehte den Kopf, als würde er Henno beim Vorbeilaufen beobachten.

– Da geht er hin.

Er richtete sich auf.

– Tolle Leistung, Kinder zählen.

Ich schaute auf David Geraghtys Lippen. Ich sah nicht, dass er sie bewegte. Sie waren nur ein bisschen geöffnet.

Fluke Cassidy musste neben mir sitzen. Er schaute mich nicht an. Kevin war der Einzige, der schaute. Sein Mund formte ein Wort.

Boykott.

War mir recht. Ich wollte in Ruhe gelassen werden. Allerdings wollte ich nicht, dass mich alle ständig allein ließen. Egal, wo ich hinschaute, drehten sie sich weg. Das wurde langweilig. Ich schaute zu Seán Whelan und Charles Leavy, sie machten nicht mit. Zu David Geraghty, er warf mir eine Kusshand zu.

Alle anderen schon.

Ich schaute nicht weiter. Sie konnten mich nur boykottieren, wenn ich mich boykottieren ließ.

– Hast du gewonnen?, fragte sie.

Ich wusste, was sie meinte.

– Was?, fragte ich.

– Den Kampf.

– Ja.

Sie sagte nicht Gut, aber sie sah so aus.

– Gegen wen?, fragte sie.

Ich schaute auf ihre Schulter.

– Willst du es nicht verraten?

– Nein.

– Na schön.

Ich kletterte in den Trockenschrank. Ich musste hochklettern, über den Warmwasserboiler. Er war heiß. Ich passte auf, dass ich nicht mit den Beinen drankam. Ich benutzte einen Stuhl, um ins unterste Regal zu kommen, Handtücher und Geschirrhandtücher. Ich lehnte mich raus und stieß den Stuhl von der Tür weg. Dann der schwierige Teil: Ich lehnte mich noch weiter raus, packte die Tür und zog sie zu mir. Zu. Innen gab es keinen Griff. Ich musste meine Finger zwischen die Holzlatten stecken, aus denen die Tür bestand. Die Luft strömte raus, klick.

Rabenschwarze Dunkelheit. Überhaupt kein Licht, nicht im Inneren und nicht durch die Latten. Ich horchte in mich hinein. Ich hatte keine Angst. Ich schloss die Augen, ließ sie so, öffnete sie. Noch immer rabenschwarz und noch immer keine Angst.

Ich wusste, dass es nicht echt war, ich wusste, dass die Dunkelheit im Freien nicht so dunkel war wie hier, aber dass sie unheimlicher wäre. Ich wusste das. Aber ich war trotzdem froh. Die Dunkelheit an sich war nicht das Problem. An ihr erschreckte mich nichts. Es war schön im Trockenschrank, besonders auf den Handtüchern, besser als unterm Tisch. Ich blieb dort.

Er kam ganz normal von der Arbeit. Er aß zu Abend. Er unterhielt sich mit meiner Mutter, einer Frau war im Zug schlecht geworden.

– Die Arme, sagte meine Ma.

Alles unverändert. Sein Anzug, Hemd, Krawatte, Schuhe. Ich schaute auf seine Schuhe, ich ließ die Gabel fallen. Sie waren sauber, so wie immer. Ich nahm meine Gabel. Sein Gesicht war nicht dunkel wie sonst, wenn er nach Hause kam, der Teil, den er rasieren musste. Dort, wo er sich morgens rasierte, wuchsen normalerweise Bartstoppeln. Er kitzelte uns damit.

– Hier kommt Dadas Kratzgesicht!

Wir liefen davon, aber wir liebten es.

Sie waren nicht da. Sein Gesicht war glatt, die Haare unter der Haut. Er hatte sich nicht heute Morgen rasiert.

Das fühlte sich gut an: Ich hatte ihn ertappt. Ich aß meine ganzen Möhren auf.

Ich blieb im Trockenschrank und lauschte nach unten zu meiner Ma und den Mädchen. Die Hintertür stand offen. Catherine krabbelte ständig rein und wieder raus. Ich lauschte nach Sinbad, er war nicht da. Mein Da rührte sich nicht. Es blieb dunkel, außer einem winzigen Spalt am Rand der Tür. Draußen im Freien wäre es anders. Dort gab es Wind und Wetter und Tiere, Menschen und Kälte. Aber es galt, die Dunkelheit zu besiegen. Ich konnte mich anziehen, um warm zu bleiben, und meine Taschenlampe mitnehmen, um die Tiere zu verscheuchen. Nachtaktive Tiere. Meinen Anorak – an die Kapuze denken –, damit ich trocken blieb. Die Dunkelheit musste ich als Einziges besiegen, und ich hatte sie besiegt. Sie machte mir kein bisschen Angst. Ich mochte sie. Wenn man zwischen der Dunkelheit und dem Tag keinen Unterschied mehr machte, war das ein Zeichen, dass man erwachsen wurde.

Ich war bereit, beinahe. Ich hatte den Dosenöffner geklaut. Das war einfach gewesen. Ich hatte ihn nicht einmal in meine Tasche gesteckt. Ich machte das Preisschild ab und hielt ihn so, als hätte ich ihn schon mit in den Laden gebracht, und spazierte dann damit hinaus. Bis jetzt hatte ich schon zwei Konservendosen, Bohnen und Ananasstücke. Ich wollte nicht zu viele auf einmal wegnehmen, das würde meiner Ma sonst auffallen. Die Ananasstücke standen schon ewig im Schrank. Ich fand heraus, wo meine Ma die Unterhosen, die Socken, die Pullover und alles aufbewahrte. Auf dem Regal im Trockenschrank über mir. Ich konnte sie jederzeit holen. Dazu brauchte ich bloß einen Stuhl. Jetzt fehlte mir nur noch Geld. Ich hatte ein Two- und ein Threepencestück gespart, aber das reichte bei Weitem nicht. Ich musste mein Postsparbuch finden, dann wäre ich ganz und gar bereit. Dann würde ich gehen.

Das Einzige, was ich vermisste, war das Reden. Niemanden zu haben, mit dem ich reden konnte. Ich redete gern. Sie schlossen sich alle Kevin an, besonders James O'Keefe. Er brüllte die Parole.
– Boykott!
Aidan und Liam waren nicht ganz so schlimm. Sie schauten zu mir, sie hätten geantwortet, wenn ich etwas gesagt hätte. Sie wirkten nervös und traurig. Sie wussten, wie das war. Ian McEvoy sah einen auf eine Art an, die ich nicht kannte. Er grinste höhnisch mit halb hochgezogenem Mund. Wenn ich in der Nähe war, lief er im Kreis, tat so, als würde er auf mich zugehen und dann seine Meinung ändern. Das war mir egal. Er hatte nie eine Rolle gespielt. Charles Leavy war wie immer. Keiner von ihnen redete mit mir, kein Einziger.
Außer David Geraghty. Er hörte gar nicht auf. Wir saßen nebeneinander, zu beiden Seiten des Gangs. Er lehnte sich zu mir, hielt sich am Schreibtisch, direkt vor Hennos Nase.
– Hallöchen.
Er wollte mich zum Lachen bringen.
– Hallöchen Popöchen.

Er war durchgeknallt. Ich fragte mich fast, ob er absichtlich ver-
krüppelt war, ob er seine Beine im Gegensatz zu uns gar nicht wollte.
Er machte das nicht, damit es mir besser ging, er machte es einfach.
Er war vollkommen durchgeknallt, vollkommen allein, viel besser als
Charles Leavy: Er musste nicht rauchen oder dafür sorgen, dass wir
ihn beim Schwänzen sahen.

– Verdammt schöner Tag.

Er schnalzte mit der Zunge.

– Ja, Sir, Trampas.

Wie der Cowboy.

Er schnalzte wieder mit der Zunge.

– Pipi Pipi Kacka Kacka fick fick.

Ich lachte.

– Na also.

Kleine Pause. Ich stand allein, auf Abstand zu den anderen, damit wir
uns nicht gegenseitig boykottieren mussten. Ich hielt nach Sinbad
Ausschau, bloß um zu wissen, wo er war.

Ich hörte es, bevor ich es spürte, das Zischen, dann den Schlag auf
meinen Rücken. Er stieß mich nach vorn, und ich entschied mich
zu fallen. Es tat richtig weh. Ich wirbelte herum und schaute. Es war
David Geraghty. Er hatte mir seine Krücke übergezogen. Ich spürte
den Striemen auf meinem Rücken. Das Zischen hallte nach.

Er weinte. Er bekam die Krücke nicht unter die Achsel. Er weinte
richtig. Er schaute mich beim Sprechen an.

– Kevin wollte, dass ich das mache.

Ich blieb auf dem Boden. Er richtete seine Krücken wieder und
lief auf ihnen zum Schuppen.

*

Ich bekam nie die Gelegenheit abzuhauen. Ich war zu spät. Er ging zuerst. Die Art und Weise, wie er die Tür schloss – er schlug sie nicht zu. Irgendetwas verriet mir, er würde nicht zurückkommen. Er schloss sie so, als würde er einkaufen gehen, aber er benutzte die Haustür, und die nahmen wir nur, wenn wir Besuch bekamen. Er schlug sie nicht zu. Er schloss sie hinter sich – ich sah ihn durch die Scheibe. Er zögerte ein paar Sekunden und ging. Er hatte keinen Koffer bei sich, nicht mal eine Jacke, aber ich wusste es.

Ich öffnete meinen Mund, ein Brüllen entstand, aber es kam nie raus. Meine Brust schmerzte, ich hörte, wie mein Herz das Blut durch meinen Körper pumpte. Jetzt müsste ich weinen, zumindest dachte ich das. Ich schluchzte einmal, und das war's.

Er hatte sie wieder geschlagen, und ich hatte ihn gesehen, und er hatte mich gesehen. Er knallte ihr eine auf die Schulter.

– Hast du mich verstanden?!

In der Küche. Ich wollte mir einen Schluck Wasser holen, ich sah, wie sie zurückwich. Er schaute mich an. Er öffnete seine Faust. Er wurde rot. Er sah aus, als säße er in der Klemme. Gleich würde er etwas sagen, zumindest dachte ich das. Tat er nicht. Er sah sie an, seine Hände bewegten sich. Ich dachte, er würde sie an den Platz zurückstellen, auf dem sie gestanden hatte, bevor er sie schlug.

– Was möchtest du, Schatz?

Meine Ma. Sie hielt sich nicht die Schulter oder so.

– Einen Schluck Wasser.

Draußen war es noch hell, zu früh zum Streiten. Ich wollte mich entschuldigen, weil ich reingekommen war. Meine Ma füllte mir den Becher an der Spüle. Es war Sonntag.

Mein Da sprach.

– Wie ist das Spiel?

– Sie gewinnen, sagte ich.

317

Es lief das große Duell, Liverpool schlug Arsenal. Ich war für Liverpool.

– Toll, sagte er.

Ich war gekommen, um mir Wasser zu holen, aber auch, um ihm das zu sagen.

Ich nahm meiner Ma den Becher ab.

– Vielen Dank.

Und ging wieder ins Wohnzimmer und schaute zu, wie Liverpool gewann. Beim Abpfiff jubelte ich, aber niemand kam zu mir.

Er schlug die Tür nicht einmal leicht zu. Ich sah ihn durch die Scheibe, er zögerte, dann war er weg.

Eins wusste ich: Morgen oder übermorgen würde meine Ma mich zu sich rufen, nur wir beide, und dann würde sie sagen: – Jetzt bist du der Mann im Haus, Patrick.

So war es immer.

– PADDY CLARKE
PADDY CLARKE
OHNE DA
HA HA HA!

Ich hörte gar nicht hin. Sie waren bloß Kinder.

Am Tag vor Heiligabend kam er nach Hause, zu Besuch. Ich sah ihn wieder durch die Glastür. Er trug seinen schwarzen Mantel. Plötzlich erinnerte ich mich wieder daran, wie der Mantel roch, wenn er nass war. Ich öffnete die Tür. Ma blieb in der Küche, sie war beschäftigt.

Er sah mich.

– Patrick, sagte er.

Er klemmte die Päckchen, die er dabeihatte, unter einen Arm und streckte seine Hand aus.

– Wie geht es dir?, fragte er.

Er streckte seine Hand aus, damit ich sie schüttelte.

– Wie geht es dir?

Seine Hand fühlte sich kalt und groß an, trocken und fest.

– Sehr gut, danke.

Roddy Doyle
Love. Alles was du liebst

Aus dem Englischen von Sabine Längsfeld

Früher waren Davy und Joe gute Kumpels. Inzwischen treffen sie sich nur noch gelegentlich, wenn Davy aus England nach Dublin kommt, um seinen Vater zu besuchen. Es sind kurze Begegnungen, sie sind erwachsen geworden, jeder hat sein eigenes Leben. Doch dieser Abend ist anders. Die beiden Männer ziehen wie früher um die Häuser, trinken ein Bier nach dem anderen, und die Gespräche werden immer vertrauter. Lange zurückgehaltene Gefühle und Konflikte drängen nach oben. Joe offenbart seinem Freund, dass er seine Frau und seine Kinder für eine andere verlassen hat. Als Davy erfährt, dass es sich dabei um Jessica – ihren gemeinsamen Jugendschwarm – handelt, werden auch bei ihm alte Erinnerungen wach.

Hardcover · ISBN 978-3-8337-4335-1
E-Book · ISBN 978-3-8337-4411-2
Taschenbuch · 978-3-8337-4581-2
Hörbuch 6 CDs · ISBN 978-3-8337-4405
Gesprochen von Stephan Schad

»Doyle fragt in seinen Werken … ohne einen Hauch von Sentimentalität und mit Blick auf die grotesken Details eines Lebens nach dem Zusammenhang einer Biografie.« *FAZ*, Tilman Spreckelsen

 Hier geht es zu unseren Leseproben

Roddy Doyle
Lächeln

Aus dem Englischen von Sabine Längsfeld

Gerade in eine neue Wohnung gezogen und zum ersten Mal seit Jahren allein, geht Victor Forde in Donnelly's Pub auf ein Bier. Dort trifft er auf Fitzpatrick, der sich scheinbar an ihre gemeinsame Schulzeit erinnert. Victor mag ihn nicht, von Anfang an. Auch mag er die Erinnerung an Erlebnisse bei den Christian Brothers nicht, die Fitzpatrick immer wieder anspricht. Die lange verdrängten Ereignisse aus der Schulzeit suchen Victor in immer kürzeren Abständen heim, sie verstören ihn und rauben ihm schließlich fast den Verstand. Bis er zu einer schockierenden Erkenntnis gelangt, die alles verändert. Doyles wichtiger und couragierter Roman beschäftigt sich mit dem brisanten und tragischen Thema des Kindesmissbrauchs in der katholischen Kirche. Er zeigt, dass die traumatischen Erlebnisse tief sitzen und die Betroffenen ein Leben lang beschäftigen. Es ist ein Beitrag dazu, das Schweigen zu brechen und das Leid spürbar und sichtbar zu machen.

Hardcover · ISBN 978-3-8337-4518-8
E-Book · ISBN 978-3-8337-4537-9
Hörbuch MP3-CD
ISBN 978-3-8337-4540-9
Gesprochen von Stephan Schad

»Ein Roddy Doyle ›at its best‹! Es ist eines der seltenen Bücher, bei denen man ganz am Ende noch einmal eine andere Sicht auf die Handlung bekommt.« NDR Kultur, Jan Ehlert